21世纪高等学校规划教材

XINGAINIAN JAVA JIAOCHENG

新概念Java教程

编著 张基温

U0132725

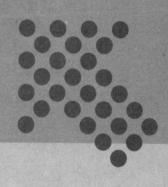

中国电力出版社
http://jc.cepp.com.cn

内 容 提 要

本书以确立面向对象的分析与设计方法为第一目标,打破了经典教材的语法体系结构,建立了一个全新的 Java 教学体系。全书分为三篇:第 1 篇用 7 个例子引导读者逐步建立面向对象的思维方式和基本的设计能力,将 Java 基本语法贯穿其中,并引出设计模式的概念;第 2 篇从图形用户界面、持久化技术、网络编程和 Web 开发四个方面,将学习扩展到应用领域,并引出软件架构的概念;第 3 篇从 JavaBean、多线程编程、泛型编程和数据结构接口 4 个方面,将 Java 编程技术引向更高层次。

本书结构新颖、面向应用,在提高设计能力的同时兼顾测试方法的培养,在保持高校教材应有的理论高度的同时打破纯理论体系的枯燥,习题题型多、覆盖面广,为读者建立了一个全新概念的立体学习环境,适合作为各种层次的计算机及相关专业程序设计教学的教材,也适合培训和自学。

图书在版编目(CIP)数据

新概念 Java 教程 / 张基温编著. —北京:中国电力出版社,2010.9
21 世纪高等学校规划教材
ISBN 978-7-5123-0597-7

Ⅰ. ①新… Ⅱ. ①张… Ⅲ. ①JAVA 语言—程序设计—高等学校—教材 Ⅳ. ①TP312

中国版本图书馆 CIP 数据核字(2010)第 160780 号

中国电力出版社出版、发行

(北京三里河路 6 号 100044 http://jc.cepp.com.cn)
汇鑫印务有限公司印刷
各地新华书店经售

*

2010 年 9 月第一版 2010 年 9 月北京第一次印刷
787 毫米×1092 毫米 16 开本 22.5 印张 539 千字
定价 32.00 元

前　言

（一）

2002 年春天，应清华大学出版社的请求，为已经出版的《Java 程序开发教程》写一本习题解答，多数编程任务就交给了我当时的一位研究生。他在读我的研究生之前曾经在某所大学教过 Java。他非常努力，暑假还没有过去，就告诉我已经全部做完。但是，他的劳动被我完全否定了。我告诉他，基本上都不可用。因为他写的程序全部是面向过程的。不过，我并不怪他。因为在此前后，许多高校老师都谈过，教了 Java，而学生写出的程序基本上都是面向过程的。原因在什么地方呢？最后落脚点在教材。因为几乎所有的 Java 教材都是从过程开始，按照语法体系写出来的。于是从那一刻起，我就想写一本 Java 教材，从根本上改变这种状态。但是，我身不由己。我不得不花费许多时间来对付各种"考核"直到退休后，才找回了自我。

退休后到企业做了两年的顾问。看到几乎所有的 Java 从业者关注和正在从事的是设计模式、软件架构和 SSH，而这些概念在高校的教学中很少涉及，甚至许多老师还不知道。高校的 Java 教学与业界的工作已经存在很大差距。如何改变这种状态，这个问题再次唤起我写一本新的 Java 教材的激情。

但是，随着应用的深入和应用面的扩大，Java 的内容不断膨胀。而作为高校一门课程的教材，受学时的限制，不可能将它们都收罗进来。如何进行取舍，成为一个难题。经过一年多的反复推敲，才形成现在这样的结构体系。

（二）

这本书的第 1 篇用了 7 个例题来帮助学习者建立面向对象的思维方式和 Java 语言的基础。第 2 篇分图形界面、持久化技术、网络程序设计和 Web 4 个专题，向应用领域扩展，同时也巩固了第 1 篇的知识和能力。第 3 篇通过 JavaBean、多线程、泛型和数据结构接口等 4 个高级特性，将学习者的能力培养推向一个相对高的平台上。这样的安排，不仅适合学习者知识和能力建构的客观规律，而且可以满足不同学时、不同层次的教学需求。同时按照下面的优先级别分别进行内容的取舍。这 5 个优先级别依次为熟会熟知→应会应知→初步使用→知道就行→暂不知道也行。需要说明的是，这本书是一本高等学校的教材，不是职业培训教材，其教学的重点还是在基本思维方式、基本能力训练和基础知识教学上，对于流行的东西要学习者知道而不是立即掌握。

本书的三篇内容也考虑了不同层次的教学需要。学时较少时，可以全讲第 1 篇的内容、选讲第 2 篇的内容，将第 3 篇作为自学内容；学时稍多时，可以全讲第 1 篇和第 2 篇的内容，选讲第 3 篇的内容。如果学时充足，可以讲全书的内容。

（三）

写书难，写教材更难。一本好的教材，不仅是科学技术知识和方法的精华，还应当是先进教育理念的结晶。离这些,我还差得很远。好在有 20 多年教学的经历和不断进行教学改革探索的积累,有许多热心者的支持和帮助。这本教材终于要问世了。在此,我要衷心感谢在这本书的出版过程中付出了心血的下列人员:陶利民博士(第 2 篇、第 3 篇的校读和例程调试)、李博工程师和彭建嘉工程师(全书校读)、吉冉老师和李勇兵老师(第 1 篇和第 9 单元的校读)、张展为博士和姚威博士(有关章节的校读和部分资料收集)、张有明工程师(第 1 篇校读)。

　　本书就要出版了。它的出版,是我在这项教学改革工作跨上的一个新的台阶。我衷心地希望能得到有关专家和读者的批评和建议,也希望结交一些志同道合者,把这项改革推向更新的境界。

张基温

2010 年 8 月

目　　录

第 1 篇　Java 开 发 入 门

Java 是一种面向对象的编程语言和网络程序开发平台。面向对象是一门技术，也是一种思想。要掌握使用 Java 语言编写程序的技术，不仅要掌握一些 Java 的语法知识，最重要的是要养成用面向对象的方法分析问题、建立面向对象模型的能力。本篇将用 7 个实例，从思想方法、语法知识和设计模式三个角度，带领初学者进入 Java 面向对象的世界。

在 Java 中，一切都是对象。要学好 Java，进入面向对象的世界，就要掌握其封装、继承和多态三个重要机制。

一种程序设计语言，不同于其他程序设计语言，就在于它有自己的一套词汇系统和表达规则，不掌握这些，机器是无法执行的。

还有一个很重要，但被许多人忽视的问题，是如何设计出优雅的程序，使它充分体现面向对象的风采，并且能够适应需求的变化，易于扩展和维护。

从 Oak 到 Java

1991 年 4 月 8 日，从工作站起家的 Sun 公司为了把市场扩大到消费电子产品领域，成立了一个代号为 Green 项目的专门工作小组，着手开发一种独立于平台的软件技术，让人们可以通过 E-mail 对电冰箱、电视机等家用电器进行控制。

开发这个项目，首先需要一种语言系统。最先进入开发者视线的是当时正在升起的程序设计语言"明星"——C++。但是 C++ 太复杂，安全性也差。于是他们决定在 C++ 的基础上开发一种新的语言，并用 James Gosling 工程师透过窗户看到的一棵树将之命名为 Oak（橡树）。不料，这时 Sun 充满希望的交互式电视项目却一败涂地，Oak 也被牵连而几陷困境。恰巧这时，Mark Ardreesen 的 Mosaic（最早出现的 Web 浏览器）和 Netscape 取得了巨大成功，给 Oak 项目组成员带来了新的希望。于是他们重整旗鼓，对 Oak 进行了一次新的整合，并决定给 Oak 重新起个名字，因为这个名字已经被人注册。

一天，几位 Oak 成员正在咖啡馆喝着 Java（爪哇）咖啡，突然有一个人触景生情地说，"叫 Java，怎样？这个提议得到了其他人的赞同，事情就这么确定了下来，于是他们就用一杯正冒着热气的咖啡作为了 Java 的标识，显示了 Java 开发者的信心：这种程序设计语言一定会像咖啡一样广受青睐。

第 1 单元　职　员　类

1.1　从对象到类：类的定义

1.1.1　对象建模

1. 程序＝模型＋表现

面向对象的方法认为，世界是由各种各样的对象（object）组成的。认识对象世界的基本方法是分类。类（class）就是基于某些规则，忽略掉一些细节，对一些具有共性的对象的抽象。不这样，对复杂世界的研究将难以进行。

当问题涉及的对象需要被抽象为多个类时，面向对象的方法还需要研究类之间以及对象之间的关系。一个问题所涉及的类以及这些类之间的联系，就组成了这个问题的对象模型。面向对象的程序设计就是先建立问题的对象模型，再用一种程序设计语言将这个模型表现出来。也就是说，面向对象程序设计的第一步就是要从问题中分辨对象，并抽象出类来，即从对象到类；然后利用计算机程序设计语言将这个模型表现出来，再用计算机语言描述的类生成计算机语言描述的对象，即从类再到对象。

2. 对象的描述：属性＋行为

描述一个对象，就是描述对象特征。对象的特征主要表现在静态特征和动态特征两个方面。静态特征用属性（attribute）描述，动态特征用行为（behavior）或方法（method）描述。在面向对象的程序设计中，"方法"被看作有意义的功能或工具。

表 1.1 给出了 5 个职员实例的属性数据。这些数据中已经略去了一些其他数据，如身高、体重、家庭住址、父母姓名、文化程度、毕业学校、所学专业、技术职称等，可以说已经是进行了一定程度的抽象。

表 1.1　　　　　　　　　　　　　　　　职员对象实例与属性

姓　名	职工号	部　门	所学专业	工龄	基本工资	年龄	性别
张　伞	01012005	人力资源部	人事管理	8	3388.88	52	男
李　思	04023008	品质管理部	经济学	5	4477.77	29	女
王　武	06012003	技术研发部	计算机科学与技术	3	5599.99	26	男
陈　留	07003005	项目一部	通信技术	2	6677.88	43	女
郭　起	03005005	项目二部	自动控制	6	7788.99	31	男

职员对象因工作岗位的不同，相关的行为也不相同。例如，技术研发人员有科研项目申报、新项目立项、科研攻关等；品质管理者有质量评估、标准制定等；人力资源管理者有人员招聘、人员管理等；项目开发人员中有程序员、系统分析员等。

1.1.2　类：对象的抽象

1. 职员类的确立

类是对象的抽象，一方面要从一类对象空间中抽取出具有相同特征的子对象空间；另一方面要按照解题目要求忽略一些次要特征。例如，要定义职员类，首先，要从人群这个对象空间中，抽取出属于在组织中工作并领取报酬的人的子对象空间；其次，要针对问题，忽略与本问题关系不大的一些属性——为介绍 Java 基本知识的需要，这里仅选择表 1.2 的 4 个属性和表 1.3 中的 5 个方法来描述职员类（employee）。

表 1.2　　　　　　　　　　职员类的 4 个属性及其表示方法

属性名称	属性标记	值的表示
职员姓名	empName	字符串
年　龄	empAge	2 位数字
性　别	empSex	一个字符
基本工资	empBaseSalary	6 位数字（整数 4 位，小数 2 位）

表 1.3　　　　　　　　　　　　　职员类的 5 个方法

名称	构造方法	getName( )	getAge( )	getSex( )	getBaseSalary( )
功能	对象初始化	获取对象的姓名	获取对象的年龄	获取对象的性别	获取基本工资

初始化是类实例化——生成对象时，完成给出对象的属性值等工作。其他 4 个方法的功能是获取对象的相关属性，供应用中使用。

2. 职员类的 UML 描述

UML 用类图（class diagram）描述类。类图是一种 UML 静态视图，它用来说明类的结构，还可以帮助人们更直观地了解一个系统的体系结构——这个系统中包含了哪些类（即哪些类型的对象）以及这些类之间有什么样的联系。图 1.1 (a) 为职员类的类图，它由三部分

> **UML**
>
> UML（unified modeling language, 统一建模语言）是 Rational 公司提出的一种适合计算机程序等离散系统的通用建模语言。它用一组模型图来支持面向对象软件开发的各个阶段（包括需求确认、系统分析、系统设计、系统编码、系统测试等）的工作，使对系统感兴趣的各种角色（如用户、系统分析员、编码员、测试员等）都比较好地理解系统中有关自己的部分。

组成：类名、属性和方法。属性和方法也称为类的元素或成员。类的元素有两种基本的性质：公开（public）和私密（private）。公开成员可以由外部的方法操作，其前标以"＋"号；私密成员不可以由外部的方法操作，其前标以"－"号。图 1.1 (b) 是两种简化类图图形。

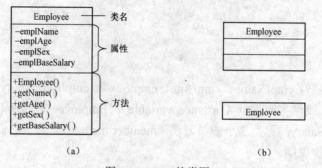

图 1.1　UML 的类图

（a）类图的一般形式；（b）类图的两种简化形式

用类图描述的类比文字以及表格描述要简单明了得多。

3. 用 Java 描述的职员类代码

用 Java 语言描述一个类的格式为

这里，class 称为类定义关键字，它说明后面的名字为一个类名。

代码 1-1　用 Java 语言描述的职员类。

```java
// 职员类
class Employee{
    private String emplName;                                      // 职员名
    private int emplAge;                                          // 职员年龄
    private char emplSex;                                         // 职员性别
    private double emplBaseSalary;                                // 基本工资

    public Employee(String name,int age,char sex, double baseSalary){
                                                                 // 构造方法

        emplName = name;
        emplAge = age;
        emplSex = sex;
        emplBaseSalary = baseSalary;
    }

    public String getName(){                                     // 获得职员姓名
        return emplName;
    }

    public int getAge(){                                         // 获得职员年龄
        return emplAge;
    }

    public char getSex(){                                        // 获得职员性别
        return emplSex;
    }

    public double getBaseSalary() {                              // 获得基本工资
        return emplBaseSalary;
    }
}
```

　　Java 程序中，属性 emplName、emplAge、emplSex 和 emplBaseSalary 称为 4 个成员变量（member variable）或称实例变量（instance variable）；Employee()、getName()、getAge()、getSex()和 getBaseSalary()称为 5 个成员方法（member method）。关于它们的描述细节，将在下面几个小节中逐步说明。

1.1.3　信息隐蔽与类成员的访问控制

1. 信息隐蔽的概念

　　信息隐蔽（information hiding）是随着计算机程序的规模不断膨胀，为提高程序的可靠性，而提出的一种程序设计的原则。基本思想是，一个程序的局部或模块中包含的信息（过程或数据），对于不需要这些信息的其他局部或模块来说是不可见的，即将各局部或模块的实现细节与数据"隐藏"起来。信息隐蔽为软件系统的修改、测试及以后的维护都带来好处。这种思想被逐渐凝固，形成了程序设计语言和程序结构中的一些机制，例如，方法（函数或过程）、语句块、局部变量等。在面向对象的程序设计中，则明确地用访问权限关键字（private 与 public 等）强制性地规定每个类中各个成员被隐藏的程度。

2. private 与 public

Java 语言提供了 4 种访问权限关键字 private、public、protected 和 default。其中，最基本的访问权限关键字是 private 和 public。private 把修饰的成员定义为私密成员，限制外部的访问，只能由内部的成员访问；public 则把修饰的成员定义为公开的，允许外界访问。这部分内容将在第 6.4 节作进一步介绍。

1.1.4　成员变量与数据类型

1. 变量和常量

变量和常量是程序中数据的两种形式。变量有两个基本特点：一是要有一定的、独立的内存存储空间；二是它所保存的数据值是可以通过程序修改的。常量具有不可修改的值；有的常量要占有独立的内存存储空间，有的则不占有独立的存储空间与代码一起存储。

类的成员变量也占有独立的存储空间，并且值也是可以修改的。

2. 基本数据类型

数据类型用于说明变量的存储和处理方式。在 Java 语言中，数据类型分为基本类型（primitive type）和组合类型两大类。基本类型是系统定义的，用户不可改变的类型；组合类型由基本类型组成，用户可以改变它的组织方式。表 1.4 列出了 Java 中基本数据类型所占用的存储空间大小和取值范围。

表 1.4　　　　　　　　　　　Java 中的基本数据类型

数据类型	数据类型名（关键字）	占用内存空间（B）	数 值 范 围	说 明
整数	byte	1	$-256 \sim 255$	有符号数，二进制补码形式表示
	short	2	$-32\,768 \sim 32\,767$	
	int	4	$-2\,147\,483\,648 \sim 2\,147\,483\,647$	
	long	8	$-9\,223\,372\,036\,854\,775\,808 \sim 9\,223\,372\,036\,854\,775\,807$	
实数	float	4	$(\pm 3.4028235E+38f) \sim (\pm 1.40239846E-45f)$	遵循 IEEE 754 规范
	double	8	$(\pm 1.79769313486231570E+308) \sim (\pm 4.94065645841246544E-324)$	
其他	char	2	\u0000 ~ \uffff	Unicode 字符
	boolean	1	true 或 false	布尔型

（1）整数类型。整数类型指的是没有小数部分的数值，Java 提供 4 种整数类型——byte、short、int 和 long，它们分别具有 8 位、16 位、32 位及 64 位的宽度，并且均是有符号的。其中，int 型最常用；byte 和 short 型主要应用于一些特殊的情况，如低级文件控制或对存储空间要求极大的数组。

采用不同的整数类型表达同一数值，在存储单元中的存储情况是不同的。图 1.2 表示的是十进制数值 4 在计算机中的不同存储形式。

00 000 100	byte型							
00 000 000	00 000 100	short型						
00 000 000	00 000 000	00 000 000	00 000 100	int型				
00 000 000	00 000 000	00 000 000	00 000 000	00 000 000	00 000 000	00 000 000	00 000 100	long型

图 1.2　采用不同的整数类型表达十进制数 4 时的不同存储形式

（2）浮点类型。浮点类型指的是含有小数部分的数值，Java 提供了两种浮点类型：float 型和 double 型。float 代表的是单精度的浮点数（6~7 个有效的十进制位），而 double 代表的是双精度的浮点数（15 个有效的十进制位）。

注意：在 Java 中，所有的数值类型均是独立于机器的，且所有的数值类型都是有符号的，Java 为它们分配了固定长度的位数，例如 int 型，它总占 32 位，这就保证了 Java 的平台无关性。

（3）字符类型。表示一个字符。字符常量通常用单引号括起来，以区别于程序中的名字、关键字和字符串。

（4）boolean 类型。用于表示一个命题（用关系表达式或布尔表达式描述）是否成立。它只有两个值：true（真）和 false（假）。

3. 字符串类型

字符串是一种适合表示如姓名、地址、言语、消息等的数据类型。本例中的 emplName 是一个 String 类的对象，广义地说，是一个 String 类型的成员变量。字符串变量则是系统定义的 String 类的对象。字符串常量是在一对双引号内的字符序列，如 "This is a string." 关于 String 类对象的使用方法，以后将逐步介绍。

4. 成员变量的声明

一个类的类体由该类所包含的成员变量的声明和成员方法组成。每个成员变量的声明格式如下：

修饰符　变量类型　变量名；

修饰符是可选的，可以包括访问权限关键字等。以后会逐步介绍其可以包含的其他内容。

为了提高程序的效率——占用较小的存储空间并方便处理，需要为成员变量选择合适的数据类型。如在本例中，选择 emplAge 为 byte 类型，而 byte 类型的表数范围是小于 255，若输入了一个大数就会被检查出错误，因为人的年龄不会太大。

1.1.5　成员方法：定义与调用

成员方法是可执行的代码，用于描述对象的行为。一般方法由方法头和方法体两部分组成，格式如下：

```
修饰符　返回类型　方法名（形式参数列表）{
　　［ 方法体 ］
}
```

1. 方法体

方法体由括在一对花括号之间的变量（非成员变量）和语句组成。这些语句和变量描述了方法是如何实现的。在本例中，方法 getName( )、getAge( )、getSex( )和 getBaseSalary( )的方法体都是执行一条 return 语句，用来向调用者返回一个相应的成员变量的值。方法

Employee( )则是执行 4 个赋值操作。这里的 "=" 不是等号，而是赋值操作符，其功能是将其右面的值，送到左面的变量中。

2. 方法的返回类型

返回类型是指方法中用 return 返回的数据类型。例如，getName( )返回 String 类型、getID( )返回 int 类型、getAge( )返回 byte 类型、getSex( )返回 char 类型、getBaseSalary( )返回 float 类型。在方法头中给出返回类型，可以供编译器检查方法返回值类型是否正确。

方法也可以没有返回植。没有返回值的方法的返回类型为 void。但是，Employee( )是一个特殊的方法，称为构造方法，主要用于创建类的实例。一个特别之处是不能写有返回类型，即虽然没有返回值，却不可写 void。

3. 方法的参数

方法的参数用于接收从调用者向方法传递的数据，例如，本例中的 Employee( )具有 4 个参数，分别接收从调用者传来的 4 个数据，分别去初始化 Employee 类对象的 4 个成员变量。方法定义时，要定义每个参数的类型，以便编译器对调用时传递的数据进行合法性检查。方法定义时给出的参数，称为形式参数，用于表明方法在形式上是如何操作这些数据的。因为不同的调用，向参数传递的数据是不同的。定义方法时的形式参数的格式为

（ 变量类型 1 变量名 1,…, 变量类型 n 变量名 n ）

例如，构造方法的参数列表为（String name,int age,char sex, double baseSalary）

方法也可以没有参数，例如本例中的方法 getName( )、getAge( )、getSex( )和 getBaseSalary( )都没有参数。

4. 方法的修饰符

方法修饰符包括访问控制修饰符（隐藏程度）和类型修饰符（返回值类型）。关于这些，将逐步介绍。

1.2　从类到对象：对象的声明、建立与初始化

这里所说的对象是程序中的对象，是客观世界中的对象在程序中的表现。

1.2.1　创建对象的过程

定义一个类后，系统仅对类中的代码进行存储并不为每个成员变量分配存储空间。所以，定义了一个类好像设计了建设一个工厂的图纸。创建对象就好像是按照图纸建设一个工厂，要经过挂牌（注册）、购地和建设三个过程。创建一个对象即类的一次实例化，也有与上述建设工厂类似的过程。例如在本例中，要创建一个代号为 "li4" 的职员，需要执行下面的两步操作。

（1）执行声明语句

```
Employee li4 = null;
```

生成一个对象的引用（reference，也可译为 "参照"）。

注意：这时，仅仅是向系统注册了一个对象的名字。从语法的角度看，赋值号以及后面的 null 是可以省略的。但这样的名字不与具体的对象相联系，是一个悬空的（或称失控的、野的、无根的）引用。误用悬空的引用会导致意想不到的错误。用 null 显式地说明其尚未实例

化则可以避免出现这种错误。这是初学者应当养成的良好习惯。

（2）将引用名实例化，即将引用名与具体空间相联系并初始化，即执行语句：

```
li4 = new Employee("Lis",29,'f', 4477.77);
```

声明好像是挂牌——建立了类的一个引用名；new 好像是购地——得到一块土地；此外，new 还调用构造方法进行初始化——好像是按照图纸建设厂房。图 1.3 表明了从对象声明到对象创建的过程。

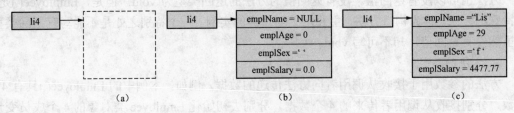

图 1.3　Employee 对象创建过程

（a）声明一个 Employee 引用；（b）new 存储分配并自动初始化成员变量；（c）new 调用构造方法显式初始化

上述两个语句，常常可以合并为一个语句：

```
Employee li4 = new Employee("Lis", 29,'f', 4477.77);
```

Java 执行这个语句的过程如下：

1）建立一个引用。

2）new 为各成员变量分配存储空间，并自动初始化为变量类型的默认值。

3）调用构造方法显式进行有关成员变量的初始化。

4）new 返回对象的引用。

1.2.2　构造方法

如前所述，构造方法是类的一个特殊的成员方法，用于创建对象并初始化有关成员变量。构造方法的特殊，主要表现为如下几点：

（1）构造方法与类同名。

（2）构造方法不能声明返回类型。

（3）一个类可以定义多个构造方法。这些构造方法具有相同的名称，但参数必须不同。例如本例中可以定义如下一些构造方法：

```
Employee();
Employee(String name);
Employee(String name,int age,char sex);
Employee(double baseSalary);
Employee(String name,int age,char sex, double baseSalary);
```

对于这些同名的方法，编译器将会根据参数的数量和类型，找到相应的方法实体进行调用。这个过程称为联编。例如，对于声明：

```
Employee li4 = null;
```

如果使用：

```
li4 = new Employee(4477.77);
```

则将调用 Employee(double baseSalary);。若使用

```
li4 = new Employee();
```

则将调用 Employee( )。

在上述构造方法中，有一个构造方法没有参数。这个构造方法称为无参构造方法。

（4）任何类都至少要有一个构造方法。如果程序员没有给类显式地定义一个构造方法，则 Java 编译器会自动为其生成一个默认的无参构造方法。这个构造方法是隐含的。但是，若程序员定义了任何一个构造方法，则编译器不再生成默认的构造方法。例如，在本例中定义了如下构造方法：

```
Employee(String name,int age,char sex, double baseSalary);
```

若没有定义 Employee( )，却使用下面的调用，将会出现错误。

```
li4 = new Employee();
```

1.2.3　对象成员的访问与 this

1. 对象成员的访问

使用对象引用可以访问对象的成员——成员变量和成员方法，格式为

引用名 . 成员变量名

引用名 . 成员方法名(实参表)

这里的圆点称为域操作符或成员操作符，即指明一个成员属于哪个对象。例如，表达式 li4.getAge( )所得到的是 li4 的年龄。

2. this

this 是一个特殊的引用，代表了当前对象。

代码 1-2　使用 this 改写的 Employee 类构造方法。

```
public Employee(String emplName,int emplAge,char emplSex, double emplBaseSalary) {
    this . emplName = emplN;
    this . emplAge = emplA;
    this . emplSex = emplSex;
    this . emplBaseSalary = emplBaseSalary;
}
```

这样修改后，可以很清楚地表明参数的含义，例如一个程序中，有职员类，还有学生类、教师类等时，不会用学生名字来初始化职员对象，也不会让程序员在参数的命名上多下工夫。另外，用了 this，也不会将参数名与属性名相混淆，否则参数名会屏蔽同名属性名。

1.3　包

1.3.1　包的作用与结构

1. 包的作用

（1）在 Java 中文件是类的存储载体，而包是组织类的逻辑容器。一个文件一般存储一个

类，文件与类同名。若在一个源程序文件中存储多个类，则只能有一个 public 类，文件与该 public 类同名。使用包的目的，不是为了存储类，而是为了组织类。类库就是基于包组建起来的。不仅输入/输出，Java 将一些常见的任务也定义为各种不同的类来实现。这些类，按照相关性组成一些包（package），形成一个内容丰富的类库。或者说，包是用来组织类的容器，它把相关的类组织成一组。例如，JDK 的类库中，用 java.awt 组织窗口工具类，用 java.io 组织 I/O 类，用 java.util 组织一些实用类，如日期类（Data）和集合类（Collection），用 java.net 组织支持网络的类等。

对于应用程序来说，可以按照在程序中的用途对类进行组织。例如，在一个 C/S 模式的系统中，可以将类按照客户端界面、服务器端处理和公共处理定义相关的 3 个包。而一般小型程序，则可以按程序定义包。

（2）按照包划分名称空间。例如，在一个程序中，可以将系统的客户端定义为类 client，也可以将营销中的客户定义为 client 类。尽管使用了相同的名称，但若将它们放到不同的包中，就被认为是不同的类。即使在一个方法中使用，只要在各自的前面加上包名，就不会出错。所以把"包名.类名"称为类全名。

（3）实施访问权限管理。具体在第 6.4 节中进一步介绍。

2. 包的层次结构

包可以按照层次进行组织。对于小包，可以只用一层；对于大包，可以设为多层，包中可以设子包，子包还可以再设子包。这样，就形成类似于域名的包名层次，包名与子包名之间，用圆点分隔。类全名也成为层次结构，例如 java.lang.String。这是域操作符的另一种应用形式。

1.3.2 包的声明

Java 的每个源程序文件都属于某个特定的包。在默认的情况下，如果一个源程序文件没有声明包，系统就会为源文件创建一个未命名包，将该源文件中定义的类都组织在这个默认包中。

由于未命名包没有名字，所以不能为其他包引用。为了被其他包引用，应该为源文件声明一个包名。包名声明的格式为

```
package 包名
```

注意：

（1）一个源文件只能有一条 package 语句，并且要位于该文件的最前面（注释除外）。

（2）要把多个文件中的类装入同一个包，则每个源文件的最前面都要写同样的 package 语句（包名也相同）。

1.3.3 包或类的导入

包或类可以用 import 导入。导入类时，要使用类全名。为了访问类库中的类，可以采用如下几种方法。

（1）使用域操作符，指明类的所属。例如，表达式 java.lang.System，指明类 System 属于包 java.lang。

（2）使用 import 关键字将类导入程序。如对类 System 可以使用下面的导入语句：

```
import java.lang.System;
```

这样，在后面就可以直接使用类 System 了，而无需其前面的一长串域修饰。

（3）使用 import 关键字将包导入程序。如对包 java.lang 可以使用下面的导入语句：

```
import java.lang.*;
```

这样，在后面 java.lang 包中的类都可以直接使用了。

1.4　流与 Java 输入/输出初步

1.4.1　流的概念

大多数程序所处理的数据都要从外部输入，即这些数据要从数据源（source）获得，数据源指提供数据的地方；而程序的运行结果又要送到数据宿（destination），数据宿指接收数据的地方。其中，数据源可以是磁盘文件、键盘或网络端口等，数据宿可以是磁盘文件、显示器、网络插口或者打印机等。

为解决数据源和数据宿的多样性而带来的输入/输出操作的复杂性与程序员所希望的输入/输出操作的相对统一、简单之间的矛盾，Java 引入了"数据流"（data stream，简称流）。

如图 1.4 所示，流可以被理解为一条管子。这条管子有两个端口：一端与数据源（当输入数据时）或数据宿（当输出数据时）相连，另一端与程序相连。

图 1.4　流的示意图

（a）输入流；（b）输出流

流具有如下特点：

（1）单一性，即一个流一经被创建，只能连接一个数据源和一个数据宿。

（2）单向性，即流只能从数据源流向程序，或从程序流向数据宿。

（3）顺序性，即在流中间的数据只能依次流动，不可插队。

（4）流也是对象，它们也是由类生成的。基于不同的应用，可以设计不同的流类。这样，Java 语言中就不需要设计专门的输入/输出操作，一切都由相关的流类处理。

流可以按照方向（输入还是输出）、内容（字节还是字符）、源或宿的性质（文件还是设备），定义为不同的流类，形成一个大的流体系。这里仅介绍初学者先用得着的输入/输出。

1.4.2　System 类与标准 I/O 流对象

System 类是 java.lang 包中的一个类，很多系统级属性和方法放在这个类中，其中有三个使用频繁的公共数据流：

（1）System.in：标准输入，从键盘输入数据。

（2）System.out：标准输出，向显示器输出数据。

（3）System.err：标准错误输出，向显示器输出错误信息。

1.4.3　使用 PrintStream 类的 println( )和 print( )方法输出

System.out 和 System.err 实际上是 PrintStream 类（java.io 包中）的对象来作 System 类的

成员。PrintStream 类有两个重要的方法 print( )和 println( )方法，可以方便地进行各种数据类型的输出，形成如下两种数据输出形式：

```
System.out.println(要输出的数据)
System.out.print(要输出的数据)
```

这是普遍使用的两种输出方式。二者的区别在于，println( )最后添加一个换行，而 print( )不在最后添加换行。另外，它们都由一组重载成员方法实现，所以能输出各种类型的数据。

这两个表达式的含义：方法 println( )和 print( )都是 PrintStream 类对象 System.out 的成员，而 System.out 本身是 System 类的成员。

1.4.4　使用 Scanner 类进行键盘输入

java.util.Scanner 类中有如下一些方法：nextByte( )、nextDouble( )、nextFloat( )、nextInt( )、nextLine( )、nextLong( )、nextShort( )，利用这些方法，可以把给定的字符流分别解析为字节型、双精度型、单精度型、整型、字符串型、长整型和短整型数据。使用 Scanner 类的步骤如下。

（1）创建一个 Scanner 类的对象。为了使 Scanner 能用于键盘输入，必须创建 Scanner 对象并使之与对象 System.in 相关。为此可以用 System.in 初始化 Scanner 对象，即

```
Scanner reader1 = new Scanner(System.in);
```

（2）调用方法读取用户在命令行输入的各种数据类型。

代码 1-3　职员类构造方法的一种重载形式。

```
import java.util.Scanner;
public class Employee{
    …
    public Employee(String emplName,int emplAge,char emplSex){
        this . emplName = emplName;
        this . emplAge = emplAge;
        this . emplSex = emplSex;
        Scanner sc = new Scanner(System.in);
                                    //用 system.in 创建一个 Scanner 对象 sc
        System.out.print("请输入职员基本工资:");
        this . emplBaseSalary = sc.nextFloat();
    }
}
```

1.5　类的测试：main( )方法与主类

1.5.1　主方法 main( )

一个 Java 应用程序中可以有很多方法，但是程序若要在命令方式下运行，必须有一个特殊的方法——main( )。main( )的特殊性表现在以下几点：

（1）它相当于一个程序运行的总指挥，是命令方式下运行的 Java 程序的入口。

（2）它的名字是固定的——main。

（3）它必须定义在一个类中。

（4）它的首部必须是 public static void。public 表明它是外部可以访问的。static 表明该方

法是静态的——它是类的方法，而不只是某个对象的方法，在对象生成之前就可以用类名调用。只有这样，main( )才可以作为程序的起点，由系统直接调用。void 表明它没有返回值。

（5）main( )方法用于命令方式，可以接收命令行中的一个或多个字符串作为其参数，传入程序中。表示几个字符串的形式是 String[ ] args。这就是 main( )的形式参数。

1.5.2 源程序文件与主类

一个 Java 的源程序文件（.java）是一个编译单元。对于许多程序设计语言来说，程序源文件的名字是任意合法的标识符。但是 Java 源程序文件命名有特殊规定：

（1）若一个源程序文件中定义了多个类，其中有一个类使用了 public 声明（一个源程序文件中最多只能有一个 public 类），则源程序文件必须与这个 public 类同名（包括大小写）。

（2）若一个源程序文件中定义了多个类，其中没有 public 类，则源程序文件可以与其中一个类同名。

若 public 类中包含了使用 public static void 声明的 main( )方法，则习惯上把这个类称为主类。

1.5.3 本例的源程序代码

代码 1-4 单独设一个主类。

```
// 文件名：ex0104.java

class Employee{
    private String emplName;
    private int emplAge;
    private char emplSex;
    private double emplBaseSalary;

    public Employee(String emplName,int emplAge,char emplSex,double emplBaseSalary){
        this.empName = emplName;
        this.empAge = emplAge;
        this.empSex = emplSex;
        this.empBaseSalary = emplBaseSalary;
    }

    public String getName(){
        return emplName;
    }

    public int getAge(){
        return emplAge;
    }

     public char getSex(){
        return emplSex;
    }

    public double getBaseSalary() {
        return emplBaseSalary;
    }
}
```

```java
public class ex0104{                                    // 主类
    public static void main(String[] args){             // 主方法

        Employee zh1 = new Employee("zhangsan", 55,'m',1234.56);

        System.out.println("职员姓名: " + zh1.getName());
        System.out.println("职员年龄: " + zh1.getAge());
        System.out.println("职员性别: " + zh1.getSex());
        System.out.println("职员基本工资: " + zh1.getBaseSalary());
    }
}
```

说明: 双斜杠表示后面的文字是解释说明。

代码 1-5 用已经定义的类作为主类。

```java
// 文件名: Employee.java

public class Employee{                                  // 主类
    private String emplName;
    private int emplAge;
    private char emplSex;
    private double emplBaseSalary;

    public Employee(String emplName,int emplAge,char emplSex, double emplBaseSalary){
        this.emplName = emplName;
        this.emplAge = emplAge;
        this.emplSex = emplSex;
        this.emplBaseSalary = emplBaseSalary;
    }

    public String getName(){
        return emplName;
    }

    int getAge(){
        return emplAge;
    }

    char getSex(){
        return emplSex;
    }

    double getBaseSalary() {
        return emplBaseSalary;
    }

    public static void main(String[] args){             // 主方法
        Employee zh1 = new Employee("zhangsan",55,'m',1234.56);

        System.out.println("职员姓名: " + zh1.getName());
        System.out.println("职员年龄: " + zh1.getAge());
        System.out.println("职员性别: " + zh1.getSex());
```

```
        System.out.println("职员基本工资: " + zhl.getBaseSalary());
    }
}
```

注意：这时除主方法外，其他成员方法（包括构造方法）可以不是公开的，但主方法必须是公开的。

1.6　Java 程 序 的 运 行

1.6.1　JVM

1. Java 程序的编译、解释过程

程序是计算机工作的依据，不同程度地描述了计算机不同的工作方式和过程。程序是用计算机程序设计语言（简称计算机语言）的描述。最初的计算机语言是用 0、1 码编写的。随着计算机技术的广泛应用和发展，计算机语言已经发展到了高级阶段。然而，尽管高级语言已经不像低级语言那样完全依赖于计算机的硬件系统，但是由于用高级语言编写的程序毕竟是适合人阅读的，而不是机器可以直接识别和理解的语言，要让机器理解并执行，还必须将高级语言编写的程序（一般称为"源程序"）翻译成用机器语言表示的程序。传统程序设计语言是通过编译器实现这一过程的，即编译器可以把源程序编译、链接成为可执行文件，然后就可以直接在操作系统环境下运行。但是，由于不同的机器有不同的机器语言，并且由于操作系统环境的差异，使得在一种平台上开发的程序还不能直接运行到另一个平台上，多少还要进行一些修改。

Java 问世的背景是计算机网络环境。在计算机网络中，可能会有各种不同的机器。为了适应这种环境，Java 提出了平台无关的目标，并且采取了如下两种策略。

（1）将 Java 源程序代码（.java）编译成与机器无关的 Java 类文件（.class）——由高度优化的指令组成的字节代码文件。

（2）为不同系统定义一个 Java 虚拟机（java virtual machine，JVM），其核心部件是一个解释器，用以检查字节代码、将字节代码解释为机器代码，并执行字节代码。由于 Java 虚拟机只执行字节代码文件，屏蔽了机器硬件和操作系统的差异，才使 Java 程序可以做到与平台无关。

图 1.5 表明了一个 Java 源程序文件经过编译、解释的过程。

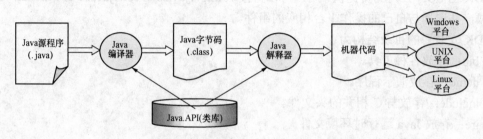

图 1.5　一个 Java 源程序文件的编译、解释过程

2. Java 2

JVM 和 Java API（application programming interface）共同构成了 JRE（Java runtime enviroment，Java 运行时环境），即 Java 平台。1998 年 Java 基本成熟，并以 Java 2 来标志这个里程碑。目前的 Java 2 平台有 3 种不同的版本。

（1）J2SE（java 2 platform,standard edition，Java 2 平台标准版），适合于桌面应用系统开发。

（2）J2EE（Java 2 platform,enterprise edition，Java 2 平台企业版），适合于分布式网络程序开发。

（3）J2ME（Java 2 platform,micro edition，Java 2 平台微型版），适合于嵌入式环境下应用开发。

1.6.2　Java 开发环境

1. JDK

J2SDK（Java 2 software development kit，Java 2 集成开发工具集）简称 JDK，是 Java 语言的基本工具包。它包含了编写、编译、调试、运行 Java 程序的一系列工具，其中包括：

- javac：编译器。
- java：字节码解释器。
- javadoc：根据源代码和说明语句生成 XML 格式 API 文档的生成器。
- appletviewer：小应用程序浏览器。
- jar：Java archiver 文件归档工具。
- jdb：调试器，如逐行执行、设置断点和变量检查。
- javah：产生可调用 Java 过程的 C 过程或建立能被 Java 调用的 C 过程的头文件。
- javap：Java 反汇编器。

JDK 提供的 Java 基础类库（JFC）包括：

- Java 基本语言包：java.lang。
- Java 标准输入/输出包：java.io。
- Java 低级实用工具：java.util。
- Java 图形工具包：java.awt。
- Java 小应用程序包：java.applet。
- Java 网络处理包：java.net。
- Java 数据库处理包：java.sgl。
- 其他。

JDK 由 SUN 公司免费提供，用户可以直接从 http://java.sun.com/javase/downloads/网站自由下载，并选择与自己的操作平台相应的组件。

JDK 安装后的目录结构为

- bin：存放各种工具。
- demo：存放演示程序。
- include：存放与 C 相关的头文件。
- jre：存放 Java 运行时环境文件。
- lib：存放库文件。
- src.zip：含有类库的源程序。

2. Eclipse

Eclipse 是由 IBM、Borland 等多家软件公司参与研究和推广的下一代通用集成开发环境

（IDE）。它采用插件技术，可以将开发功能扩展到任何语言，甚至成为图片绘制工具。目前，它已经包括对语言 Java、C/C++、XML、JSP、UML 和 Ajax 等的支持。

　　Eclipse 也是一个开放源代码项目，采用了开放的许可协议，允许用户把其组件嵌入、修改、配置到自己的应用程序中，而且是免费的。用户可以在 Eclipse 的官方网站 http://www.eclipse.org/downloads 上下载到最新的版本。

　　图 1.6 为成功安装后的 Eclipse 初始界面——工作台窗口。

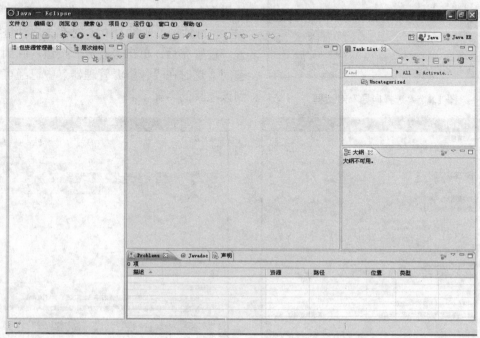

图 1.6　成功安装后的 Eclipse 初始界面——工作台窗口

　　工作台窗口可以构造一个或多个视图，如资源视图、Java 视图等。每个视图也都由一些窗口构建而成。图 1.7 表明不同视图之间的关系结构。

图 1.7　不同视图之间的关系结构

　　其中，观察（observation）窗口用于提供多种相关信息和浏览方式，例如，资源浏览窗口（navigator）、Java 包浏览器（packages）、控制台（console）、任务栏（task）等。

1.6.3　在 Eclipse 环境中创建并运行本例程序

1. 创建 Employee 项目

　　启动 Eclipse 后，选择"文件"→"新建"→"项目"，弹出"选择向导"对话框（见图 1.8）；选择"Java 项目"选项，单击"下一步"按钮，弹出"创建 Java 项目"对话框（见图 1.9）。

图 1.8　"选择向导"对话框

在"创建 Java 项目"对话框的"项目名"文本输入框中输入本例的源文件名"Employee"，在"内容"选项区域选择"在工作空间中创建新项目"单选项。这时，若不需要改变该项目的路径，可以单击"完成"按钮，即将该项目创建于当前工作空间中，并回到初始界面；否则，单击"下一步"按钮打开"Java 设置"对话框（见图 1.10），对有关属性进行设置。设置完后，单击"完成"按钮，回到工作空间。这时在"包资源管理器"中已经可以看到该项目的名称了。

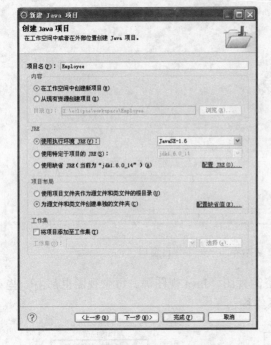

图 1.9　"创建 Java 项目"对话框

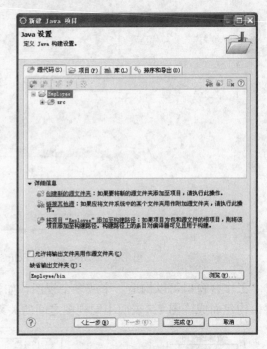

图 1.10　"Java 设置"对话框

2. 创建 Employee 类

右键单击包资源管理器中的 Employee 项目，弹出如图 1.11 所示的界面，选择"新建"→"类"选项，打开"Java 类"对话框（见图 1.12），输入类名，选择修饰符 public 以及 public static void main(String[] args)，单击"完成"按钮。这时，会在工作空间右边的窗体中显示主类的框架（见图 1.13）。

3. 完善主类

在主类框架中添加需要的代码。

4. 运行程序

本例程序运行结果如图 1.14 所示。

图 1.11 选择新建类

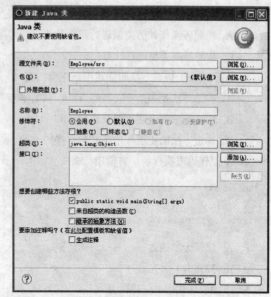

图 1.12 "Java 类"对话框

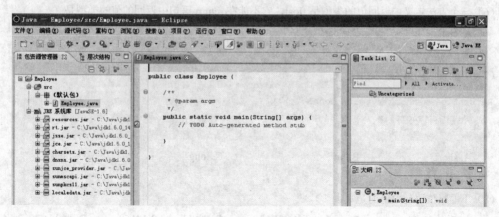

图 1.13 主类框架

职员姓名：zhangsan
职员年龄：55
职员性别：m
职员基本工资：1234.56

图 1.14 本例程序运行结果

习 题 1

概念辨析

1. 从备选答案中选择下列各题的答案

（1）整型类型有 long、int、short、byte 四种，它们在内存分别占用（ ）。

A. 1、2、4、8B　　　　B. 8、4、2、1B　　　　C. 4、2、1、1B　　　　D. 1、2、2、4B

（2）整型表达式在求值时，（　　　）。

　　A. 按照各操作数的类型进行混合计算　　　　　B. 一律转换成 int 类型进行计算

　　C. 按照最高类型进行计算　　　　　　　　　　D. 对 long 类型用 64 位计算，其余用 32 位计算

（3）在下列关于构造方法的描述中，正确的有（　　　）。

　　A. 构造方法是类的一种特殊方法，其名字与类名相同

　　B. 构造方法的返回类型只能是 void 类型　　　C. 一个类中只能显式定义一个构造方法

　　D. 构造方法的主要作用是初始化类的实例　　　E. 在创建一个对象时，系统会自动调用构造方法

（4）下面代码段执行后，将输出什么（　　　）。

```
short s1 = 32766;
s1 += 2;
System.out.println(s1);
```

　　A. 编译无法通过　　B. 32768　　　　　　　C. 0　　　　　　　　　D. -32767

　　E. -32768

（5）下面表达式中，正确的是（　　　）。

　　A. byte = 128;　　　　B. Boolean = null;　　　C. long l=0xfffL;　　　D. double=0.9239d;

（6）一个方法定义的返回值的类型是 float，它不能在 return 语句中返回的值的类型是（　　　）。

　　A. char　　　　　　　B. float　　　　　　　C. long　　　　　　　D. double

　　E. short　　　　　　　F. int

（7）下面方法的返回值类型是（　　　）。

```
ReturnType methodA(byte x, double y) {
    return (short) x / y * 2;
}
```

　　A. short　　　　　　　B. int　　　　　　　　C. long　　　　　　　D. float

　　E. double

（8）下面赋值语句中错的是（　　　）。

　　A. float f = 11.1;　　B. double d = 5.3E12;　　C. double d = 3.14159;　　D.double d = 3.14D.

（9）对于任意一个类，用户所能定义的构造方法的个数至多为（　　　）。

　　A. 0　　　　　　　　　B. 1　　　　　　　　　C. 2　　　　　　　　　D. 任意个

（10）下面的 main( )方法中，可以作为程序的入口方法是（　　　）。

　　A. public void main(String argv[ ])　　　　　　B. public static void main( )

　　C. public static void main(String args)　　　　D. public static void main(String[ ] args)

　　E. private static void main(String argv[ ])　　　F. static void main(String args)

　　G. public static void main(String[ ] string)

（11）Java 源程序经编译生成的字节码文件的扩展名为（　　　）。

　　A. class　　　　　　　B. java　　　　　　　C. exe　　　　　　　D. html

（12）若定义了一个类 public class MyClass，则其源文件名应当为（　　　）。

　　A. MyClass.src　　　B. MyClass.j　　　　　C. MyClass,java　　　D. 任何名字都可以

（13）若 JavaProg.class 是一个独立应用程序的 class 文件，则正确的执行语句是（　　　）。

　　A. java JavaProg.class　　　　　　　　　　　B. java JavaProg

　　　C. javac JavaProg　　　　　　　　　　　　　D. java JavaProg

2. 判断下列叙述是否正确

（1）只有私密成员方法才能访问私密数据成员，只有公开成员方法才能访问公开数据成员。　（　　　）

（2）在每个类中必须定义一个构造方法。　（　　　）

（3）构造方法没有返回类型，但可以含有参数。　（　　　）

（4）在类中定义了一个有参构造方法后，如果需要，系统将会自动生成默认构造方法。　（　　　）

（5）一个 Java 语句必须用句号结束。　（　　　）

（6）类（class）前面永远不能使用 private 描述符，private class 这个写法永远不会出现。　（　　　）

（7）MyClass.java 是一个 java 的源文件，里面允许没有 MyClass 这个 class。　（　　　）

（8）用 Javac 编译 Java 源文件后得到的代码称为字节码。　（　　　）

代码分析

1. 判断下面关于方法调用的代码片段的执行结果。

```java
static void func(int a, String b, String c) {
    a = a + 1;
    b.trim();
    c = b;
}
public static void main(String[] args){
    int a = 0;
    String b = "Hello  World";
    String c = "OK";
    func(a, b, c);
    System.out.println("" + a + ", " + b + ", " + c);
}
```

　　　A. 0, Hello World, OK　　　　　　　　　B. 1, HelloWorld, HelloWorld

　　　C. 0, HelloWorld, OK　　　　　　　　　　D. 1, Hello World, Hello World

2. 给定下面的类

```java
public class Inc{
    public static void main(String[] args){
        int i = 0;
        // here
    }
}
```

在下面的选项中选用（　　　）项替换//here，使输出结果为 0。

　　　A. System.out.println(i++);　　　　　　　B. System.out.println(i+'0');

　　　C. System.out.println(i);　　　　　　　　D. System.out.println(i--);

3. 下面程序的执行结果为（　　　）。

```java
public class Sandys{
    private int court;
    public static void main(String[] args) {
        Sandys s = new Sandys(88);
        System.out.println(s.court);
    }
```

```
    Sandys(int ballcount){
        court = ballcount;
    }
}
```

A. 编译时错误，因为 court 是私密成员变量　　　B. 没有输出结果

C. 输出：88　　　　　　　　　　　　　　　　D. 编译时错误，因为 s 没有初始化

4. 给定下面的代码

```
public class Base{
    int w, x, y ,z;
    public Base(int a,int b){
        x = a; y = b;
    }
    public Base(int a, int b, int c, int d) {
        // assignment x = a,  y= b
        w = d; z = c;
    }
}
```

将表达式（　　），放在 "// assignment x = a, y = b" 处。

A. Base(a,b);　　　　B. x = a, y = b;　　　　C. x = a; y = b;　　　　D. this(a,b);

5. 找出下面程序中的错误。

```
public class Something {
    public static void main(String[] args) {
        Other o = new Other();
        new Something().addOne(o);
    }
    public void addOne(final Other o) {
        o.i++;
    }
}
class Other {
    public int i;
}
```

6. 找出下面程序中的错误,并改正之。

```
class Rectangle {
    int width;
    int height;
}

public class Calculate{
    Rectangle rect;
    rect.width = 10;
    rect.height = 20;
    System.out.println("area = " + rect.width × rect.height);
}
```

7. 指出下面成员变量声明中的语法错误（如果有）。

A. public boolean isEven;　　　　　　　　　　B. private boolean isEven;

C. private bolean is Odd;　　　　　　D. public boolean Boolean;

E. string S;　　　　　　　　　　　　F. private boolean even = 0;

G. private boolean even = false;　　　H. private String s = Hello;

8. 指出下面成员方法头中的语法错误（如果有）。

　　A. public myMethod( )　　　　　　　B. private void myMethod( )

　　C. private void String( )　　　　　　D. public String Boolean( )

　　E. public void main(String argv[])　　F. public static void main( )

　　G. private tatic void Main(String argv[])

9. 下面的代码执行后，共创建了几个对象？请说明原因。（　　　）

```
String s1 = new String("hello");
String s2 = new String("hello");
String s3 = new String(" ");
String s4 = new String();
String s5 = s1;
```

　　A. 5个　　　　　　B. 4个　　　　　　C. 3个　　　　　　D. 2个

开发实践

用 Java 描述下面的类，自己决定类的成员并设计相应的测试程序。

（1）一个交通工具类。

（2）一个运动员类。

（3）一个公司类。

思考探索

在一个 Java 程序中，出现了 this( )，这是什么意思？这个代码会在什么情况下出现？

第 2 单元   计 算 器 类

模拟一个计算器，可以进行加、减、乘、除四则运算。

2.1   问题建模与计算器类的定义

2.1.1   问题建模

1. 属性——成员变量分析

类 Calculator 的属性由两个运算数决定，所以只需两个成员变量。这里先假定它们是两个整数，并且都设置为私密成员。

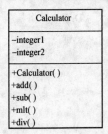

图 2.1   Calculator 类图

2. 行为——成员方法分析

加、减、乘、除运算各实现一个独立功能，形成 4 个成员方法。此外，用构造方法初始化运算数。这样总共可以设计 5 个成员方法，并且它们都是公开成员。

由以上分析，可以得到图 2.1 所示的 Calculator 类图。

2.1.2   Calculator 类的描述

代码 2-1   用 Java 语言描述图 2.1 所示的类图，得到如下代码：

```java
class Calculator{
    private int    integer1;           // 被运算数
    private int    integer2;           // 运算数

    public Calculator(int i1 ,int i 2){    // 构造方法定义
        integer1 = i1;
        integer2 = i2;
    }

    public int add(){                  // 加运算方法定义
        return integer1 + integer 2;
    }

    public int sub(){                  // 减运算方法定义
        return integer1 - integer 2;
    }

    public int mlt(){                  // 乘运算方法定义
```

```
    return integer1 * integer 2;
  }

  public int div(){                           // 除运算方法定义
    return integer1 / integer2;
  }
}
```

2.1.3 运算符及其运算规则

1. 算术运算符

integer1＋integer2、integer1－integer2、integer1 * integer2 和 integer1 / integer2 都称为表达式。表达式是用操作符连接的数据。这里使用的＋（加操作符）、－（减操作符）、*（乘操作符，相当于×）、/（除，相当于÷）是算术操作符。算术操作符还有%（取余操作符，两整数相除求余数，如 9 % 7，余 2）。

2. 运算符的运算规则

与普通数学中一样，当一个表达式中含有多个操作符时，优先级高的先运算。在 Java 中，算术操作符的优先级别高于赋值操作符，乘除的优先级别高于加减。例如，表达式

int x＝2＋3 * 6

是用赋值号后面的运算结果（20）初始化变量 x。

除了运算的优先级别，操作符还具有结合性。算术操作符都具有自左向右的结合性，是说有几个连续的同等级算术运算表达式时，从最左面的表达式开始向右逐个执行；赋值操作符具有自右向左的结合性，是说有几个连续的赋值表达式时，从最右面的表达式开始向左逐个执行，例如程序段：

```
int a = 3;
int b = 4;
int c = 5;
c = b = a;
```

执行后，变量 a、b 和 c 的值都成为 3。因为这个表达式是自右向左执行的。

2.1.4 程序的可靠性：程序测试和调试

1. 程序的可靠性问题

程序设计是人的有限智力与客观世界复杂性之间较量的过程。对于小型的问题来说，问题的复杂度可以很容易地在人的有限智力范围内解决，经过努力，人们敢于保证程序的正确性。对于比较复杂的问题来说，客观问题的复杂性往往会超过人的智力范围。在这种情况下，就不能轻言程序一定正确了。

然而，并非人就这样地无能为力了。解决的途径主要有如下 3 个方面：

（1）提高人们对于客观问题复杂性的认识能力，即建模能力。程序设计的工作就是"模型＋表现"，即先建立模型，然后把模型用计算机程序设计语言表现出来。但是，模型的建立需要专业领域知识。因此，计算机程序设计不是只有计算机软件人员进行的一项工程，而是应当有专业领域人员参与的一项工程。在这项工程中，专业领域人员要结合计算机表现的需要，建立问题的忠实模型；计算机人员要使程序的表现更贴近领域或问题。例如，从面向机器的语言到面向问题的高级语言，从面向过程的语言到面向对象的语言，都是计算机界为更

好地表现模型而进行的努力。

（2）不断改进软件开发过程。目前，程序设计已经被视为软件工程。作为一种工程开发，需要从规范、评估、方法、工具等方面不断改进开发过程，提高开发的成熟度。

（3）提高程序的可管理性、可检测性、可维护性、可重用性。程序是软件工程的产品。这种产品非常特殊，为了可靠地使用这些产品，必须使它们可管理、可检验——不仅自己可以检验、测试、维护，也要便于别人的测试、维护。为此，人们已经提出了一系列方法。这些方法的核心就是使程序清晰、可读性好，培养良好的程序设计风格。例如：

- 结构清晰，程序总体结构要像珍珠项链一样，来龙去脉清晰可见，而不是像耗子窝的乱草一样头绪不清；变量要局部关联，避免远程关联。
- 书写清晰，语句排列有规律，使人一目了然。
- 内容清晰，不使用费解的表达，要有充分的注释。
- 命名清晰，要能见名知义。

可重用也是提高程序可靠性的一个重要方法。

2. 程序测试

程序测试是以程序有错误为前提，设法找出其错误的过程。有人认为，程序测试是验证程序是否正确。这种观点是不对的。因为要验证其是否正确很容易，但要找出错误是很难的。

程序测试分为走查测试和运行测试。走查，就是逐行阅读程序代码，从中找出错误。运行测试又分白箱测试和黑箱测试两种，其要点是通过程序运行，找出程序中的错误。

白箱测试也称结构测试，它以程序结构作为测试的依据，针对程序中的语句、路径、条件等是否能正确执行进行测试。黑箱测试也称功能测试，它以一个模块的功能为依据，来测试一个模块中是否含有错误。进行运行测试的关键是设计好的测试用例——数据。好的测试用例是可以发现更多错误的测试用例的。

本书把程序测试看作程序设计的一个重要部分，在相关的章节中介绍有关测试方法。

需要说明的是，程序中的错误有语法错误、逻辑错误和运行时错误三种。语法错误在编译时可以发现；逻辑错误可以在白箱测试或黑箱测试时发现；运行时错误则在一定的运行条件下才出现。

在 Java 程序中，主方法不仅是程序的入口，也常常是进行类定义测试的一种方法。

3. Calculator 类的测试

Calculator 类比较简单，特别是 add( )、sub( )和 mlt( )，只要简单地输入两个数据就可以测试。复杂一点的是 div( )，需要如下 3 组测试数据：

（1）第 1 个数大，第 2 个数小。

（2）第 1 个数小，第 2 个数大。

（3）第 2 个数为 0。

在下面的两节中，将分析进行上述测试的情形。

2.1.5　整数除的风险与对策

1. 本例运行结果分析

代码 2-2　使用第（1）组测试数据的主方法。

```
public static void main(String[] args) {
    Calculator c1 = new Calculator(25,18);
```

```
    System.out.println("和为: "+ c1.add());
    System.out.println("差为: "+ c1.sub());
    System.out.println("积为: "+ c1.mlt());
    System.out.println("商为: "+ c1.div());
}
```

测试结果如下。

```
和为: 43
差为: 7
积为: 450
商为: 1
```

使用第（2）组测试数据进行测试的测试结果如下。

```
和为: 43
差为: -7
积为: 450
商为: 0
```

可以看出，对于整数的除运算，Java 语言采取了取整舍余的算法。所以对于 25÷18，得到结果 1；对于 18÷25，则得到结果 0。这样的规则，有时是有风险的。如人们不小心写了表达式

```
18 / 25 * 100 000;
```

测试得到的结果是 0。这显然不是人们预期的结果。

2. 整除风险的防范

整除风险的防范办法有 4 个：

（1）重新编写表达式，写成：18 * 100 000 / 25，得结果 72 000。

（2）不舍去余数。下面是改写的成员方法 div( )。

```
void div(){
    System.out.println("商为: " +  integer1 / integer 2 +", 余为: " + integer1% integer 2 );
    return;
}
```

这里，"%" 称为模运算，即整数取余。此外，由于要用 div( )方法返回商和余两个数据，而 Java 的方法只能返回一个数据，所以只能将该方法改为无返回方法，由它直接输出两个数据。

代码 2-3　相应的主方法。

```
public static void main(String[] args) {
    Calculator c1 = new Calculator(18,25);
    System.out.println("和为: "+ c1.add());
    System.out.println("差为: "+ c1.sub());
    System.out.println("积为: "+ c1.mlt());
    c1.div();
}
```

运行结果如下。

```
和为：43
差为：-7
积为：450
商为：0，余为：18
```

（3）将除运算中的一个运算数据转换为实型类型。

代码 2-4   采用实型类型的 div( )方法。

```
public double div(){                          // 修改的除运算方法的返回类型
    return (double) integer1 / integer2;      // 将被除数转换为 double 类型
}
```

测试结果如下。

```
和为：43
差为：-7
积为：450
商为：0.72
```

注意：当一个表达式中有不同（基本）类型的数据运算时，编译器会先把所有数据按照"按高看齐"的规则进行转换，然后再进行计算。此外，由于返回的数据类型改变，方法头前端的类型说明也要相应改变。

（4）直接将成员变量定义为实型数据。注意，各成员方法的返回类型也要做相应修改。

2.2   异常处理：Calculator 类改进之一

2.2.1   异常处理的意义

异常（exception），就是在运行中发生的错误，它不是语法错误，也不是逻辑错误，而是由一些具有一定不确定性的事件所引发的程序不正常运行。例如：数组下标越界，算法溢出（超出数值表达范围），除数为零，无效参数、内存溢出、要使用的文件打不开、网络连接中断等。

一个程序在出现异常的情况下还能不能运行，是衡量程序是否健壮（robustness，也称鲁棒性）的基本标准。为此就需要具有一定的、高效率的异常处理机制，使程序在遇到运行中异常的情况下，要么继续运行得到计算结果，要么给出异常原因和位置，把问题清清白白地交给人做处理，而不是不明不白地停顿或稀里糊涂地关机，使用户摸不着头脑。

2.2.2   Java 的隐含异常处理机制

下面是使用（18，0）对于本例进行测试的结果。可以看出，程序正确地执行了加、减、乘运算，而对于除则给出如图 2.2 所示的异常信息。

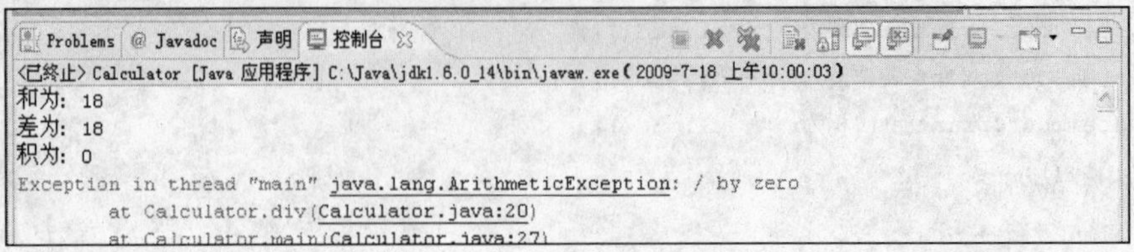

图 2.2   被零除造成的异常

给出的异常信息包括异常类型：ArithmeticException：/by zero，即这个异常是一个算术异常，并进一步说明是被零除异常。紧接着，指出了异常出现的位置：

```
at Calculator.div(Calculator.java:20)
at Calculator.main(Calculator.java:27)
```

其中，20 和 27 为异常所在的程序行的顺序号。

Java 所以能给出这些信息，是因为 Java 编译系统提供了一套完善的异常处理机制。例如，ArithmeticException 就是 java.lang 包中定义的一个异常类。

关于 Java 内部的异常处理机制，后面将会进一步介绍。这里首先介绍 Java 进行异常处理的基本方法。

2.2.3 Java 程序中的显式异常处理

（1）本地监视、抛出并处理。

```
try {
    被列入异常监视的语句
}
catch（异常类 1 引用）{
    处理异常类 1 的语句
}
catch（异常类 2 引用）{
    处理异常类 2 的语句
}
…
finally{
    其他处理语句
}
```

在 Java 的异常处理中，try 是必须的，它的作用是监视一段程序的运行情况，若捕获到异常，就此终端 try 中后面的语句，立即转去找一个类型匹配的 catch 子句，进行异常处理。所以 try 子句后面至少有一个 catch 子句。fanally 子句主要进行一些补充性操作，是一个可选的子句，一旦设置，无论是否出现异常都要执行。

（2）本地圈定监视范围并处理，委托他地抛出异常。

```
try {
    被列入异常监视的方法 f()
}
catch（异常类 1 引用）{
    处理异常类 1 的语句
}
catch（异常类 2 引用）{
    处理异常类 2 的语句
}
…
finally{
    其他处理语句
}
```

```
f ()throws 异常类型{
    语句

}
```

2.2.4　本例进行异常处理的三种方式

1. 在 main( ) 中捕获并处理异常

代码 2-5　在 main( ) 中捕获并处理异常的主方法。

```
public static void main(String[] args) {
    Calculator c1 = new Calculator(18,0);
    try{
        System.out.println("和为: "+ c1.add());
        System.out.println("差为: "+ c1.sub());
        System.out.println("积为: "+ c1.mlt());
        System.out.println("商为: "+ c1.div());
    }catch (ArithmeticException ae){
        System.out.println("捕获异常: "+ae);
    }finally{
        System.out.println("主方法执行结束");
    }
}
```

执行结果如下。

```
和为: 18
差为: 18
积为: 0
捕获异常: java.lang.ArithmeticException:/by zero
主方法执行结束
```

2. 在 div( ) 方法中捕获并处理异常

代码 2-6　在 div( ) 方法中捕获并处理异常。

```
int div(){                                      // 除运算方法定义
    int result = 0;
    try{                                        // 捕获异常
        result = integer1 / integer2;
    }catch (ArithmeticException ae){            // 处理异常
        System.out.println("捕获异常: "+ae);
        System.exit(-1);                        // 程序退出执行, 但这种方法不好
    }
    return result;
}
```

说明：System 类的成员方法 exit( ) 可以终止当前程序的运行，返回操作系统。其参数是代表状态的整数，用 0 表示正常返回，非 0 表示非正常返回。

3. 在主方法捕获并处理异常，而在 div( ) 方法中抛出异常

这时，在方法 div( ) 的头中，必须包含"throws 异常类"子句，指出要抛出的异常的类型，同时在方法体中要有相应的 throw 语句生成异常对象并将之抛出。

下面是用于捕获—抛出—处理异常的有关代码。代码中的虚线表示捕获—抛出—处理的过程。

```
  int div()throws ArithmeticException{          // 设定抛出异常的类型
      if(integer2 == 0)
          throw new ArithmeticException();        // 生成无名的异常对象并将之抛出
      else
          return  integer1 / integer2;
  }
  public static void main(String[] args) {        // 主方法
      Calculator c1 = new Calculator(18,0);
      try{                                        // 捕获异常
          System.out.println("和为: "+ c1.add());
          System.out.println("差为: "+ c1.sub());
          System.out.println("积为: "+ c1.mlt());
          System.out.println("商为: "+ c1.div());
      }catch (ArithmeticException ae){            // 处理异常
          System.out.println("捕获异常: "+ ae);
      }
      finally{
          System.out.println("div 方法执行结束");
      }
  }
```

程序执行结果如下。

```
和为: 18
差为: 18
积为: 0
捕获异常: java.lang.ArithmeticException
主方法执行结束
```

说明:

（1）在方法 div( )中，使用了一个 if-else 控制结构。这个结构称为分支结构，若满足条件（integer 2＝＝0），则执行 if 子句，否则执行 else 子句。关于进一步的说明，放在下一节中。这里，"＝＝"称为等号，表示判断其前后的值是否相等；相等则该表达式为 true，否则为 false。这个等号与数学中的等号在形式上不同，概念也不尽相同。

（2）throw 的作用是"抛出"，有点像医院中的"确诊"之后送专门部门处理。throw 子句可直接位于 try 子句中，为直接抛出；也可以位于 try 子句调用的某个方法中，为间接抛出。间接抛出异常的方法头要用关键字 throws 对抛出的异常类型加以说明。

（3）实型数运算不会出现被零除的算术异常。因为 Java 实型数的取值包括了 Infinity（无穷大）和-Infinity（无穷小）。

2.2.5　Java.lang 中定义的主要异常类

• ArithmeticException：数学异常。

• ArrayIndexOutOfBoundsException：数组下标越界异常。

• ClassCastException：类型转换异常。

• IllegalArgumentException：非法参数异常。

- IndexOutBoundsException：下标转换异常。
- IOException：输入输出流异常。
- NullPointerException：空指针异常。
- UnsupportedOperationException：不支持的操作。

2.3　用选择结构确定计算类型：Calculator 类改进之二

2.3.1　用 if-else 实现计算方法 calculate( )

if-else 可以赋予程序在两种及其以上情形中选择一种的能力，使程序具备简单智力。

代码 2-7　采用 if-else 结构的 Calculator 类定义。

```java
class Calculator
{
    private int    integer1;
    private int    integer2;
    private char   operator;                              // 操作符

    public Calculator(int i1,char op,int i2){
        integer1 = i1;
        operator = op;
        integer2 = i2;
    }

    public int calculate()throws ArithmeticException,UnsupportedOperationException{
        int result = 0;
        if(operator == '+'){
            result = integer1 + integer2;
        }else if(operator == '-'){
            result = integer1 - integer2;
        }else if(operator == '*'){
            result = integer1 * integer2;
        }else if(operator == '/' ){
            if(integer2 == 0){
                throw new ArithmeticException();
            }else{
                result = integer1 / integer2;
            }
        } else{
            throw new UnsupportedOperationException();    // 不存在的操作类型异常
        }
        return result ;
    }
```

```
public static void main(String[] args) {                         // 主方法
    Calculator c1 = new Calculator(18,'/',0);
    try{                                                         // 捕获异常
        System.out.println("计算结果: "+ c1.calculate());
    }catch (ArithmeticException ae){                            // 处理异常
        System.out.println("捕获异常: "+ ae);
    } catch (UnsupportedOperationException ue){
        System.out.println("没有这种运算! ");
    }finally{
        System.out.println("主方法执行结束");
    }
}
}
```

方法 Calculate( )所描述的解题思路——算法可以用图 2.3 所示的程序流程图形象地表示。

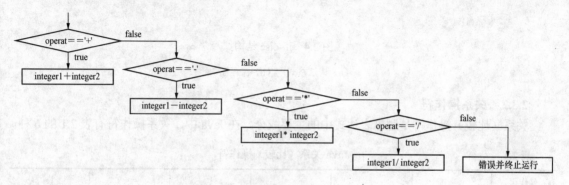

图 2.3　calculate( )方法中的算法

这种结构由一系列的 if-else 二分支结构嵌套组成一个多分支结构，但只选择执行其中的一个分支，习惯上也将其称为 else-if 结构。执行过程是，先从最前面的 if 开始，判断其后面一对圆括号中的逻辑表达式（也称布尔表达式或条件表达式）的值：如果是 true，则选择这个分支；如果是 false，则进入下一个 if-else 结构进行同样的判断，直到找到一个满足条件的分支。如果找不到满足有条件的分支，就进入最后的 else 分支。即最后对 else 分支是列举条件的分支之外的其他条件的分支。

方法 Calculate( )采用这个结构可以按照用户指定的运算种类进行相应的运算。如果用户指定的运算超出了四则运算范围，则报错，中断程序运行。

图 2.4 为嵌套 is-else 结构的语法格式和一般流程。

说明：

（1）图中所说的每个分支中的"子语句"是一个广义的概念。因为，从语法上来说，Java 语句有简单语句和复合语句（语句块）两种。简单语句是用分号结尾的语句，而复合语句是用一对花括号括起来的两个及以上语句。复合语句在语法上相当于一个语句。因此，若一个子语句是一个简单语句时，不需要使用花括号将之括起。但是为了统一结构，也往往使用了一对冗余的花括号将它们括起。

（2）称每个 if-else 分支为一个子语句，是因为一个 if-else 或 else-if 结构在语法上相当于一个语句。

（3）在嵌套的 if-else 结构中只选择一个分支。

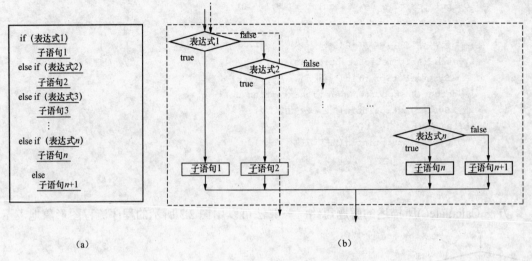

图 2.4　if -else 结构

（a）语法格式；（b）流程图

2.3.2　关系操作符

关系（比较）操作符是逻辑表达式中的主要成分。在 Java 中，关系操作符有表 2.1 的 6 种。

表 2.1　　　　　　　　　　　Java 关系（比较）操作符

操作符	>	>=	<=	<	==	!=
含 义	大于	大于等于	小于等于	小于	等于	不等于

说明：关系操作符也称比较操作符，即所进行的是比较操作或关系判断。它们的操作结果只能是一个逻辑值：true 或 false。例如，3 < 5 的值为 true，即这个命题成立；3＝＝5 和3>5 的值都为 false，即这两个命题都不成立。

关系操作符的优先级别比算术操作符低，但比赋值操作符高。例如：

```
boolean b;
b = 2 + 3 > 3 * 2;
```

操作结果，b 的值为 false。

2.3.3　分支结构的测试

如前所述，程序测试是以程序存在错误的断言为前提，找出程序中错误的过程。为了找出程序中的错误，就应当考虑到程序的各种运行情况。按照覆盖的程度，可以形成如下一些策略。

（1）语句覆盖，即每个语句都至少执行一遍，例如，在 calculate( )方法中，只有三条语句：int result = ( )；语句、if-else 嵌套语句和 return result；语句。这个策略要求保证每个语句执行一遍。

（2）判定覆盖，即每个判定都至少执行一遍。对于本例来说，每个判定都执行一遍，可能不会包括最后的非四则运算字符的输入。

（3）条件覆盖，即每个判定的每个条件的可能值都至少用到一次。

（4）分支覆盖，即程序的每个可能分支都至少执行一遍。对于本例来说，前一个情况满足，也就做到了分支覆盖。这是最完善的一种测试。

对于简单程序，分支覆盖是可能的，但对于复杂程序其工作量因为太大而往往难以付诸实践。因此，测试用例的设计原则是，在可能的情况下，使覆盖范围最大化。

按照上述原则，测试 calculate( )方法可以选择下面的几组数据（构造方法的参数）作为测试用例：

- (35,'+',18)：测试加操作分支。
- (35, '-'，18)：测试减操作分支。
- (35, '*',18)：测试乘操作分支。
- (35, '/',18)：测试除操作分支，除数小。
- (18, '/',35)：测试除操作分支，除数大。
- (18, '/',0)：测试除操作分支，除数为零。
- (18, '&', 35)：测试非算术操作符。

具体测试结果这里就不给出了。

2.3.4　用 switch 结构实现计算方法 Calculate( )

1. switch 结构概述

switch 结构也是一种分支控制结构，其语法格式和流程图如图 2.5 所示。

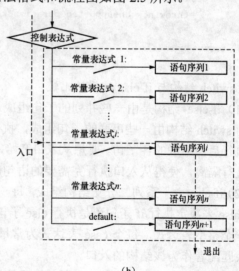

（a）　　　　　　　　　　　　　（b）

图 2.5　switch 控制结构

（a）语法格式；（b）流程图

switch 结构由 switch 头和 switch 体两部分组成。switch 头由一个关键词 switch 引入，后面是一个整型（包括 byte 型、int 型、字符型）的控制表达式。switch 体由多个 case 引入的分量组成。每个 case 后面是一个常数。常数后面是一个冒号，表示后面的语句序列属于这个分量。最后的 default 分量是可选的。default 后面没有常量，表示"其余"情况。

执行这个结构时，主要计算哪个 case 常量与 switch 控制表达式匹配（相等）。找到相匹配的 case，便找到了进入 switch 结构的入口，并连续执行后面的所有语句序列，而不再对后面的 case 常量进行匹配计算，如图 2.5（b）所示。如果所有的 case 常量与控制表达式的值都不匹配，则以最后的 default 作为入口；如果没有 default 分量，则退出 switch 结构。

2. switch 结构实现的 calculate( )方法

代码 2-8　采用 switch 结构的 Calculator 类定义。

```java
public int calculate()throws ArithmeticException, UnsupportedOperationException{
    int result = 0;
    switch (operat ){
        case '+':
            esult = integer1 + integer2;break;
        case '-'::
            result = integer1 - integer2;break;
        case '*':
            result = integer1 * integer2;break;
        case '/'::
            if(integer2 == 0){
                throw new ArithmeticException();
            }else{
                result = integer1 / integer2;
            }
        default:
            throw new UnsupportedOperationException();        // 不存在的操作类型错误
    }
    return result ;
}
```

3. switch 结构与 if-else 结构的比较

（1）if-else 结构是由一些并列的子句组成形成分支结构。在执行时只能选择其中一个子句，而 switch 结构由一些串联的子句组成，执行时选择的是一个入口，即没有特殊情况，会连续执行后面串联的各子句。要想从入口开始，只顺序地执行一些有关语句，就要使用 break 语句进行隔离，使得从入口执行完需要的语句后能跳出当前的 switch 结构。

（2）if-else 由一系列二分支结构组成，每一个二分支结构，都是由判定表达式的值是 true 还是 false 来决定执行 if 子句还是执行 else 子句，参加判定的数据可以是任何类型。而 switch 使用一个整型表达式，每个 case 表达式为常量表达式，通过 switch 表达式在多个 case 分支中寻找匹配者作为该结构的入口。

（3）对于一个 n 入口的 switch 结构，不管选择哪个入口都只进行一次 switch 表达式的判断计算；而对一个 n 分支的 if-else 结构若选择最后一个分支，就要进行 $n-1$ 次 if 表达式的判断计算。

2.4　static 成员：Calculator 类改进之三

2.4.1　static 成员的性质

经过上述一些改进，Calculator 类功能不断改善了。但是，与实际的计算器相比，还有三点差距：一是计算器可以连续计算，例如进行 3＋2、*6、－20、÷5 等；二是计算器开机后即显示 0；三是计算中按下"＝"，可以显示结果。前面设计的计算器类，每次计算操作是通过生成一个计算器实例——对象实现，无法进行连续计算。要实现连续计算，就要能存储一个计算器类对象的结果，供下一个计算器对象使用，即在计算器对象之间建立共享变量。这一要求可以用静态（static）成员变量实现。

Java 编译器在处理一个类中的元素时，要开辟一个静态存储器和一个动态存储区（也称堆区）。在静态存储区中，存储所有的方法和声明为 static 的元素（如 static 变量、static 代码块等）；在动态存储区存储程序运行过程中用 new 操作生成对象的成员变量的值（不包括 static 成员）。

在静态存储区中所存储的元素有一个重要特性：具有公共性，即便是一个类的成员，也属于该类所有对象共享。所以，类的 static 变量也称为类变量，类的 static 方法也称为类方法。这也是类的 main( )方法要定义成 static 的原因。

static 成员的这一特性，使得本例中可以使用一个静态变量 result 作为计算器对象之间的共享变量，存储计算的中间结果。

2.4.2　带有 static 成员的 Calculator 类定义

代码 2-9　带有 static 成员的 Calculator 类定义。

```java
class Calculator
{
    private int             integer1;
    private int             integer 2;
    private char        operator;
    private static int      result = 0;                         // 静态变量

    static {                                                    // 静态代码块
        System.out.println("开机显示: "+ result);
    }

    public Calculator(int i1,char op,int i2) {                  // 构造方法重载1
        integer1 = i1;
        operator = op;
        integer2 = i2;
    }

    public Calculator(char op,int i2) {                         // 构造方法重载2
        integer1 = result;
        operator = op;
        integer2 = i2;
    }

    public Calculator(char op) throws UnsupportedOperationException{
                                                                // 构造方法重载3
        if(op == '='){
            System.out.println("计算结果: "+result);
        }else{
            throw new UnsupportedOperationException();          // 操作类型异常
```

```
    }
}

public int calculate()throws ArithmeticException, UnsupportedOperationException{
    if(operator == '+'){
        result = integer1 + integer2;
    }else if(operator == '-'){
        result = integer1 - integer2;
    }else if(operator == '*'){
        result = integer1 * integer2;
    }else if(operator == '/' ){
        if(integer2 == 0){
            throw new ArithmeticException();
        }else{
            result = integer1 / integer2;
        }
    }else{
        throw new UnsupportedOperationException();      // 操作类型错误
    }
    return result ;
}

public static void main(String[] args){                 // 主方法
    try{                                                // 捕获异常
        Calculator c1 = new Calculator(3,'+',2);        // 2+3
        c1.calculate();
        Calculator c2 = new Calculator('*',6);          // *6
        c2.calculate();
        Calculator c3 = new Calculator('-',20);         // -20
        c3.calculate();
        Calculator c4 = new Calculator('/',5);          // ÷5
        c4.calculate();
        Calculator c5 = new Calculator('=');            // 按"="键
    }catch (ArithmeticException ae){                    // 处理异常
        System.out.println("捕获异常: "+ ae);
    } catch (UnsupportedOperationException ue){
        System.out.println("没有这种运算! ");
    }
}                                                       // main()结束
}                                                       // 类定义结束
```

说明：

（1）类中用 static 开头的一段代码，称为 static 代码段。static 代码段不存在于任何方法中。当运行一个类的 main()方法时，首先运行 static 代码段，再执行 main()方法。

（2）静态变量可以被任何方法直接引用。

（3）本例中使用了 3 个重载的构造方法。方法重载就是名字相同，但参数（个数和类型）不同的方法。在编译时，编译器会根据方法的调用表达式来自动选择（绑定）一个方法的定义。

2.4.3　静态变量与实例变量的比较

静态成员变量（类变量或静态变量）和非静态成员变量（实例变量或成员变量）都是类

的成员变量。但是，它们之间有许多不同。表2.2对二者进行了一些比较。

表2.2   静态变量与实例变量的不同

比较内容	静 态 变 量	实 例 变 量
其他名称	类变量，静态成员变量	非静态成员变量，成员变量
存储位置	静态存储区（方法区）	动态存储区（堆区）
存储分配时间	虚拟机加载类时	创建一个类的实例时
内存中的数量	每个静态变量在内存只有一份存储	有多少实例，每个实例变量就有多少个存储
生命周期	取决于类的生命周期，卸载类时被销毁	取决于类的实例的生存周期；销毁对象时，被销毁
适用范围	为所有类的对象共享	只能为某个对象使用
饮用方法	任何方法都可直接引用。不可用 this 引用	类的对象引用，可以由 this 引用

说明：实例变量和成员变量两个名词，虽然互相通用，但也有细小差别。一般情况下，在定义一个类时，使用成员变量比较合适。由于对象是一个类的实例，所以在生成的对象中，使用实例变量比较合适。

由于静态成员为一个类共有，所以可以用类名直接调用。例如，书写 System.in、System.out 和 System.err，就表明 in、out 和 err 是 System 的静态成员。

习　题　2

 概念辨析

1. 从备选答案中选择下列各题的答案

（1）用 int a = 5，b = 3；定义两个变量 a 和 b，并分别给定它们的初值为 5 和 3，则表达式

    b = (a = (b = b + 3)) + (a = a * 2) + 5)

执行后，a 和 b 的值分别为（　　）。

   A. 10,6　　　　　　　 B. 16,21　　　　　　　 C. 21,21　　　　　　　 D. 10,21

（2）下列哪些关键字既能够被用于局部变量的修饰，也可以用作类变量的修饰（　　）。

   A. public　　　　　　 B. transient　　　　　 C. static　　　　　　 D. final

（3）设 float x = 1，y = 2，z = 3，则表达式 y+=z--/++x; 的值为（　　）。

   A. 3　　　　　　　　　 B. 3.5　　　　　　　　 C. 4　　　　　　　　　 D. 5

（4）下面代码的运行结果为（　　）。

```
int x=4;
System.out.println((x>4)?99.9:9);
```

   A. 9　　　　　　　　　 B. 9.0　　　　　　　　 C. 99.9　　　　　　　 D. 99

（5）以下程序段执行后变量 k 的值为（　　）。

```
int x=20; y=30;
k=(x>y)?y:x
```

   A. 20　　　　　　　　　 B. 30　　　　　　　　　 C. 10　　　　　　　　　 D. 50

（6）使用 catch(Exception e)的好处是（　　　）。

A. 只捕获个别类型的异常　　　　　　　　B. 捕获 try 块中产生的所有类型的异常

C. 忽略一些异常　　　　　　　　　　　　D. 执行一些程序

（7）finally 块中的代码（　　　）。

A. 只有 try 块后面没有 catch 块时，才会执行

B. 一般总是被执行

C. 异常发生时才被执行

D. 异常没有发生时才被执行

（8）关于实例方法和类方法，以下描述正确的是（　　　）。

A. 类方法既可以访问类变量，也可以访问实例变量

B. 实例方法只能访问实例变量

C. 类方法只能通过类名来调用

D. 实例方法只能通过对象来调用

2. 判断下列叙述是否正确

（1）boolean 类型的值只能是 1 或 0。　　　　　　　　　　　　　　　　　　（　　）

（2）在 switch 结构中，所有的 case 必须按照一定顺序排列，如 101、102、103 等。　（　　）

（3）表达式 4/7 和 4.0/7 的值是相等的，且都为 double 型。　　　　　　　　（　　）

（4）在变量定义 int sum, SUM；中 sum 和 SUM 是两个相同的变量名。　　　（　　）

（5）多数 I/O 方法在遇到错误时会抛出异常，因此在调用这些方法时必须在代码的 catch 里对异常进行处理。　　　　　　　　　　　　　　　　　　　　　　　　　　　　　　　　（　　）

（6）在 Java 中，异常 Exception 是指程序在编译和运行时出现的错误。　　　　（　　）

（7）一个异常处理中 finally 语句块只能有一个或者可以没有。　　　　　　　（　　）

（8）程序中抛出异常时(throw …)，只能抛出自己定义的异常对象。　　　　　（　　）

（9）语句 float x = 26f; int y = 26; int z = x/y; 都能正常编译和运行。　　　（　　）

（10）代码段 int x=9; if(x>8 and x<10) System.out.println("true")；运行的结果是 true。　（　　）

（11）switch 语句中，default 子句可以省略。　　　　　　　　　　　　　　（　　）

（12）一个方法里面最多能有一个 return 语句。　　　　　　　　　　　　　（　　）

（13）若有 int i = 10, j = 0; 则执行完语句 if(j = 0) i ++; else i --;i 的值为 11。　（　　）

（14）若有 int i = 10, j = 2; 则执行完 i *= j + 8; 后 i 的值为 28。　　　　　（　　）

（15）用 switch 结构可以替换任何 if-else 结构。　　　　　　　　　　　　　（　　）

代码分析

1. 按照 Java 的运算规则，给出下面各表达式的值。

（1）6 + 5 / 4 - 3

（2）2 + 2 * (2*2-2)%2 / 2

（3）10 + 9 * ((8+7)%6) + 5 * 4%3 * 2 + 1

（4）1 + 2 + (3 + 4) * ((5 * 6%7 * 8) - 9) - 10

（5）k = (int)3.14159 + (int)2.71828

2. 如果 x = 2、y = 3、z = 5，则经过下面的各组代码操作后，这 3 个变量的值分别变为多少？

（1）if(3 * x + y <= z - 1)　 x = y + 2 * z;else y = z - y;z = x - 2 * y;

（2）if(3 * x + y <= z - 1){x = y + 2 * z;}else{y = z - y;　z = x - 2 * y;}

（3）if(x > y + z)y --;x ++;

（4）if(x > y + z){y --;x ++;}

3. 在备选答案中，选择下面代码段的运行结果。

```
boolean m = true;
if ( m = false ) System.out.println("False");
else  System.out.println("True");
```

    A. False　　　　　　　　B. True　　　　　　　　C. None　　　　　　　　D. 编译时错误

    E. 运行时错误

4. 下列代码中，有 code1、code2、code3、code4 四段代码，其中哪个不会被执行？

```
try{
    …                // code1
    return;
    …                // code2
}catch(Exception e){
    …                // code3
}finally{
    …                // code4
}
```

5. 指出下面程序的运行结果，并说明原因。

```
import java.io.*;
import java.lang.*;
public class Test{
    public static void changeStr(String str){str = "welcom";}
    public static void mainr(String[] args){String str = "13579";}
}
```

6. 指出下面程序的运行结果，并说明原因。

```
public class Test{
    public static void main(String[] args){
        String str = new String("Welcom");
        char[] ch = {'H','e','l','l','o'};
        change(str,ch);
        System.out.print(str+"and");
        System.out.println(ch);
    }

    public static void change(String str){
        str = "change";
        ch[0] = 'C';
    }
}
```

7. 选择下面程序的运行结果，并说明原因。

```
public class Agg{
    static public long l = 10;
    public static void main(String[] args){
        switch(l){
            default:System.out.print("没有匹配的值。");
            case 1:System.out.print("1。");
            case 5:System.out.print("5。");
            case 10:System.out.print("10。");
        }
    }
}
```

A. 编译时错误　　　　B. 5，10　　　　　　　　C. 10　　　　　　　　D. 运行时错误

8. 判断如下关于 static 方法运行结果为（　　　）。

```
public class Hello extends BaseClass {
    public static void main(String[] arg) {new Hello();}
    public final static void test() {System.out.println("Hello");}
}
class BaseClass {
    BaseClass() { test();}
    public static void test() { System.out.println("BaseClass");}
}
```

A. 编译错误　　　　B. 运行时报错　　　　　　C. Hello　　　　　D. BaseClass

9. 找出下面程序中的错误，并改正。

```
class Test{
    public static void main(String[] args){    test();   }
    void test()throws IOException{    throw new IOException("Error! ");}
}
```

10. 指出下面程序的运行结果。

```
class A{
    public static void main(String[] args){method();       }
    static  void  method(){try{System.out.println("hello");}  finally{System.out. println
("good-bey");}}
    }
```

💡 **开发实践**

设计下列各题的 Java 程序，并为这些程序设计测试用例。

1. 定义一个复数类，可以进行复数的加、减、乘、除运算。

2. 简单呼叫器。在购买呼叫器时，会输入数据：呼叫器号码、用户姓名、用户地址。呼叫器上有 3 个按钮，分别用于呼叫保安、呼叫保健站、呼叫餐厅。呼叫时，呼叫器会自动发布呼叫者的呼叫器号码、姓名和地址，同时还有用户的请求内容。

请编写模拟该呼叫器功能的 Java 程序，并编写相应的测试主方法。

3. 地铁售票机。某线路上共有 10 个车站，3 种票价（3 元、4 元、5 元）。该线路上的售票机有如下功能：

（1）查阅两站间的票价。计算机按照下面的原则处理：

- 乘 1 站到 5 站，票价 3 元；
- 乘 6 站到 8 站，票价 4 元；
- 乘 9 站到 10 站，票价 5 元。

（2）收取票钱。乘客输入欲购买的车票类型和数量，并输入钞票。如果输入金额不够，则继续等待，直到达到或超过票价为止；如果输入的金额超过票价，则打印一张车票，并退回多余金额；如果输入的金额正好，则只打印车票。

请用 Java 程序模拟该地铁售票机，并设计相应的测试主方法。要求友好的用户界面。

提示：输入金额用输入语句中的数字表示，退余额和车票用输出语句显示。

思考探索

1. 查找资料，了解 Java 中有哪些操作符，并比较已经学习过的操作符的优先级别和结合性。

2. 在方法声明或定义的前面使用关键字 void，表明什么？

3. 以 void main( ) 形式和以 int main( ) 形式使用主方法，二者有何不同？在你使用的系统中，可以使用哪种形式的主方法？若能使用 int main( ) 形式的主方法，在主方法的方法体中是否一定要使用 return 0; 返回？

4. 初始化与赋值有何区别？

第 3 单元　素　数　序　列

素数（prime number，prime）又称质数，是在大于 1 的整数中，除了 1 和它本身外，不再有别的约数的数。本题希望给定一个整数 *n*，输出 2～*n* 中的素数。

3.1　问题描述与对象建模

3.1.1　对象建模

本题的基本意图是建立一个自然数区间 2～*n* 内的素数序列（prime series）。这个素数序列可以作为一个对象。如果考虑更一般性，不同的自然数区间内的素数序列，就可以作为一个素数序列——PrimeSeries 类。这个类的区间下限为 LowerNaturalNumber，区间上限为 UpperNaturalNumber。这两个值分别用一个变量存储，作为类 PrimeSeries 的两个成员变量。

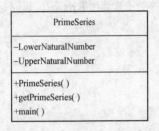

图 3.1　PrimeSeries 类模型

类 PrimeSeries 成员方法，除了构造方法和主方法外，还需要 getPrimeSeries( )——给出素数序列。于是，可以得到如图 3.1 所示的 PrimeSeries 类模型。

3.1.2　getPrimeSeries( )方法算法分析

getPrimeSeries( ) 的功能是给出 ［LowerNaturalNumber, UpperNaturalNumber］区间内的素数序列。基本思路是，从 LowerNaturalNumber 到 UpperNaturalNumber，逐一对每一个数进行测试，看其是否为素数。是，则输出出来（用不带 Enter 键的输出，以便显示出一个序列）；否，则继续对下一个数进行测试。这是一种不重复、不遗漏地对某个范围内的可能情况逐一测试，找出其中满足条件的结果的方法，称为穷举法（brute force）。在技术及程序中，使用穷举法，可以充分发挥计算机高速运算的特点，并减轻程序设计的工作量。本题程序结构框架为

```
int m = LowerNaturalNumber;        // 初始化循环变量：定义并初始化被检测的数
while(m <= UpperNaturalNumber)     // 循环条件判断
{                                  // 花括号内为循环体
    if(m 是素数)
        输出 m;
    ++ m;                          // 相当于 m = m + 1，取下一个数
}
```

说明：

（1）while 语句是 Java 语言最基本的重复控制语句（或称循环控制语句）。程序执行这个结构时，首先判断循环条件（本例为 m <= UpperNaturalNumber）是否满足：满足则执行循环体，否则跳过该循环语句。在执行完一次循环体后，也要做同样的判断。简单地说，while 结构就是，只要循环条件满足，就重复执行循环体。

一个重复控制结构不能永远执行下去。为此，在循环体内必须有能够改变循环条件的操作，并且这种改变能使循环条件最后不再满足。这种改变一般是针对一个或几个变量进行的。

这种影响循环过程的变量，称为循环变量。在本例中，m 就是循环变量。在循环体中修正循环变量的表达式称为修正表达式。此外，在循环结构前面，一般还需要循环变量的初始化语句。循环变量的初始化值，也是决定循环次数的一个因素。

（2）在 Java 中，表达式 m=m+1，可以简化为 m+=1。+=称为"赋值加"，是加和赋值的组合操作符，称为赋值加。如 i+=5，相当于 i=i+5。除赋值加外，复合赋值操作符还有—=、*=、/=等。复合赋值操作符的优先级别与赋值操作符相同。注意，任何由两个符号组成的操作符（如==、>=、<=、!=以及复合赋值操作符等）作为一个整体，符号之间不能加空格。

m=m+1 还有一种更简洁的表示形式：++m 或 m++，++称为增量操作符或自增操作符。增量操作符有两种形式：

- 前缀增量操作符：如++m，先增量后使用，例如 int a=0，b=1；a=b++；执行后 b 的值为 2，a 的值为 2。
- 后缀增量操作符：如 m++，先使用后增量，例如 int a=0，b=1；a=++b；执行后 b 的值为 2；a 的值为 1。

在本例中，这两种形式没有区别，但若将它们用在表达式内参与其他运算，就有区别了。为了避免理解上的错误，应尽量使用前缀形式。

与增量操作符对应的是减量操作符--，或称自减操作符。

（3）在成员方法 getPrimeSeries( )中，除了循环条件外，其他都可以直接用 Java 语句描述了。而"m 是素数"可以用一个方法 isAPrime( )来表示。

3.1.3 isAPrime( )方法分析

在成员方法 getPrimeSeries( )中，对 isAPrime( )方法有如下要求：

（1）isAPrime( )返回 boolean 值，可以用作分支或循环的判断条件。

（2）isAPrime( )要一个 int 类型数作参数。

（3）isAPrime( )不由对象直接调用，而是由一个方法直接调用，所以要定义为 static 方法。

判断一个数 number 是否为素数。基本思想：用 2～number-1 之间的任何数都不能将 number 整除时，number 才是素数。在用 2～number-1 对 number 进行除测试的过程中，只要发现一个能整除，立即就可以得出该 number 不是素数的结论，不必再测试下去。

代码 3-1   isAPrime 方法。

```
static boolean isAPrime( int number){
    int m = 2;
    while(m < number ){
        if(number % m == 0){
            return false;
        }
        else {
            ++ m;
        }
    }
    return true;
}
```

代码 3-2   isAPrime 方法的代码简化。

```
static boolean isAPrime( int number){
```

```
    int m = 2;
    while(m < number ){
        (number % m == 0)?  return false: ++ m;
    }
    return true;
}
```

这里，(number % m == 0)? return false：++m;称为条件语句。条件语句是用"？"和":"组成的表达式，其一般形式为

> 表达式 1? 表达式 2：表达式 3

其工作过程为当表达式 1 为"真"时，执行表达式 2，否则执行表达式 3。

3.2 变量生命期和作用域

Java 语言要求所有程序元素都放在有关类中。在本例中，getPrimeSeries( )和 isAPrime( )都是类 PrimeSeries 的成员方法。细心的读者可能已经发现，在这两个方法中各有一个变量 m。那么，这两个变量会产生冲突吗？答案是不会，因为它们各自有自己的作用域（scope）和生命期。

变量的访问属性主要涉及 4 个方面：生命期（life time，也称存储期——storage duration）、作用域（scope）、访问权限和可见性（visibility）。这好比要访问一个人，首先，要确定叫这个名字的人是否在世，如果他还没有生下或者已经死亡，即他不在生存期内，那是绝对无法访问的。其次，要看这个人是否在要访问的范围内，例如要活动的权限范围就在某个城市，那么要访问的这个人虽然活着，但不属于这个城市，也不可访问。再次，要看有没有权限见这个人。最后，要看这个人有没有被覆盖，例如有一位名字为"王朋"的省领导，到一个村子里调研，而村子里也有一个叫"王朋"的人，当到这个村子里找"王朋"时，人们自然先把村子里的王朋指引出来，除非说"我找省领导王朋"。

3.2.1 变量的作用域

变量的作用域是指变量名在程序正文中有效的区域。"有效"指的是在这个区域内该变量名对于编译器是有意义的。因此，变量的作用域由变量的声明语句所在位置决定，即在哪个范围域中声明的变量，其作用域就是那个区域。下面分实例变量和局部变量 2 种情形进行讨论。

1. 实例变量的作用域

实例变量声明（定义）在类定义中，所以实例变量的作用域在类的每个实例——对象中，即一个类实例的所有成员方法都可以引用它。

2. 局部变量的作用域

局部变量可以分 3 种情形讨论：

（1）声明在一个代码块（即用花括号括起的一组代码，包括方法体中声明的变量）中的变量，其作用域就在这个代码区间内，在这个区间外部的任何引用都会导致编译错误或不正确的结果。例如，在本节中，getPrimeSeries( )方法体中定义的 m 只能在 getPrimeSeries( )方法体中被引用，在 isAPrime( )方法体中定义的 m 只能在 isAPrime( )方法体中被引用。两个 m 各自独立，在各自的作用域内被引用，不会产生混淆。如果在 getPrimeSeries( )方法体中企图引用在 isAPrime( )方法体中定义的 m，将导致错误。

（2）方法参数也是一个局部变量，作用域是整个方法体。

（3）异常处理参数也是一个局部变量，它们一般声明在一个 catch 后面的圆括号中，作为这个 catch 的参数，作用域在其后面的代码块中。

3.2.2 变量的生命期与存储特点

变量的生命期指变量从被创建到撤销之间的一段程序过程。这与变量所分配的存储空间类型有关，也与所依附的程序元素有关。表 3.1 为静态变量、实例变量和局部变量之间生命期的比较。

表 3.1 　　　　　　　　静态变量、实例变量和局部变量之间生命期的比较

名　称	存储位置	依附元素	生　命　期
静态变量	方法区（静态区）	类	从声明到类撤销
实例变量	堆区（动态区）	实例	从声明到实例撤销
局部变量	栈区（自动区）	代码段	从声明到该段代码结束

说明：

（1）栈区的特点：先进后出，或后进先出。即两个变量，先创建的变量，后被撤销。并且这种撤销是系统自动进行的。如果没有显式初始化，变量的值是不确定的。

（2）堆区的特点：创建由 new 进行，撤销由垃圾回收器进行，或系统终止程序时进行。如果没有用构造方法显式初始化，则被系统初始化为所属类型的默认值——如果是对象，则初始化为 null；如果是数值类型，则初始化为 0.；如果是 boolean 类型，则初始化为 false。

3.2.3 垃圾回收的基本原理

在程序（特别是大程序）的运行过程中，往往要建立许许多多的对象，而每个对象都要占用一定的堆存储空间。那么，是否会出现内存空间不足的问题呢？这个问题不必担心。因为如果出现内存不足，系统会有相关的异常处理机制进行处理。其次，也是很重要的是，Java 虚拟机在运行过程中，会自动启动一个垃圾回收器（garbage collector，GC），定期进行扫描，识别那些不再被引用的对象（垃圾），释放并回收它们所占用的资源。

早期的垃圾回收器在编译时，确定了每个对象要被引用的次数；程序运行后，即启动每个对象的引用计数器，每被引用一次，引用计数器减 1；当某对象的引用数为 0 时，便可以进行垃圾收集。

现在大多数 JVM 采用对象引用遍历（即按照一定的规则，逐个检查），即从一组对象开始，逐个判断哪个可以作为垃圾，记住哪些对象还在使用，以便删除不再使用的对象。这个过程称为标记（marking）对象，然后进行清除（sweeping）操作，即删除不可到达的对象。删除时，有些只是简单地扫描堆栈，删除未标记的对象，并释放它们的内存。这种方法往往会将内存分成许多无法再利用的碎片。为此，需要重新组织内存中的对象，把碎片压缩（compact）成可利用的空间。

进行垃圾回收的时间是未知的，同时垃圾回收器也会占用一定的资源，工作也较慢，所以尽管扫描过程是周期的，但由于垃圾回收的优先级别低，必须等到系统出现空闲周期才得以完成。此外，对象除了占用堆存储资源外，还要使用一些非内存资源，如打开的文件、底层网络资源等。垃圾回收器，不能释放这些资源。为此，Java 提供了 finalize( )方法进行强

制性地执行与对象相关的资源清理工作，并且程序员可以编写自己的 finalize( )方法，以求得主动。

在程序运行中，对象从创建到被回收，这一段时间称为对象的生命期。需要说明的是，如果一个对象的资源没有被垃圾回收器回收，这个对象的生命期将延续到程序结束。

3.3　Java 的重复控制结构

第 3.1 节介绍了 while 重复控制结构。实际上，Java 有 3 种重复控制结构：while 结构、do-while 和 for。

3.3.1　while 结构和 do-while 结构

while 结构的执行特点：先判断，再进入。而 do-while 结构的执行特点：先进入，再判断。即 while 结构的循环体可能一次也不执行，而 do-while 结构最少要执行一次。图 3.2 为二者的流程图。

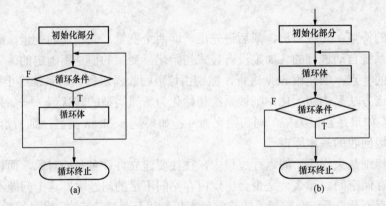

图 3.2　while 结构和 do-while 结构

（a）while 结构；（b）do-while 结构

下面为二者的基本格式：

注意：do-while 结构的最后要以分号结束。

代码 3-3　采用 do-while 结构的 isAPrime( )方法。

```
static boolean isAPrime( int number){
    int m = 2;
    do{
        if(number % m == 0){
            return false;
        }
        else {
            ++ m;
```

```
        }
    } while(m < number );
    return true;
}
```

代码 3-4　采用 do-while 结构的 getPrimeSeries( )方法。

```
public void getPrimeSeries(){
System.out.println(LowerNaturalNumber + "到" + UpperNaturalNumber + "之间的素数序列为");
    int m = LowerNaturalNumber;                    // 定义并初始化被检测的数
    do{
        if(m <= 1){
            ++ m;                                  // 取下一个数
            continue;                              // 短路本循环后面的语句
        }
        if(isAPrime(m)){
            System.out.print(m + ",");
        }
        ++ m;
    } while(m <= UpperNaturalNumber);
    return;
}
```

说明：continue 称为循环短路语句，作用是短路循环体内后面的语句，进入下一轮的判断、循环。

3.3.2　for 结构

如前所述，循环结构是通过初始化部分、循环条件和修正部分来控制循环过程的。while 结构和 do-while 结构将这 3 部分分别放在不同位置，而 for 结构则把这 3 个部分放在一起，形成如下形式：

```
for(初始化部分；循环条件；修正部分){
    循环体
}
```

这样的形式，可以使人对循环过程的控制一目了然，特别适用在循环次数可以预先确定的情况。所以也把 for 循环称为计数循环。

代码 3-5　采用 for 结构的 isAPrime( )方法。

```
static boolean isAPrime( int number){
    int m;
    for(m = 2; m < number; ++ m) {
        if(number % m == 0){
            return false;
        }
    }
    return true;
}
```

代码 3-6　采用 for 结构的 getPrimeSeries( )方法。

```
public void getPrimeSeries(){
```

```
System.out.print(LowerNaturalNumber + "到" + UpperNaturalNumber + "之间的素数序列为：");
    int m = LowerNaturalNumber;                    // 定义并初始化被检测的数
    for( m = LowerNaturalNumber; m <= UpperNaturalNumber;++m){
        if(m <= 1){
            continue;                              // 短路本循环后面的语句
        }
        if(isAPrime(m)){
            System.out.print(m + ",");
        }
    }
    return;
}
```

3.3.3 continue 语句和 break 语句

continue 和 break 是经常用于循环结构中起辅助控制功能的两个语句。如前所述，continue 语句的作用是短路循环体中后面的语句，转入下一轮的判断、循环。break 语句的作用则是结束当前的循环。这两种操作都是在一定条件下才需要执行，所以在循环体中这两个语句常与 if-else 结构相配合。图 3.3 为这两个语句在循环结构中的用法示意。

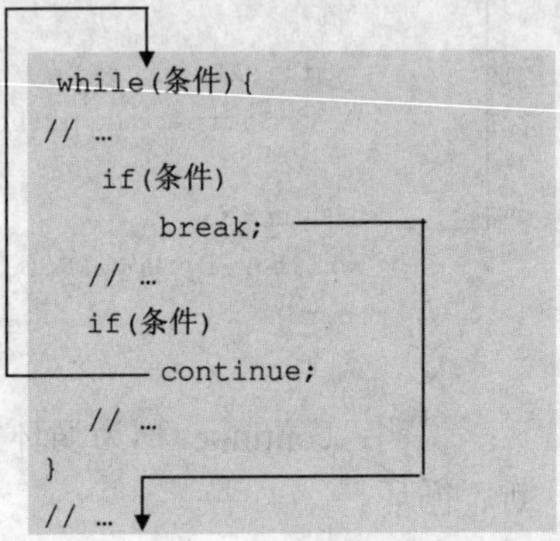

注意：break 语句的用法：

（1）break 只对循环和 switch-case 结构有效。

（2）当结构嵌套时，break 语句只对当前一层循环或 switch-case 结构有效。

```
while(条件){
// …
    if(条件)
        break;
    // …
    if(条件)
        continue;
    // …
}
// …
```

图 3.3 continue 与 break

3.3.4 PrimeSeries 类的定义代码

根据上面的分析并略加调整，就可以得到如下 PrimeSeries 类定义。

代码 3-7 PrimeSeries 类的定义。

```
public class PrimeSeries {
    int LowerNaturalNumber;
    int UpperNaturalNumber;

    public PrimeSeries(int ln,int un){
        LowerNaturalNumber = ln;
        UpperNaturalNumber = un;
    }

    public void getPrimeSeries(){
        System.out.print(LowerNaturalNumber +"到" + UpperNaturalNumber+"之间的素数序列为：");
        int m = LowerNaturalNumber;                // 定义并初始化被检测的数
        while(m <= UpperNaturalNumber){
            if(m <= 1){
                ++ m;
                continue;                          // 短路本循环后面的语句
            }
            if(isAPrime(m)){
```

```
            System.out.print(m + ",");
        }
        ++m;
    }
    return;
}


static boolean isAPrime(int number){
    for(byte m = 2; m < number;++m) {
        if(number % m == 0){
            return false;
        }
    }
    return true;
}


public static void main(String[] args) {
    PrimeSeries ps1 = new PrimeSeries(2,20);
    ps1.getPrimeSeries();
}

}
```

3.3.5　重复控制结构的测试

1. 白箱测试与黑箱测试

前面介绍了基于路径覆盖的测试方法。这种测试方法称为白箱测试或结构测试。白箱测试是很复杂的，需要大量的测试用例。一般来说，对于复杂的流程结构，由于路径和条件的组合数量太多，进行完全的白箱测试是不可能的。在这种情况下，可以考虑使用黑箱测试方法。采用黑箱测试，可以不考虑程序的流程结构，只根据方法要实现的功能或要操作的数据的特征选择对一些特殊数据作为测试用例。常用的策略有如下两种。

（1）边值分析法。对于重复结构来说，可以选循环次数（或条件）的边界值，使循环次数比预想的多 1 次、少 1 次、相等。

（2）等价分类法。对要处理的数据进行分类，挑选与每一类中的数据等价的数据作为测试用例。对于有规律的被处理数据集合，可以采用增量的等价数据测试，并对结果进行分析。

2. 循环结构的测试

对于循环结构进行完全测试原则上是不可能的。但是可以通过控制循环次数，对循环结构进行关键性测试。这些测试在循环条件的边界上进行，即至少覆盖如下几种情形：

- 不执行循环体。
- 只执行一次循环体。
- 执行 n 次（预期次数）循环体。
- 执行 $n-1$ 次循环体。
- 执行 $n-1$ 次循环体。
- 循环体外其他特殊数据——等价分类。

3. 本例测试数据的设计

按照循环的边界条件，应当取如下 5 组测试数据。

（1）跳过循环，取 lowerNaturalNumber < upperNaturalNumber。

（2）只循环一次，取 lowerNaturalNumber = upperNaturalNumber。

（3）循环次数为 $n-1$ 次（n 为预先设定的循环次数）。如，本例中取 upperNaturalNumber 为 lowerNaturalNumber $+n-1$。

（4）循环次数刚好为 n 次。例如，本例中取 upperNaturalNumber 为 lowerNaturalNumber $+n$。

（5）循环次数为 $n+1$ 次。例如，本例中取 upperNaturalNumber 为 lowerNaturalNumber $+n+1$。

但是，对于本例来说，上述情形（1）、（5）不会存在，情形（3）、（4）在任何 lowerNaturalNumber < upperNaturalNumber 的条件下都会执行到。所以，最后只需要（1）、（2）两组测试数据。

按照素数的定义，可以使用测试数据：数据区间中含有负数、0、1 以及足够数量的素数和合数。

综合起来，取如下两组数据即可：

（1）取区间：$-2\sim20$。

（2）取区间：$20\sim20$。

3.4　Java 关键字与标识符命名规则

3.4.1　Java 关键字（保留字）

关键字（keyword）对 Java 编译器有特殊的意义。Java 语言一共使用了 48 个关键字，它们可以分为如下几类。

（1）基本类型关键字：boolean（布尔型）、byte（字节型）、char（字符型）、double（双精度型）、float（单精度型）、int（整型）、long（长整型）、short（短整型）。

（2）程序流程控制关键字：break（从 switch 或循环中跳出）、continue（当前循环短路）、return（方法返回）、do（do-while 循环开始）、while（while 循环开始或 do-while 循环的判断）、if（条件真子句入口）、else（条件假子句入口）、for（计数循环控制）、switch（switch 结构开始）、case（switch 结构的情形）、default（switch 结构的默认情形）。

（3）异常处理关键字：catch（捕获）、finally（最后）、throw（抛掷）、throws（抛掷）、try（尝试）。

（4）访问控制关键字：private（私密/私有）、protected（保护）、public（公开/共享）。

（5）类、接口和包的定义与引入关键字：class（类）、extends（继承）、implements（工具）、interface（接口）、import（引入）、package（包）。

（6）修饰关键字：abstract（摘要）、final（结局/最终）、native（本地）、static（静态）、strictfp（精确浮点）、synchronized（同步）、transient（短暂）、volatile（易失）。

（7）实例创建与引用关键字：instanceof（实例相同测试）、new（创建）、super（引用来自父类成员）、this（本实例/本对象引用）。

（8）void（方法无返回值）。

（9）除了上述 48 个关键字以外，还有两个是 C 语言使用过的关键字 goto 和 const，由于副作用太多，Java 将之停用，但也作为保留字，不能为程序员使用作标识符。

（10）还有 3 个好像是关键字的单词：null（空）、true（真）、false（假）。实际上,它们并不是关键字，但也不能被程序员用作标识符。

3.4.2　Java 标识符及其命名规则

程序员对程序中的各个元素（如变量、方法、类或标号等）加以命名时使用的命名记号称为标识符（identifier）。Java 语言中，标识符是一个字符序列，在语法上有如下使用限制：

（1）必须要以字母，下划线（_）或美元符（$）开头，后面可以跟字母、下划线、美元符或数字。

（2）Java 是区分字母大小写的，如 name 和 Name 就代表两个不同的标识符。

（3）不可以单独将关键字（或保留字）作为标识符。

下面是合法的标识符：

userName　　User_Name　　_sys_val　　$change　　class8

下面是非法的标识符：

2mail　　#room　　class

3.4.3　几种流行的命名法

1. 下划线命名法

下划线命名法是 C 语言出现后开始流行起来的一种命名法，在许多旧的程序和 Unix 的环境中,使用非常普遍。它的命名规则是使用下划线作为一个标识符中的逻辑点，分隔所组成标识符的词汇。例如，my_First_Name、my_Last_Name 等。

2. 骆驼（Camel-Case）命名法

骆驼命名法是使名字中的每一个逻辑断点都用一个大写字母来标记,例如：myFirstName、myLastName 等。

3. 帕斯卡（Pascal）命名法

帕斯卡（Pascal）命名法与骆驼命名法类似。只不过骆驼命名法是首字母小写，而帕斯卡命名法是首字母大写，例如 MyFirstName、MyLastName 等。

4. 匈牙利命名法

匈牙利命名法是由 Microsoft 的著名开发人员 Excel 的主要设计者查尔斯·西蒙尼（Charles Simonyi）在他的博士论文中提出来

> **工程技术人员推荐的一些命名原则**
>
> （1）类名第一个字母大写，其后小写。
> （2）变量和方法名中的首字母小写，其后每个英文单词的第一个字母大写，其他小写。
> （3）类、对象和变量用名词，实现类行为的成员方法用动词，类的存取和查询成员方法名用名词或形容词。
> （4）名字要清楚、简单。建议长度在 3～25 个字符。
> （5）名字要好念、好记、好拼，符合"见名知义"原则；避免模棱两可、晦涩不清、难以分辨，例如，字母 o、O 与数字 0，字母 l(L)、I（i）与数字 1。

的一种关于变量、方法、对象、前缀、宏定义等各种类型的符号的命名规范。由于西蒙尼的国籍是匈牙利，所以这种命名法称为匈牙利命名法。它的主要思想：在变量和方法名中加入前缀以增进人们对程序的理解。表 3.2 匈牙利命名法中关于前缀的主要规定。

表 3.2　　　　　　　　　　　　　　匈牙利法的主要前缀

前缀	类　型	描　述	实　例
c	char	8 位字符	cGrade
str	string	字符型	strName
ch	tchar	如果 _UNICODE 定义，则为 16 位字符	chName

续表

前缀	类　型	描　　述	实　例
b	bool	布尔值	bEnable
n , i	int	整型（其大小依赖于操作系统）	nLength
si	short	短整型	siSequ
f	float	浮点型	fRadius
d	double	双精度型	dArea
l	long	长整型	lOffset

习　题　3

概念辨析

1. 从备选答案中选择下列各题的答案

（1）执行 break 语句，（　　）。

  A. 从最内层的循环退出   B. 从最内层的 switch 退出

  C. 可以退出所有循环或 switch   D. 当前层的循环或 switch 退出

（2）在跳转语句中，（　　）。

  A. break 语句只应用于循环体中

  B. continue 语句只应用于循环体中

  C. break 是无条件跳转语句，continue 不是

  D. break 和 continue 的跳转范围不够明确，容易出错

（3）for(int x=0,y=o; !x && y <= 5; y ++)语句执行循环的次数是（　　）。

  A. 0   B. 5   C. 6   D. 无限次

（4）变量名（　　）。

  A. 越长越好   B. 越短越好

  C. 在表达清晰的前提下尽量简单、通俗   D. 应避免模棱两可、容易混淆、晦涩

（5）以下各关于垃圾回收的陈述中，正确的是（　　）。

  A. 垃圾回收线程的优先级很高，以保证不再使用的内存将被及时回收

  B. 垃圾收集允许程序开发者明确指定释放哪一个对象

  C. 垃圾回收机制保证了 Java 程序不会出现内存溢出

  D. 以上都不对

  E. 垃圾收集将检查并释放不再使用的内存

  F. 垃圾收集允许程序开发者明确指定并立即释放该内存

  G. 垃圾收集能够在期望的时间释放被 Java 对象使用的内存

（6）下列变量定义中，不合法的有（　　）。

  A. boolean flag=true;   B. int k = 1+'a';

C. char ch = "a";　　　　　　　　　　　D. float radius = 1/2;

（7）下面哪个是不合法的 Java 标识符（　　）。

A. $persons　　　　　　　　　　　B. TwoUsers

C. *point　　　　　　　　　　　　D. _endline

E. BigMeaninglessName　　　　　　F. $int

G. 1s　　　　　　　　　　　　　　H. $1

（8）下列关于 for 循环和 while 循环的说法中，正确的是（　　）。

A. while 循环能实现的操作，for 循环也都能实现

B. while 循环判断条件一般是程序结果，for 循环判断条件一般是非程序结果

C. 两种循环任何时候都可替换

D. 两种循环结构中都必须有循环体，循环体不能为空

（9）循环体至少被执行了一次的语句为（　　）。

A. for 循环　　　　　　　　　　　B. while 循环

C. do 循环　　　　　　　　　　　　D. 任意一种循环

（10）i ++ 与 ++ i，（　　）。

A. i++ 是先增量，后引用；++i 是先引用，后增量

B. i++ 是先引用，后增量；++i 也是先引用，后增量

C. i++ 是先引用，后增量；++i 是先增量，后引用

D. i++ 是先增量，后引用；++i 也是先增量，后引用

（11）for 循环：for(x=0, y=O; (y!=123)& &(x<4); x++);，（　　）。

A. 是无限循环　　　　　　　　　　B. 循环次数不定

C. 最多执行 4 次　　　　　　　　　D. 最多执行 3 次

2. 判断下列叙述是否正确

（1）自增运算符++，既可以用于变量的自增，又可以用于常量的自增　　　　　　　　（　　）

（2）continue 语句用在循环结构中表示继续执行下一次循环　　　　　　　　　　　　（　　）

（3）break 语句可以用在循环和 switch 语句中　　　　　　　　　　　　　　　　　（　　）

（4）Java 类中不能存在同名的两个成员方法　　　　　　　　　　　　　　　　　　（　　）

代码分析

1. 从备选答案中选择如下循环代码的运行结果。（　　）

```java
public static void main(String[] args) {
    int i;
    for (foo('A'), i = 0; foo('B') && (i < 2); foo('C')) {
        ++i;
        foo('D');
    }
}
static boolean foo(char c) {
    System.out.print(c);
```

```
        return true;
    }
```

    A. ABCDABCD   B. ABCDBCDB   C. ABDCBDCB   D. 运行时抛出异常

E. 编译错误

2. 从备选答案中选择如下代码的输出结果。（   ）

```java
public class Test{
    public static void main(String arg[]){
        int i = 5;
        do {
            System.out.println(i);
        }while (--i > 4);
        System.out.println("Finished");
    }
}
```

    A. 5   B. 4   C. 6   D. Finished   E. None

3. 下列代码执行后，输出什么？

```java
int x, a = 2, b = 3, c = 4;
x = ++ a + b +++ c ++;
System.out.println(x);
```

4. 从备选答案中选择下列代码的执行结果。（   ）

```java
public class Inc{
    public static void main(String[] args){
        Inc inc = new Inc();
        int i = 0;
        inc.fermin(i);
        System.out.println(i);
    }
    void fermin(int j){
        j++;
    }
}
```

    A. 编译错误   B. 输出 2   C. 输出 1   D. 输出 0

5. 说明下列代码执行后，输出端的内容。

```java
import java.util.*;
public class Test{
    public static void main(String[] args){
        int i = 0;
        i = i ++ + ++ i;
        int j = 0;
        j = ++ j + j ++ + j ++ + j ++;
        int k = 0;
        k = k++ + k++ + k++ + ++k;
        int h = 0;
        h = ++h + ++ h;
```

```
        int p1 = 0, p2 = 0,
        int q1 = 0, q2 = 0;
        qi = ++ p1;
        q2 = p2 ++;

        System.out.println("i ="+i);
        System.out.println("j ="+j);
        System.out.println("k ="+k);
        System.out.println("h ="+h);
        System.out.println("p1 ="+p1);
        System.out.println("p2 ="+p2);
        System.out.println("q1 ="+q1);
        System.out.println("q2 ="+q2);
    }
}
```

6. 下面的代码创建一个 Point 对象和一个 Rectangle 对象。在这段代码执行后，将有多少引用指向这些对象? 这些对象是否符合垃圾收集条件?

```
…
Point point = new Point(3,5);
Rectangle Rectangle = new Rectangle(point, 22,22);
point = null;
…
```

开发实践

设计下列各题的 Java 程序，并为这些程序设计测试用例。

1. 编写程序，输入一个整数，判断它能否被 3、5、7 同时整除。

2. 百马百担问题: 有 100 匹马，驮 100 担货，大马驮 3 担，中马驮 2 担，两匹小马驮 1 担，问有大、中、小马各多少? 请设计求解该题的 Java 程序。

3. 一个经理有三个女儿，三个女儿的年龄加起来等于 13，三个女儿的年龄乘起来等于经理自己的年龄，有一个下属已知道经理的年龄，但仍不能确定经理三个女儿的年龄，这时经理说只有一个女儿的头发是黑的，然后这个下属就知道了经理三个女儿的年龄。请问三个女儿的年龄分别是多少? 为什么?

4. 以前有位财主雇了一个工人工作 7 天，给工人的回报是一根金条。如果把金条平分成相等的 7 段，就可以在每天结束时给工人一段金条。但是，财主规定只需两次把金条弄断，否则工人就无法得到当天的报酬。聪明的工人如何切割金条使自己每天能得到报酬?

5. 某电子门锁在出厂时设置了密码，不过以后还可以再由用户重新设置密码。开启电子门锁时，只要输对密码，门就可以自动打开。请用 Java 程序模拟该电子门锁。

思考探索

1. 若 num1=5, num2=5000，则下面两个循环哪个效率高? 说明原因。

A:

```
int i,j;
for(i = 1; i < num1; i ++)
```

```
        for(j = 1; j < num2; j ++)
    fun();
```

B:

```
int i,j;
for(i = 1; i < num2; i ++)
        for(j = 1; j < num1; j ++)
    fun();
```

2. x=x+1, x+=1 以及 x++，三者中，哪个效率最高？哪个效率最低？为什么？

3. 表达式 a++与++a 有区别吗？

第 4 单元 阶乘计算器

阶乘（factorial）是一种基于自然数（natural number）的运算，其运算符号! 由法国数学家基斯顿·卡曼（Christian Kramp，1760~1826）于 1808 年发明，其数学定义：当 $n > 0$ 时，$n! = 1 * 2 * \cdots * n$，当 $n = 0$ 时，$n! = 1$。

4.1 阶乘计算器类建模

用面向对象的方法为阶乘计算器（factorial calculator）建立类模型，最少需要如下一些成员。

- int aNatural Number，整型。
- 构造方法。
- 计算阶乘方法 long get Factorial( )，返回长整型。
- 主方法。

类模型如图 4.1 所示。

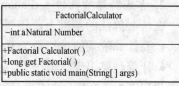

图 4.1 Factorial Calculator 类模型

4.2 基于迭代法的阶乘计算器

1. 用迭代法实现 getFactorial( )方法

FactorialCalculator 类的核心部件是 getFactorial( )方法。而其核心是计算 aNaturalNumber > 0 时的阶乘。

代码 4-1 计算阶乘的算法。

```
int i;
long fact = 1;                           // 初始化
for(i = 1; i <= aNatural Number; ++ i){  // 迭代条件
    fact = fact * i;                     // 迭代过程
}
return fact;
```

表 4.1 为这个算法的执行过程。这个过程称为迭代（iteration）。可以看出，它的每一步计算，都是由 fact 的原来值推出 fact 的新值。这个过程称为迭代。

表 4.1 阶乘的迭代计算过程

计算过程	i 的值	计算前的 fact 值	计算过程	计算后的 fact 的值
第 1 次	1	1	1 * 1	1
第 2 次	2	1	1 * 2	2
第 3 次	3	2	2 * 3	6

续表

计算过程	i 的值	计算前的 fact 值	计算过程	计算后的 fact 的值
第 4 次	4	4	6 * 4	24
第 5 次	5	24	24 * 5	120
第 6 次	6	120	120 * 6	720
…	…	…	…	…

注意：迭代过程由初始化、迭代表达式和迭代结束条件三部分组成。

（1）在本例中，初始化 fact = 1。所以要初始化为 1，而不是 0，是因为要进行乘运算。

（2）在本例中，迭代表达式为 fact＝fact * i。每经过一次循环，i 增 1，直到最后 i＝aNaturalNumber，进行完这一轮迭代，就得到了 aNaturalNumber！。

（3）本例的，迭代结束条件是 i＝aNaturalNumber。

2. 考虑特殊情况的 getFactorial( )方法算法

在核心算法的基础上，还要考虑如下一些特殊情况：

• 要计算阶乘的自然数为 0。

• 计算结果出现"溢出"，超出了预先设定的范围。

代码 4-2　考虑上述因素后的 getFactorial( )方法算法。

```
public long getFactorial() throws Exception{              // 抛出异常
    long fact = 1;                                        // 初始化
    if(fact * i > Long.MAX_VALUE || fact * i < 0)
        throw new Exception("计算溢出！");                  // 创建无名异常对象
    else{
        for(int i = 1; i <= aNaturalNumber; ++ i)
            fact = fact * i;
        return fact;
    }
}
```

说明：

（1）若将 fact 定义为 int 类型，最多可以计算到 12！。为了能计算更大数的阶乘，可以把 fact 定义为 long 类型。即使这样，仍然会有超出 long 类型表示范围的可能，所以要进行溢出异常处理。

（2）代码中，Exception 是定义在 java.lang 中的运行时异常类。

（3）为什么要使用 if(fact * i > Long.MAX_VALUE || fact * i < 0)，而不是使用 if(fact * i > Long.MAX_VALUE)进行判断呢？因为，一个正数在计算机中用二进制存储时，最高位为 0；负数的最高位为 1。这就导致了过大的正数值会由于进位使最高位为 1，所输出的值就变成了负数。由于这个原因，当 fact 接近 Long.MAX_VALUE（长整型的最大值）时，已经测不到 fact * i > Long.MAX_VALUE，而再进行一次运算后 fact * i 成为负数，也测不到 fact * i > Long.MAX_VALUE。使用前者，问题就解决了。

（4）操作符||称为逻辑"或"操作符，是一个二元操作符，操作规则是，当其两端的表达式有一端为 true 时，整个表达式的值就为 true；否则为 false。

Java 的逻辑操作符（或称布尔操作符）除了||，还有&&（逻辑"与"）和!（逻辑"非"）。

它们的运算规则为

- ||：两端中，有一端为 true，则表达式值为 true。
- &&：两端中，有一端为 false，则表达式值为 false。
- !：一元操作符，取值与被操作表达式相反。

（5）表 4.2 比较了已经学习过的几种操作符地方优先级别。可以看出如下几点。

- ! 的优先级别比算术操作符高。
- 逻辑操作符||和&&的优先级别比赋值类操作符高，比关系操作符低。
- 赋值操作符的优先级别比其他几种都低。

表 4.2　　　　　　　　　　已经学过的几种操作符的优先级别比较

优先级高低	运 算 符 号	名　　称
高	!	增量、减量、负、逻辑非、位非
	*、/、%	算术乘、除、模
	+、-	算术加、减
	<、<=、>、>=	小于、小于等于、大于、大于等于
	==、!=	相等、不等
	&&	逻辑与
	||	逻辑或
低	=、*= /=、+=、-=	简单赋值、赋值乘、赋值除、赋值加、赋值减

3. 构造方法定义

本例对于成员变量 aNaturalNumber 的初始化是有一个限制的，即 aNaturalNumber 只能是自然数，不能是负数。如果在程序运行中使用了负数，则构造方法应当抛出参数异常类型的异常。

代码 4-3　本例的构造方法。

```
public FactorialCalculator(int ann) throws IllegalArgumentException {
    if(ann < 0){
        throw new IllegalArgumentException("不能对负数求阶乘！");
// 创建无名参数异常对象
    }
    aNaturalNumber = ann;
}
```

说明：这里抛出的异常将在主方法中捕获处理。

4. 测试用例设计

测试主要针对主方法和 getFactorial( )方法进行。

（1）针对主方法的测试，可以设计两组测试用例：

- aNaturalNumber 为非自然数。
- aNaturalNumber 为自然数。

（2）针对 getFactorial( )方法的测试，考虑以下 4 个方面的用例：

- aNaturalNumber 为 0。

- aNaturalNumber >= 1。
- 计算不溢出。
- 计算溢出。

综合上述几点，可以取如下测试用例：

- aNaturalNumber 为 0。
- aNaturalNumber 为−2。
- aNaturalNumber 为 20。
- aNaturalNumber 为 200。

5. 主方法设计

主方法分为两种情形：

（1）测试 getFactorial( )方法需要的语句

```
FactorialCalculator fc1 = new FactorialCalculator (20);
FactorialCalculator fc2 = new FactorialCalculator (0);
FactorialCalculator fc3 = new FactorialCalculator (200);
```

（2）测试构造方法需要的语句

```
FactorialCalculator fc1 = new FactorialCalculator (20);
FactorialCalculator fc2 = new FactorialCalculator (-2);
```

6. 完整的类定义

代码 4-4

```java
public class FactorialCalculator{
    private int aNaturalNumber;
    public FactorialCalculator( int ann) throws IllegalArgumentException {
        if(ann < 0){
            throw new IllegalArgumentException("不能对负数求阶乘！");
                                                        // 无名异常对象

        }
        aNaturalNumber = ann;
    }


    int getNaturalNumber(){                             // 获得属性值
        return aNaturalNumber;
    }


    public long getFactorial() throws Exception{        // 抛出异常
        long fact = 1;                                  // 初始化
        if(fact * i > Lang.MAX_VALUE || fact * i < 0)
                throw new Exception("计算溢出！");          // 无名异常对象
        else{
            for(int i = 1; i <= aNaturalNumber; ++ i)
                fact = fact * i;
            return fact;
        }
    }
```

```
public static void main(String[] args) {              // 主方法
    int n=0;
    try {
        FactorialCalculator fc1=new FactorialCalculator(10);
        n = fc1.getNaturalNumber();
        System.out.println(n+"的阶乘为"+fc1.getFactorial(n));
        FactorialCalculator fc2=new FactorialCalculator(0);
        n = fc2.getNaturalNumber();
        System.out.println(n+"的阶乘为"+fc2.getFactorial(n));
        FactorialCalculator fc3=new FactorialCalculator(200);
        n = fc3.getNaturalNumber();
        System.out.println(n+"的阶乘为"+fc3.getFactorial(n));
    }catch(Exception e){
        System.out.println("捕获异常: " + e);
    }
}
}
```

测试结果如下。

```
10 的阶乘为 3628800
0 的阶乘为 1
捕获异常：java.lang.Exception：计算溢出！
```

4.3   基于递归法的阶乘计算器

1. 问题的提出

首先考虑将 getFactorial( )用下面的有参数形式描述。

代码 4-5   用参数接收 aNaturalNumber 的 getFactorial( )方法。

```
long getFactorial(int n) throws Exception{              // 有参数
    long fact = 1;
    if(fact * i > Long.MAX_VALUE || fact * i < 0)
        throw (new Exception("计算溢出！"));
    else{
        for(i = 1; i <= n; ++ i)
            fact = fact * i;
        return fact;
    }
}
```

显然，求 $n!$ 方法就可以用 getFactorial(n)计算，求（$n-1$）! 的方法可以用 getFactorial(n−1)计算。于是，可以写出表达式：$n!=n*(n-1)!$。这个表达式称为递归表达式，因为一个阶乘可以用阶乘的形式来描述。按照这个递归（recursive）表达式，可以很容易地写出用 getFactorial(n−1)描述的 getFactorial(n)如下。

代码 4-6   用 getFactorial(n−1)描述的 getFactorial(n)如下。

```
long getFactorial(int n) throws Exception{              // 有参数
```

```
    long fact = 1;
    if(getFactorial(n - 1) * n > Long.MAX_VALUE || getFactorial(n - 1) * n < 0){
        throw (new Exception("计算溢出！"));
    else
        fact = getFactorial(n - 1) * n ;                    // 递归描述
    return fact;
    }
}
```

可以看到，当用 getFactorial($n-1$) 递归地描述 getFactorial(n)后，用于迭代的循环结构就没有了。

2．递归过程

递归方法在执行时，将引起一系列的调用和回代的过程。因为，getFactorial(n)的返回值是 n*getFactorial($n-1$)，而 getFactorial($n-1$)的值当前还不知道，要调用完才能知道。例如当 n=5 时，返回值是 5*getFactorial(4)；而 getFactorial(4)调用的返回值是 4*getFactorial(3)，仍然是个未知数，还要先求出 getFactorial(3)；getFactorial(3)也不知道，它的返回值为 3*getFactorial(2)；getFactorial(2) 的值为 2*getFactorial(1)；getFactorial(1) 的值为 1*getFactorial(0)；getFactorial(0)的返回值为 1，是一个已知数。然后回过头根据 getFactorial(0)求出 getFactorial(1)，由 getFactorial(1)求出 getFactorial(2)，将 getFactorial(2)的值乘以 3 求出 getFactorial(3)，将 getFactorial(3)乘上 4 得到 getFactorial(4)，再将 getFactorial(4)乘上 5，得到 getFactorial(5)。图 4.2 描述了这个过程，可以帮助初学者理解递归的原理。

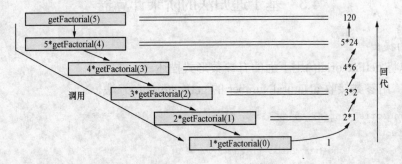

图 4.2　n＝5 时 getFactorial 的调用和回代过程

总之，每一次递归调用都用使问题规模缩小的参数，使求解过程前进一步，不断地递归调用，使问题规模不断缩小，直到可以方便求解。但是，递归比迭代的执行效率低，但是它的描述使人容易接受，尤其是一些用迭代难以表达的问题，用递归形式使问题描述变得十分简单。下面就是一个典型的例子。

4.4　另一个经典案例：Hanoi 游戏机的递归程序

1．问题描述

古代印度布拉玛庙里僧侣玩一种游戏叫做汉诺塔（Tower of Hanoi）。游戏的装置是一块铜板，上面有三根杆，在 a 杆上自下而上、由大到小顺序地串有 64 个金盘。游戏的目的是把

a 杆上的金盘全部移到 b 杆上。条件是，一次只能够动一个盘，可以借助 a 与 c 杆；移动时不允许大盘在小盘上面。容易推出，n 个盘从一根杆移到另一根杆需要 2^n-1 次，所以 64 个盘的移动次数为 $2^{64}-1 = 18\,446\,744\,073\,709\,511\,615$。这是一个天文数字，即使一台功能很强的现代计算机来解汉诺塔问题，每 1ms 可能仿真（不输出）一次移动，那么也需要几乎 100 万年。而如果每秒移动一次，则需近 5800 亿年，目前从能源角度推算，太阳系的寿命也只有 150 亿年。

2. 问题建模

乍想起来，这是一个非常麻烦的过程，并且盘子越多越麻烦。但是用下面的思路可以非常自然，又很简单地描写其实现过程。即若把 Hanoi 游戏机（HanoiGame）中将 n 个盘子借助 c 柱从 a 柱移到 b 柱的方法记为 hanoiPlay(n,a,b ,c)，则移动过程可以递归描述如下。

第一步：先把 $n-1$ 个盘子设法借助 b 杆放到 c 杆，如图 4.3 中的箭头①所示，记做 hanoiPlay(n-1,a,c,b)。

第二步：把第 n 个盘子从 a 杆移到 b 杆，如图 4.3 中的箭头②所示。

第三步：把 c 杆上的 $n-1$ 个盘子借助 a 杆移到 b 杆，如图 4.3 中的箭头③所示，记为 hanoiPlay(n-1,c,b,a)。

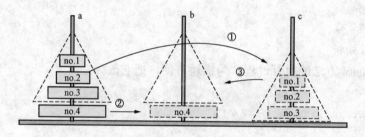

图 4.3　汉诺塔游戏的递归描述

3. 成员方法 hanoiPlay( ) 的实现

成员方法 hanoiPlay( ) 描述了借助 c 杆将 a 杆上的 n 个盘子移到 b 杆上。为此它需要 4 个参数：盘子总数、源柱名称、目的柱名称和辅助柱名称。于是便可以非常简单地用下面的递归程序段来描述。

代码 4-7

```java
public void hanoiPlay(byte n,char a, char b, char c){
    if(n>0) {
        hanoiPlay(n-1,a,c,b);            // 将a杆上n-1个盘子借助于b杆先移到c杆
        System.out.println("将盘子"+n+"从"+a+"搬至"+b);
        hanoiPlay(n-1,c,b,a);            // 将c杆上n-1个盘子借助a杆移到b杆
    }
}
```

4. HanoiGame 类的定义

代码 4-8

```java
public class HanoiGame{
    private byte discNumber;
```

```
   public HanoiGame(byte n){
      discNumber = n;
   }

   public static void hanoiPlay(byte n,char a, char b, char c){
      if(n > 0) {
         hanoiPlay(n-1,a,c,b);         // 将 a 杆上 n-1 个盘子借助于 b 杆先移到 c 杆
         System.out.println("将盘子" + n + "从" + a + "搬至" + b);
         hanoiPlay(n-1,c,b,a);         // 将 c 杆上 n-1 个盘子借助 a 杆移到 b 杆
      }
   }
}
```

测试结果如下：

将盘子 1 从 A 搬至 B
将盘子 2 从 A 搬至 C
将盘子 1 从 B 搬至 C
将盘子 3 从 A 搬至 B
将盘子 1 从 C 搬至 A
将盘子 2 从 C 搬至 B
将盘子 1 从 A 搬至 B

5. 递归过程分析

下面介绍 hanoi 方法的执行过程，为描述方便，把它改为

```
h(n,a,b,c){
   h(n-1,a,c,b);
   non:a  b;
   h(n-1,c,b,a);
}
```

这样，当 $n=3$ 时，调用与返回情形如图 4.4 所示。

注意：一个递归定义必须是有确切定义的，必须每经过一步都使问题更简单，并且最后要能够终结，不能无限递归调用下去。

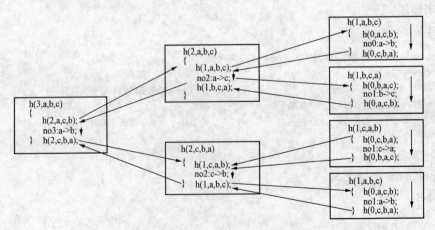

图 4.4　hanoi（3,a,b,c）的递归过程

习　题　4

概念辨析

从备选答案中选择下列各题的答案

（1）执行下面的代码后，x 的值为（　　）。

int x = 10;

x += x -= x − x;

A．10　　　　　　B．20　　　　　　C．30　　　　　　D．40

（2）对于"int a = 5, b = 3;"，执行表达式"!a && b++"后，a 和 b 的值分别为（　　）。

A．5,3　　　　　　B．0,1　　　　　　C．0,3　　　　　　D．5,4

（3）以下关于对象的说法中，不合适的是（　　）。

A．组成客观世界的不同事物都可以看成对象

B．对象是程序中具有封装性和信息隐藏的独立模块

C．对象可以分解、组合，也可以通过相似性原理进行分类和抽象

D．对象可以更好地组织计算机处理的内容，体现计算机运行规律，提高程序的执行效率

（4）以下关于对象的说法中，不正确的是（　　）。

A．对象变量是对象的引用　　　　　　B．对象是类的实例

C．一个对象可以作为另一个对象的成员　　D．对象不可以作为方法的参数

开发实践

分别用迭代法和递归法设计下列各题的 Java 程序，并为这些程序设计测试用例。

1．Fibonacci 是中世纪意大利的一位极有才华的数学家。他的代表作是 1202 年出版的《算盘的书》。在这本书中，Fibonacci 提出一个有趣的问题：设有一对新生兔子，从第三个月开始它们每个月生一对兔子。按此规律，每月的兔子数组成如下数列：

$$1,\ 1,\ 2,\ 3,\ 5,\ 8,\ 13,\ 21,\ 34,\ \cdots$$

人们把这个数列称为 Fibonacci 数列。本题的任务是导出任意长度的 Fibonacci 数列。

2．一个球从 100m 高度自由落下后，反弹回原来高度的一半。按此规律，行程达到 200m 时共弹起了多少次？

3．牛顿迭代法。牛顿迭代法又称为牛顿切线法，是一种收敛速度比较快的数值计算方法，其原理如图 4.5 所示。

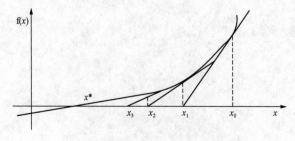

图 4.5　牛顿迭代法

设方程 $f(x)=0$ 有一个根 $x*$。首先要选一个区间，把根隔离在该区间内，并且要求函数 $f(x)$ 在该区间连续可导，则可以使用牛顿迭代法求得 $x*$ 的近似值。方法如下：

选择区间的一个端点 x_0，过点 $(x_0, f(x_0))$ 作函数 $f(x)$ 的切线与 x 轴交于 x_1，则此切线的斜率为 $f'(x_0)=f(x_0)/(x_0-x_1)$，即有

$$x_1 = x_0 - f(x_0)/f'(x_0)$$

显然，x_1 比 x_0 更接近 $x*$。

继续过点 $(x_1, f(x_1))$ 作函数 $f(x)$ 的切线与 x 轴交于 x_2，……当求得的 x_i 与 x_{i-1} 两点之间的距离小于给定的最大误差时，便认为 x_i 就是方程 $f(x)=0$ 近似解了。

试用 Java 程序描述牛顿迭代法。

4. 模拟 N 枚硬币抛掷到地面时的所有结果。结果用一个字符串表示：H 表示正面（图面）朝上，T 表示反面（数字面）朝上。例如 "HTTHH" 表示抛掷了 5 次，分别为正、反、反、正、正。

第 5 单元　扑　克　游　戏

扑克（poker）是一种纸牌游戏（card game）。一副扑克有 54 张牌（cards）。对于扑克牌的操作，主要有洗牌（shuffle）、整牌（sort）等。

5.1　数组与扑克牌的表示和存储

5.1.1　数组的概念

一套扑克牌有 54 张，实际上是 54 个数据，也是 54 个对象。但是，它们又是一个整体。如果用 54 个独立变量或对象存储它们，不仅麻烦，而且不能反映它们之间的整体性。为了对类似的情况进行有效管理和处理，高级计算机程序设计语言都提供了数组。

数组是一种用于组织同类型数据的数据类型。例如，设想用 3 位整数表示每张扑克牌，其中第一位表示种类，后两位表示牌号，即

101～113，分别表示红桃 A～红桃 K。

201～213，分别表示方块 A～方块 K。

301～313，分别表示梅花 A～梅花 K。

401～413，分别表示黑桃 A～黑桃 K。

501、502，分别表示大、小王。

这样，54 张扑克牌可以用一个整数数组 card 表示和存储，而每个元素分别表示所存储的一个数据，并用其在数组中的序号——下标（subscript）或称索引（index）引用，如 card[0]、card[1]、card[2]、…、card[53]称为数组 card 的 54 个下标变量，分别表示 54 张扑克牌。

注意：下标的起始值为 0。

由于数组 card 中的每个元素都用来存储 byte 类型数据，所以称 card 为 byte 类型数组。

当然，也可以按照习惯用一个字符串表示一张扑克牌，即在 card[0]、card[1]、card[2]、…、card[53]中分别存储"红桃尖"、"红桃 2"、…、"红桃 K"、"方块尖"、…、"梅花尖"、…、"黑桃尖"、…、"大王"、"小王"。由于它们都是存储的字符串，所以 card 称为字符串数组。

5.1.2　数组引用变量的声明和创建

虽然数组元素可以存储基本类型，也可以存储对象，但 Java 把数组视为对象。所以数组的创建需要与对象的创建一样的过程：声明、创建、初始化。

1. 数组引用变量的声明

Java 用符号[ ]表示所声明的变量是一个指向数组对象的引用。数组声明有如下 4 种形式：

```
byte[ ]  card;          // 形式 1
byte  [ ]card;          // 形式 2
byte  [ ]  card;        // 形式 3
byte card[ ];           // 形式 4
```

这 4 种形式都是合法的数组引用变量声明。本书推荐形式 1。它在一个类型关键字后面紧跟了一个表示数组的符号[ ]，更像一种新的类型——数组类型。

注意：声明数组变量引用时，一对方括号中间是空的。

2. 数组对象的创建

数组声明仅仅建立了一个数组的引用，真正的数组对象要用 new 建立，即用 new 给数组在堆空间中分配存储空间。为此，必须指明：

- 数组元素的类型。
- 元素的长度（length），即元素个数。
- 引用变量的名称。

如用于存储 byte 类型数据的数组对象 card 的创建代码为

```
card = new byte[54];
```

这时，才把一个数组引用与数组实体关联起来。

注意：

（1）创建数组对象时，方括号中的数字表明数组元素的长度，而不是数组元素下标的最大值。由于数组下标从 0 开始，所以下标最大值为数组长度 − 1。

（2）创建数组对象的引用变量后，每个数组元素都被初始化为默认值，如对于 byte 数组，每个元素都被自动初始化为 0。

5.1.3　数组的显式初始化

1. 数组的动态初始化

数组的动态初始化在声明和创建的同时进行。如

```
int[] card = new int[ ]{    101,102,103,104,105,106,107,108,109,110,111,112,113,
                            201,202,203,204,205,206,207,208,209,210,211,212,213,
                            301,302,303,304,305,306,307,308,309,310,311,312,313,
                            401,402,403,404,405,406,407,408,409,410,411,412,413,
                            501,502};
```

2. 数组的静态初始化

数组的静态初始化，可以不用 new 操作符，仅在声明的同时进行，如

```
int[ ] card ={    101,102,103,104,105,106,107,108,109,110,111,112,113,
                  201,202,203,204,205,206,207,208,209,210,211,212,213,
                  301,302,303,304,305,306,307,308,309,310,311,312,313,
                  401,402,403,404,405,406,407,408,409,410,411,412,413,
                  501,502};
```

5.1.4　数组元素的访问

一个数组对象被创建之后，就可以开始对其元素进行访问了。其显式初始化不是必须的，因为系统已经对其隐式初始化了。访问的方法无非是写（赋值）和读（输出）。例如，可以用下面的程序段为数组元素赋值。

代码 5-1

```
int[] card = new int[54];                          // 创建 card 数组
for(byte i=0; i < 4; ++i){
```

```
    for(byte j=0;j<13;++j){
        card[i*13+j]=100*(i+1)+j+1;                    // 初始化前 52 张牌
    }
}
card[52]=501;
card[53]=502;
```

也可以用输出语句输出一个元素的值。例如：

```
System.out.println(card[5]);
```

5.1.5　foreach 循环

foreach 循环也称集合遍历。其作用是把一个集合（这里是 card）中的指定类型的数据（这里是 int element），按照一定顺序逐一访问。例如：

```
for(int element:card){
    System.out.print(element+",");
}
```

5.2　随机数与扑克游戏洗牌

洗牌（shuffle）是扑克游戏中最常见的操作。洗牌就是将一副扑克中的每张牌都按照随机方式排列。为此要使用随机数。

5.2.1　随机数的概念

1. 随机数与伪随机数

随机数最重要的特性是在一个随机数序列中，后面的那个随机数与前面的那个随机数毫无关系。

有多种不同的方法产生随机数，这些方法被称为随机数发生器。不同的随机数发生器所产生的随机数序列是不同的，可以形成不同的分布规律。真正的随机数是使用物理现象产生的：比如，掷钱币、骰子、转轮、使用电子元件的噪声、核裂变等。这样的随机数发生器称为物理性随机数发生器，它们的缺点是技术要求比较高。计算机不会产生绝对随机的随机数，如它产生的随机数序列不会无限长，常常会形成序列的重复等。这种随机数称为"伪随机数"（pseudo random number）。有关如何产生随机数的理论有许多。不管用什么方法实现随机数发生器，都必须给它提供一个名为"种子"的初始值。例如，经典的伪随机数发生器可以表示为

$$X（n+1）＝a * X(n)＋b$$

显然给出一个 X(0)，就可以递推出 X(1)，X(2)，…，不同的 X(0) 就会得到不同的数列。X(0) 就称为每个随机数列的种子。因此，种子值最好是随机的，或者至少这个值是伪随机的。

2. Java 随机数

为了适应不同的编程习惯和应用，Java 提供了 3 种随机数形式：

（1）通过 System.currentTimeMillis( ) 获取由当前时间毫秒数 long 型随机数字。

（2）通过 Math.random( ) 返回一个 0～1 的 double 伪随机值。

（3）通过 Random 类来产生一个随机数。这是一个专业性的 Random 工具类，功能强大，

涵盖了 Math.random( )的功能。

5.2.2   Random 类

Random 类位于 java.util 包中，可以支持随机数操作。使用这个类，需要用语句：

```
import java.util.*;
```

或

```
import java.util.Random;
```

将其导入。下面介绍本例中要使用的几个 Random 类方法。

1. Random 类的构造方法

Random 类的构造方法用于创建一个新的随机数生成器对象。Random 类有两个构造方法：

（1）默认构造方法 Random( )。默认构造方法所创建的随机数生成器对象，采用计算机时钟的当前时间作为产生伪随机数的种子值。由于运行构造方法的时刻具有很大的随机值，所以使用该构造方法，程序在每次运行时所生成的随机数序列是不同的。

（2）使用单个 long 种子的带参构造方法 Random(long seed)。可以创建带单个 long 种子的随机数生成器对象。由于种子是固定的，所以每次运行生成的结果都一样。

创建带种子的 Random 对象有两种形式：

- Random random = new Random(997L);
- Random random = new Random( ); random.setSeed(997L);

说明：

- void setSeed(long seed) 使用单个 long 种子设置此随机数生成器的种子。
- 一个整数带有后缀 L 或 l 表明该整数是 long 型。

2. 用于生成下一个随机数的常用 Random 方法

boolean nextBoolean( )：下一个随机数为 true 或 false。

double nextDouble( )：下一个随机数为 0.0～1.0 均匀分布的 double 值。

float nextFloat( )：下一个随机数为 0.0～1.0 均匀分布的 float 值。

int nextInt( )：下一个随机数为一个均匀分布的 int 值。

int nextInt(int n)：下一个随机数为一个在 0（包括）～n（不包括）均匀分布的 int 值。在 [m,n]之间产生随机整数的方法：int a=random.nextInt(n-m+1) +m。这里，random 为一个 Rondom 对象。

long nextLong( )：下一个随机数为一个 均匀分布的 long 值。

5.2.3   一次洗牌算法

下面是一个一次洗牌的算法：

先在 0～53 产生一个随机数 rdm，将 card[0]与 card [rdm]交换；

在 1～53 产生一个随机数 rdm，将 card [1]与 card [rdm]交换；

……

在 i～53 之间产生一个随机数 rdm，将 card[i]与 card [rdm]交换；

……。

图 5.1 描述了这个洗牌过程。

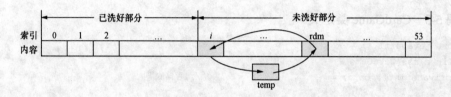

图 5.1 洗牌过程

这个过程可以表示为

```
for(byte i=0; i<54;++i){
    在 i~53 之间产生随机数 rdm;
    将 card[i]与 card[rdm]交换;
}
```

这里,需要进一步解决两个问题:

(1)在 i~53 产生随机数 rdm。如前所述该计算方法为

```
int rdm=rondom.nextInt(54-i) +i
```

(2)交换两个数组元素的值:card[i]与 card[rdm]。交换算法为

```
int temp = card[i];
card[i] = card[rdm];
card[rdm] = temp;
```

代码 5-2 一个完整的 shuffle( )方法。

```
import java.util.*;                            // 导入 java.util
public void shuffle(){
    System.out.println("进行一次洗牌: ");
    Random random=new Random();               // 创建一个默认的随机数生成器
    for(byte i=0; i<54;++i){
        int rdm=random.nextInt(54-i) +i;      // 生成一个[i,53]之间的随机数
        int temp = card[i];                   // 交换两个数组元素的值
        card[i] = card[rdm];
        card[rdm] = temp;
    }
}
```

5.2.4 洗牌方法的测试

测试洗牌方法是观察该方法能否把一副有序的扑克牌变成随机的序列来发现方法中的错误。测试需要针对一个显式初始化过的 card 数组进行。为此可以设计一个简单的 CardGame 类。这个类有下列成员:

- 一个数组 card。
- 初始化方法,用于创建并显式初始化数组 card。
- 洗牌方法。
- 显示底牌(数组 card 各元素值)的方法。
- 一个主方法。

代码 5-3 CardGame 类定义。

```java
import java.util.*;
public class CardGame {
    private int[] card;                         // 存储底牌

    public CardGame(){                          // 构造方法
        card = new int[]{101,102,103,104,105,106,107,108,109,110,111,112,113,
                        201,202,203,204,205,206,207,208,209,210,211,212,213,
                        301,302,303,304,305,306,307,308,309,310,311,312,313,
                        401,402,403,404,405,406,407,408,409,410,411,412,413,
                        501,502};
    }

    public void shuffle(){                      // 洗牌方法
        Random random=new Random();             // 创建一个默认的随机数产生器
        for(byte i=0; i<54;++i){
            int rdm=random.nextInt(54-i)+i;     // 生成一个[i,53]之间的随机数
            int temp = card[i];                 // 交换两个数组元素的值
            card[i] = card[rdm];
            card[rdm] = temp;
        }
    }

    public void disply(){                       // 显示底牌
        for(int element:card){
            System.out.print(element+",");
        }
    }

    public static void main(String[] args){     // 主方法
        CardGame play1= new CardGame();         // 创建并初始化
        System.out.print("扑克牌初始序列：");
        play1.disply();                         // 显示初始化后的底牌序列
        System.out.println();
        play1.shuffle();                        // 洗牌
        System.out.print("洗牌后扑克牌序列：");
        play1.disply();                         // 显示洗牌后的底牌序列
    }
}
```

说明：由于 shuffle( )是对一副扑克的所有牌进行随机性洗牌，输出其结果，已经是穷举测试了。测试结果略。

5.2.5 *n* 次洗牌算法

代码 5-4

```java
public void shuffle(byte n){
    Radom random=new Random();
    for(byte j=0;j<n;++j){                       // 重复 n 次
        System.out.println("进行一次洗牌：");
        for(byte i=0; i<54;++i){
            int rdm=rondom.nextInt(54-i) +i;
```

```
            byte temp = card[i];
            card[i] = card[rdm];
            card[rdm] = temp;
        }
    }
}
```

　　当 CardGame 需要进行多次洗牌，就是其增加了一个属性 shuffleTimes，好像进行游戏之前，玩家们要约定洗牌次数。在调用 shuffle( )方法时，要用 shuffleTimes 作为参数。

代码 5-5　修改后的 CardGame 类定义。

```java
import java.util.*;
public class CardGame{
    private int[] card;
    private int shuffleTimes;
    public CardGame(byte st){
        card = new int[]{ 101,102,103,104,105,106,107,108,109,110,111,112,113,
                          201,202,203,204,205,206,207,208,209,210,211,212,213,
                          301,302,303,304,305,306,307,308,309,310,311,312,313,
                          401,402,403,404,405,406,407,408,409,410,411,412,413,
                          501,502};
        shuffleTimes = st;
    }

    public void shuffle(){
        Random random = new Random();
        for(byte j = 0;j < shuffleTimes;++ j){          // 重复 shuffleTimes 次
            System.out.println("进行一次洗牌: ");
            for(byte i = 0; i < 54;++ i){
                int rdm=random.nextInt(54 - i) + i;
                int temp = card[i];
                card[i] = card[rdm];
                card[rdm] = temp;
            }
        }
    }

    public void disply(){                               // 显示底牌
        for(int element:card){
            System.out.print(element+",");
        }
    }

    public static void main(String[] args){
        CardGame play1= new CardGame((byte)3);          // 创建并初始化
        System.out.print("扑克牌初始序列: ");
        play1.disply();                                 // 显示初始化后的底牌序列
        System.out.println();
        play1.shuffle();                                // 洗牌
        System.out.print("洗牌后扑克牌序列: ");
```

```
        play1.disply();                           // 显示洗牌后的底牌序列
    }
}
```

5.2.6　Math 类

Java 类库中的 java.lang.Math 类是一个支持各种数学计算的类，是一个相当重要的类，能为常用数学计算提供一些数学常量和许多便捷的方法，并且这些常量和方法都是静态（static）的，直接用类名 Math 就可以访问。

Math 类提供了两个重要的类常量：

```
public static final double E=2.7182818284590452354;
public static final double PI=3.14159265358979323846;
```

为了说明常量的用法，前面在计算圆面积时专门定义了一个常量 PI。实际上用 Math.PI 就可以。

表 5.1 列出了 Math 类提供的常用方法。这些方法分别位于 Integer 类、Byte 类、Short 类、Long 类、Float 类和 Double 类中。

表 5.1　　　　　　　　　　　　　Math 类提供的常用方法

类　别	方　法	含　义
三　角 函　数	public static double sin(double a)	返回 a 的正弦值，a 为弧度值
	public static double con(double a)	返回 a 的余弦值，a 为弧度值
	public static double tan(double a)	返回 a 的正切值，a 为弧度值
反三角 函　数	public static double asin(double a)	返回 a 的反正弦值
	public static double acon(double a)	返回 a 的反余弦值
	public static double atan(double a)	返回 a 的反正切值
弧度角度 转　换	public static double toRadians(double angdeg)	将角度值转换为弧度
	public static double toDegrees(double angrand)	将弧度值转换为角度
指数和 对　数	public static double pow(double a.double b)	返回 a^b
	public static double exp(double a)	返回 e^a
	public static double log(double a)	返回 ln a
开平方	public static double sqrt(double a)	返回 a 的平方根
随机数	public static double random( )	返回大于等于 0 且小于 1 的随机数
绝对值	public static int abs (int a)	返回 a 的绝对值
	public static long abs (lang a)	
	public static float abs (float a)	
	public static double abs (double a)	
取大者	public static int max (int a,int b)	返回 a,b 中的较大者
	public static long max (lang a,long b)	
	public static float max (float a,float b)	
	public static double max (double a,double b)	
取小者	public static int min (int a,int b)	返回 a,b 中的较小者

5.3 扑克整理与数组排序

每当一场扑克游戏结束后，人们总要把玩后被搞得乱序的牌进行整理，即按照一定的顺序排列好。对于本例来说，就是把 card 数组中的元素进行排序。

排序的方法很多，有交换法、选择法、希尔法、插入法等，不同的方法效率不同。对排序方法的全面分析研究是算法分析或数据结构课程的任务，本节仅介绍一种在算法上具有代表性的排序算法——冒泡排序。

5.3.1 冒泡排序算法

首先用图 5.2 来说明冒泡排序算法的基本思想。

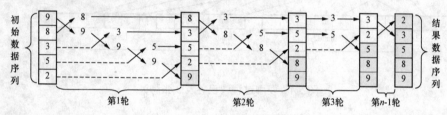

图 5.2 对 5 个数据进行冒泡排序的过程

假定要对数据序列{9,8,3,5,2}进行升序排列，则进行冒泡排序的方法：从头开始，对第 1 个和第 2 个数进行比较，如果顺序（即升序），则不动；如果逆序，则进行交换。接着对第 2 个和第 3 个数据按此规则进行比较交换处理。对于 n 个数据，要比较交换 n-1 次，就完成了最后一对数据的比较交换，使一个数据（如图 5.2 中 "9"）成为已经排好序的数列的一个数据。这称为一轮比较交换。然后，再从头开始，依次对相邻的两个数据进行比较交换。由于经过第一轮比较交换，已经有一个数据成为已经排好序的数据。第 2 轮则需要进行 n-2 次比较交换，并将已排好序列扩大到 2 个数据；…；经过 n-1 轮的比较交换，就可以使 n-1 数据排好序，当然也就使 n 个数据排好序了。上述分析的算法，可以用图 5.3 所示NS 图表示。

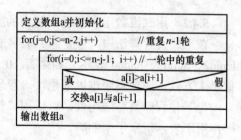

图 5.3 冒泡排序算法

5.3.2 基于冒泡排序算法的 cardSort( )方法

代码 5-6 根据图 5.3 所示算法，得到的扑克整理（排序）方法。

```java
public void cardSort(){              // 扑克整理方法
    for(int j = 0; j<53-1; j++)       // 总轮数
        for(int i = 0; i<53-j;i++)    // 每轮中次数
            if (card[i] > card[i + 1]){
                int temp = card[i];
                card[i] = card[i + 1];
                card[i + 1] = temp;
            }
}
```

5.4　扑克发牌与二维数组

5.4.1　基本的发牌算法

发牌（deal）就是把洗好的牌，按照约定张数，逐一发送到玩家（hand）手中。图 5.4 为向 4 位玩家，每人要发 5 张牌，已各发 3 张的过程。

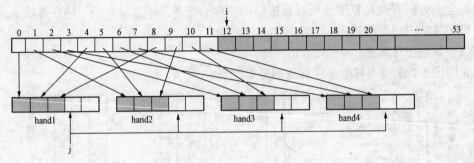

图 5.4　发牌过程（已各发 3 张牌）

代码 5-7　发牌算法的 Java 语言描述。

```
byte i = 0;
for(byte j = 0;j < cardNumber;++ j){          // cardNumber 为每人发牌数目
    hand1[j] = card[i]; card[i] = 0;++ i;      // card[i] = 0 象征牌已经被取走
    hand2[j] = card[i]; card[i] = 0;++ i;      // ++ i 为指向下一张牌
    hand3[j] = card[i]; card[i] = 0;++ i;
    hand4[j] = card[i]; card[i] = 0;++ i;
}
```

5.4.2　用二维数组表示玩家手中的牌

在上述发牌算法中，假定总共有 4 位玩家，玩家手中的牌分别用 4 个一维数组 hand1、hand2、hand3、hand4 表示。如果有 10 位玩家，则要设置 10 个一维数组，并且不但操作近似手工方式，还使程序难以通用，一旦玩家数量改编，就要修改程序。

为了使程序具有通用性，可以用二维数组表示玩家手中的牌，即一维用于表示玩家，另一维用于表示玩家手中的牌。

1. 二维数组的声明和创建

二维数组用两对下标运算符表示，例如二维数组 hand。可以采用如下声明语句：

```
int[][] hand;
```

这里，hand 称为 byte 型二维数组的引用变量。

下面是二维数组的创建语句：

```
hand = new int[4][12];                         // ok,4 个玩家,每位发牌 12 张
```

也可以缺省第 2 个下标，如：

```
hand = new int[4][];                           // ok,4 个玩家
```

但是不能缺省两个下标，如：

```
hand = new int[][];                                    // 错误
```

只缺省第一个下标也是错误的，如：

```
hand = new int [][12];                                 // 错误
```

也可以将声明和创建组合在一起：

```
int[][] hand = new int[4][12];
```

如果每人发牌张数不同，可以单独对一维进行手工分配。

```
int[][] hand = new int[4][];                           // 对二维进行分配
hand[0] = new int[12];                                 // 以下对一维分配
hand[1] = new int[11];
hand[2] = new int[10];
hand[3] = new int[9];
```

用 new 创建二维数组后，每个下标变量将被隐式初始化为默认值。

2. 二维数组的显式初始化

与一维数组一样，可以动态进行，也可以静态进行。只是，要用花括号将每维的值括起来。例如：

```
String[][] hand = {{"HeartK","club5", "spadeQ", "spade3"},
                    {"clubA", "Heart2","spade8","diamondJ"},
                    {"Heart7","spadeJ", "club6","diamond8"},
                    {"spade6","diamond9", "HeartQ","club7"}};
```

5.4.3　使用二维数组的发牌方法

使用二维数组 byte[ ][ ] hand 后，用第 1 维表示玩家，如玩家为 4 时，他们分别为 hand[1]、hand[2]、hand[3]、hand[4]；用第 2 维表示给每位玩家的发牌数。为此，需要先确定玩家数（handNumber）和每人发牌数（cardNumber）。

代码 5-8　使用二维数组的发牌方法。

```
public void deal(){
    byte i = 0;
    for(byte j = 0;j < cardNumber;++ j)                // cardNumber 为每人发牌数目
        for(byte k = 0; k < handNumber; ++ k)          // handNumber 为玩家数目
            hand[k][j] = card[i]; card[i] = 0;++ i;
}
```

测试发牌方法，需要在类 CardGame 中增加两个成员变量：handNumber 和 cardNumber，并在构造方法中进行初始化。另外，还要增加一个成员方法，用于输出每个玩家手中的牌。

代码 5-9　修改后的 CardGame 类定义。

```
import java.util.*;
public class CardGame{
    private int[] card;                                // 存储底牌
    private int[][] hand;                              // 玩家手中牌
    private byte shuffleTimes;                         // 洗牌次数
    private byte handNumber;                           // 玩家数
    private byte carddNumber;                          // 玩家发牌数
```

```java
public CardGame(byte st, byte hn, byte cn){            // 构造方法
    card = new int[]{ 101,102,103,104,105,106,107,108,109,110,111,112,113,
                      201,202,203,204,205,206,207,208,209,210,211,212,213,
                      301,302,303,304,305,306,307,308,309,310,311,312,313,
                      401,402,403,404,405,406,407,408,409,410,411,412,413,
                      501,502};
    shuffleTimes = st;
    handNumber = hn;
    cardNumber = cn;
    hand = new int[handNumber][cardNumber];
}

public void shuffle(){                                 // 洗牌方法
    Random random = new Random();
    for(byte j = 0;j < shuffleTimes;++ j){             // 重复 n 次
        System.out.println("进行一次洗牌: ");
        for(byte i =0; i < 54;++ i){
            int rdm=random.nextInt(54 - i) + i;
            int temp = card[i];
            card[i] = card[rdm];
            card[rdm] = temp;
        }
    }
}

public void disply(){                                  // 显示底牌
    for(int element:card)
        System.out.print(element+",");
}

public void deal(){                                    // 发牌方法
    byte i = 0;
    for(byte j = 0;j < handNumber;++ j)                // handNumber 为每人发牌数目
        for(byte k = 0;k < handNumber;++ k)            // handNumber 为玩家数目
            hand[k][j] = card[i]; card[i] = 0;++ i;
}

public void dispHands(){                               // 显示玩家手中牌
    for(byte i = 0;i < handNumber;++ i){               // handNumber 为玩家数目
        System.out.print("玩家"+ i+"手中的牌为: ");
        for(int handCard:hand[i])                      // 遍历数组 hand[i]
            System.out.print(handCard + ",");
        System.out.println();                          // 输出一个 Enter 键
    }
}

public static void main(String[] args){               // 主方法
    CardGame play1= new CardGame((byte)3,(byte)4,(byte)12);
    System.out.println("扑克牌初始序列: ");
    play1.disply();                                    // 显示初始化后的底牌序列
    System.out.println();
    play1.shuffle();                                   // 按约定次数洗牌
```

```
        System.out.print("洗牌后扑克牌序列：");
        play1.disply();                          // 显示洗牌后的底牌序列
        play1.deal();                            // 发牌
        System.out.println();
        System.out.print("发牌后扑克牌序列：");
        play1.disply();                          // 显示洗牌后的底牌序列
        System.out.println();
        System.out.println("各玩家手中的牌：");
        play1.dispHands();                       // 显示各玩家手中的牌
    }
}
```

测试结果如下：

```
扑克牌初始序列：
101,102,103,104,105,106,107,108,109,110,111,112,113,201,202,203,204,205,206,207,208,
209,210, 211,212,213,301,302,
进行一次洗牌：
进行一次洗牌：
进行一次洗牌：
洗牌后扑克牌序列：311,103,212,201,409,313,303,104,501,106,310,110,205,306,404,309,207,403,
101,107,112,203,410,406
发牌后扑克牌序列：0,0,0,0,0,0,0,0,0,0,0,0,0,0,0,0,0,0,0,0,0,0,0,0,0,0,0,0,0,0,0,0,
0,0,0,0,0,0,0,0,0,0,0,0,0,0
各玩家手中的牌：
玩家 0 手中的牌：311,409,501,205,207,112,213,304,405,502,302,113
玩家 1 手中的牌：103,313,106,306,403,203,210,411,308,208,312,413
玩家 2 手中的牌：212,303,310,404,101,410,202,407,408,204,105,401
玩家 3 手中的牌：201,104,110,309,107,406,412,301,102,402,211,108
```

最后检查取走剩余的牌和各玩家手中的牌，看有无重复有无缺失的牌。

5.5 数组实用类：java.util.Arrays

Java.util.Arrays 类提供了数组整理、比较和检索等方法，这些方法都是静态的，因此无须创建对象就可以使用这些方法。

5.5.1 数组元素检索方法

数组可以组织基本类型数据，也可以组织对象。一个对象中往往有多个成员变量。检索只能对某一种成员变量进行，即检索数组中哪个元素的该成员变量等于某个值。这个作为检索依据的数据称为检索关键词（key）。

对于检索的数组来说，其元素是否基于 key 进行过整理（排序）。如果没有按照 key 整理过，则只能顺着索引一一进行关键词的比较，直到找到符合条件的元素或者检索完返回检索不到的信息为止。这种检索称为顺序检索。

如果数组元素是按照 key 进行过整理（排序）的，则不必顺序检索，可以用 key 与数组中间的值进行比较，以确定要检索的元素在哪半个区间；接着，再对含检索目标的区间二分，确定含检索目标的更小区间；……；如此不断二分检索，直到检索到目标元素，或得到目标元素不存在的信息为止。

Arrays 类提供不同类型的重载二分检索方法。这样就可以对任何类型的数组 a 进行二分检索：检索到，则返回 key 位置；否则，返回负数。

```
public static int binarysort(byte[] a,int key)
…
public static int binarysort(double[] a,double key)
public static int binarysort(object[] a,object key)
```

5.5.2　数组比较方法

下面一组重载的方法用于比较各种类型的一对数组 a 和 a2，若两个数组的全部元素都相同，则返回 true，否则返回 false。

```
public static boolean equals(byte[] a,byte[] a2)
…
public static boolean equals(double[] a,double[] a2)
public static boolean equals(object[] a,object[] a2)
```

5.5.3　数组元素填充方法

1. 数组全部元素填充方法

下面一组重载的方法用于将数组 a 的全部元素填充为 val。

```
public static void fill(byte[] a,byte val)
…
public static void fill(double[] a,double val)
public static void fill(object[] a,object val)
```

2. 数组的一段元素填充方法

下面一组重载的方法用于将数组 a 中 fromIndex～toIndex 间的元素填充为 val。

```
public static void fill(byte[] a, int fromIndex, int toIndex,byte val)
…
public static void fill(double[] a, int fromIndex, int toIndex,double val)
public static void fill(object[] a, int fromIndex, int toIndex,object val)
```

5.5.4　数组元素升序排序方法

1. 数组全部元素升序排序方法

下面一组重载的方法用于将数组 a 的全部元素升序排序。

```
public static void sort(byte[] a)
…
public static void sort(double[] a)
public static void sort(object[] a)
```

2. 数组一段元素升序排序方法

下面一组重载方法用于将数组 a 中 fromIndex～toIndex-1 间的元素进行升序排序。

```
public static void sort(byte[] a, int fromIndex, int toIndex)
…
public static void sort(double[] a, int fromIndex, int toIndex)
public static void sort(object[] a, int fromIndex, int toIndex)
```

有了这些方法，可以使程序设计变得更加可靠和高效。例如，对于 CardGame 类，将不需要编写排序成员方法，只要在主方法中直接使用下面的语句即可。

```
Arrays.sort(card);
```

5.6 String 数组与命令行参数

5.6.1 引用数组和 String 数组

数组可以用原始（基本）类型作元素，也可以用引用作元素。通常所说的对象数组（object array），实际上是引用型数组，即引用集合。常见的例子是 String 数组。如：

```
String[] anArray = {"String One","String Two","String Three"};
for(int i = 0; i < anArray.length; i ++){
    System.out.println(anArray[i].toLowerCase());
}
```

执行后将输出：

```
String one
String two
String three
```

5.6.2 命令行参数

如前所述，在命令行方式下运行 Java 程序，要以 main()方法作为入口。这是一个公开、静态的、无返回值的方法，它要以 String 数组作为参数。main()方法以 String 数组作为参数的意义，就是在命令行执行一个 Java 程序时，允许命令后面跟 0 个或多个字符串。

代码 5-10 一个名为 TestMain 的类。

```
public class TestMain{
    public static void main(String[] args){
        for(String s : args)
            System.out.print(s+",");
    }
}
```

若在命令行输入命令：

```
Java.TestMain This is a example for main.
```

则输出：

```
This, is, a, example, for, main.,
```

5.7 数组改进：Vector 类

Java 数组比较适合数据类型一致和元素数目固定的场合。但是，在很多情况下，待操作数据的数量是不确定的。在这种情况下，可以使用 Vector（向量）类。

Vector 类位于 java.util 包中，表 5.2 列出了 Vector 类的常用方法（它们都是 public 的）。其中，Vector 的容量被分配来容纳元素的内存数；Vector 大小为 Vector 当前所存储元素的个数。

表 5.2　　　　　　　　　　　　　　**Vector 类的常用（public）方法**

	方　　法	含　　义
构造 函数	Vector( )	创建一个容量为 10 的向量
	Vector(int initialCapacity)	创建一个容量为 initialCapacity 的向量
	Vector(int initialCapacity, int capacityIncrement)	创建一个容量为 initialCapacity，增量为 capacityIncrement 的向量
容量和 大小 操作	void setSize(int newSize)	将当前向量大小设置为 newSize
	int capacity( )	返回当前向量容量
	int size( )	返回当前向量大小
	void trimToSize( )	调整当前向量容量为向量大小
	void ensureCapacity(int minCapacity)	调整当前向量容量最少为 minCapacity
插入 添加	void addElement(Object e)	将对象 e 加入到当前向量
	void add(int index,Object e)	将对象 e 加入到当前向量的 index 位置
	void insertElementAt(Object e,int index)	将对象 e 插入到当前向量的 index 位置
移出 清除	void clear( )	清除当前向量中全部元素
	Object remove(int index)	将当前向量中 index 处元素移出，并返回该元素
	boolean removeAll(Object e)	清除当前向量中所有与对象 e 匹配的元素
检索	boolean contains(Object e)	判断对象 e 是否当前向量的元素
	Object elementAt(int index)	返回当前向量中位置 index 处元素
	Object firstElement( )	返回当前向量的首元素
	Object get(int index)	返回当前向量中位置为 index 处的元素
	int indexOf(Object e)	返回对象 e 在当前向量中第一次出现的位置
	int indexOf(Object e,int index)	返回当前向量中从 index 开始对象 e 最早位置
	Object lastElement( )	返回当前向量的尾元素
	int lastIndexOf(Object e)	返回对象 e 在当前向量中最后一个匹配项位置
其他	Enumeration elements( )	返回当前向量中元素的枚举
	void copyInte(Object[ ] anArray)	将当前向量中的元素复制到数组 anArray 中
	boolean isEmpty( )	判断当前向量是否为空
	void setElementAt(Object e,int index)	将当前向量中的 index 处元素设置为对象 e

代码 5-11　使用向量的扑克牌程序。

```
import java.util.*;
public class CardGame {
```

```
        private Vector vCard = new Vector(54);                // 定义一个 vCard 向量

    public CardGame(){                                        // 构造方法
        int    iCard[]= {101,102,103,104,105,106,107,108,109,110,111,112,113,
                      201,202,203,204,205,206,207,208,209,210,211,212,213,
                      301,302,303,304,305,306,307,308,309,310,311,312,313,
                      401,402,403,404,405,406,407,408,409,410,411,412,413,
                      501,502};                               // 定义一个 iCard 数组
        for(int i=0;i<54;i++)
            vCard.add(new Integer(iCard[i]));                 // 说明（1）
    }


    public void shuffle(){
        Vector tCard = new Vector(vCard.capacity());          // 建立一个临时向量

        for(Object k : vCard)                                 // 说明（2）
            tCard.addElement(k);
        vCard.clear();                                        // 清空 vCard
        while(!tCard.isEmpty()){
            int index = (int)(Math.random()*tCard.size());
                                                              // 在当前 tCard 中随机获取一张牌
            vCard.addElement(tCard.remove(index));            // 将从 tCard 中随机获取的牌加到 vCard
        }
    }


    public void disply(){
        for(Object element:vCard){
            System.out.print(element+",");
        }
    }


    public static void main(String[] args){
        CardGame play1= new CardGame();
        System.out.print("扑克牌初始序列：");
        play1.disply();
        System.out.println();
        play1.shuffle();
        System.out.print("洗牌后扑克牌序列：");
        play1.disply();
    }
}
```

说明：

（1）语句。

```
vCard.add(new Integer(iCard[i]));                          // 正确
```

是将数值封装为 Integer 对象，再添加向量 vCard 的末尾。因为在没有使用泛型（第3篇介绍）的情况下，向量的元素都是 Object 的子类对象，而基本类型不是 Object 的子类。直接将数值添加在向量中是错误的，例如：

```
vCard.add(new (iCard[i]));                    // 错误
```

（2）在 Vector 类中，方法的参数都是 Object 类对象。因此，尽管 vCard 中的元素是 Integer 类型的，但定义向量元素的引用必须定义成 Object 类对象，例如：

```
for(Object k : vCard){                        // 正确
    tCard.addElement(k);
}
```

而若定义成 Integer 类型的对象，例如：

```
for(Integer k : vCard){                       // 错误
    tCard.addElement(k);
}
```

就会造成错误："类型不匹配：不能从元素类型 Object 转换为 Integer"。

上述程序测试结果如下：

```
扑克牌初始序列：101,102,103,104,105,106,107,108,109,110,111,112,113,201,202,203,204,
205,206,207,208,209,210,211,212,213,301,
洗牌后扑克牌序列：103,112,309,301,401,402,102,306,412,410,501,207,206,213,202,405,403,
101,201,310,204,413,303,209,311,406,307
```

习　题　5

概念辨析

从备选答案中选择下列各题的答案

（1）表示一个多维数组的元素时，每个下标（　　　）。

    A. 用逗号分隔　　　　　　　　　　　　B. 用方括号括起再用逗号分隔

    C. 用逗号分隔再用方括号括起　　　　　D. 分别用方括号

（2）一个数组，（　　　）。

    A. 其所有元素的类型都相同

    B. 可以是任何类型

    C. 其每个元素在内存中的存储位置都是随机的

    D. 其首元素的下标为 1

（3）拟在数组 a 中存储 10 个 int 类型数据，正确的定义应当是（　　　）。

    A. int a[5 + 5] = {0};

    B. int a[10] = {1,2,3,0,0,0,0};

    C. int a[ ] = {1,2,3,4,5,6,7,8,9,0};

    D. int a[2 * 5] = {0,1,2,3,4,5,6,7,8,9};

（4）拟在数组 a 中存储 10 个 int 类型数据，正确的定义应当是（　　　　）。

A. int a[5 + 5] = {{1,2,3,4,5},{6,7,8,9,0}};

B. int a[2][5] = {{1,2,3,4,5},{6,7,8,9,0}};

C. int a[][5] = {{1,2,3,4,5},[6,7,8,9,0}];

D. int a[][5] = {{0,1,2,3},{}};

E. int a[][] = {{1,2,3,4,5},{6,7,8,9,0}};

F. int a[2][5] = {};

（5）执行下列代码 String[ ] s=new String[10];后，正确的是（　　　）。

A. s[10] 为 "";　　　　　　　　　　　　　　B. s[9] 为 null;

C. s[0] 为 未定义　　　　　　　　　　　　　D. s.length 为 10

代码分析

1. 从备选答案中选择下面代码的运行结果（　　　　）。

```
class A {
    public int n;
    public String str;
}


class B {
    public A[] a;
public B() {
a = new A[10];
}
}


class Test2 {
public static void main(String[] args) {
        B b = new B();
        b.a[0].n = 1;
        b.a[0].str = "2";
        System.out.println(b.a[0].str + b.a[0].n);
}
}
```

A. 编译错误　　　　　　B. 21　　　　　　　　C. 3

D. 产生 NullPointerException　　　　　　　E. 产生 ClassCastException

2. 从备选答案中，选择下面关于数组初始化代码的输出（　　　　）。

```
public class T {
    public static void main(String[] args) {
        int anar[] = new int[5];
        System.out.println(anar[0]);
    }
}
```

A. 编译时错误　　　　B. null　　　　　　　　C. 0　　　　　　　　D. 5

3. 从备选答案中，选择下面代码的执行结果（　　　）。

```java
public class Test{
    static long a[] = new long[10];
    public static void main ( String [] args) {
        System.out.println ( a[6] );
    }
}
```

A. null　　　　　　　B. 0　　　　　　　　C. 编译时错误　　　　D. 运行时错误

4. 从备选答案中，选择代表了数组元素数量的表达式（　　　）。

```java
int[] m = {0, 1, 2, 3, 4, 5, 6 };
```

A. m.length( )　　　　B. m.length　　　　　C. m.length( )+1　　　D. m.length + 1

5. 从备选答案中，选择下面关于参数传递的程序运行的结果（　　　）。

```java
public class Example{
    String str = new String("good");
    char[]ch = {'a','b','c'};
    public static void main(String[] args){
        Example ex = new Example();
        ex.change(ex.str,ex.ch);
        System.out.print(ex.str+" and ");
        Sytem.out.print(ex.ch);
    }
    public void change(String str,char[] ch){
        str = "test ok";
        ch[0] ='g';
    }
}
```

A. good and abc　　　B. good and gbc　　　C. test ok and abc　　　D. test ok and gbc

6. 指出下面程序中的错误，并改正。

```java
Integer[] anArray = new Integer[5];
for(int i = 0; i < anArray.length; i ++){
    System.out.println(anArray[i]);
}
```

开发实践

设计下列各题的 JAVA 程序，并为这些程序设计测试用例。

1. 将 1～100 中的 100 个自然数随机地放到一个数组中。从中获取重复次数最多并且是最大的数，将其显示出来。

再将数组改为向量，重做一遍。

2. 会报出英文星期几的程序：当输入一个数字（1～7）时，会显示：“星期×是……（英文星期几的名称）”。

3. 对数组元素进行选择排序。选择排序的基本思想是，在原序列之外再建一个新的有序序列，建升序新序列的方法是在原序列中选择一个最小元素作为新序列的第一个元素，然后将旧序列中的这个元素设置为∞；接着，在原序列中选择一个最小元素，作为新序列的第 2 个元素，然后将旧序列中的这个元素设置为∞；…；直到原序列中的所有元素都搬移到新序列为止。

再将数组改为向量，重做一遍。

4. 太阳直径约为 1 380 000km，地球直径 12 756km，月球直径 3467km，火星直径 6787km，木星直径 142 800km，土星直径 120 000km。试用 Math 类中的方法计算这些星球的体积，以及与地球体积之比。

第 6 单元　学生——研究生

将学生和研究生定义为 2 个类。由于研究生是学生的一个子集，即研究生具有学生的属性，它们之间存在着继承（inheritance）也称泛化（generalization）关系。这一节讨论这种继承（泛化）关系的 Java 描述以及所引出的有关问题。

6.1　派生：学生——研究生类的定义

6.1.1　类派生

1. 从孤立的类到有派生关系的类

代码 6-1　两个孤立的类：学生和研究生的类定义。

```java
class Student{
    String studentName;                     // 姓名
    int studentNumber;                      // 学号
    Student(){}                             // 构造方法
    void study(){}                          // 学习方法
}


class GradStudent{
    String gradStudName;
    int gradStudNum;
    void study(){}
    String tutorName;                       // 导师姓名
    String specDirect;                      // 研究方向
    GradStudent(){}                         // 构造方法
    void research(){}                       // 研究方法
}
```

代码 6-2　从学生类派生除研究生类。

```java
class Student{
    String studentName;                     // 姓名
    int studentNumber;                      // 学号
    Student(){}                             // 构造方法
    void study(){}                          // 学习方法
}


class GradStudent extends Student{
    String tutorName;                       // 导师姓名
    String specDirect;                      // 研究方向
    GradStudent(){}                         // 构造方法
    void research(){}                       // 研究方法
}
```

2. extends 关键词

extends 关键词表示"扩展"，即以一个类为基础派生（derivation）出一个新类。这个新生成的类称为派生类（derived class）或直接子类（direct subclass）；原始的类作为派生类形成的基础存在，称为基类（base class），也称为派生类的超类（super class）或父类（parent class）。在本例中，class GradStudent extends Student 表明 GradStudent 类是以 Student 为基类扩展而成的派生类。派生类也可以继续扩展，生成新的派生类。

从另一方面看，一个 extends 关键词，使派生类继承（inherit）了基类的属性和方法，即派生类的定义中，虽然缺省了基类的成员代码，但却好像是包括了基类成员代码。因此，派生类是无法脱离基类而存在。图 6.1 是本例中派生关系的 UML 描述。

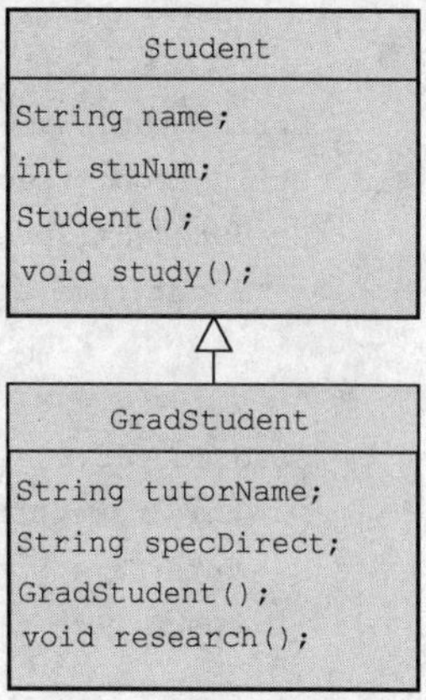

```
          Student
String name;
int stuNum;
Student();
void study();
```

```
        GradStudent
String tutorName;
String specDirect;
GradStudent();
void research();
```

图 6.1　类的继承关系

3. Java 派生的特征

Java 语言对于继承，有如下一些特征。

（1）每个子类只能有一个直接父类，但一个父类可以有多个子类。

（2）派生具有传递性。如果类 A 派生了类 B，类 B 又派生了类 C，则类 C 不仅继承了 B，也继承了 A。

（3）派生不可以循环。如果类 A 派生了类 B，类 B 又派生了类 C，但类 C 不可派生类 A。

6.1.2　super、this 与构造方法

1. super 与 this 的基本形式

关键词 super 和 this，它们都有两种应用：

（1）指代引用，使用形式 super. 和 this.，分别用来指代父类和当前类。例如：

```
super.studentName;                              // 引用继承自父类的成员
this.tutorName;                                 // 引用当前类定义的成员
```

（2）指代构造方法，使用形式 super() 和 this()。

2. 构造方法中的 this() 和 super()

在构造方法中，使用 this() 指代当前类中的其他构造方法，用 super() 指代父类的构造方法。

代码 6-3　经过完善的学生—研究生类层次结构定义。

```
public class Student{
    String studentName;
    int studentNumber;
    Student(){                                          // 默认构造方法
        System.out.println("将 Student 成员变量初始化为类型默认值！");
    }
    Student(String name studentName,int studentNumber){ // 有参构造方法
        this.studentName = studentName ;
        this.studentNumber = studentNumber;
        System.out.println("将 Student 成员变量初始化为实际参数值！");
```

```
    }

    void study(){}
}

public class GradStudent extends Student{
    String tutorName;
    String specDirect;
    GradStudent(String name,int studNum){                    // 构造方法
        super(name,studNum);                                 // 调用父类构造方法
    }

    GradStudent(String name,int studNum,String tutName,String spcDir){
        this(name,studNum);                                  // 调用另一构造方法
        tutorName = tutName;
        specDirect = spcDir;
    }

    void research(){}
}
```

说明：

（1）super 和 this 实际上分别是父类类名和当前类类名的别称。因此，系统会根据它们带有参数的个数和类型去匹配相应的构造方法。

（2）在构造方法 Student(String name studentName,int studentNumber)中，参数（局部变量）名与类成员变量同名，会造成成员变量名不可见（但存在）。使用 this，则区分了成员变量与参数（局部变量）。在构造方法 GradStudent（String name,int studNum,String tutName,String spcDir）中，不存在参数名与类成员变量同名的情况，成员变量名前不加 this 也可以分辨可见。

6.1.3　方法覆盖与成员变量隐藏

1. 概述

继承机制使子类可以继承父类的属性和方法。但是，若在子类中重新定义了父类中的某个成员，则在子类中就看不到父类中的该成员了。这对于成员变量称为属性隐藏，对于方法称为覆盖（override）。通常也将它们统称为覆盖。在上一小节已经看到，局部变量也可以隐藏同名的类成员变量。

覆盖或隐藏并非消失，而是不能直接看到。为了说明覆盖和隐藏的意义，在 Student-GradStudent 中加入一个属性——学制（schoolYears）和相应的显示方法。

代码 6-4　在 Student-GradStudent 结构中加入 schoolYears。

```
package stud_grad;                                           // 创建包
class Student{
    String studentName;
    int studentNumber;
    static byte schoolYears=(byte)4;                         // 父类属性定义
    Student(){
        System.out.println("将 Student 成员变量初始化为类型默认值！");
    }
```

```
         Student(String name,int studNum){
             this.studentName = name;
   ⑥         this.studentNumber = studNum;
             System.out.println("将 Student 成员变量初始化为实际参数值！");
   ⑤     }

         void dispSchoolYears(){                              // 父类方法定义
             System.out.println("本科学制："+schoolYears+"年。");
         }
     }

     class GradStudent extends Student{
         String tutorName;
         String specDirect;
         static int schoolYears = 3;                          // 重定义属性

         GradStudent(){}                                      // 无参构造方法
         GradStudent(String name,int studNum){                // 2 参构造方法
             super(name,studNum);
             System.out.println("GradStudent 类 2 参构造方法已执行。");
         }
         GradStudent(String name,int studNum,String tutName,String spcDir){   ③
                                                              // 4 参构造方法
             this(name,studNum);          ④
             this.tutorName = tutName;
             this.specDirect = spcDir;
             System.out.println("GradStudent 类中 4 参构造方法已执行。");
         }
                               ⑧
         viod dispSchoolYears(){                              // 重定义的方法
             byte schoolYears = 2;                            // 局部变量
             System.out.println("本科学制："+super.schoolYears+"年。");
                                                              // super 使父类成员变量可见
   ⑦         System.out.println("文科研究生学制："+schoolYears+"年。");
                                                              // 局部变量隐藏类成员变量
             System.out.println("理工科研究生学制："+this.schoolYears+"年。");
                                                              // this 使成员变量可见
         }
     }
                               ⑨
     Public class Stud_grad {                                           ②
   ①    public static void main(String[] args){              // 主方法
   ⑥        GradStudent gs1=new GradStudent("王",123456, "张", "信息安全");
           gs1.dispSchoolYears();
           System.out.println("Student 学制："+Student.schoolYears);
           System.out.println("GradStudent 学制："+schoolYears);
         }
     }      结束
```

开始 ①

说明：上述程序中的虚线表示程序的执行路线。执行结果如下。

将 Student 成员变量初始化为实际参数值！
GradStudent 类 2 参构造方法已执行。
GradStudent 类 4 参构造方法已执行。
本科学制为：4 年
文科研究生学制为：2 年
理工科研究生学制为：3 年
Student 学制：4
GradStudent 学制：3

说明：如果子类的构造方法中没有写 super( )，则系统会自动为其生成一个默认的 super( )。

2. 方法覆盖约束

子类方法与成员变量不同，覆盖父类同名方法必须满足下面一些约束。

（1）子类方法必须与父类方法在名称、参数签名（参数个数、类型和顺序）和返回类型一致。

（2）子类方法不能缩小父类方法的访问权限，例如父类中为 public 的方法，不能在子类中定义为 private 方法。

（3）子类方法不能比父类方法抛出更多异常。

（4）方法覆盖只能存在于子类和父类（包括直接父类和间接父类）之间，不能在同一类中。在同一类中同名方法所形成的关系是重载。

（5）父类的私密方法不能被子类覆盖。

6.2　动　态　绑　定

6.2.1　动态绑定和静态绑定

在类层次结构中，父类是子类的抽象，子类是父类的具体化和更特殊表现。也可以说，子类 is a 父类，如"研究生 is a 学生"。所以，可以用一个指向父类的引用变量，指向子类实体，例如：

```
Student stu = new GradStudent();
```

这就好像将"学生宿舍"的牌子挂在研究生宿舍门口也可以一样，因为研究生也是学生。或者说，在学生宿舍中住研究生，也没有问题。这就得出一个结论：一个指向父类的引用，也可以指向子类的成员，实际指向谁，可以在程序运行过程中再确定。这种在程序运行中才确定执行哪个方法的编译处理称为后期绑定（late binding）、动态绑定（dynamic binding）或运行时联编（runtime binding）。与之相应的前期绑定（early binding）或静态绑定（static binding），是在编译时就确定了一个方法名字该与哪个方法实体结合。

代码 6-5　用于演示动态绑定的 main( )方法。

```
public static void main(String[] args){          // 主方法
    Student s1 = new Student("王",123456);        // s1 指向 Student 的引用
    s1.dispSchoolYears();                          // s1 引用
    s1= new GradStudent("王",123456,"张","信息安全"); // s1 指向 GradStudent
    s1.dispSchoolYears();                          // s1 引用
}
```

执行结果如下。　　　　　　　　　　　　　　*s1* 引用父类方法

```
<已终止> GradStudent[Java 应用程序]c:\Java\jdk1.5.0.-14\bin\javaw.exe（2009-8-5下午 03：36：49）
将 Student 成员变量初始化为实际参数值！
本科学制为 4 年.
将 Student 成员变量初始化为实际参数值！        s1 引用子类方法
GradStudent 类 2 参构造方法已执行。
GradStudent 类 4 参构造方法已执行。
本科学制为 4 年.
文科研究生学制为 2 年.
理工科研究生学制为 3 年.
```

　　动态绑定可以做到了一个调用界面多个实现，使程序有了更大的灵活度。这种特征称为多态（polymorphism）。

6.2.2　Java 虚拟机的动态绑定与静态绑定

　　对于程序中通过引用变量来访问对象的方法和成员变量，Java 虚拟机按照表 6.1 的原则处理。

表 6.1　　　　　　　Java 虚拟机对类的引用变量访问的方法和对象的绑定原则

	实例方法	静态方法	成员变量
引用变量	动态绑定	静态绑定	静态绑定

6.3　对　象　造　型

6.3.1　向上造型与向下造型

　　在 Java 中，造型（cast）也称转型，主要指对象类型在子类与父类之间的转换。按照转换的方向，分为向上造型（upcasting，也称向上转换）和向下造型（downcasting，也称向下转换）。

　　向上造型就是把子类对象作为父类对象使用，这总是安全的，其转换是可行的。因为子类对象总可以当作父类的实例。从类的组成角度看，向上造型无非是去掉子类中比父类多定义的一些成员而已。

　　至于向下造型，则往往是不自然的。例如，要把一个普通大学生当作研究生，总是缺少研究生应当具备的一些资料，例如导师姓名、研究方向等。为此要通过强制手段进行。

　　下面是一些本例的几个造型例句：

```
Student stu = new GradStudent();                    // ok,向上造型
GradStudent grad = (GradStudent)stud;               // ok,向下造型,强制转换
```

　　这里，用圆括号括起的类名，就是一种强制造型操作。

6.3.2　instanceof 操作

　　向下造型常常是不安全的。例如在本例中，下面的造型就会出现"类型不匹配"的语法错误：

```
GradStudent grad = new Student();
```

　　为了保证程序的安全，在进行向下造型时，应当先用 instanceof 测试父类能不能作为子类的实例。例如：

```
if(stud instanceof GradStudent)
    grad =(GradStudent)stud;
```

　　instanceof 是 Java 的一个与==、>、<操作性质相同的二元操作符。由于它由字母组成，所以也是 Java 的保留关键字。它的作用是测试它左边的对象变量是否引用了右边类的实例，返回 boolean 类型的数据，实现"运行时类型识别"（run-time type identification，RTTI）。例如，在上面的例子中，就是测试 stud 是否引用了 GradStudent 类的实例。

6.4　类成员的访问权限控制

6.4.1　类成员访问权限的级别

按照信息隐蔽的原则，Java 将类成员的访问控制权限分为 4 个等级：

（1）公开级，用 public 修饰，表明该成员不需要任何访问限制。

（2）私密级，用 private 修饰，表明该成员除了被同一类的其他成员访问外，不对同一类对外开放。

（3）默认级，不用任何修饰，表明开放的范围在同一个包内。

（4）保护级，用 protected 修饰，把开放的范围扩大到不同包的子类。

因此，4 个访问权限是 4 个开放级别或 4 个不同的开放范围，见表 6.2。

表 6.2　　　　　　　　　　　　类成员的 4 种访问级别和开放范围

访问权限级别	修饰符	同一类	同一包	不同包的子类	所有类
公开	public	√	√	√	√
私密	private	√	×	×	×
默认	无	√	√	×	×
保护	Protected	√	√	√	×

6.4.2　private 构造方法

构造方法是一种特殊的类成员，其访问级别也可以是 public、protected、默认和 private。不过当构造方法被 private 修饰时，会引起如下一些特殊情况。

（1）构造方法为 private，意味着它只能在当前类中被访问，具体如下：

- 在当前类的其他构造方法中，可以用 this 调用它。
- 在当前类的其他方法中，用 new 调用它。

（2）当一个类的构造方法都为 private 时，这个类将无法被继承，因为子类构造方法无法调用该类的构造方法。

（3）当一个类的构造方法都为 private 时，将不允许程序的其他类中通过 new 创建这个类的实例，只能向程序的其他部分提供获得自身实例的静态方法。这种方法称为静态工厂方法（见第 7.4 节）。

6.5　Object　类

Object 类位于 java.lang 包中，是 Java 中所有类的超类，无论每一个系统提供的类，还是用户所定义的类，都是 Object 类的直接子类或间接子类。除了 Object 类本身外，凡是没有指明扩张关系的类都默认省略了 extends object 字段。因此，在 Object 类中定义的方法都可以被每个类所继承。不过，这种继承关系是隐含的、由 Java 编译器自动完成的，不需要在程序中明确指出。

6.5.1　Object 类中的主要方法

public Object( )：构造方法，用于创建一个 Object 对象。

public String toStrung( )：返回当前对象信息的字符串形式。该方法通常在自定义类中被重写，以便针对当前类进行描述。

public boolean equals(Object obj)：比较两个对象的内容，若当前对象与 obj 是同一对象，则返回 true；否则，返回 false。

public final Class getClass( )：返回一个 Class 对象。Class 类位于 java.lang 包中，该类的对象可以封装一个对象所属类的基本信息，如成员变量、构造方法等。用 final 修饰方法，表明在当前类的子类中不可以覆盖该方法。

还有一些其他方法，在使用时再介绍。

6.5.2　Object( )、toString( )和 getClass( )的用法

代码 6-6

```
class Student {
    int age;
    Student (int age) {this.age=age;}
}
public class Test060601{
    public static void main(String[] args) {
        Student s1=new Student(19);              // 创建一个 Student 对象 s1
        System.out.println(s1.toString());       // 输出 s1 的有关信息
        Student s2=new Student(19);              // 创建一个 Student 对象 s2
        System.out.println(s2.toString());       // 输出 s2 的有关信息
        Class c=s1.getClass();                   // 封装对象 s1 的信息到 Class 对象 c 中
        System.out.println(c);                   // 输出 c 中的类名信息
        String name=c.getName();                 // 将 c 中的名字赋值给 String 类型对象 name
        System.out.println("类名: "+name);        // 输出 name
    }
}
```

输出结果如下：

```
Student@c17164
Student@ifb8ee3
class Student
类名: Student
```

说明：为了说明第 1 行为什么输出了"Student@c17164"，应当先看看 Object 类中的 toString( )方法源代码：

```
public String toString(){
    return getClass().getName() +
    "@" +
        Integer.toHexString
        (hashCode());
}
```

显然，它返回两个内容：一个是 getClass( )返回类的 getName( )返回的字符串——类名，一个是标识对象的哈希码的十六进制表示。二者之间用@分隔。

哈　希　码

Hash 码就是 Hash 方法映射后的值。Hash 方法的模型为 h=H（M）。

其中，M 是待处理的消息；H 是 Hash 方法；h 是生成的消息摘要，它的长度是固定的，并且和 M 的长度无关。

Hash 方法具有下面一些性质。

（1）Hash 方法可应用于任意长度的数据块。

（2）Hash 方法产生定长的输出。

（3）对于任何给定的 M 和 H，计算 h 比较容易。

（4）对任何给定的 H 和 h，无法计算出 M，这称之为 Hash 的单向性。

（5）对任何给定的 H 和 M，找到不同的消息 M1，使得 H(M1)= H(M)在计算上是不可行的，这称之为 Hash 的抗弱碰撞性。

（6）对任何给定的 H，找到不同的消息 M1 和 M2，使得 H(M1) = H(M2)在计算上是不可行的，这称之为 Hash 的抗碰撞性。

在 Java 中，哈希码代表了对象的一种特征，例如判断某两个字符串是否相等，如果其哈希码相等，则这两个字符串是相等的。

这个输出结果的前半部分用后面的两行进行了验证。

使用哈希码可以快速比较两个对象是否相同（完全相等）。如上面的 s1 和 s2 尽管内容相同，但不是同一个对象，它们的哈希码也不相同。

6.5.3 equals(Object obj)与==的比较

代码 6-7

```
public class Test0726 {
    public static void main(String[] args) {
        String s1=new String("xyz");
        String s2=new String("xyz");
        System.out.println("s1==s2:"+(s1==s2));        // 使用"=="
        System.out.println("s1.equals(s2):"+s1.equals(s2));
                                                       // 使用 equals(Object obj)


        String s3="abc";
        String s4="abc";
        System.out.println("s3==s4:"+(s3==s4));        // 使用"=="
        System.out.println("s3.equals(s4):"+s3.equals(s4));
                                                       // 使用 equals(Object obj)

    }
}
```

执行结果如下：

```
s1==s2:false
s1.equals(s2):true
s3==s4:ture
s3.equals(s4):ture
```

说明："=="是判断两个对象的内容是否相同，如图 6.2（a）所示，s1 与 s2 是内容相同，但不是指向同一对象。而 equals 是比较两个对象是否相同，实际上是进行地址比较，如图 6.2（b）所示，s3 与 s4 指向同一对象。

图 6.2　例 0607 执行结果的解释

（a）s1 与 s2 指向不同对象；（b）s3 与 s4 指向同一对象

习　题　6

 概念辨析

1. 从备选答案中选择下列各题的答案

（1）继承的优点在于（　　　）。

　　A. 按照自然关系，使类的概念拓宽　　　　　B. 可以实现部分代码重用

　　C. 提供有用的概念框架　　　　　　　　　　D. 便于使用系统提供的类库

（2）下面可以防止方法被子类覆盖（Override）的方法有（　　　）。

　　A. final void methoda( ) { }　　　　　　　　B. void final methoda( ) { }

　　C. static void methoda( ) { }　　　　　　　D. static final void methoda( ) { }

　　E. final abstract void methoda( ) {}

（3）以下关于继承表述中，错误的有（　　　）。

　　A. 继承是一种通过扩展一个现有对象的实现，从而获得新功能的复用方法

　　B. 泛型化（超类）可以显式地捕获那些公共的属性和方法，特殊类（子类）则通过附加属性和方
　　　　法来实现的扩展

　　C. 继承会破坏封装性，因为会将父类的实现细节暴露给子类

　　D. 继承本质上是"白盒复用"，对父类的修改，不会影响到子类

　　E. 子类可以继承父类中所有变量和方法

　　F. 子类可以继承父类的变量和方法

　　G. 在 Java 中，所有类都是 Object 的直接子类或间接子类

（4）下列关于构造方法的描述中，正确的有（　　　）。

　　A. 子类不能继承父类的构造方法　　　　　　B. 子类不能重载父类的构造方法

　　C. 子类不能覆盖父类的构造方法　　　　　　D. 子类必须定义自己的构造方法

　　E. 以上说法都不对

（5）下列描述中，正确的有（　　　）。

　　A. 子类对象可以看作父类对象

　　B. 父类对象可以看作子类对象

　　C. 子类对象可以看作父类对象，父类对象也可以看作子类对象

　　D. 以上说法都不对

（6）若类 X 是类 Y 的父类，下列声明对象 x 的语句中不正确的是（　　　）。

　　A. X x=new X( );　　　　　　　　　　　　B. X x=new Y( );

　　C. Y x=new Y( );　　　　　　　　　　　　D. Y x=new X( );

（7）假设类 X 有构造方法 X(int a)，则在类 X 的其他构造方法中调用该构造方法的语句格式应为（　　　）。

　　A. X(x)　　　　　　　　　　　　　　　　　B. this.X(x)

　　C. this(x)　　　　　　　　　　　　　　　　D. super(x)

（8）定义一个类名为 MyClass.java 的类，并且该类可被一个项目中所有类访问，那么该类的正确声明
应为（　　　）。

　　A. private class MyClass extends Object

　　B. class MyClass extends Object

　　C. public class MyClass

　　D. public class MyClass extends Object

（9）不使用 static 修饰的方法称为实例方法（或对象方法）。下列描述中，正确的有（　　　）。

　　A. 实例方法可以直接调用父类的实例方法

　　B. 实例方法可以直接调用父类的类方法

　　　C. 实例方法可以直接调用其他类的实例方法

　　　D. 实例方法可以直接调用本类的类方法

2. 判断下列叙述是否正确

（1）一个类可以生成多个子类，一个子类也可以从多个父类继承。　　　　　　（　　）

（2）父类私密成员不能作为子类的成员。　　　　　　　　　　　　　　　　　（　　）

（3）由于有了继承关系，在子类中，父类的所有成员都像子类自己的成员一样。（　　）

（4）子类不能具有同父类名字相同的成员。　　　　　　　　　　　　　　　　（　　）

（5）在类层次结构中，生成一个子类对象时，只能调用直接父类的构造方法。　（　　）

（6）在生成一个派生类对象时，同时生成了一个基类对象。因此，基类的数据成员被生成两份拷贝。（　　）

（7）对于

```
Object a;
Ojbect b;
```

若不考虑初始化问题，如果 a == b，那么 a.equals(b)一定等于 true。　　　　（　　）

（8）Java 中所有的类都是 java.lang 的子类。　　　　　　　　　　　　　　（　　）

（9）类 A 和类 B 位于同一个包中，则除了私有成员，类 A 可以访问类 B 的所有其他成员。（　　）

（10）子类可以继承父类所有的成员变量及成员方法。　　　　　　　　　　　（　　）

（11）子类要调用父类的方法，必须使用 super 关键字。　　　　　　　　　　（　　）

代码分析

1. 从备选答案中选择下面程序的运行结果，并说明原因。（　　　）

```
class Base{
    Base(){
        System.out.println("Base");
    }
}


public class Checket extends Base{
    Checket(){
        System.out.println("Checket");
        Super();
    }
    public static void main(String{} args){
        Checket c = new Checket();
    }
}
```

　　A. 编译时错误　　　　　　　　　　　　　B. 先输出 Base，再输出 Checket

　　C. 先输出 Checket，再输出 Base　　　　　D. 运行时错误

2. 从备选答案中选择下面程序的运行结果，并说明原因。（　　　）

```
class Base{
    int i;
    Base (){
```

```
        add(i);
        System.out.println(i);
    }

    void add(int v){
        i += v;
        System.out.println(i);
    }

    void print(){
        System.out.println(i);
    }
}

class MyBase extends Base{
    MyBase(){
        i += v*2;
        add(2);
    }
}

public class TestClu{
    public static void main(String[] args){
        go(new MyBase());
        super();
    }

    static void go(Base b){
        b.add(8);
    }
}
```

　　A. 12　　　　　　　　B. 11　　　　　　　　C. 22　　　　　　　　　　D. 21

3. 从备选答案中选择可以替代 "// Here" 的项，使下面程序能编译运行，并能改变变量 oak 的值。(　　　)

```
class Base{
    static int oak = 99;
}

public class Doverdale extends Base{
    public static void main(String[] args){
        Doverdale d = new Doverdale();
        d.aMethod();
    }
    public void aMethod(){
        // Here
    }
}
```

　　　　A. super.oak = 1;　　　　B. oak = 33;　　　　C. Base.oak = 22;　　　　D. oak = 55.5;

4. 给出下面程序的运行结果。

```
class Tester{
    int var;
    Tester(double var){
        this.var = (int)var;
    }


    Tester(int var){
        this("good-bye");
    }

Tester(String s){
    this();
    System.out.println(s);
}


Tester(){
    System.out.println("hello");
}


Tester(double var){
    this.var = (int)var;
}


    public static void main(String[] args){
        Tester t= new Tester(9);
    }
}
```

5. 有如下类定义：

```
public class S extends F{
    S(int x){}
    S(int x,int y){
        Super(x,y);
    }
}
```

则类 F 中一定有构造方法（　　　）。

　　　　A. F(){}　　　　　　B. F(int x){}　　　　　C. F(int x,int y){}　　　　　D. F(int x,int y,int z){}

6. 对于以下的方法体：

```
{
    success = connect();
    if (success == 1) {
        throw new TimedOutException();
    }
```

```
}
```

如果 TimedOutException 直接继承 Exception 类,那么以下哪一个方法声明适合上述方法体代码?(   )

    A. public void method( )

    B. public void method( ) throws Exception

    C. public void method( ) throw TimedOutException

    D. public throw TimedOutException void method( )

7. 对于类定义:

```
public class Parent {
    public int addValue( int a, int b) { return a+b; }
}
class Child extends Parent {
}
```

以下哪个方法声明能够被加入到 Child 类中,编译正确?(   )

    A. int addValue(int a, int b){//do something...}

    B. public void addValue ( ){//do something...}

    C. public void addValue(int b, int a){//do something...}

    D. public int addValue(int a, int b)throws Exception {//do something...}

8. 下面有关继承的代码运行结果是什么?(   )

```
class Teacher extends Person {
    public Teacher() {
        super();
    }

    public Teacher(int a) {
        System.out.println(a);
    }

    public void func() {
        System.out.print("2, ");
    }

    public static void main(String[] args) {
        Teacher t1 = new Teacher();
        Teacher t2 = new Teacher(3);
    }
}

class Person {
    public Person() {
        func();
    }

    public void func() {
```

```
        System.out.println("1, ");
    }
}
```

　　A. 1, 1, 3　　　　　　　B. 2, 2, 3　　　　　　　C. 1, 3　　　　　　　D. 2, 3

9. 下面代码段的运行结果是（　　　）。

```
class B {
    int n = 1;

    void disp() {
        System.out.print(n);
    }
}


class C extends B {
    int n = 2;

    void disp() {
        super.disp();
        System.out.print(super.n);
        System.out.print(n);
    }

    public static void main(String[] args) {
        (new c()).disp();
    }
};
```

　　A. 112　　　　　　　B. 122　　　　　　　C. 111　　　　　　　D. 211
　　E. 121　　　　　　　F. 221

10. 设有下面的两个类定义:

```
class AA{
    void Show(){ System.out.println("我喜欢 Java!");
}

class BB extends AA{
    void Show(){ System.out.println("我喜欢 C++!");
}
```

然后顺序执行如下语句:

```
AA a=new AA();
BB b = new BB();
a.Show();
b.Show();
```

则输出结果为（　　　）。

A. 我喜欢 Java!　　　B. 我喜欢 C++!　　　　C. 我喜欢 Java!　　　D. 我喜欢 C++!

　我喜欢 Java!　　　　　我喜欢 Java!　　　　　我喜欢 C++!　　　　　我喜欢 C++!

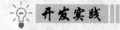

设计下列各题的 Java 程序，并为这些程序设计测试用例。

1. 车分为机动车和非机动车两大类；机动车可以分为客车和货车，非机动车可以分为人力车和兽力车。请建立一个关于车的类层次结构，并设计测试方法。

2. 自己设想一个具有三层以上类结构的例子，并用 Java 实现它。

第 7 单元 圆、三角形和矩形

圆（circle）、三角形（triangle）和矩形（rectangle）是三个类。从图形学的角度看，它们都是平面图形（shape）；从应用的角度看，这三个类起码可以应用到两个方面：几何计算（如计算图形面积等）和图画（如涂色等）。这一节讨论如何从抽象类和接口两个方面组织它们。

7.1 定义三个分立的类

7.1.1 分别定义 Circle 类、Rectangle 类和 Triangle 类

圆、矩形和三角形可以分别是三个独立的类。下面先讨论每个类的描述。

代码 7-1 Circle 类定义。

```java
public class Circle{
    public static final double PI = 3.1415926d;          // 定义常量: final 变量
    private double radius;                                // 半径
    public enum Color{red,yellow,blue,white,black};       // 定义枚举
    private Color lineColor;                              // 线条色
    private Color fillColor;                              // 填充色

    Circle(){}                                            // 无参构造方法
    Circle(double radius){                                // 有参构造方法
        this.radius = radius;
    }

    public void setColor
     (Color lineColor, Color fillColor){                  // 着色方法
        this.lineColor = lineColor;
        this.fillColor = fillColor;
    }

    public void draw(){                                   // 画图形方法
        System.out.println("画圆。");
    }

    public double getArea(){                              // 计算圆面积
        return PI*radius*radius;
    }
}
```

代码 7-2 Rectangle 类定义。

```java
public class Rectangle{
    private double width;                                 // 矩形宽
    private double height;                                // 矩形高
    public enum       Color{red,yellow,blue,white,black}; // 定义枚举
```

```
    private Color lineColor;                         // 线条色
    private Color fillColor;                         // 填充色

    Rectangle(){}                                    // 无参构造方法
    Rectangle(double width,double height){           // 有参构造方法
        this.width = width;
        this.height = height;
    }

    public void setColor
     (Color lineColor, Color fillColor){             // 着色方法
        this.lineColor = lineColor;
        this.fillColor = fillColor;
    }

    public void draw(){                              // 画图形方法
        System.out.println("画矩形。");
    }

    public double getArea(){                         // 计算圆面积
        return width*height;
    }
}
```

代码 7-3　Triangle 类定义。

```
public class Triangle{
    private double side1;                            // 边 1
    private double side2;                            // 边 2
    private double side3;                            // 边 3
    public enum     Color{red,yellow,blue,white,black};  // 定义枚举
    private Color lineColor;                         // 线条色
    private Color fillColor;                         // 填充色

    Triangle(){}                                     // 无参构造方法

    Triangle(double side1,double side2,double side3) // 有参构造方法
        this.side1 = side1;
        this.side2 = side2;
        this.side3 = side3;
    }

    public void setColor
     (Color lineColor, Color fillColor){             // 着色方法
        this.lineColor = lineColor;
        this.fillColor = fillColor;
    }

    public void draw(){                              // 画图形方法
        System.out.println("画三角形。");
```

```
public double getArea(){                                          // 计算三角形面积
    double p =(side1 + side2 + side3)/2;
    double s = Math.sqrt(p*(p - side1)*(p - side2)*(p - side3));
    return s;
    }
}
```

说明：sqrt( )是 java.lang.math 类的一个静态方法，用于返回参数的平方根。

7.1.2　直接数

在代码 7-1 中，使用了数据 3.141 592 6d。在数字后面加上字符 d，表明该数字是一个 double 类型。如果在该数字后面加上字符 "f"，则表示该数字是 float 类型。对于没有小数的数字，若后面加上字符 l（L），则表示该数字是一个 long 类型。这种在程序中直接使用的数字，称为直接数。后面的字符，称为直接数后缀。带小数的数可以使用后缀 d 和 f。若没有后缀，默认为 double 类型。

另外，整型（int 和 long）数字还可以用八进制和十六进制表示。十六进制用 0x 开头，八进制用 0 开头。它们都可以加后缀 l（L），表示 long 类型。

7.1.3　final 关键字

1. fial 变量

Java 还允许用一个符号代表一个常量。方法是用 final 修饰一个初始化过的变量。之后这个变量就成为一个常量，不可以再赋值。为了区别一般的变量，通常把 final 变量用大写字母表示。在代码 7-1 中，在前面还增加了 public 和 static，这是因为如果只写成

```
final double PI = 3.1415926d;
```

则 PI 虽不能通过赋值改变，但在构造方法中还是可以被改变，并且创建实例时，将会为每个对象生成一个成员。如果写成

```
static final double PI = 3.1415926d;
```

这样，PI 就成为类中所有对象公用的常量了，并且构造方法不可对其进行改变。

由于 PI 是一个常用常数，为了能在其他地方也能使用，可以写成

```
public static final double PI = 3.1415926d;
```

2. final 类

final 有"最终"、"不可改变"等意思。用 final 修饰类属性，则该类属性被定义为常量；用 final 修饰方法，则该方法为最终方法，即其在子类中不可被覆盖；用 final 修饰类，则该类为最终类，不可再派生子类。例如，in、out 和 err 不仅是 System 类的静态成员，而且是 System 类的 3 个常量。它们的定义和说明如下：

（1）public static final java.io.InputStream in；标准输入流对象，此对象可以通过 read( )方法接收从键盘输入的内容。

（2）public static final java.io.InputStream out；标准输出流对象，此对象可以通过 println( )方法或 print( )方法输出内容到显示器。

（3）public static final java.io.InputStream err；标准错误输出流对象，用于显示错误消息，或者显示那些应该立刻引起用户注意的其他信息。

7.1.4　枚举

1. 枚举的概念

从字面上看，枚举（enumerate）就是逐一列出。在本例中，使用语句：

```
public enum Color{red,yellow,blue,white,black};      // 定义枚举
```

就是在定义 enum 类型 Color 时，逐一列举了在本例中使用的各 Color 值：red、yellow、blue、white、black，即 Color 只能取这些值中的一个。定义以后的 Color 就称为一种枚举类型，可以用来定义变量。例如，本例中的语句：

```
private Color lineColor;                              // 线条色
private Color fillColor;                              // 填充色
```

枚举非常有用。例如定义性别：

```
enum Sex{male,female};
```

使 Sex 类型的变量只能取 male 和 female 中的一个。这样编写程序，比用 char 类型表示就安全多了。不至于输入了非"m"又非"f"的字符后，系统无法判断对错。

2. 枚举使用要点

（1）枚举类是一个类，它的隐含父类是 java.lang.Enum<E>。

（2）枚举值是被声明枚举类的自身实例，如 red 是 Color 的一个实例，并不是整数或其他类型。

（3）每个枚举值都是由 public、static、final 隐性修饰的，不需要添加这些修饰符。

（4）枚举值可以用==或 equals( )进行彼此相等比较。

（5）枚举类不能有 public 修饰的构造方法，其构造方法都是隐含 private，由编译器自动处理。

（6）Enum<E>重载了 toString( )方法，调用 Color.blue.toString( )将默认返回字符串 blue。

（7）Enum<E>提供了一个与 toString( )对应的 valueOf( )方法。例如，调用 valueOf("blue")将返回 Color.blue。

（8）Enum<E>还提供了 values( )方法，可以方便地遍历所有的枚举值。例如：

```
for (Color c: Color.values())
    System.out.println("find value:" + c);
```

（9）Enum<E>还有一个 oridinal 的方法，这个方法返回枚举值在枚举类中的顺序，这个顺序根据枚举值声明的顺序而定，如 Color.red.ordinal( )返回 0，Color.blue.ordinal( )返回 2。

7.1.5　Java 异常类体系与用户自定义异常类

第 7.1.1 节定义了一个 Triangle 类，它能够根据用户提供的三个数据来构造一个三角形。但是，用户给定任意三个数，就一定能够成一个三角形吗？显然并不一定。当给出的三个数不能构成三角形时，后面的计算都是错误的。这也是一种异常。然而这种异常如何处理呢？Java 提供了这种异常种类吗？

1. Java 的异常类体系

图 7.1 为 Java 的异常类体系结构。可以看出，Java 的每个异常类都是 Throwable 类的子类。Throwable 类位于 java.lang 包中，是 Object 类的直接子类，它下面又有两个直接子类：java.lang.Error 和 java.lang.Exception。Error（错误）子类定义的是系统内部错误，如内存耗

尽、被破坏等，这些错误是用户程序无法处理的，也不需要用户程序去捕获。

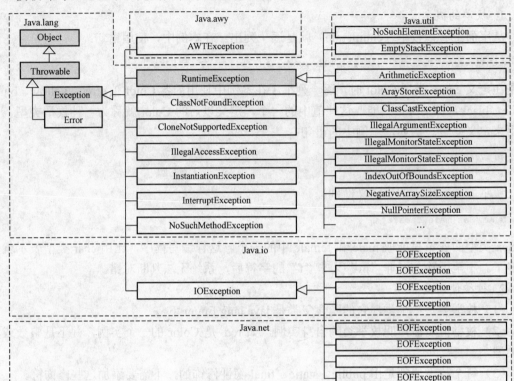

图 7.1　Java 异常处理类体系

Exception 的直接子类可以分为两类：RuntimeException 为运行时异常，是在 Java 系统运行过程中出现的异常；其余为非运行时异常，是程序运行过程中由于不可预测的错误产生的异常。这些异常类型中没有与"不能构成三角形"相对应的异常。

2. 用户自定义异常的方法

用户自定义异常，需要完成以下两项工作。

（1）定义一个新的异常类，这个类应当是 Exception 的直接子类或间接子类。定义格式为

```
class 自定义异常类名 extends 父类异常类名{
    类体
}
```

（2）定义类体中的属性和方法，或重定义父类的属性和方法，以便体现要处理的异常的特征。

Exception 类从 Throwable 类那里继承了一些方法。这些方法可以在自定义异常类中被继承或重写。这些方法中较常用的有

- string getMessage( )：获得异常对象的描述信息（字符串）。
- string toString( )：返回描述当前异常类信息的字符串。

3. 为构建三角形定义异常类

代码 7-4 把不能构成三角形的异常类命名为 NotATriangleException，其定义为

```
class NotATriangleException extends Exception{
   public NotATriangleException(){}
   public NotATriangleException(String message){
      super (message);
   }
}
```

4. 具有异常处理的 Triangle 类

代码 7-5　在构造方法中抛出异常。

```
Triangle (double side1,double side2,double side3)
throws NotATriangleException {                        // 有参构造方法
   if(isaTriangle(side1,side2,side3)){
      this.side1=side1;
      this.side2=side2;
      this.side3=side3;
   }else{
      throw new NotATriangleException ("不能组成三角形! ");
   }
}


private boolean isaTriangle(double a,double b,double c){
                                          // 判断三条线能否组成三角形

   if(a + b <= c){
      return false;
   }else if(a + c <= b){
      return false;
   }else if(b + c <= a){
      return false;
   }else
      return true;
}
```

7.2　抽　象　类

1. 抽象类的概念

第 7.1 节已经定义了 3 个并列的类。现在的问题是，要把它们作为一个整体组织时该如何处理？

由于子类是超类的实例化，超类是子类的抽象。分析前面的 3 个分立的类，发现它们有以下相同点。

（1）都有下列成员。

```
public enum Color{red,yellow,blue,white,black};    // 定义枚举
private Color lineColor;                           // 线条色
private Color fillColor;                           // 填充色
```

```
public void setColor(){                                    // 着色方法
    this.lineColor = lineColor;
    this.fillColor = fillColor;
}
```

显然，只要将 private 换成 protected，就可以让子类继承 lineColor 和 fillColor。

（2）都要在构造方法中初始化 lineColor 和 fillColor。于是，可以形成一个模板，写出如下的超类来。

代码 7-6

```
abstract class Shape{
    public enum Color{red,yellow,blue,white,black};        // 定义枚举
    protected Color lineColor;                             // 线条色
    protected Color fillColor;                             // 填充色

    Shape(){                                               // 无参构造方法
        lineColor = Color.white;
        fillColor = Color.black;
    }

    public void setColor(){                                // 着色方法
        this.lineColor = lineColor;
        this.fillColor = fillColor;
    }
}
```

这里，关键字 abstract 将类 Shape 定义为了抽象类，即它只有象征性意义——相当于设计了一个类的模板，它只能用于派生子类，但不能被实例化。也可以想象，只有线条色和填充色，没有具体的图形，如何涂色呢？

有了这个象征性的抽象类，原来的 3 个具体图形就成为其子类。

代码 7-7　作为 Shape 的派生类三个子类定义。

```
// Circle 类定义
class Circle extends Shape{
    public static final double PI = 3.1415926d;            // 定义常量——final 变量
    private double radius;                                  // 半径

    Circle(){}                                             // 无参构造方法
    Circle(double radius){                                 // 有参构造方法
        this.radius = radius;
    }

    public void draw(){                                    // 画图形方法
        System.out.println("画圆。");
    }

    public double getArea(){                               // 计算圆面积
        return PI * radius * radius;
    }
}

// Rectangle 类定义
```

```java
class Rectangle extends Shape{
    private double width;                              // 矩形宽
    private double height;                             // 矩形高

    Rectangle(){}                                      // 无参构造方法
    Rectangle(double width,double height){             // 有参构造方法
        this.width = width;
        this.height = height;
    }

    public void draw(){                                // 画图形方法
        System.out.println("画矩形。");
    }

    public double getArea(){                           // 计算圆面积
        return width * height;
    }
}


// Triangle 类定义
class Triangle extends Shape{
    private double side1;                              // 边 1
    private double side2;                              // 边 2
    private double side3;                              // 边 3

    Triangle(){}                                       // 无参构造方法
    Triangle double side1,double side2,double side3)
    throws NotATriangleException{                      // 有参构造方法
        if(isaTriangle(side1,side2,side3)){
            this.side1 = side1;
            this.side2 = side2;
            this.side3 = side3;
        }else{
            throw new NotATriangleException("不能组成三角形！");
        }
    }

    private boolean isaTriangle(double a,double b,double c){
                                                       // 判断三条线能否组成三角形
        if(a + b <= c){
            return false;
        }else if(a + c <= b){
            return false;
        }else if(b + c <= a){
            return false;
        }else
            return true;
    }

    public void draw(){                                // 画图形方法
        System.out.println("画三角形。");
    }

    public double getArea(){                           // 计算三角形面积
```

```
        double p =(side1 + side2 + side3)/2;
        double s = Math.sqrt(p * (p - side2) * (p - side1) * (p - side3));
        return s;
    }
}
```

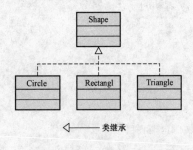

图 7.2 本例的类结构图

图 7.2 为上述程序的类结构图。

2. 抽象方法

下面进一步分析 getArea( )的处理。在 3 个子类中，都有一个 getArea( )方法和 draw( )方法，但是它们的定义不同。解决这个问题的办法就是在父类中定义一个抽象的同名方法，这个方法可以不做任何事情，仅作为子类方法在父类中的一个影子——抽象方法。这样，就可以使用指向父类的引用，在程序运行过程中，通过改变指向来调用子类中的同名方法。

定义抽象方法也要使用 abstract 修饰符，并且在类中只定义方法头，而不定义其实现。

代码 7-8 修改过的 Shape 类代码。

```
abstract class Shape{
    public enum Color{red,yellow,blue,white,black};         // 定义枚举
    protected Color lineColor;                              // 线条色
    protected Color fillColor;                              // 填充色

    Shape(){                                               // 无参构造方法
        lineColor = Color.white;
        fillColor = Color.black;
    }

    public void setColor(){                                // 着色方法
        this.lineColor = lineColor;
        this.fillColor = fillColor;
    }

    abstract void draw();                                  // 抽象画图形方法

    abstract double getArea();                              // 抽象计算面积方法
}
```

其他类的代码不变。

3. 说明

（1）抽象类中可以没有抽象方法，但包含了抽象方法的类必定是抽象类。

（2）抽象类不能被实例化，但是可以创建一个抽象类的引用变量。例如：

```
Area a;
```

（3）与抽象类相对应的是具体类。一个抽象类的子类只有把父类中所有抽象方法都重新定义后，才能成为具体类。只有具体类（不含抽象方法的类）才能被实例化。

（4）抽象类的构造方法不能定义成抽象的，否则将出现编译错误。在创建子类的实例时，会自动调用抽象类的无参构造方法。

4. 本例测试

测试用例设计要包含如下内容：

（1）三角形组成测试。按照白箱测试，包括

● 三种不能构成三角形的测试数据：如{1,2,3}，{2,1,3}，{3,2,1}；

● 能组成三角形的测试，如{10,8,6}；

（2）各形状在静态绑定和动态绑定情况下的面积计算测试。

（3）测试画图方法。

测试要进行多次，下面是一次测试用的主方法。

代码 7-9

```java
public static void main(String[] args){
    Shape sh=null;                                    // 定义父类引用并初始化
    try{
        Triangle t1=new Triangle(10,8,6);             // 静态绑定
        System.out.println("三角形面积为："+t1.getArea()); // 输出三角形面积

        sh=new Triangle(10,8,6);                      // 指向 Triangle 对象
        System.out.println("三角形面积为："+sh.getArea());

        sh=new Rectangle(10,8);                       // 指向 Rectangle 对象
        System.out.println("矩形面积为："+sh.getArea());

        sh=new Circle(10);                            // 指向 Circle 对象
        System.out.println("圆面积为："+sh.getArea());

        Triangle t2=new Triangle(1,2,3);              // 不构成三角形的实例
    }catch(NotATriangleException nis){
        System.out.println("捕获"+nis);
    }
}
```

说明：null 表示不引用任何对象。

测试结果如下：

```
<已终止>Shap [Java 应用程序]c:\Java\jdk1.6.014\bin\java.exe(2009-8-14 上午 11：38:37)
三角形面积为：24.0
三角形面积为：24.0
矩形面积为：80.0
圆面积为：314.159265358973
捕获 NoIntoTriangleException:不能组成三角形！
```

其他测试情况略。

7.3　接　　口

7.3.1　接口及其定义

在第 7.2 节中定义了一个抽象类，它有两个抽象方法：画图方法 draw( )和计算面积的方法 getArea( )。这是基于如何为组织圆、矩形和三角形成为一个类体系的考虑。

现在问题有了一些变化。有两项应用：一项是用于下料系统，要计算不同形状的面积；另一项是艺术系统，要求能画几何图形。与之相对应的也有可以实现要求的一方。在如图 7.3 所示，在需求和实现之间的部分就称为接口（interface）。

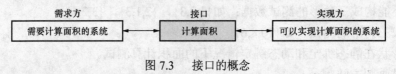

图 7.3   接口的概念

因此，从需求方看，接口表达了需求；而从实现方看，接口表达了可以提供的服务。对于 Java 来说，更偏重于后者。

在 Java 中，接口是与类并列的类型，是接口类型的简称，它们都是属性和方法的封装体。所不同的地方有如下几点。

（1）接口的属性都是默认为 final、static、public。

（2）接口的方法都被隐式定义为 abstract 和 public。

（3）接口用关键词 interface 引出，其前可以使用 public 或 abstract，也可以什么也不写（这时默认的访问权限是 public），但一定不能使用 private 修饰。

代码 7-10   计算面积的接口定义和画图的接口定义。

```
interface CalcuArea{                              // 面积计算接口
    double PI=3.141596;                           // 可加 final
    double getArea();                             // 可加 final static
}


interface Draw {                                  // 画图接口
    public abstract void draw();                  // 可加 public 和 abstract
}
```

7.3.2   接口的实现

1. 单一接口的实现

接口不能直接使用，只有其实现类才可以直接使用。下面介绍如何从接口可以定义出某个类。

代码 7-11   基于接口的实现计算圆面积的类定义。

```
public class Circle implements CalcuArea{
    private double radius;                        // 半径

    Circle(){}                                    // 无参构造方法
    Circle(double radius){                        // 有参构造方法
        this.radius=radius;
    }

    public double getArea(){                      // 计算圆面积
        return PI*radius*radius;
    }
}
```

说明：

（1）关键字 implements 表明定义的类用于实现一个接口。

（2）由于接口的方法都是公开的，其实现类的方法应当都用 public 修饰。

（3）接口中定义的常量可以在实现类中直接使用。

三角形和矩形的实现类请读者自己完成。

2. 一个类实现多个接口

一个类可以实现多个接口，从而实现了抽象类所不能实现的多重继承。

代码 7-12　基于接口 CalcuArea 和 Draw，具有多重继承的 Circle 类定义。

```
public class Circle implements CalcuArea, Draw{
    private double radius;

    Circle(){}
    Circle(double radius){
        this.radius = radius;
    }

    public double getArea(){                    // 实现圆面积计算
        return PI * radius * radius;
    }

    public void draw(){                         // 画圆方法实现
        System.out.println("画圆。");
    }
}
```

3. 带有父类的接口实现类

接口的实现类也可以在实现接口的同时，继承来自父类的成员。

代码 7-13　带有父类的接口实现类

```
public class Circle extends Shape implements CalcuArea, Draw{
    private double radius;

    Circle(){}
    Circle(double radius){
        this.radius = radius;
    }

    public double getArea(){                    // 实现圆面积计算
        return  PI * radius * radius;
    }

    public void draw(){                         // 画圆方法实现
        System.out.println("画圆。");
    }
}
```

7.3.3　关于接口的进一步讨论

1. 接口的其他特性

除了上述特性外，接口还有如下特性：

（1）接口与抽象类一样，不能用来生成自己的实例，但是允许定义接口类型的引用变量。

（2）在接口中定义构造方法是错误的。

（3）如果接口的实现类不能全部实现接口中的方法，就必须将其定义为抽象类。

（4）接口可以建立继承关系，形成复合接口。

代码 7-14 复合接口示例。

```
interface CalcuArea{                              // 面积计算接口
    double PI = 3.141596;                         // 也可加 final
    double getArea();                             // 可加 final static
}


interface Draw {                                  // 画图接口
    public abstract void draw();                  // public 和 abstract 可无
}


interface CalCu_Draw extends CalcuArea, Draw {    // 复合接口
    void Coloring();                              // 着色
}
```

2. 接口的多态

接口类型与抽象类一样可以实现多态。下面是一个用于测试 CalcuArea 接口的类。为了表明"多态性"，在主方法中使用了随机数，使读者更容易理解这些多态是在程序运行中进行的。

代码 7-15 演示接口的多态。

```
import java.util.*;
public class TryCalcuArea{
    public static void main(String[] args) {
        CalcuArea ca=null;
        Random random=new Random();               // 创建一个随机数产生器
        for(byte i=0; i<3;++i){
            int rdm=random.nextInt(3);            // 生成一个[0,2]间的随机数
            switch (rdm){
                case 0:ca=new Circle(10);         break;
                case 1:ca=new Rectangle(10,8);    break;
                case 2:ca=new Triangle(10,8,6);   break;
            }
            System.out.println(rdm+":"+ca.getArea());
        }
    }
}
```

测试结果：

```
1: 80.0
0: 314.15959999999995
2: 24.0
```

3. 接口与抽象类的比较

接口可以看作抽象类的变体，它们有如下相同之点。

- 含有抽象方法。
- 不能直接生成对象，只能被实例化为具体类后才能生成对象。
- 可以实现多态。

但是，它们又有许多不同。表 7.1 给出了接口与抽象类的比较。

表 7.1　　　　　　　　　　接口与抽象类的不同

比 较 内 容	抽 象 类	接 口
定义关键字	abstract class	[abstract][public]interface
实例化具体类用的关键字	extends	implements
组成方法特点	可以包含具体方法，至少包含一个抽象方法	只能有公开、抽象方法
包含构造方法和析构方法	是	否
成员变量特点	可以含有一般成员变量	只能为 public static final 成员变量
父类性质	其他类或接口	仅为接口
可以被结构体继承	否	是
支持多继承	否，仅支持单继承	是
主要应用形式	作为模板派生实例类	作为标准在程序中被使用

7.4　设 计 模 式 初 步

设计模式最早用来解决建筑学设计中的复杂问题，由建筑学设计宗师 Christopher Alexander 于 1977 年首先提出。20 世纪 90 年代中期，GoF（gang of four，四人组：Erich Gamma、Richard Helm、Ralph Johnson 和 John Vlissides）在他们的著作《Design Patterns: Elements of Reusable Object-Oriented Software》（《设计模式：可重用的面向对象软件的要素》，见图 7.4）中将设计模式引入软件设计领域，并总结出了 23 种经典的设计模式。

GoF 的 23 种模式大体可以分为创建型、结构型和行为型 3 大类型。但是它们不是教条，也不是可以采用的设计模式的全部，有人估计已经发表的软件设计模式已经超过 100 种。所以 GoF 的 23 种模式仅仅可以看作是一些关于程序设计基本思想和方法论的案例，好像是"设计模式"这个抽象类的 23 个实例。这些思想

图 7.4　Design Patterns: Elements of Reusable Object-Oriented Software

源于一个现实：从分析到设计，再到实现，都需要以需求为依据。但是需求总是在变化的。为适应这种情况，就需要考虑下面的 4 点：

（1）有利于信息隐藏，只将用户需要了解的部分展示给他。

（2）有利于提高系统的可复用性，提高软件的可靠性。

（3）有利于提高系统的可维护性和可扩展性，避免牵一发而动全身之患。

（4）有利于提高程序的开发效率。

本书不可能介绍有关设计模式的全部，仅举几个例子，作为读者的初体验，让他们领略一下登上程序设计高雅之堂的乐趣。

7.4.1　模板方法模式

比较第 7.2.1 节中的代码和第 7.1.1 节的代码可以看出，使用继承，可以把一些类中的共同的代码抽取出来，形成子类的共同骨架——模板，去除子类中重复的代码，从而为代码复用提供一个基本的平台。这也就形成人们在进行程序设计中经常使用的一种模式，GoF 将之

称为模板方法（template method）设计模式，也简称模板模式。

模板模式的基本思想也可以归结为在进行面向对象的分析与设计时，应将行为分为两类分别实现：不变的或具有共性的，在基类中实现；可变的或具有个性的，在子类中实现。这样，就实现了部分代码的重用，并使子类能在不改变一个算法结构的前提下重定义该算法的某些特定步骤。

> **代 码 重 复**
>
> 代码重复是程序设计中应当尽量避免的弊病。代码重复会造成封装体之间联系过多，要修改一处代码，可能还要修改别处的相关代码，形成牵一发而动全身的局面，稍有不慎，就会遗漏。
>
> 代码复用是克服代码重复的重要方法。"按接口设计"是消除代码冗余应遵守的基本原则。

GoF 认为，在派生类中可以使用如下 4 种类型的方法。

（1）具体方法（concrete method）：实现了所有子类基本功能的方法。

（2）抽象方法（abstract method）：在父类中没有实现，必须在派生类中实现的方法。

（3）钩子方法（hook method）：在父类中默认实现，而在派生类中可以重写的方法。

（4）模板方法（template method）：调用抽象方法、钩子方法和具体方法的方法。

模板模式通过继承，在一定程度上实现了代码复用，但是还有一些代码在各子类中重复。此外，它的灵活度也比较差，例如要增加一个方法，就要修改基类，也要修改相关子类。

7.4.2　简单工厂模式

1. 工厂模式

工厂模式是一种创建型设计模式。毫无疑问，在 Java 中对象要通过 new 操作符创建。这似乎是一个很简单的问题。但是，从增强程序灵活度、通用性和可维护性的角度看，问题就不这么简单了。正像任何一种产品都有使用和生产两个方面一样，如果要一种产品将生产方法夹杂到了使用过程中，那对于生产者和使用者都是非常不好的。因为用户感兴趣的只是使用特性——产品的功能和操作方法，对于其生产过程用户并不感兴趣，而且生产厂家也往往不希望将生产过程暴露。在面向对象的程序设计中，也会有这样的问题。一个对象有创建的细节，也有使用的细节，将二者混杂在一起，一旦创建对象的细节发生一些改变，将直接影响用户的使用。

工厂模式的基本思想是将创建对象的具体过程屏蔽隔离起来，使对象实例的创建与其使用相分离，并达到可维护、可扩展、提高灵活度的目的。

GoF 把工厂模式分为工厂方法（factory method）模式和抽象工厂（abstract factory）模式2 个抽象级别。为了便于理解，本书从工厂方法模式的一种特例——简单工厂（simple factory）模式开始介绍。

2. 简单工厂模式的引出

为了说明简单工厂模式的设计思想，先返回去分析一下在第 7.2 节中的程序。当只考虑画图时，可以把代码作如下简化。

代码 7-16　对第 7.2 节中程序的简化。

```
interface Draw {                                // 画图接口
    public abstract void draw();
}
public class Circle implements Draw{            // 画圆实现类
    public void draw(){
```

```
        System.out.println("画圆。");
    }

public class Rectangle implements Draw{              // 画矩形实现类
    public void draw(){
        System.out.println("画矩形。");
    }
}

public class Triangle implements Draw{               // 画三角形实现类
    public void draw(){
        System.out.println("画三角形。");
    }
}

import java.util.*;                                   // 客户端代码
import java.lang.System;
import java.util.Scanner;
public class TestDraw{
    public static void main(String[] args) {
        Scanner sc = new Scanner(System.in);
        Draw dr = null;
        int choice = 0
        do{                                          // 形成菜单
            System.out.println("1:画圆");
            System.out.println("2:画矩形");
            System.out.println("3:画三角形");
            System.out.println("请选择（1~3）:");
            choice = sc.nextInt();
        }while(choice <1 || choice > 3);

        switch (choice){
            case 0:dr = new Circle();     break;     // 创建画图对象
            case 1:dr = new Rectangle(); break;      // 创建画图对象
            case 2:dr = new Triangle();   break;     // 创建画图对象
        }

        dr.draw();                                   // 画图，动态绑定
    }
}
```

讨论：

（1）类 Circle、类 Rectangle、类 Triangle 和类 Draw 形成图 7.5 中点划线框中的类层次结构，它们通过继承机制，实现了一定程度的代码复用。这样，当要增加另外一个图形（例如椭圆、菱形等）时，只要添加一个相应的子类，不需修改其他类的代码。这部分地遵循了"开—闭"原则。

（2）但是，其客户端代码（这里为 main( )）中包含了对象的使用和对象的生成两部分内容，而客户并不关心这些，这违背了信息隐藏原则。因此，一个合理的想法是将客户端的关于对象生成有关的代码分离出去，交给一个 DrawFactory 工厂类，客户端代码只有对象的使用部分，就像现实生活中的产品生产

> **"开—闭"原则**
>
> 开—闭原则（OCP）是由 Bertrand Meyer 提出的，它告戒人们，为了便于维护，软件模块的设计应当"对于扩展开放（open for extension）"，而"对于修改关闭（closed for modification）"。或者说，模块应尽量在不修改原来代码的前提下进行扩展。

交给工厂，使用者只要了解它们的使用即可。这样，通过产品的生产与使用的分离，实现了模块职责的单一化，形成图 7.5 所示的简单工厂（simple factory）模式或称静态工厂方法（static factory method）模式。

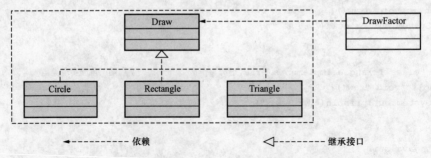

图 7.5　采用简单工厂模式画图程序结构

3. 简单工厂模式中的角色

简单工厂模式的特点包含如下 3 种角色。

（1）抽象产品角色。抽象产品角色作为具体产品继承的父类或者实现的接口，在 Java 程序中由接口或者抽象类来实现，如本例中的 Draw 类。

（2）具体产品角色。具体产品角色在 Java 程序中由一些具体类实现，如本例中的 Circle 类、Rectangle 类和 Triangle 类。

（3）工厂类角色。作为简单工厂模式的核心，工厂类角色的职责是生成具体产品类的对象，在 Java 程序中它往往由一个具体类实现，如本例中的 DrawFactory 类。为了在众多的产品类中生成其中一种，工厂类角色要含有一定的业务逻辑和判断逻辑。

4. DrawFactory 工厂代码

作为画图器工厂，DrawFactory 类应承担原来包含在客户端代码中的生成画图实例对象职责。这部分职责包含了根据用户确定动态绑定类的选择逻辑。具体要求如下。

（1）可以指向 Draw 的引用，并具体绑定在一个实现类上。

（2）含有基于用户选择的判断逻辑和业务逻辑。

代码 7-17　DrawFactory 类的定义。

```
public class DrawFactory{
    public static Draw getInstance(int choice){
        Draw dr = null;
        switch(choice){
            case 1:dr = new Circle();   break;
            case 2:dr = new Rectangle();break;
            case 3:dr = new Triangle(); break;
        }
        return dr;
    }

    public static void main(String[] args) {
        Scanner sc = new Scanner(System.in);
        int choice = 0;
```

```
        do{
            System.out.println("1:画圆");
            System.out.println("2:画矩形");
            System.out.println("3:画三角形");
            System.out.println("请选择（1～3）:");
            choice = sc.nextInt();
        }while(choice < 1 || choice > 3);

        Draw dr = null;                                 // 定义接口对象
        dr = DrawFactory.getInstance(choice);           // 通过工厂取得实例
        dr.draw();                                      // 画图
    }
}
```

5. 程序执行流程

程序运行时的执行流程如图 7.6 所示。

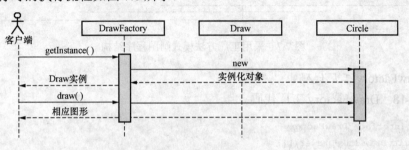

图 7.6　本例的执行流程

6. 讨论

（1）这些代码主要用于说明简单工厂模式设计方法，程序中没有考虑异常处理等。

（2）使用了简单工厂模式后，客户端免除了直接创建产品对象的责任，仅仅负责使用产品。接口对象的实例是由工厂取得的。当需要增加一种画图器，可以扩充 Draw 的子类，并修改工厂类，客户端只修改菜单就可以得到相应的实例，灵活度强。

（3）在服务器端，需要增加一种画图器产品时，只要在类 Draw 下派生一个相应的子类，在 DrawFactory 类中进行相应的业务逻辑或者判断逻辑修改即可。与第 7.2 节的程序相比，在一定程度上符合了 OCP，但仍不太理想，特别是当产品种类增多或产品结构复杂时，将会使工厂 DrawFactory 类难承其重。改进的途径是采用工厂方法模式。

7.4.3　工厂方法模式

1. 工厂方法模式及其结构

工厂方法模式又称多态性工厂（polymorphic factory）模式或虚拟构造器（virtual constructor）模式。它去掉了简单工厂模式中的静态性，使得它可以被扩展或实例化。这样在简单工厂模式里集中在工厂方法上的压力，变得可以由工厂方法模式里不同的工厂子类来分担。图 7.7 为采用工厂方法模式的画图程序结构。

一个工厂方法模式都包含有如下 4 种角色。

（1）抽象产品角色。它是具体产品类继承的父类或者共同接口，在 Java 中一般由抽象类或者接口来实现，如本例中的 Draw 类。

（2）具体产品角色。这类角色是具体产品的抽象，在 Java 中由具体的类来实现，如本例中的 Circle 类、Rectangle 类和 Triangle 类。

（3）具体工厂角色。这类角色由应用程序调用以创建具体产品角色的实例，含有和具体业务逻辑有关的代码，在 Java 中由具体的类来实现，一般与具体产品角色有一一对应的关系，如本例中的 CircFactory 类、RectFactory 类和 TriFactory 类。

（4）抽象工厂角色。这类角色是具体工厂角色的抽象，即是具体工厂角色的共同接口或者必须继承的父类抽象工厂角色，它由抽象类或者接口来实现，如本例中的 DrawFactory 类。作为工厂方法模式的核心，它与应用程序无关。

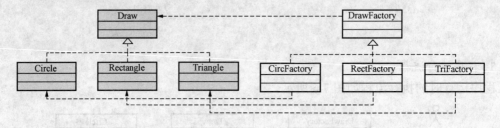

图 7.7　采用工厂方法模式画图程序结构

2. DrawFactory 工厂代码

代码 7-18　DrawFactory 工厂代码。

```java
public interface DrawFactory{
    public Draw MakeDrawer(){}
}

public class CircFactory implements DrawFactory{
    public Draw MakeDrawer(){
        return new Circle();
    }
}

public class RectFactory implements DrawFactory{
    public Draw MakeDrawer(){
        return new Rectangle();
    }
}

public class TriFactory implements DrawFactory{
    public Draw MakeDrawer(){
        return new Triangle();
    }
}
```

3. 客户端代码

代码 7-19　客户端代码。

```java
public class DrawFactoryTest {
    public static void main(String[] args) {
```

```
Scanner sc = new Scanner(System.in);
int choice = 0;
  do{                                        // 形成菜单
     System.out.println("1:画圆");
     System.out.println("2:画矩形");
     System.out.println("3:画三角形");
     System.out.println("请选择（1~3):");
     choice = sc.nextInt();
  }while(choice < 1 || choice > 3);

  try{
     DrawFactory dw = null;                  // 定义接口对象
     dw = DrawFactory.getInstance(choice);   // 通过工厂取得实例
     switch(choice){
        case 1:
          dw = new CircFactory (); break;    // 生成工厂实例
        case 2:
          dw = new RectFactory (); break;
        case 3:
          dw = new TriFactory ();   break;
     }
     dw.MakeDrawer().draw();                  // 画图
  }catch(Exception e) { }                     // 异常处理
  }
}
```

4. 讨论

（1）在简单工厂模式中，产品部分符合了 OCP 原则，但工厂部分不符合 OCP 原则。工厂方法模式使得工厂部分也能符合 OCP 原则。

（2）从客户端代码可以看出一个特点："针对接口编程，而不是针对实现编程"。这是面向对象程序设计一个的原则，它能带来以下好处。

- 客户端（Client）不必知道其使用对象的具体所属类。
- 客户端无需知道特定类，只需知道它们所期望的接口。
- 一个对象可以很容易地被（实现了相同接口的）另一个对象所替换。
- 对象间的连接不必硬绑定（hardwire binding）到一个具体类的对象上。
- 系统不应当依赖于产品类实例如何被创建、组合和表达的细节。

这个原则也称为依赖倒转（DIP）原则。

依赖倒转原则

依赖倒转原则（dependency invension principle,DIP）主要用两句话描述：

- 抽象不应该依赖于细节，细节应当依赖于抽象。
- 高层模块不应该依赖于低层模块。高层模块和低层模块都应该依赖于抽象。

在具体应用时，更多地应当关注如下几点：

- 要针对接口编程，而不是针对实现编程。
- 传递参数，或者在组合聚合关系中，尽量引用层次高的类。
- 一个派生类应该支持基类的所有行为。
- 一个子类必须能够替换掉其父类。这也称为里氏（Barbara Liskov）代换原则。

（3）工厂方法模式适合于下面的情况：

● 客户程序使用的对象存在变动的可能，在编码时不能预见需要创建哪种类的实例。

● 开发人员不希望创建了哪个类的实例以及如何创建实例的信息暴露给外部程序。

（4）简单工厂模式的工厂中包含了必要的判断逻辑，而工厂方法模式又把这些判断逻辑移到了客户端代码中。

7.4.4　策略模式

1. 策略模式及其角色

策略（strategy）是针对不同的背景、环境或上下文（context）作出的相应反应、产生的相应行为、设计出的相应方法。例如：

● 采用不同的算法压缩文件。

● 采用不同的形式（如直线图、直方图或圆饼图等）显示统计结果。

● 针对不同数量或有序程度可以采用不同的排序算法。

● 采用不同的策略进行数据挖掘。

● 为实现一种服务或功能，提供的多种不同执行方式。

策略模式（strategy pattern）属于对象的行为模式，它定义了一组算法，将每一个算法分别封装到具有共同接口的独立类中，使程序可以根据算法效率或用户选择进行算法的选择或者程序可以为用户选择一种最佳算法，以支持算法互换、扩展和改变。

在策略模式中会涉及如下 3 种角色：

（1）具体策略（concrete strategy）角色：封装了一组相关的算法或行为。

（2）抽象策略（abstract strategy）角色：给出所有的具体策略类所需要的接口，通常由一个接口或抽象类实现。

（3）环境（context）角色：进行策略配置，维护一个抽象策略类的引用用以指向一个具体策略，并可以把任意数量的不同参数传递给相应的算法。

图 7.8 为策略模式的结构图。

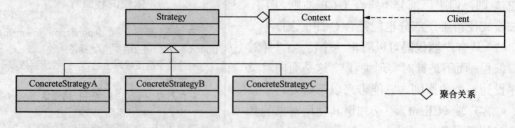

图 7.8　策略模式的基本结构

2. 实例问题：商场营销策略

某商场已经采用如下营销策略收款，并且还可能增加一些新的营销策略。

（1）正常收款（cash normal）销售策略。

（2）打折收款（cash discount）策略，如商品按照牌价打 9 折。

（3）返利收款（cash rebate）策略，如满 200 返 70。

3. 策略模式的实现

本例考虑采用策略模式。参照图 7.8，可以得到图 7.9 所示的本例结构图。

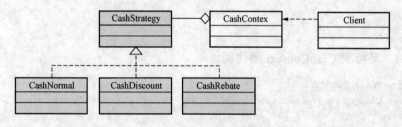

图 7.9　使用策略模式的商场营销系统结构

根据上述结构，可以写出如下代码。

代码 7-20　收款策略部分。

```
public interface CashStrategy{                      // 收款接口
    public abtract double acceptCash(double money);
}

public class CashNormal implements CashStrategy{    // 正常收款子类
    public double acceptCash(double money){
        return money;
    }
}

public class CashDiscount implements CashStrategy{  // 打折收款子类
    private double discountRate;                    // 打折率

    public CashDiscount (double dr){                // 构造方法传入打折率
        this.discountRate = dr;
    }

    public double acceptCash(double money){
        return money * dicountRate;
    }
}

public class CashRebate implements CashStrategy{    // 返利收款子类
    private double rebateCondition ;                // 返利条件
    private double rebateAmount ;                   // 返利额度

    public CashRebate (double rc,double ra){        // 构造方法传入条件和额度
        this.rebateCondition = rc;
        this.rebateAmount = ra;
    }
    public double acceptCash(double money){
        if(money >= rebateCondition)
            cash = money - rebateAmount * (money % rebateCondition);
        return cash;
```

```
        }
    }
```

代码 7-21　环境类 CashContext 的代码。

```java
public interface CashContext{
    private CashStrategy cashStrategy = null ;          // 声明 CashStrategy 引用

    public CashContext(CashStrategy cs){               // 构造方法传入具体策略对象
        this.cashStrategy = cs;
    }

    public double getCash(double money){
        return cashStrategy.acceptCash(money);
    }
}
```

代码 7-22　客户端主要代码。

```java
public class CashTest{
    public static void main(String[] args) {
        CashContext cc = null;
        Scanner sc = new Scanner(System.in);
        douboe unitPrice = 0.0;                        // 商品单价
        int productQuantity = 0;                       // 商品数量
        douboe amountReceivable = 0.0;                 // 应收金额
        douboe amountPaid = 0.0;                       // 实收金额

        System.out.println("请输入商品定价和数量:");
        unitPrice  = sc.nextDouble();
        productQuantity = sc.nextInt();
        amountReceivable = unitPrice * productQuantity;

        int choice = 0;
         do{                                           // 形成菜单
            System.out.println("1:正常收款");
            System.out.println("2:打折收款");
            System.out.println("3:返利收款");
            System.out.println("请选择（1～3）:");
            choice = sc.nextInt();
         }while(choice < 1 || choice > 3);

        switch(choice){                                // 判断逻辑
            case 1:
                cc = new CashContext(new CashNormal());
                break;
            case 2:
                cc = new CashContext(new CashRebate(0.9));
                break;
             case 3:
                cc = new CashContext(new CashReturn(200,70));
                break;
        }
```

```
        amountPaid = cc.getCash(amountReceivable);
        System.out.println("应收金额: " + amountReceivable + ",实收金额: " + amountPaid);
    }
}
```

4. 讨论

（1）就技术而言，策略模式是用来封装算法的，但在实践中，它几乎可以封装任何类型的规则。只要在分析过程中发现有在不同的时间应用不同的业务规则的情形，都可以使用策略模式。例如，画不同的图形等。

（2）分别封装算法，减少了算法类与使用算法类之间的耦合，使得算法的扩展变得方便，只要增加一个策略子类（Context 和客户端要同时修改）即可；也简化了单元测试，使每个算法类都可以单独测试。

（3）策略模式将算法的选择与算法的实现相分离，这意味着必须将策略类所需要的信息传递给它们。最基本的情况是，选择的具体实现职责要由客户端承担，再将选择转给 Context。这就要求客户端必须知道所有策略类，了解每一个算法，并能自行选择。这对于客户端造成很大压力。

7.4.5　策略模式与简单工厂模式结合

分析代码 7-22 可以看出，采用策略模式会使客户端的负担很重。一个解决方法是把客户端的判断逻辑移到 CashContext 类中，在 CashContext 类中生成有关算法对象，这相当于在 CashContext 类中添加了简单工厂的一些职责。

1. 修改后的 CashContext 类代码

代码 7-23　修改后环境类 CashContext 代码。

```
public interface CashContext{
    private CashStrategy cashStrategy = null;         // 声明 CashStrategy 引用

    public CashContext(int strategyType){             // 构造方法传入策略类型
        switch(strategyType){                         // 判断逻辑
            case 1:
                cashStrategy = new CashNormal();
                break;
            case 2:
                cashStrategy = new CashRebate(0.9);
                break;
            case 3:
                cashStrategy = new CashReturn(200,70);
                break;
        }

    public double getCash(double money){
        return cashStrategy.acceptCash(money);
    }
}
```

2. 修改后的客户端代码

代码 7-24　修改后的客户端主要代码。

```
public class CashTest{
    public static void main(String[] args) {
        CashContext cc = null;
        Scanner sc = new Scanner(System.in);

        douboe unitPrice = 0.0;                        // 商品单价
        int commodityNumber = 0;                       // 商品数量
        douboe amountNormal = 0.0;                     // 应收金额
        douboe amountActual = 0.0;                     // 实收金额


        System.out.println("请输入商品定价和数量:");
        unitPrice  = sc.nextDouble();
        commodityNumber = sc.nextInt();
        amountNormal = unitPrice * commodityNumber;

        int choice = 0;
          do{                                          // 形成菜单
            System.out.println("1:正常收款");
            System.out.println("2:打折收款");
            System.out.println("3:返利收款");
            System.out.println("请选择（1~3）:");
            choice = sc.nextInt();
          }while(choice < 1 || choice > 3);

        CashContext cashContext = new CashContext(choice);
        amountActual = cc.getCash(amountNormal);
          System.out.println("应收金额: " + amountNormal + ",实收金额: " + amountActual";
      }
  }
```

3. 讨论

（1）在单纯的策略模式中，客户端除了要了解 Context 类外，还要了解所有策略（算法）类——这是一些实现类，并没有完全实现“面向接口，而不是面向实现的编程”。采用简单工厂与策略相结合模式，客户端只需了解 Context 类，基本实现了面向接口的编程。

（2）模式要灵活应用。针对不同问题，不仅要很好地选择或设计合适的模式，还可能要为一个模式选择一些别的模式进行补充。

7.5 反   射

一般说来，当在一个程序中定义了一个类后，就可以对其实例化，用 new 生成一个该类型的对象。那么，当在程序中遇到一个对象名时，能不能从它得到关于其类的有关数据成员、方法、构造函数等信息呢？Java 具有这种能力，这种机制称为反射（reflection）。或者说，Java

的反射机制，支持在运行状态中动态地获取类的信息，提供动态地调用对象的能力。这个机制对于程序员非常重要，在程序设计界流传着一句话："反射，反射，程序员的快乐"。

简单地说，Java 的反射机制就是使用在编译期并不知道的类——在编译时并不确定是哪个类被加载了，而是在程序运行的时候才加载、探知、自审。为此需要先了解 Java 的类加载方法和关于 Class 类的有关概念。

7.5.1　Java 的类加载方法

1. 类文件——Java 加载单元

Java 程序运行于 JVM，即编译后的 Java 代码不是用特定于某台机器上的运行格式被保存，而是以一种"与平台无关"的格式被保存。这种格式与 C 或者 C++可执行代码的一个重要不同在于，Java 程序不是一个独立的可执行文件，而是由很多分开的类文件组成，在编译过程中，要以类为单位，把每个 Java 类和接口都编译成单独的一个.class 文件。在程序运行时，按照依需求加载（load-on-demand）的原则，只有当一个类要使用（new 关键字来实例化一个类）的时候，类加载器才会加载这个类并初始化，而不是预先一次将所有类文件都加载进内存，以减少内存的消耗，因为 Java 语言的设计初衷就是面向嵌入式领域的。

2. Java 的类加载器

每一个 Java 类必须由类加载器加载。类加载器就是 Java 虚拟机中用来把类加载到内存的工具。在 java.lang 包里有个 ClassLoader 类，这个类的基本目标是对类的请求提供服务，按需动态装载类和资源。当启动 JVM 的时候，可以使用预定义的 3 个类加载器。

（1）引导类加载器 BootstrapClassLoader。负责将一些关键的 Java 类，如 java.lang.Object 和其他一些运行时代码先加载进内存中。由于开发者无法直接获取到引导类加载器的引用，所以不允许直接通过引用进行引导类加载器操作。

（2）标准扩展类加载器 ExtClassLoader。负责将扩展库加载到内存中，开发者可以直接使用它。

（3）应用程序类加载器 AppClassLoader 或系统类加载器（SystemClassLoader）。也称系统类加载器，负责将系统类路径（ClassPath）中指定的类库加载到内存中，开发者可以直接使用它。

3. 父类委派机制

以上三种类加载器形成如图 7.10 所示的层次结构。

JVM 在加载类时默认采用的是父类委派机制。即某个特定的类加载器在接到加载类的请求时，首先将加载任务委托给父类加载器，依次递归，如果父类加载器可以完成类加载任务，就成功返回；只有父类加载器无法完成此加载任务时，才自己去加载。

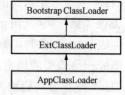

图 7.10　类加载器的层次图

4. 应用

如果要在运行期间产生某个类的对象，JVM 会检查该类型的 Class 对象是否已被加载。如果没有被加载，JVM 会根据类的名称找到.class 文件并加载它。一旦某个类的 Class 对象已被加载到内存，就可以用它来产生该类型的所有对象。

代码 7-25　验证上述机制。

```
public class ClassA {
    public static void main(String[] args){
```

```
      System.out.println("before class Loading...");
      new ClassB();
      System.out.println("after class Loading...");
      try{
         Class.forName("ClassC");
         e.printStackTrace();
      }
   }
}


class ClassB{
   static{                                    // 静态代码段，当类被加载时，就会被执行
      System.out.println("ClassB Loading...");
   }
}


class ClassC{
   static{
      System.out.println("ClassC Loading...");
   }
}
```

编译运行结果：

```
before class Loading......
ClassB Loading......
after class Loading......
ClassC Loading......
```

在 JVM 中，每一个类加载器都是 java.lang 包中 ClassLoader 的实例。开发者可以自由地继承它并添加自己的功能来加载类。即允许程序员自定义类加载器，实现集安全、加密、存档、提取程序和动态生成等方面的特殊需求。

7.5.2　Class 对象

1. Class 对象——类的档案

Class 类是一个特殊的类，它的实例可以存储 Java 程序运行时的类和接口有关信息，被称为 Java "第一类"（first-class）。每个运行的 Java 类都有一个相应的 Class 对象，即在为一个类生成.class 文件时，编译器就会自动为之产生一个 Class 对象，用于表示这个类的类型信息，形成一份该类的档案。

Class 没有公共构造方法。Class 对象是在加载类时由 Java 虚拟机以及通过调用类加载器中的 defineClass 方法自动构造的。

Class 类位于 java.lang 包中，与任何 Java 类一样继承自 Object 类。Object 类内声明了在所有 Java 类中可以被改写的方法：hashCode()、equals()、clone()、toString()、getClass()等。其中，getClass()返回一个 Class 类。除此之外，Class 还包含了大量提供类信息的方法。表 7.2 为其中几个常用方法。

表 7.2　　　　　　　　　　　　**Class 类中用于提供类信息的常用方法**

方　　法	说　　明
Package getPackage()	返回包名
String getName()	返回类名

方　　法	说　　明
T newInstance( )	创建该 Class 对象所表示类的一个新实例，T 表示任何类型
Class <?super T> getSuperClass( )	返回该类的父类
Field getField(String name)	返回该类的一个成员变量
Field[ ] getField( )	返回该类全部公共成员变量的数组
Method [ ] getMethod( )	返回该类全部公共成员方法的数组
Method [ ] getDeclaredMethod( )	返回该类全部成员方法的数组

2. 获取 Class 实例的 4 种方式

（1）利用对象调用 getClass( )方法获取该对象的 Class 实例。

（2）用 Class 类的静态方法 forName( )，用类的名字获取一个 Class 实例。

（3）用.class 的方式来获取 Class 实例。

（4）对于基本数据类型的封装类，可以采用.TYPE 来获取相对应的基本数据类型的 Class
实例。

代码 7-26　验证上述方法。

```java
public class ClassA {
    public static void main(String[] args){
        ClassB c = new ClassB();
        Class c1 = c.getClass();                // 验证方法（1）
        System.out.println(c1.getName());

        try{                                     // 静态方法 forName 会抛出一个异常，调用时
                                                 // 要么在类中也抛出一个异常，要么捕获异常
            Class c2 = Class.forName("ClassB");
            System.out.println(c2.getName());    // 验证方法（2）
        }catch(Exception e){
            e.printStackTrace();
        }
        Class c3 = ClassB.class;
        System.out.println(c3.getName());        // 验证方法（3）
        Class c4 = int.class;
        System.out.println(c4.getName());        // 验证方法（3）
        Class c5 = Integer.class;
        System.out.println(c5.getName());        // 验证方法（3）
        Class c6 = Integer.TYPE;
        System.out.println(c6.getName());        // 验证方法（4）
    }
}

class ClassB{
    int x,y;
    public void output()
        System.out.println(x + "," + y);
}
```

编译运行结果：

```
ClassB
ClassB
ClassB
int
java.lang.Integer
int
```

3. newInstance( )方法

newInstance( )方法是 Class 类的实例方法，多用于事先不知道类名称的情况下创建类的对象，也就是说，在代码中可以动态创建类的对象。与用 new 关键字创建对象可以自由选择构造函数相比，newInstance( )方法创建对象时，只能调用类中的无参构造方法。如果一个类的所有构造函数都有参数，那么就会出现异常。

代码 7-27　利用 newInstance( )方法创建一个对象。

```
import java.lang.reflect.*;
public class ClassA {
    public static void main(String[] args){
        try{
            Class c = Class.forName("ClassB");
            ClassB b = (ClassB)c.newInstance();
            b.output();
        }catch(Exception e){
            e.printStackTrace();
        }
    }
}
```

如果一个类中没有定义无参构造方法，却又想用反射机制进行实例化操作，只能使用 Constructor 类进行。

7.5.3　反射 API

1. 反射 API 概述

当需要知道比 Class 类所提供的信息更多的有关一个类型的信息时，就要使用程序包 java.lang.reflect 中的类——反射 API。它定义了一个类集来对 Class 对象进行完整地提供信息和操作。这个类集包括 Constructor（构造方法类）、Field（成员变量类）、Method（方法类）、Modifier（访问修饰符类）和 Array（数组类）。这些类作为工具，提高了 Class 类的能力和有效性。具体来说，它有如下功能。

- 获取一个对象的类信息。
- 获取一个类的访问权限符、成员、方法、构造方法以及基类的信息。
- 获取属于一个接口的常量和方法声明。
- 在不知道类名的情况下创建类的实例，类名在运行的时候动态获取。
- 在不知道名称的情况下，设置或获取对象属性的值，名称在运行的时候动态获取。
- 在不知道名称的情况下，调用对象的方法。
- 创建新的数组，其大小和元素数据类型都是在运行的时候动态获取的。

2. 反射 API 的使用

使用反射 API 一定要导入 java.lang.relfect 包，然后一般遵循三个步骤：

（1）获得你想操作的类的 java.lang.Class 对象。

（2）调用有关方法，如 getDeclaredMethods 等。

（3）使用反射 API 来操作这些信息。

代码 7-28　找出类的方法。这是一个非常有价值，也是非常基础的反射用法。

```
import java.lang.reflect.*;
public class C {
```

```
    private int fun(Object p, int x) throws NullPointerException {
        if (p == null)
            throw new NullPointerException();
        return x;
    }

    public static void main(String[] args) {
        try {
            Class cls = Class.forName("C");              // 取得 C 的描述
            Method methlist[]= cls.getDeclaredMethods(); // 获取全部成员方法列表
            for (Method m : methlist) {
                System.out.println("方法名: " + m.getName());
                                                         // 输出一个方法名
                System.out.println("所在类: "+ m.getDeclaringClass());
                                                         // 输出一方法所在类的名字

                Class pvec[] = m.getParameterTypes();     // 获取一方法参数类型列表
                for (int j = 0; j < pvec.length; j++)
                    System.out.println("参数 #" + j + ": " + pvec[j]);
                                                         // 输出一个参数的类型

                Class evec[] = m.getExceptionTypes();
                                                         // 获取一参数异常类型列表
                for (int j = 0; j < evec.length; j++)
                    System.out.println("异常 #" + j + ": " + evec[j]);
                                                         // 输出一个参数异常类型

                System.out.println("返回类型: " + m.getReturnType());
                                                         // 输出一方法返回类型

                System.out.println("******");
            }
        } catch (Throwable e) {
            System.err.println(e);
        }
    }
}
```

编译运行结果：

```
方法名: fun
所在类: class C
参数 #0: class java.lang.Object
参数 #1: int
异常 #0 class java.lang.NullPointerException
返回类型: int
******
方法名: main
所在类: class C
参数 #0: class java.lang.String;
返回类型: void
******
```

　　Java 反射机制和 Java 多态的特性可以让程序更加具有灵活性，特别是在进行大型项目开发时，利用反射机制可以很好地进行并行开发，即不是一个程序员等到另一个程序员写完以后再去书写代码，而是先设计接口，让实现接口的程序员和调用接口的程序员都针对接口进行编程。这样，一个程序员和另一个程序员可以同时去书写代码，互不影响地实现相应的功能。

7.5.4　使用反射的工厂模式

　　在第 7.4.2 节和第 7.4.3 节中，讨论了简单工厂模式与工厂方法模式。希望做到“对于扩展开放，对修改关闭”（OCP）和“高聚合、低耦合”，但是，结果并不理想。在简单工厂模式中，新产品的加入要修改工厂角色中的判断逻辑；而在工厂方法模式中，要么将判断逻辑留在抽象工厂角色中，要么在客户程序中将具体工厂角色写死（就像上面的例子一样）。这种判断逻辑的存在，把几种不同的产品条件耦合在一起，例如要添加一个新产品（图形，如五边形），必须修改工厂类中的判断逻辑，增加一个分支。而用反射机制解决这个问题，那么在“工厂”中就不用判断逻辑了。下面还回到第 7.4.2 节中，针对代码 7-17 定义的 DrawFactory 类进行修改。

　　代码 7-29　采用反射机制的 DrawFactory 类。

```
class DrawFactory{
    public static Draw getDrawInstance(String type){
        Draw draw = null;
        try {                    ②用反射机制获得类名
            draw = (Draw)Class.forName("org.zhang.DrawFactoryTest."+type). newInstance();
        } catch (InstantiationException e) {        // 自动生成 catch 块
            e.printStackTrace();
        } catch (IllegalAccessException e) {        // 自动生成 catch 块
            e.printStackTrace();
        } catch (ClassNotFoundException e) {        // 自动生成 catch 块
            e.printStackTrace();
        }
                    ③赋值
        return draw;
    }                                ①调用              画图类作参数
}
```

　　代码 7-30　客户端代码。

```
public class DrawFactoryTest {
    public static void main(String[] args){
        Draw draw = DrawFactory.getDrawInstance("Triangle");
        if(draw != null){                          // 反射成功
            draw.draw();
        }else{
            System.out.println("无此类型的图形……");    // 失败
        }
    }
}
```

　　这个时候，如果添加一个子类，比如我们除要画圆、矩形和三角形外，还要画五边形，就不需要去修改画图工厂类 DrawFactory 了，只要添加一个相应的 Pentagon 子类，并将在客户端的语句　Draw　draw＝DrawFactory.getDrawInstance（"Triangle"）；中的"Triangle"改为"Pentagon"即可。

这样，也就实现了面对对象设计的一个很重要的原则——开一闭原则（OCP）。

7.5.5 使用反射+配置文件的工厂模式

使用反射机制，还可以采用配置文件进行整合。

下面还针对代码 7-16 设计接口 Draw，使用其 3 个实现类，考虑如何设计使用反射技术的工厂类。

代码 7-31　工厂类——生产接口对象。在工厂模式里，单独定义一个工厂类来实现对象的生产，注意这里返回的接口对象。

配 置 文 件

配置文件是一种用于保存系统运行参数的文件，使用配置文件可以使一个系统灵活地针对不同的需求运行。配置文件有多种类型，有机器级的，也有应用程序级的。例如，用户配置文件就是在用户登录时定义系统加载所需环境的设置和文件的集合，包括用户专用的配置设置，如程序项目、屏幕颜色、网络连接、打印机连接、鼠标设置及窗口的大小和位置；应用程序配置文件可以让程序用户用来根据不同的情况变更设定值，而不需重新编译应用程序。

配置文件的格式非常简单。每一行都包括一个关键词，以及一个或多个参数。实际上，绝大多数行都只包括一个参数。

```java
import java.io.IOException;
import java.io.InputStream;
import java.util.Properties;

public class DrawFactory {
   private static Properties pops = new Properties();
                                                 // 创建 Properties 对象
   static{                                       // 静态代码块
      InputStream in
      = DrawFactory.class.getResourceAsStream("file.txt"); // 加载配置文件
      try {
         pops.load(in);
      } catch (IOException e) {
         e.printStackTrace();
      } finally{
         try {
            in.close();
         } catch (IOException e) {
            e.printStackTrace();
         }
      }
   }

   private static DrawFactory factory = new DrawFactory();
   private DrawFactory(){}
   public static  DrawFactory getFactory(){
      return factory;
   }
```

```
    public Draw getDrawInstance(){
        Draw draw = null;                            // 定义接口引用
        try {
            String classInfo
            = pops.getProperty("ClassName");         // 按配置文件中关键词获取类全路径
            Class c = Class.forName(classInfo);      // 用反射生成 Class 对象
            Object obj = c.newInstance();            // 获得该 Class 对象实例
            draw = (Draw)obj;                        // 将 Object 对象强制转换为接口对象
        } catch (Exception e) {
            e.printStackTrace();
        }
        return draw;                                 // 返回接口对象
    }
}
```

讨论：

（1）Properties 是在 java.util 包中的一个类，该类主要用于读取项目（以.properties 结尾的和 XML 文件）的配置文件。Properties 的构造方法有两个：一个不带参数，一个使用一个 Properties 对象作为参数。此外，Properties 提供的主要公开方法还有：

- String getProperty(String key)：用指定的关键词在此属性列表中搜索属性。
- void load(InputStream inStream) throws IOException：从输入流中读取属性列表（关键词和元素对）。

（2）调用方法 getDrawInstance( )得到的是个接口对象。利用反射，不必直接把类的全路径写出来，而是通过关键词获得值。这样，就有了很大的灵活度：只要改变配置文件里的内容，就可以改变调用的接口实现类，而代码不需做任何改变。例如，配置文件可以分为 test = drawFactory.Circle，test = drawFactory.Rectangle 或 test＝drawFactory.Triangle，在程序运行中，动态地向方法 getDrawInstance( )传递类的全路径信息，以便最后返回指向相应的接口 Draw 的实现类对象。

（3）对照代码 7-17 可以看出，不使用反射技术时，存在判断逻辑，这种判断逻辑把一些可以独立的操作混在了一起，形成分支判断耦合。当要进行修改时会牵一发而动全身。使用反射技术后，去除了这些分支判断耦合。

代码 7-32　客户端（调用方）代码。

```
public class DrawFactoryTest {
    public static void main(String[] args){
        DrawFactory factory = DrawFactory.getFactory();
        Draw dr = factory.getDrawInstance();
        dr.draw();
    }
}
```

讨论：

（1）分析上面的代码就可以发现，调用方也是通过接口调用，甚至可以连这个接口实现类的名字都不知道，并且在调用的时候，根本没有管这个接口定义的方法要怎么样去实现它，只知道该接口定义的这个方法起什么作用就行了，完全实现了针对接口编程。

（2）运行结果要根据配置文件来定。如果配置文件里的内容是 test＝drawFactory. Rectangle，就表示调用类 drawFactory.Rectangle 实现画图方法，于是显示"画矩形"；如果配置文件里的内容是 test＝drawFactory.Circle，就表示调用类 drawFactory.Circle 实现画图方法，于是显示"画圆"；如果配置文件里的内容是 test＝drawFactory. Triangle，就表示调用类 drawFactory. Triangle 实现画图方法，于是显示"画三角形"。

习　题　7

概念辨析

1. 下列整型的最终属性 i 的定义中，正确的有（　　）。

　　A. static final int i=100;　　　　　B. final i;

　　C. static int i;　　　　　　　　　D. final float i=1.2f;

2. 关于 final，下列说法错误的是（　　）。

　　A. final 修饰的变量，只能对其赋一次值

　　B. final 修饰一个引用类型变量后，就不能修改变量指向的对象的状态

　　C. final 不能修饰一个抽象类

　　D. final 修饰的方法，不能被子类覆盖

3. 接口中的方法可以使用的修饰符有（　　）。

　　A. static　　　　　　　　　　　　B. private

　　C. protected　　　　　　　　　　D. public

4. 在下列描述中，正确的有（　　）。

　　A. 用 abstract 修饰的类只能用来派生子类，不能用来创建类对象

　　B. 用 final 修饰的类不仅可用来派生子类，也能用来创建类对象

　　C. abstract 和 final 不能同时修饰一个类

　　D. abstract 方法只能出现在 abstract 类中，而 abstract 类中可以没有 abstract 方法

5. 下面关于抽象类和接口组成的说法中，正确的为（　　）。

　　A. 接口由构造方法、抽象方法、一般方法、常量、变量构成，抽象类由全局常量和抽象方法组成

　　B. 接口和抽象类都可由构造方法、抽象方法、一般方法、常量、变量构成

　　C. 接口和抽象类都只由全局常量和抽象方法组成

　　D. 抽象类由构造方法、抽象方法、一般方法、常量、变量构成，接口只由全局常量和抽象方法组成的

6. 下面关于接口和抽象类之间关系的说法中，正确的为（　　）。

　　A. 接口和抽象类都只有单继承的限制

　　B. 接口和抽象类都没有单继承的限制

　　C. 接口可以继承抽象类，也允许继承多个接口

　　D. 抽象类可以实现多个接口，接口不能继承抽象类

7. 可以利用（　　）。的反射机制进行对象的实例化操作。

　　A. 在仅定义有有参构造方法的情况下使用 Class 类的 newInstance( )方法

B. 在定义有无参构造方法的情况下使用 Class 类的 newInstance( )方法

C. 在无定义有有参构造方法的情况下使用 Class 类的 newInstance( )方法

D. 使用 Constructor 类

8. Class 类的对象可以使用的实例化方式有（　　　）。

　　A. 通过 Object 类的 getClass( )方法　　　　　B. 通过类.class 的形式

　　C. 通过 Class.forName( )方法。　　　　　　　D. 通过 Constructor 类

9. 通过反射机制可以取得（　　　）。

　　A. 一个类所继承的父类　　　　　　　　　　B. 一个类中所有方法的定义

　　C. 一个类中的全部构造方法　　　　　　　　D. 一个类中的所有属性

 代码分析

1. 编译执行下例关于继承抽象类的代码会输出什么？并说明原因。

```java
abstract class MineBase {
    abstract void amethod();
    static int i;
}


public class Mine  extends MineBase {
    public static void main(String[] args) {
        int[] ar = new int[5];
        for (i = 0; i < ar.length; i++)
            System.out.println(ar[i]);
    }
}
```

2. 以下哪个类能正确编译？（　　　）

A.

```java
class a {
    abstract void disp();
}
```

B.

```java
abstract class a {
    void disp() {
        System.out.println("welcome to Beijing!");
    }
}
```

C.

```java
class a {
    abstract void disp() {
        System.out.println("welcome to Beijing!");
    }
}
```

D.

```
abstract class a {
    final abstract void disp();
}
```

3. 指出下面程序代码中的错误，并说明原因。

```
class Test{
    int i;
    public abstract void play(){
        System.out.println("ok!");
    }

    public String what1(){
        return "Test!";
    }

    public abstract void adjust();

    public void what2();
}
```

4. 从备选答案中选择下面程序的运行结果，并说明原因。(　　　)

```
interface I{
    void foo();
}

class B implements I{
    void print1(){
        print2(this);
    }

    void ptint2(I i){
        i.foo();
    }

    void print2_this(){
        System.out.println("Surprise");
    }

    public void foo(){
        System.out.println("Hello");
    }

    public static void main(String[] args){
        B b = new B();
        b.print1();
    }
}
```

A. Hello　　　　　B. Surprise　　　　C. 不能编译　　　　D. "Hello"　　　　E. "Surprise"

5. 如果有如下的 enum 定义

```
enum Day {
    first, second;
}
```

下面的代码是否正确？

```
Day d = Day.first;
switch (d) {
…
}
```

6. 对于接口

```
interface I{
    void setValue(int val);
    int getValue();
}
```

下面 5 组代码中，能通过编译的是（　　　）。

A.

```
class A extends I{
    int value;
    void setValue(int val){value = val;}
    int getValur(){return value;}
}
```

B.

```
interface B extends I{
    void increment();
}
```

C.

```
abstract class C implements I{
    int getValur(){return 0;}
    abstract void increment();
}
```

D.

```
interface D implements I{
    void increment();
}
```

E.

```
interface E implements I{
    int value;
    public void setValue(int val){value = val;}
}
```

开发实践

1. 设计下列各题的 Java 程序，并为这些程序设计测试用例。

（1）长途汽车、飞机、轮船、火车、出租车、三轮车都是交通工具，都卖票。请分别用抽象类和接口组织它们。

（2）蔬菜、水果、肉、水、食油、食盐、食糖、味精等，都提供了烹饪的概念。请为之设计一个接口，并通过一些类实现。

2. 使用合适的模式设计下列程序结构。

（1）一个计算器。

（2）一个图形面积计算器。

3. 使用反射技术设计第 2 题中的程序。

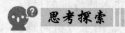 **思考探索**

查找资料，写出 GoF 的 23 种设计模式中每种设计模式的角色特点和适用场合。

第8单元　Java 基本知识小结

8.1　Java 程序开发的核心思想

8.1.1　面向对象的抽象

抽象（abstract）是从众多的现象中抽取出事物本质性的特征，舍弃其非本质特征的过程。通过抽象可以降低问题的复杂度，以便利用已有的方法建立问题求解模型。由于分析问题的目的不同，已有方法的不同以及抽象的角度不同，所得到的模型会不相同，问题求解的最后满意度也不相同。

1. 对象

Java 语言是一种面向对象的程序设计语言，基于对象的抽象方法是其设计理念的核心。Java 语言有一个非常重要的原则——一切皆对象。但是，什么是对象呢？应当说，关于对象的概念是随着学习的深入不断深化的。

在刚开始学习面向对象的程序设计时，为了寻找问题领域中的实体，把对象定义为对问题域中实体的抽象。接着为了描述对象，把对象定义为带有方法的数据，或数据与方法的封装体。到了学习设计模式时，却又发现关于对象的概念发生了一些变化，有的人（如 Alan Shalloway 和 James R. Trott）则把对象看成问题中的责任体，并提出一个原则：对象应该对自己负责，而且应该清楚地定义其责任。

Martin Fowler 建议从视角框架观察对象，形成如下三个层次的对象概念：

- 在概念层上，对象是一组责任。
- 在规约层上，对象是一组可以被其他对象或对象自己调用的方法（也称行为）。
- 在实现层上，对象是代码和数据，以及它们之间的计算交互。

2. 类及其实例

类（class）是基于行为的对象抽象，同一类型的对象，可以含有不同的数据，但都具有（如方法所定义的）相同功能。类的完整描述包含如下内容：

- 对象所包含的数据元素。
- 对象能够操作的方法。
- 访问对象的数据和方法的方式。

在面向对象的程序设计中，可以通过类来获得该类型的对象，这个由类所创建的对象称为类的一个实例（instance）。创建实例的过程称为类的实例化（instantiation）。

3. 抽象类和接口

抽象类定义了其他一些相关类的行为。这些相关的类相对于抽象类通常被称为具体类。应当注意，抽象类是不能实例化的类，在概念层次上，抽象类就是具体类的模板或占位符。

接口与抽象类相似，它是一组相关类（对象）提供服务的抽象。

8.1.2　封装

1. 封装的概念

封装（encapsulation）的目的是为程序提供性能良好的模块来搭建可靠性强的程序。评价封装性的基本标准是信息隐藏（information hiding），对象不能把与外界无关的部分暴露出来。

然而，信息隐藏并不是封装的全部。封装的内容可以有如下一些：

- 数据的封装。
- 方法的封装。
- 其他对象的封装。
- 类型的封装。
- 细节的封装。
- 变化的封装。

2. 内聚与耦合

内聚性的强弱和耦合性的松紧是评价封装性的两项重要指标。内聚性强的代码责任简单，应当只有一种责任；松耦合的代码间的联系比较少，遵守"不与陌生人说话"的原则。为避免耦合，代码需要封装在定义明确的接口之后，遵守"按接口设计"的原则。

3. 访问控制

此外，封装可以让使用者只能按照定义好的形式访问其内部，例如 Java 将类作为封装的最基本单位，并用 private、protected、默认和 public，从类、子类、包和外部几个层次来控制外部对类成员的可访问性，以提高程序的安全性。

8.1.3 可重用性

软件重用（software reuse，又称软件复用或软件再用）是利用事先建立好的软件创建新软件系统的过程。通过软件重用，可以提高软件生成率和开发质量，缩短开发周期，降低软件开发和维护费用，增强软件系统的互操作性。Java 提供如下机制支持软件可重用。

（1）类库。类库是 Java 提供的支持软件重用的资源，它为用户开发提供了大量可以信赖的构件。因此，熟悉 Java 类库并在程序开发时将使用类库作为首选，是 Java 程序员的基本功和应当养成的良好习惯。本书从第 2 单元起，所介绍的内容也基本上是基于类库的应用。

（2）类和继承。定义了一个类，再由类创建对象，就是用封装的代码去克隆具体代码。而继承就是子类可以拥有父类的属性和方法。它们不仅体现了自然界中特殊与一般的关系，而且实现了部分代码重用。

（3）方法。方法封装了类对象的行为过程，也提供了这些行为被重用的手段。

（4）设计模式和框架。设计经验和软件结构的重用。

8.1.4 多态性

多态性（polymorphism）是指对同一消息能根据不同情况做出不同响应的能力。

在 Java 语言中，多态性体现在两个方面：由方法重载（overload）实现的静态多态性（编译时多态）和方法覆盖（override）实现的动态多态性（运行时多态）。

重载（overload）发生在同一类中。与父类、子类、继承等毫无关系。进一步说，是不同方法由于功能雷同而起了相同的名字。因为标识一个方法除了方法名外，还有方法的参数（个数和类型）。由于名字相同，当程序中需要雷同的功能时，编译器就会根据参数判断这个功能的实现应该由哪个方法执行。

覆盖（override）发生在子类中，由于子类某方法与父类某方法在名字和参数上完全相同而实现不同所引起。它们尽管名字和参数完全相同，但作用域不同，一个在父类中，一个在子类中，所以是不同的方法。这样，当用指向父类的引用访问该方法名时，到底是访问父类的方法还是访问子类的方法，可依程序运行时这个引用的实际指向而定。

与覆盖有关的 Java 机制有动态绑定、向上转型、抽象类和接口。

除了上述两种多态外，Java 还提供了泛型，即参数化类型（parameterrized type）。它以类型作参数，封装了不变的代码，是类和接口机制的扩展。有关内容将在后面介绍。

8.2　Java 程序构造

8.2.1　Java 构件定义中使用的修饰符

Java 提供了一些修饰符，用于修饰类、变量和方法。表 8.1 为主要修饰符的意义和用法。

表 8.1　　　　　　　　　　　　　　　　Java 主要修饰符及其用法

类　别	修饰符	含　义	实　例　类				抽　象　类				接　口			主方法	局部变量
			类	成员方法	成员变量	构造方法	类	抽象方法	成员变量	构造方法	接口	成员方法	成员变量		
访问控制	public	公开	√	√	√	√	√	√	√	√	◎	○	○	◎	×
	protected	保护		√	√	√		√	√	√	×	×	×	×	×
	private	私密		√	√	√	×	×	√	×	×	×	×	×	×
	默认	默认	√	√	√	√	√	√	√	√	×	×	×	×	×
抽象	abstract	抽象	×	×	×	×	◎	◎	×	×		○		×	×
静态	static	静态	×	√	√	×	×	×	√	×	×	×	○	◎	×
不变	final	不可改变	√	√	√	×	×	×	√	×	×	×	○	×	√

注　1. ◎：必须；○：默认；√：可以；×：不可。

　　2. 顶层类不可用 protected 和 private 修饰。

　　3.　abstract 不可与 private、final、static 连用。

　　4. 关于访问控制修饰符的用法，参照第 6.4 节中表 6.2。

说明：final 的基本用法有如下几点。

（1）final 用于基本类型变量，使这个变量一旦被初始化其值便不可改变。

（2）final 用于对象变量，则其引用不可改变。这时的初始化可以在两个地方进行：一是定义处；二是构造方法中。

（3）final 用于方法参数。对于基本类型，没有实际意义；对于对象变量，则不允许在方法中修改实参变量的值。因为对象变量参数传递的是引用，在被调用方法中修改这个引用，也就修改了调用方法中的实参变量。

（4）final 用于方法，有两个作用。一是表明该方法已经满足要求，不需要再扩展，不允许子类再覆盖此方法；二是允许编译器将该方法以内嵌（inline）方式执行，而不再是调用方式执行。由于调用方式要经过保存现场、恢复现场等工作，所以内嵌方式的效率比较高。

8.2.2 Java 程序主要构件定义格式

1. 类的定义格式

```
[修饰符] class 类名 [extends 父类名] [implements 接口 1，接口 2，…]{
    [成员变量名定义]
    [成员方法定义]
    [public static void main(String[ ] args){主方法体}]
}
```

2. 抽象类的定义格式

```
[访问控制修饰符] abstract class 类名 [extends 父类名] [implements 接口 1，接口 2，…]{
    [成员变量名定义]
    [成员方法定义]
    [抽象方法声明]
}
```

3. 成员方法定义格式

```
[修饰符] 返回类型 方法名 ([形参列表]) [throws 异常列表] {
    [方法体]
}
```

4. 接口的定义格式

```
[public] interface 接口名 [extends 父接口列表] {
    [[public] [static] [final] 属性类型 属性名=属性值;]
    …
    [[public] [abstract] 返回类型 方法名（形参表）[throws 异常列表]
    …
}
```

8.2.3 Java 语句

1. Java 语句的形式

按照形式，Java 语句可以分为 2 大类：

（1）简单语句：以分号结束的语句。

（2）括在一对花括号中的多条简单语句——块语句或称复合语句。块语句在语法上相当于一条简单语句。

2. Java 语句的内容和作用

按照内容和作用，语句可以分为如下 5 种：

（1）方法调用语句，如 System.out.println(" Hello!");。

（2）表达式语句。由一个表达式构成一个语句，最典型的是赋值语句，如 x=2*3;。

（3）流程控制语句。后面将重点介绍。

（4）package 语句和 import 语句。

（5）声明语句，如类中的成员变量（实例变量）声明、抽象类和接口中的抽象方法声明、for 结构中的循环变量声明等。

8.2.4 Java 程序的流程控制

流程控制的作用是使语句的执行顺序与书写的顺序不一致。

1. if-else 控制结构。

基本形式：

```
if(逻辑表达式) {
    语句块
}
else {
    语句块
}
```

扩充形式：

```
if(逻辑表达式 1) {
    语句块
}
else if(逻辑表达式 2) {
    语句块
}
else if(逻辑表达式 3) {
    语句块
}
…
else {
    语句块
}
```

简化形式：

```
if(逻辑表达式) {
    语句块
}
```

2. switch 开关结构

switch 结构由一系列 case 子结构和一个可选的 default 子结构串联而成。当一个 case 常量与 Switch 整型表达式匹配后，即确定了一个进入该结构的一个入口，会连续执行该入口后面的所有语句，除非遇到一个 break 语句。因此，有选择地在某些或全部子语句序列后面增加 break 语句，可以控制串联子结构的执行数量。

```
switch(整型或字符表达式 1) {
    case 整型或字符常量 1:
        语句序列 1
    case 整型或字符常量 2:
        语句序列 2
    …
    case 整型或字符常量 n:
        语句序列 n
    default:
        语句序列 n+1
}
```

3. while 循环结构

```
while(逻辑表达式) {
    语句块
}
```

4. do-while 循环结构

```
do {
    语句块
} while(逻辑表达式);
```

注意：do-while 结构最后以分号结束。

5. for 循环结构

执行顺序：初始化表达式→判断终止表达式→语句块→修正表达式→判断终止表达式→语句块→修正表达式→…，直到某次判断终止表达式为 false。

```
for(初始化表达式 ；判断终止表达式；修正表达式) {
    语句块
}
```

6. 集合遍历 for 结构

```
for(类型 关键字 ：集合表达式) {
    语句块
}
```

7. break 和 continue

- break：在 switch 和循环中，跳出当前一层结构。
- continue：在循环中提前结束当次循环。
- 在多层嵌套循环中，break/continue 与标号配合，可以不受一层的限制。

8. 异常处理结构

```
try {
    Java 语句块
}
catch {
    异常处理语句块
}
finally {
    Java 语句块
}
```

9. 其他

- 方法调用语句使流程从当前方法转向另一个方法。
- return 语句，使当前方法执行结束，向调用者返回值和流程。

8.3 Java 数 据 类 型

数据是程序处理的对象。为了提高处理的安全性和效率，数据类型已经成为现代高级程序设计语言的重要机制，并按照对于数据类型检查的严格程度将程序设计语言分为无类型、弱类型和强类型。Java 语言是一种强类型语言。

数据类型决定了数据的下列属性：

- 数据的取值范围和字面形式。
- 数据的存储方式。
- 对于数据处理的约束，即不同数据类型，可以施加的操作内容不同。例如对于实数，不可以进行模操作等。
- 数据类型之间的转换规则。

上述内容中，关于数据的存储与取值范围，已经在第 1.1.3 节的表 1.4 中加以介绍。下面介绍其他内容。

8.3.1　数据的字面形式

1. 整型数据的字面形式

整型数据可以用十进制、八进制和十六进制表示。

十进制使用符号：0，1，2，3，4，5，6，7，8，9。

八进制使用符号：0，1，2，3，4，5，6，7，并使用前缀"0"（数字）。

十六进制使用符号：0，1，2，3，4，5，6，7，8，9，a(A)，b(B)，c(C)，d(D)，e(E)，f(F)，并使用前缀"0x"。

此外，系统默认一个字面整数为 int 类型，可以用后缀 L（1）用于表明一个字面整数是 long 类型。

2. 实型数据的字面形式

实型数据只采用十进制表示，但在格式上分为小数和科学记数两种形式。科学记数法又称 E 格式，即在一个数据中放入一个字母 E（e），E 前的部分为尾数，E 后的部分为阶码（指数）。例如 3.14159E+2 表示 3.14159×10^2，2.345E-2 表示 2.345×10^{-2}。

Java 默认的实型常数是 double 类型。为了特指为 float 类型，可以使用后缀 F(f)。对于 double 类型，可以加 D(d)后缀，也可以不加。

虽然浮点数表示的数值相当大，但还是会出现错误和溢出的情况。例如：1/0、负数开平方等。因此，系统定义了三个常量：

- Double.POSITIVE_INFINITY（正无穷大），如（2）/0。
- Double.NEGATIVE_INFINITY（负无穷大），如（−2）/0。
- Double.NaN（Not a Number），如 0/0。

测试一个结果是不是 NaN 不能这样测试：

```
if (x == Double.NaN) //…
```

应该使用 Double.isNaN 方法：

```
if (Double.isNaN(x))//…
```

浮点数不适用于禁止出现舍入误差的金融计算中。例如：System.out.println(2.0-1.1)将打印出 0.899999999999，而不是 0.9。出现这种问题的原因是浮点数值是采用二进制系统表示的，而在系统中无法精确地表示分数 1/10。

（1）需要在计算中不含有任何舍入误差，就应该使用 BigDecimal 类。

（2）将一个类标为 strictfp 。这个类中的所有方法都使用严格的浮点数计算。

（3）将一个方法标记为 strictfp。这个方法使用严格的浮点数计算，如：

```
public static strictfp void main(String [ ] args)
```

3. 字符型数据的字面形式

Java 的字符类型表示 Unicode 编码方案中的单个字符。Unicode 编码方案将各个主要字符集的字符统一编码于一个体系，它既能满足多字符集系统的要求，又可以将不同字符集中的字符作为等长码处理，因而可以描述一个较大范围内的国际通用字符（传统使用的 ASCII 码仅是 Unicode 编码方案中的前 255 个字符），处理效率较高。每个 Unicode 字符占用 2 个字节（16 位）的存储空间，通常用十六进制编码表示，范围在'\u0000'~'\uFFFF'之间。\u 前缀标志着这是一个 Unicode 值，而 4 个十六进制数位代表实际的 Unicode 字符编码。例如，\u0061 代表字符'a'。

有一种特殊的字符类型数据，称为转义字符，即以反斜杠引出的字符。它们表示的不是该字符的本义，而是表示一种操作。表 8.2 为一些常用转义字符。

表 8.2　　　Java 定义的常用转义字符

转义字符	值	字符	功　　能
\a	0X07	BEL	警告响铃（BEL,bell）
\b	0X08	BS	退格（BS,back space）
\f	0X0C	FF	换页（FF,form feed）
\n	0X0A	LF	换行（LF,line feed）
\r	0X0D	CR	回车（CR,carrige return）
\t	0X09	HT	水平制表（HT,horizontal table）
\v	0X0B	VT	垂直制表（VT,vertical table）
\\	0X5c	\	反斜杠（"\"）
\'	0X27	'	单引号（"'"）
\"	0X22	"	双引号（"""）
\?	0X3F	?	问号（"?"）

8.3.2　BigDecimal 和 BigInteger

java.math 中包含两个很有用的类 BigDecimal 和 BigInteger。

BigInteger 可以处理任意长度的整数运算。使用静态方法 valueOf( ) 可以把普通的数值转换为大数值。

BigDecimal 由任意精度的整数非标度值和 32 位的整数标度（scale）组成。如果为零或正数，则标度是小数点后的位数。如果为负数，则将该数的非标度值乘以 10 的负 scale 次幂。因此，BigDecimal 表示的数值是（unscaledValue $\times 10^{-scale}$）。可以处理任意长度的浮点数运算。

使用 valueOf( ) 可以把一个普通类型的数据转换为大数类型。例如：static BigDecimal valueOf（long x）。

Unicode

Unicode（统一码、万国码、单一码）是国际组织制定的可以容纳世界上所有文字和符号的字符编码方案。它用数字 0 ~ 0x10FFFF 来映射这些字符，最多可以容纳 1 114 112 个字符，或者说有 1 114 112 个码位。1990 年开始研发，1994 年正式公布。2006 年 6 月的最新版本的 Unicode 是 2005 年 3 月 31 日推出的 Unicode 4.1.0 。随着计算机工作能力的增强，Unicode 也在面世以来的十多年里得到普及。另外，5.0 Beta 已于 2005 年 12 月 12 日推出，以供各会员评价。

Unicode 字符集可以简写为 UCS（Unicode Character Set）。UTF-8、UTF-16、UTF-32 都是将数字转换到程序数据的编码方案。Unicode 码位就是可以分配给字符的数字。用表 8.3 可以检验浏览器显示各种 Unicode 代码的能力。

表 8.3　　　典型的 Unicode 码位

码位	字元标准名称	浏览器显示
&#65;	大写拉丁字母"A"	A
&#223;	小写拉丁字母"Sharp S"	ß
&#254;	小写拉丁字母"Thorn"	þ
&#916;	大写希腊字母"Delta"	Δ
&#1049;	大写斯拉夫字母"Short I"	Й
&#1511;	希伯来字母"Qof"	ק
&#1605;	阿拉伯字母 "Meem"	م
&#3671;	泰文数字 7	๗
&#4688;	衣索比亚音节文字"Qha"	ቐ
&#12354;	日语平假名 "A"	あ
&#12450;	日语片假名 "A"	ア
&#21494;	简体汉字"叶"	叶
&#33865;	繁体汉字 "葉"	葉
&#50685;	韩国音节文字 "Yeob"	엽

但是，大数值运算不可以使用操作符＋、－、*、/，而是使用方法 add( )、subtract( )、multiply( )、divide( ) 和 compareTo( )（比较）等。例如：

```
BigInteger c=a.add(b);                          // BigDecimal 加法
BigDecimal subtract (BigDecimal val)            // BigDecimal 减法
BigDecimal multiply (BigDecimal val)            // BigDecimal 乘法
BigDecimal divide (BigDecimal val,RoundingMode mode)
    // BigDecimal 除必须提供舍入方法，RoundingMode.HALE_UP 就是四舍五入方式
```

8.3.3　基本数据类型之间的类型转换

基本数据类型之间的类型转换有自动类型转换和强制类型转换两类。

1. 自动类型转换

整型、浮点型和字符型数据可以在一个表达式中混合运算。在运算中，不同类型的数据将按照下面的规则进行转换。

- 在一个表达式中，出现直接数，则这个数按照隐含的规则确认其类型。
- 只要类型比 int 小（如 char、byte、short），则在算术运算之前，这些值会自动地转换成 int 类型。如：

```
byte b1 = 12, b2 = 13;
byte b3 = b1 + b2;                    // 编译错误，不能从 int 转换为 byte
```

- 当一个表达式中含有不同类型的数据时，按照"向高看齐"的原则将类型低的数据转换成类型高的数据再进行运算。图 8.1 为基本类型重点级别关系。

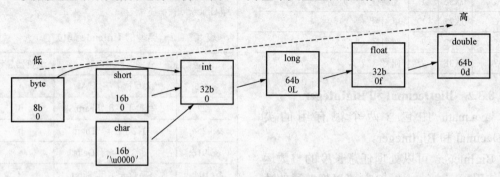

图 8.1　基本类型的高低和转换方向

2. 强制类型转换

如果要将高类型转换为低类型，就要进行强制转换。转换的方式是在数据前面加一个用圆括号括起的类型关键字。例如，对于 double d = 12.9;，则表达式 (int)d 可以将 d 转换为 int 类型。但是，强制转换具有一定的风险。例如：

```
double d=12.9;
float f=(int)d;                      // 结果不是13，而是12！
```

因为浮点型转化为整型时，不进行四舍五入，直接截断小数点后面的数。

8.3.4　基本类型的默认初始化值

Java 为所有的成员变量提供了默认初始化值，见表 8.4。

表 8.4　　　　　　　　　　　　　　　基本类型的默认初始化值

基本类型	char	byte	short	int	long	float	double
默认初始化值	'u0000'	0	0	0	0	0.0f	0.0

8.3.5　基本类型的包装

1. 基本类型的包装类

基本类型不是类类型，为了将基本类型当作类类型处理，并连接相关方法，Java 提供了与基本类型对应的包装容器类（wrapper class），见表 8.5。其中，Byte、Double、Float、Integer、

Long 和 Short 是 Number 类的子类。

表 8.5 　　　　　　　　　　　　**基本类型的包装类**

基本类型	char	byte	short	int	long	float	double
包装容器类	Charcter	Byte	Short	Integer	Long	Float	Double

2. 基本类型与对应的包装类之间的转换与自动装箱和拆箱

一般来说，可以使用如下转换方法：

（1）基本类型转换为类对象，通过相应包装类的构造方法完成，如：

```
Integer intObj = new Integer(8);
```

（2）从包装类对象得到对应类型的数值，需要调用该对象的相应方法，如：

```
int i = intObj.intValue();
```

从 JDK5 开始，Java 引入了自动装箱（autoboxing）和拆箱（unboxing）机制，使得烦琐的转换过程得到简化。例如，上述转换可以写成：

```
Integer intObj = 8;
int i = intObj;
```

8.3.6　引用类型

引用类型是引用对象的类型，也称对象类型，可以分为类引用类型、接口引用类型和数组引用类型。

代码 8-1　三种引用的例子。

```
Shape s=null;                    // 类引用类型
java.lang.CalcuArea c;           // 接口引用类型
double[] doubleArray;            // 数组引用类型
```

8.3.7　String 类

String 类是类引用类型中使用最多的一种。String 类的常用方法有如下几类。这些方法都是 public 的。

1. String 类的构造方法

String 类提供如下 4 种构造方法：

- String(String original)：用字符串常量创建字符串对象。
- String(char[ ] value)：用 char 数组创建字符串对象。
- String(char[ ] value,int offset, int count)：用 char 数组中从下标 offset 开始的 count 个字符创建字符串对象。
- String(StringBuffer buffer)：用 StringBuffer 类的对象 buffer 创建字符串对象。

2. 字符串比较方法

- int compareTo(String anotherString)：当前字符串比 anotherString 大，返回正整数；小，返回小于 0 的整数；相等，返回 0。比较的原则：在字母序中，后面的比前面的大；小写的比大写的大。
- int compareToIgnoreCase(String anotherString)：忽略大小写，比较两字符串大小。

- boolean equals(Object anObject)：当前字符串对象与 anObject 有相同的字符串,则返回 true;否则，返回 false。
- boolean equalsIgnoreCase(String anotherString)：同 equals( )，但忽略大小写。
- boolean startWith(String prefix)：判断当前字符串是否以 prefix 开始。

3. 查找字符或子字符串方法

- char charAt(int index)：返回索引 index（从 0 开始）处的字符。
- int indexOf(char ch)：返回当前字符串中字符 ch 首次出现的位置下标（从 0 起）；若 ch 不存在，返回−1。
- int indexOf(char ch,int fromIndex)：在当前字符串中，从下标 fromIndex 开始查找字符 ch，返回其首次出现的位置下标；若 ch 不存在，返回−1。
- int indexOf(String str)：返回字符串 str 在当前字符串中首次出现的位置下标。
- int indexOf(String str, int fromIndex)：在当前字符串中，从下标 fromIndex 开始查找字符串 str，返回其首次出现的位置下标；若 str 不存在，返回−1。
- int lastIndexOf(char ch)、int lastIndexOf(char ch, int fromIndex)：在当前字符串中，从尾部开始查找字符 ch，返回其首次出现的位置下标；若 ch 不存在，返回−1。
- int lastIndexOf(String str)、int lastIndexOf(String str, int fromIndex)：在当前字符串中，从尾部开始查找字符串 str，返回其首次出现的位置下标；若 str 不存在，返回−1。

4. 基于当前字符串返回一个新字符串方法

- String concat(String str)：返回当前字符串后追加 str 后的新字符串。
- String replace(char oldChar, char newChar)：在当前字符串中，将字符 oldChar 替换为 newChar。
- String replaceAll(String regex, String replacement)：在当前字符串中，将字符串 regex 替换为 replacement。
- String substring(int beginIndex)：返回当前字符串中从 beginIndex 开始的尾子字符串。
- String substring(int beginIndex, int endIndex)：返回当前字符串中从 beginIndex 开始到 endIndex 的子字符串。
- String toLowerCase( )：将当前字符串全部转换为小写。
- String toUpperCase( )：将当前字符串全部转换为大写。

5. 基本类型向字符串类型的转换

- 基本类型与字符串进行"+"运算，运算结果为字符串类型。例如：

```
String s="字符串"+12345;               // 结果为"字符串12345"
System.out.println("字符串"+12345);    // 输出: "字符串12345"
```

- 将参数转换为字符串类型：String valueOf（参数），参数可以为 Object ob、boolean b、char c、int i、long l、float f、double d。

8.4　Java 运算符的优先级别与结合性

　　运算符表示对数据进行操作并得到新的结果。在一个表达式中，若存在多个运算符，则运算符的执行顺序由下列原则确定。

（1）按照运算符的优先级别，从高到低执行。基本规律：域、数组和分组运算符优先级别最高，其余按照单目、双目、三目顺序从高到低，最低是赋值运算符。

（2）在优先级别相同的情况下，由结合性决定运算的顺序。

表 8.6 列出了 Java 运算符的优先级别和结合性。

表 8.6　　　　　　　　　　　　**Java 运算符的优先级别和结合性**

类别	优先级别	运算符号	名　　称	结合方向
最高	1	.[ ]（ ）	域、数组、分组（括号）	
单目	2	＋　－	正、负符号	从右向左
	3	＋＋　－－　!　~	增量、减量、逻辑非、位非	
	4	new	内存空间分配	
双目	5	*　/　%	算术乘、除、模	从左向右
	6	＋　－	算术加、减	
	7	<<　>>　>>>	左移、算术右移、逻辑右移	
	8	<　<=　>　>=	小于、小于等于、大于、大于等于	
	9	==　!=	相等、不等	
	10	&	按位与	
	11	^	按位异或	
	12	|	按位或	
	13	&&	逻辑与	
	14	||	逻辑或	
三目	15	?:	条件运算	
赋值	16	＝　*=　/=　%=　+=　-=　^=	简单赋值、赋值乘、赋值除、赋值模、赋值加、赋值减、赋值异或	从右向左
	17	<<=　>>=　>>>=　&=　|=	赋值左移、赋值算术右移、赋值逻辑右移、赋值与、赋值或	

注　同一等级框内的运算符具有同样的优先等级。

8.5　Java 编程规范建议

编程规范是在许多人经历了多次失败和成功的经验总结。遵循这些规范可以养成良好的工作习惯。其目的是提高程序的可读性，便于他人，也便于自己对程序的理解，提高程序的可维护性和可靠性。同时是减少犯错误的几率，提高程序设计的生产效率，甚至锻炼出更加严谨的思维能力。

为了便于推广，Sun 在网站 http://java.com/docs/中提供了一个详细的关于编码约定的建议。本节从面向初学者的立场出发，重新进行了改编。

8.5.1　命名建议

为了使标识符命名有助于提高程序的可读性，Sun 的官方网站给出了关于标识符的一些建议。表 8.7 为这些建议的总结。

表 8.7　　　　　　　　　　　　　　　Java 标识符的命名建议

标识符类型	命　名　规　则	范　　例
package	由一个小写单词组成	test0107
class	名词组合，每个单词的首字母大写	OneRowNi,TextField
接口	与类命名一样，多数接口名称都以后缀-able 结尾	Drawa,actionlistener
方法	动词组合，名称首字母小写，后面每个单词首字母大写	actionPerformed( ), sleep( ), insertAtfront( )
成员变量	小写字母开头。后面的单词用大写字母开头	studentName
实例变量	与方法命名一样，其名字应该能描述变量的使用方式	
Static Final 变量	所有字符大写，单词之间用_分隔	MAX_LENGT, XREF
循环变量	诸如循环变量之类的临时变量，可以用单个字母作为名称	int k; 或 int i:
方法参数	使用有意义的参数命名，尽可能和要赋值的字段一样	studentName
数组	byte[ ] buffer;不可写成 byte buffer[ ];	

8.5.2　注释规范

程序中的注释（annotation）是程序设计者与程序阅读者之间通信的重要手段，目前流行的敏捷开发思想已经提出了将注释转为代码的概念。好的注释规范可以改善软件的可读性，让开发人员尽快而彻底地理解新的代码，最大限度地提高团队开发的合作效率，尽可能地减少软件的维护成本。

1．注释的原则

- 注释形式统一，使用一致的标点和结构的样式来构造注释。
- 注释简洁，内容要简单、明了、含义准确，防止注释的多义性。
- 代码与注释同步。在写代码之前或者边写代码边写注释。

2．Java 注释格式

Java 提供如下 3 种注释。

（1）/* … */ 型注释，是一种 C 风格的注释，可以用在一行中，也可以形成一个注释块（block）。例如

```
/* 单行注释 */
```

和

```
/*
* 块注释
*/
```

（2）// 型注释，是 C++风格的注释，只能用在一行中，其后不可以有有效代码。在调试时，可以用在一个有效代码行的开头，使该行代码无效。

（3）文档型注释。注释写在/**…*/之中。注释文档将用来生成 HTML 格式的代码报告，所以注释文档必须书写在类、域、构造方法、方法，以及字段（field）定义之前。注释文档由两部分组成——描述、块标记。

代码 8-2　注释文档的格式。

```
/**
 * The doGet method of the servlet.
 * This method is called when a form has its tag value method
 * equals to get.
 * @param request
 * the request send by the client to the server
 * @param response
 * the response send by the server to the client
 * @throws ServletException
 * if an error occurred
 * @throws IOException
 * if an error occurred
 */
public void doGet(HttpServletRequest request,HttpServletResponse response)
throws ServletException, IOException {
    doPost(request, response);
}
```

前两行为描述。之后，由@符号开始为块标记注释。

3. Java 注释的一般技巧

- 空行和空白字符也是一种特殊注释，应注意利用。
- 当代码比较长，特别是有多重嵌套时，要层次清晰，注意在一些段落结束处加注释（如写 "for 结束" 等）。
- 将注释与注释分隔符用一个空格分开，使注释很明显且容易被找到。
- 不要给块注释的周围加上外框，虽可增加美观，但是难以维护。
- 注释不能写得很长，每行注释（连同代码）不要超过 120 个字（1024×768），最好不要超过 80 个字（800×600）。
- 对于多行代码的注释，尽量不采用 "/*…*/"，而采用多行 "//" 注释。

4. 注释应用方法

（1）源文件注释。源文件注释采用 /**…*/，在每个源文件的头部要有必要的注释信息，包括文件名、文件编号、版本号、创建人、日期、描述（包括本文件历史修改记录）等。

代码 8-3　源文件中文注释模板。

```
/**
 * 文 件 名 :
 * CopyRright (c) 2008-xxxx:
 * 文件编号:
 * 创 建 人:
 * 日 期:
 * 修 改 人:
 * 日 期:
 * 描 述:
 * 版 本 号:
 */
```

（2）类（模块）注释。类（模块）注释采用/**…*/，在每个类（模块）的头部要有必要的注释信息，包括项目工程名、类（模块）编号、命名空间、类可以运行的 JDK 版本、版本号、作者名、日期、类（模块）功能描述（如功能、主要算法、内部各部分之间的关系、该类与其类的关系等，必要时还要有一些如特别的软硬件要求等说明)、主要方法或过程清单及本类(模块)历史修改记录等。

代码 8-4　类的英文注释模板。

```
/**
 * CopyRright (c)2008-xxxx: <ABCDEFG>
 * Project:: <项目工程名 >
 * Module ID:: <(模块)类编号,可以引用系统设计中的类编号>
 * Comments:: <对此类的描述,可以引用系统设计中的描述>
 * JDK version used:: <JDK1.6>
 * Namespace: <命名空间>
 * Author: <作者名或缩写>
 * Create Date: <创建日期,格式:YYYY-MM-DD>
 * Modified By: <修改人名或缩写>
 * Modified Date: <修改日期,格式:YYYY-MM-DD>
 * Why & What is modified <修改原因描述>
 * Version:: <版本号>
 */
```

代码 8-5　模块只进行部分少量代码的修改时，每次修改须添加以下注释。

```
//Rewriter :<修改者名字或缩写>
//Rewrite Date:<修改日期:格式 YYYY-MM-DD> Start1:
/* 原代码内容 */
//End1:
```

将原代码内容注释掉，然后添加新代码使用以下注释：

```
//Added by :<添加者名字或缩写>
//Add date:<添加日期,格式: YYYY-MM-DD> Start2:
//End2:
```

如果模块输入输出参数或功能结构有较大修改，则每次修改必须添加以下注释：

```
//Log ID: <Log 编号,从 1 开始一次增加>
//Depiction: <对此修改的描述>
//Writer: <修改者姓名或缩写>
//Rewrite Date:<模块修改日期,格式: YYYY-MM-DD>
```

(3) 接口注释。接口注释采用 /** … */，在满足类注释的基础之上，接口注释应该包含描述接口的目的、它应如何被使用以及如何不被使用，块标记部分必须注明作者和版本。在接口注释清楚的前提下对应的实现类可以不加注释。

(4) 构造方法注释。构造方法注释采用 /** … */，描述部分注明构造方法的作用，不一定有块标记部分。

代码 8-6　构造方法注释模板 1。

```
/**
 * 默认构造方法
 */
```

代码 8-7　构造方法注释模板 2。

```
/**
 * Description : 带参数构造方法,
```

```
 * 初始化模式名,名称和数据源类型
 * @param schema:  模式名
 * @param name:  名称
 * @param type:  数据源类型
 */
```

（5）方法注释。方法注释采用 /** …*/，在每个方法或者过程的前面要有必要的注释信息，包括方法或过程名称、功能描述、参数含义、输入/输出及返回值说明、调用关系及被调用关系、创建时间等。

代码 8-8　方法注释模板 1。

```
/**
 * 方法名 :
 * 功能描述:
 * 输入参数: <按照参数定义顺序>
 * <@param 后面空格后跟着参数名字（不是类型），空格后跟着该参数的描述
 *
 * 返回值: - 类型 <说明>
 * <返回为空 (void) 的构造方法或者方法
 * @return 可以省略。
 * 如果返回值就是输入参数，必须用与输入参数的@param 相同的描述信息；
 * 必要时，注明特殊条件写的返回值
 * 异常: <按照异常名字的字母顺序>
 * 创建人:
 * 日期:
 * 修改人:
 * 日期:
 */
```

代码 8-9　方法注释模板 2。

```
/**
 * FunName: 方法名
 * Description : 获取汉字拼音首字母的字符串，被生成百家姓方法调用
 * @param:  str the String 是包含汉字的字符串
 * @return String: 汉字返回拼音首字母字符串；英文字母返回对应的大写字母；
 * 其他非简体汉字返回 '0'
 * @Author: 作者名
 * @Create Date: 日期
 */
```

（6）方法内部注释。控制结构、代码做了些什么以及为什么这样做、处理顺序等，特别是复杂的逻辑处理部分，要尽可能地给出详细的注释。

（7）全局变量注释。要有较详细的注释，包括对其功能、取值范围、哪些方法或者过程存取以及存取时注意事项等的说明。

（8）局部（中间）变量注释。主要变量必须有注释，无特别意义的情况下可以不加注释。

（9）实参/参数注释。参数含义、及其他任何约束或前提条件。

（10）字段/属性注释。字段描述，属性说明。

（11）常量注释。常量通常具有一定的实际意义，要定义相应说明。

8.5.3　关于代码的一般建议

（1）文档化。建议用 javadoc 来为类生成文档。它不仅是标准，也是被各种 Java 编译器都认可的方法。

（2）缩进。缩进应该是每行 2 个空格。建议不在源文件中保存 Tab 字符，因为在不同的源代码管理工具中，Tab 字符因为用户设置的不同而扩展为不同的宽度。

（3）页宽。页宽应该设置为 80 字符。源代码超过这个宽度，将无法完整显示。但这一设置也可以灵活调整。

（4）折行。当一个表达式不能书写在一行之内时，应该依据下面的原则断开它：

- 在逗号后断开。
- 在操作符之前断开。
- 高层级断开优先于低层级断开。
- 后面的行和前面的行左对齐或缩进 2 个字符。
- 假如上面的某些规则不好用，也可以缩进 8 个空格。

（5）花括号。{} 中的语句应该另起一行。例如：

```
if (i>0) { i++ };                               // 不好,  在同一行
```

再如：

```
if (i>0) {
    i++ ;
}                                               // 好, }单独作为一行
```

（6）圆括号。左括号和后一个字符之间不应该出现空格,同样,右括号和前一个字符之间也不应该出现空格：

```
CallProc(Aparameter);                           // 不好
CallProc(AParameter);                           // 好
```

不要在语句中使用无意义的括号。括号只应该为达到某种目的而出现在源代码中。如：

```
if ((i) = 42) {                                 // 不好 - 括号毫无意义
```

（7）空白行（空行），即把逻辑上相关的代码段用空白行分开。

两行空白通常用于下面的情况：

- 在源文件的章节之间。
- 在类或接口定义之间。

一行空白则通常用于下面的情况：

- 方法之间。
- 在方法中的本地变量声明和第一条语句之间。
- 在块注释和单行注释之前。
- 在方法内的逻辑片段之间。

说明：本书由于考虑篇幅问题，例程没有这样做。

（8）空格。空格应该在下面这些情况下使用。

- 关键字和圆括号之间应该用空格分开，例如：

```
while (true) {
…
}
```

- 方法名和左括号之间不应该加空格，这样可以区分开关键字和方法调用。
- 参数列表的逗号之后应该加空格。
- 除 "." 之外的二元操作符都应该使用空格把它们和它们的操作数分开。不能在一元操作符和它们的操作数之间加空格，例如：

```
a = c d;                              // 错误
a = (a b) / (c * d);                  // 错误
while (d = s){                        // 好
    n ;
}
printSize("size is " foo "\n");
```

- **for** 语句的表达式之间应该用空格分开，例如：

```
for(expr1; expr2; expr3)
```

- 类型声明（**cast**）之后应该加空格，例如：

```
myMethod((byte) aNum, (Object) x);
myMethod((int) (cp5), ((int) (i3)));
```

8.5.4 关于声明的建议

（1）每行的数目。每行应仅一个声明，不把不同类型的声明放在同一行，例如：

```
int foo, fooarray[];                        // 不好
```

（2）初始化。本地变量在哪里声明就应该在哪里初始化。

（3）位置。请仅把声明放在块的开始。（一个块是指任何被一对大括号括起的代码）不要等到变量第一次使用时才声明它们，那样会把粗心的编程人员弄糊涂，并且妨碍范围（块）内的代码迁移，例如：

```
void myMethod(){
    int int1 = 0;                        // 方法块的开始
    if (condition) {
        int int2 = 0;                    // "if"块开始
    …
    }
}
```

这个准则的一个例外是 **for** 循环的索引变量：

```
for (int i = 0; i < maxLoops; i++ ) { … }
```

应该避免本地声明对高层级声明的覆盖。例如，不要在一个方法内声明和类变量相同的变量名：

```
int count;
…
myMethod() {
    if (condition) {
```

```
    int count = 0;                        // 不好!
       …
    }
    …
}
```

（4）类和接口声明。书写类和接口时，应该遵守下面的这些格式准则：

- 在方法名和"("之间没有空格。
- "{"应该放在声明语句的末尾。
- "}"占单独一行，并且和起始语句左对齐，除非大括号之间是空语句，这种情况，"}"
  紧接在"{"之后，例如：

```
class Sample extends Object {
    int ivar1;
    int ivar2;

    Sample(int i, int j) {
        ivar1 = i;
        ivar2 = j;
    }

    int emptyMethod() {}
    ...
}
```

- 方法由空行隔开。

8.5.5　关于语句的建议

（1）简单语句。每行至多包含一条语句，例如：

```
argv ;                                 // 可以
argc--;                                // 可以
argv; argc--;                          // 不好!
```

（2）复合语句。复合语句包括一组由大括号括起来的语句。

- 嵌套在内层的语句应该比外层的语句缩进一级。
- 左大括号应该放在开始语句的行的末尾，右大括号应该单独一行，并且和开始语句左
  对齐。
- 当语句是控制结构（像 if-else）的一部分时，在所有语句外面添加大括号，包括单行。
  这样，当增加一条语句时，不会因为忘记添加大括号而造成程序意外的错误。

（3）返回语句。除非想让返回结果看上去更明显，否则不需要在返回值的上面加圆括号，
例如：

```
return;
return myDisk.size();
return (size ? size : defaultSize);
```

8.5.6　编程技巧

（1）exit()。exit 除了在 main 中可以被调用外，其他的地方不应该调用。因为这样做不
给代码任何机会来截获退出，而且一个类似后台服务的程序不应该因为某一个库模块决定了

要退出就退出。

（2）异常。顶层的 main( )方法应该截获所有的异常，并且显示在屏幕上，或者记录在日志中。

（3）Clone。这是一种有用的方法。

代码 8-10

```
implements Cloneable
public  Object clone() {
   try {
    ThisClass obj = (ThisClass)super.clone();
    obj.field1 = (int[])field1.clone();
    obj.field2 = field2;
    return obj;
   }catch(CloneNotSupportedException e){
     throw new InternalError
       ("Unexpected CloneNotSUpportedException: "
       + e.getMessage());
   }
}
```

（4）final 类。除非程序框架的需要，否则绝对不要轻易地将类定义为 final 的。如因为没有人可以保证会不会由于什么原因需要继承它。

（5）访问类的成员变量。大部分的类成员变量应该定义为 protected 以防止非继承类使用它们。

（6）byte 数组转换到 Characters，可以这么做：

```
"Hello world!".getBytes();
```

8.6　Java 类库

Java 类库就是 Java API(Application Programming Interface，应用程序接口)，是系统提供的已实现的标准类的集合，也是系统提供给程序员的一些开发工具。在程序设计中，合理和充分利用类库提供的类和接口，不仅可以完成字符串处理、绘图、网络应用、数学计算等多方面的工作，而且可以大大提高编程效率，使程序简练、易懂。Java 提供了丰富的标准类。这些标准类大多封装在特定的包里，每个包具有自己的功能，它们几乎覆盖了所有应用领域。或者说，有一个应用领域，便会有一个相应的工具包为之服务。因此，学习 Java，不仅要学习 Java 语言的基本语法，还要掌握有关工具包的用法。掌握的工具包越多，开发 Java 程序的能力就会越强。表 8.8 列出了 Java 中一些常用的包及其简要的功能。其中，包名后面的". *"表示其中包括一些相关的包。

表 8.8　　　　　　　　　　　　　Java 提供的部分常用包

包　名	主　要　功　能
java.applet	提供创建 applet 需要的所有类
java.awt.*	提供创建用户界面以及绘制和管理图形图像的类

续表

包　名	主　要　功　能
java.io	提供通过数据流、对象序列以及文件系统实现的系统输入、输出
java.lang.*	Java 编程语言的基本类库
java.math.*	提供一系列常用数学计算方法
java.rmi	提供远程方法调用相关类
java.net	提供了用于实现网络通信的类
java.security.*	提供设计网络安全方案需要的类
java.sql	提供访问和处理来自 Java 标准数据源数据的类
java.text	提供文本工具和格式化类
java.util.*	包括集合类、时间处理模式、日期时间工具等的实用工具包
javax.swing.*	提供一系列轻量级的用户界面组件

注意：在使用 Java 时，除了 java.lang 外，其余类包都不是 Java 语言所必需的，使用时需要用 import 语句引入之后才能使用。

8.7　程序测试、调试与异常处理

8.7.1　程序中的错误

程序设计是人的智力与问题的复杂性之间的较量。面对大型复杂问题，人们犯错误的概率很大。这些错误会导致程序的漏洞（bug）。一般说来，程序中的错误可以分为语法错误、语义错误和运行中错误/异常三种类型。

1. 语法错误

语法错误（syntax error）是违反 Java 语法规则的错误，如语句最后没有用分号结尾、将一个类型的数据赋值给另外类型的变量等。Java 编译器可以检查出代码中的任何语法错误。只有没有语法错误的代码才能被编译生成字节代码文件，在 Java 虚拟机上被执行。

2. 语义错误

语义错误（semantic error）也称逻辑错误（logical error），是由于程序中的逻辑设计错误引起。这样的程序虽然可以通过编译运行，但得不到正确的结果。发现语义错误的办法是进行测试。

发现语法错误和语义错误后，进一步找出错误位置并改正的过程，称为调试。

3. 运行中错误/异常

运行中错误或异常是因为程序用户的操作或者系统的故障而造成。尽管这些不是程序员的原因，但程序员有责任提高程序的健壮性，使程序在运行中遇到这些问题可以适当地进行处理。这就是异常处理要解决的问题。

8.7.2　程序测试的基本思想

G.J.Myers 提出的关于测试目的的观点，一直指导着程序测试。他认为：

（1）软件测试的目的是为了发现程序中的错误。

（2）一个好的测试用例是能够发现迄今尚未发现的错误。

（3）一个成功的测试是发现了迄今尚未发现的错误的测试。

因此，测试决不是为了证明程序正确的一项工作，而是以程序存在错误为前提，去发现这些错误的过程。

8.7.3　程序测试的基本方法

程序测试可分为静态测试和动态测试两类。

（1）静态测试。静态测试是通过人工阅读代码和有关文档来发现程序中的错误。静态测试也可以利用静态软件分析工具，对被测程序进行特性分析，检查程序中用错的局部变量和全局变量、不匹配参数、不匹配的花括号和圆括号、潜在的死循环等。

（2）动态测试。测试就是上机试运行程序，并使用一组数据观测程序执行的情况。所以动态测试的关键是设计测试用例——测试用的数据。基本的测试用例设计方法有白盒测试和黑盒测试两种技术。

1. 白盒测试技术

白盒测试也称结构测试，即针对程序结构的测试。为此要求测试者了解程序的流程结构。白盒测试的基本思路是让测试用例可以检验更多的程序逻辑。按照覆盖的程度，可以把测试用例分为如下等级。

（1）语句覆盖。语句覆盖是要让程序中的每条语句都执行一遍。但是，语句覆盖不能保证所有的分支都被覆盖。因为一个条件语句有两个分支，只要能执行一个分支，就覆盖了这条语句，但不能保证另一条分支中没有错误。

（2）判定覆盖。判定覆盖也称分支覆盖，它考虑了条件语句的每一条分支。

（3）条件覆盖。在许多情况下，一个判定中包含了多个条件。充分的测试，应当保证每个条件都执行一遍。

（4）判定/条件覆盖。由于条件覆盖不保证每条分支都被覆盖，因此，将二者结合起来，使测试用例的覆盖程度更强。

（5）条件组合覆盖。条件组合覆盖考虑了各种条件的组合，覆盖能力比较强。

（6）路径覆盖。用足够的测试用例来覆盖程序中的每一条路径。

2. 黑盒测试技术

黑盒测试也称功能测试，主要根据输入与输出之间的关系等设计测试用例，其方法主要有如下 4 种。

（1）等价分类法。等价分类法是根据输入对于输出的影响分析，将输入分为多个等价类，从不同的等价类中找出代表性数据作为测试用例。

（2）边值分析法。边值是输入等价类和输出等价类边界上的值。因为边界上值的代表性最强。

（3）错误推测法。错误推测法是根据经验或直觉，推测程序中存在错误的类型，有针对性地设计测试用例。

（4）因果图法。等价分类法和边值分析法只能孤立地考虑输入对于输出的影响。因果图法，则系统地、组合地考虑输入对于输出的影响。

3. 循环结构的测试

循环结构是一种特殊的结构，其测试采用特殊的边值分析法。

（1）单循环测试，用测试用例迫使循环结构。

- 只循环一次。
- 循环 n 次（预定最大循环次数）。
- 循环 $n-1$ 次。
- 循环 $n+1$ 次。
- 跳过循环结构。

（2）多重循环：使外层固定，对内层循环进行测试；测试由里向外，逐层推进。

8.7.4　程序测试过程

程序测试过程如图 8.2 所示。

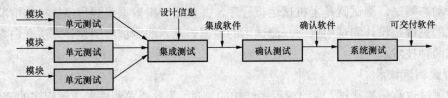

图 8.2　程序测试过程

（1）单元测试。单元测试是测试程序的最小单元。对于 Java 程序，单元测试可以从方法开始，再到类。单元测试的内容包括模块接口、重要路径、局部数据结构、错误处理、边界条件等。测试方法时，需要一个驱动模块（调用方法）和一个桩模块（另一个被调用模块）。

（2）集成测试。集成测试一般是边组装边测试。方法可以自顶向下进行，也可以自底向上进行。

（3）确认测试。确认测试又称有效性测试，主要是检查程序功能有无与说明书中相悖之处。

（4）系统测试。系统测试又称交付测试，是为交付而进行的测试。

8.7.5　程序调试

调试是确定错误原因和位置，并改正的过程。调试通常会与测试一同进行。常用的调试方法如下。

（1）简单调试方法：

- 插入输出语句。
- 运行部分程序。

（2）归纳调试：根据错误进行综合分析。

（3）演绎调试：利用测试数据，排除不适当假设。

（4）回溯调试：从错误点出发，人工沿逻辑反向搜索。

8.7.6　异常处理

异常是指程序出现的不正常情况。

1．Java 程序的异常处理结构

Java 程序的异常处理涉及 try、catch、throw、throws 和 finally 5 个关键字。

异常处理流程由 try、catch 和 finally 3 个代码块组成。try 代码块是被监视的代码块；catch 紧跟 try 代码块，用于捕获和处理异常；finally 用于回收被占用的相关资源。throw 用于抛出异常交异的处理，throw 用于声明要抛出的异常。

2. 异常类

在 Java 中，异常是异常类的实例，由 new 创建。系统已经建立了多种常见异常类，它们都是 Throwable 类的子类 Exception 的子类。程序员也可以自己创建异常类，但一般要作为 Exception 的子类。

8.8　软件设计模式和反模式

计算机技术的出现改变了世界，它为人类在所依赖的真实世界之外又构建了一个虚拟世界，使得在真实世界中难以实现或无法实现的事物，可以在这个虚拟世界中进行模拟、进行创造、进行运行，极大地丰富和改进了人类的生活方式。这种巨大的诱惑和需求，形成了对计算机技术的严峻挑战，也成为其飞速发展的强大动力和压力。20 世纪 60 年代和 80 年代出现的两次软件危机，就是对计算机技术在软件方面的两次挑战。其状况被总结为三句话：花费的代价被预计的要多；开发的周期比预计的要长；没有不出现错误的软件。这些压力也成全了软件，使其成为一门独立的科学——程序设计方法学（研究程序结构、程序推导和程序正确性验证等），同时使其成为一门技术——软件工程（包括程序结构、程序测试、编码规范、软件工具、软件成熟性模型等）。

在软件工程方面，最初的努力基本上是围绕着如何处理以下三者之间的矛盾进行的：问题的复杂度、软件的规模和软件的可靠性。由此提出了结构化程序设计、面向对象、面向构件等一系列方法。但是，事情并没有完全解决。有人（Johnson，1995）通过对数百个集体开发的软件项目开发结果进行了调查统计得出结论：每 6 个软件项目中就有 5 个被认为是不成功的，而且大约 1/3 的项目被中途取消，未被取消的项目的交付成本都几乎达到最初计划的两倍。什么原因？因为几乎所有交付的系统都是烟囱系统（stovepipe system），无法适应变化的需求。因为需求总在变化。

为应对需求变化，软件设计模式应运而生，其代表性人物就是 GoF。1994 年他们提出了 23 种设计模式。简单地说，模式（pattern）就是前人积累的成功经验的抽象和升华，从不断重复出现的事件中发现和抽象出的规律。模式强调形式上的规律，而非实质上的规律。在良好的模式指导下工作，有助于得到优秀的设计方案、找到解决问题的最佳途径。从此，设计模式开始受到广泛关注，也得到普及应用。

Christopher Alexander 教授给出的经典定义：每个模式都描述了一个在我们的环境中不断出现的问题，然后描述了该问题解决方案的核心。通过这种方式，可以无数次地使用那些已有的解决方案，无需重复相同的工作。模式有不同的领域，建筑领域有建筑模式，软件设计领域也有设计模式。当一个领域逐渐成熟的时候，自然会出现很多模式。

但是，问题还是没有完全解决。NewGoF（指 William J.Brown,Raphael C.Malveau,Hays W.McCormick Ⅲ, and Thomas J.Mowbray）在他们的著作 AntiPatterns Refactiong Software, Architectures, and Projects in Crisis 中使用了一个脚注：根据 Standish 集团 2007 年发布的 CHAOS 报告，软件项目取消率已经从 1994 年的 31.1%下降到 2006 年的 19%；而项目不成功（指时间和成本超过预期、客户需求未能完全满足）率从 1994 年的 52.7%下降到 46%，虽有进展，但并无太大改观。这一状况又导致了另一种思想的诞生：反面模式（anti-pattern 或 antipattern，简称反模式）。

反模式是阐明了那些导致开发障碍的负面模式，并包含了经过验证可以把软件开发问题转变为机会的解决方案。它告诫人们，一方面要正确应用设计模式，另一方面不要滥用设计模式，特别要汲取具有负面效应的模式的教训。所以正确的文档化的反模式中一定包含一对方案：一个是反模式方案，一个是重构方案。

"反模式"一词最早来自 Andrew Koenig（1995）。这是阅读 GoF 的《设计模式》一书后产生的一个灵感。1996 年 Michael Akroy 在 Object World 西部会议上发表了一篇题为 AntiPatterns:Vaccination against Object Misuse 的报告，首先建立了反模式的正式模型。

反模式指的是在实践中明显出现但又低效或是有待优化的设计模式，是用来解决问题的带有共同性的不良方法。它们已经经过研究并分类，以防止日后重蹈覆辙，并能在研发尚未投产的系统时辨认出来。

任何一种思想，当其成熟并得以广泛应用之后，都会急剧膨胀和扩张。目前，设计模式和反模式都已经有了丰富的内容，作为一本很基础的 Java 教程，不可能将它们介绍得太详细。本书仅仅是把问题提出来，让初学者知道它们的存在及其意义，以便有个努力的方向，需要时可以知道如何去学习。

习　题　8

 概念辨析

1. 在 JAVA 中，可以跳出当前的多重嵌套循环的是（　　）。

    A．continue 到外部的标签　　　　　B．break 到外部的标签　　　　C．return

2. 定义主类的类头时，可以使用的访问控制符有（　　）。

    A．public　　　　　　B．protected　　　　　C．final　　　　　D．abstract　　　　E．private

3. 下列关键字中，用于明确抛出一个异常的是（　　）。

    A．try　　　　　　　B．catch　　　　　　　C．finally　　　　　D．throw

4. 下列说法中，正确的是（　　）。

    A．当一个异常被抛出时，程序的执行仍然可能是线性的

    B．try 语句不可以嵌套

    C．Error 所定义的异常是无法捕捉到的

    D．用户定义的异常是通过扩展 Throwable 类创建的

代码分析

1. 下面的程序执行结果是（　　）。

```java
class Test{
    public static void main(String[] args){
        byte b1 = 2, b2 = 3;              // ----1
        byte b3 = b1 + b2;                 // ----2
        System.out.println(b3);
    }
}
```

    A. 编译通过，显示 5　　　　　　　　　　B. 编译通过，显示 23

    C. 编译不通过，2 处有错误　　　　　　　D. 编译不通过，1 处有错误

2. 执行下面一段代码的输出结果为（　　　　）。

```
int n=0;
try{
    n=100/n;
    n=Integer.parseInt("125%3");
}catch(ArithmeticException e){
    System.out.println("除数为零");
} catch(NumberFormatException e){
    System.out.println("转换错误，含有非数字字符");
}
```

    A. 除数为零　　　　　　　　　　　　　B. 转换错误，含有非数字字符

    C. 除数为零，转换错误，含有非数字字符　　　D. 没有任何结果

3. 下面的关于字符串和数字混合使用的表达式中，哪些是正确的?（　　　　）

    A. String s="你好";int i=3; s+=i;

    B. String s="你好";int i=3; if(i==s){ s+=i};

    C. String s="你好";int i=3; s=i+s;

    D. String s="你好";int i=3; s=i++;

    E. String s=null; int i=(s!=null)&&(s.length>0)?s.length():0;

4. 在下面的 4 组语句中，可能导致错误的一组是（　　　　）。

    A. String s = " hello";String t = " good ";String k = s + t;

    B. String s = " hello";String t;t = s[3] + "one";

    C. String s = " hello"; String standard = s.toUpperCase();

    D. String s = " hello";String t = s + "good";

5. 对于声明：

```
String s1=new String("Hello");
String s2=new String("there");
String s3=new String();
```

以下的字符串操作正确的是（　　　　）。

    A. s3 = s1 + s2;　　　　B. s3 = s1－s2;　　　　C. s3 = s1 & s2;　　　　D. s3 = s1 && s2;

6. 指出下面表达式的值，并说明原因。

```
new Integer(5).equals(new Long(5))
```

思考探索

1. 任何初学者，在 Java 程序的开发、编译和运行过程中都会或多或少地遇到错误。程序中的错误可以分为逻辑错误、编译错误（包括语法错误、语义错误）和运行时错误。

请总结自己在学习这一篇中所遇到的错误以及解决方法。

2. 阅读有关设计模式和反模式的书籍，写一个读书心得。

第 2 篇　Java 开发进阶

通过第 1 篇的学习，读者应当在如下几个方面奠定了一定基础：

（1）具备了一定的用面向对象的思想和方法进行问题建模的能力。

（2）掌握了最基本的 Java 语法，并可以用它们来描述面向对象的问题模型。

（3）在进行 Java 程序开发时应当充分利用系统提供的 API 来提高程序开发的效率和程序的可靠性。

（4）一个高质量的 Java 程序不仅是正确地使用了 Java 语法，也不仅是使用了类和对象构造程序，还要使用合适的设计模式，使程序灵活、便于扩展。

这些都是 Java 程序设计的基础。在此基础上，本篇将向应用领域扩展。通过介绍图形用户界面、数据库连接、计算机网络编程、Web 开发等 4 个方面，帮助读者叩开应用开发的大门。

作为一种程序开发平台，Java 已经集成了丰富的开发资源。这些资源都以类—类库的形式向开发者提供，形成该应用的 API。可以说，掌握一种应用开发，实际上就是要学会如何使用这种应用相关的 API。

第 9 单元　Java 图形用户界面技术

　　计算机程序是为用户服务的，它不仅要能正确解题，还需要支持与用户交互，例如输入一些数据，进行某种选择等。好的用户界面，会使用户觉得方便、友好，减少输入的错误。目前，界面的设计也是程序设计的一项十分重要的内容。

　　早期的计算机以穿孔纸带为介质进行人机交互，中间经过电传打字机、键盘+字符显示器过渡，发展到今天用键盘+鼠标+图形显示器进行人机交互。人机交互的界面技术也由字符命令形式，发展到图形用户界面（graphical user interface，GUI）、多媒体形式、虚拟现实方式。

　　本章主要介绍在应用程序开发过程中，Java 对于图形用户界面的支持技术，其中主要使用 java.awt 和 javax.swing 两个工具包。

9.1　图形用户界面的基本知识

9.1.1　组件与容器

1. 组件

　　图形用户界面用一组图偶（image）作为人机交互的媒介。在图形用户界面程序设计中，这些图偶被称为图形组件，简称组件（components），有时也称为控件。称其为组件是因为它们是 GUI 的构件，称其为控件是因为它们是可以控制的。不同的组件，在人机交互时承担不同交互形式和功能。图 9.1 为几种常用组件示例。

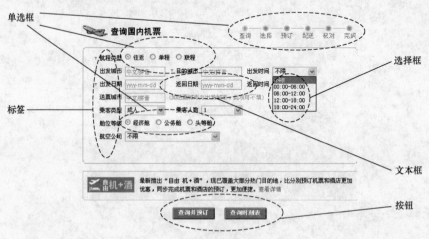

图 9.1　几种常用的图形用户界面组件

　　常用的图形用户界面组件如下。

　　（1）按钮（button）。按钮用于捕捉用户的单击操作。不同的按钮供用户在不同情况下使用，例如"隐藏"、"最大化"、"最小化"、"撤销"、"确认"等。用户单击不同的按钮，将会启动相应的程序模块。

（2）列表框（list）。列表框用目录的形式显示字符串，供用户从中选择一项或多项，分别称为单选列表和多选列表。

（3）标签（label）。标签用来在图形界面中加入一些文字，多数用来说明组件的用途。用户不可对这些文字进行编辑。

（4）文本框（text field/area）。文本框用来接收用户输入的文字。其中，只接收一行文字的文本框称为单行文本框或文本字段（text field）；可以接收多行文字的文本框称为多行文本框或文本区（text area）。

（5）复选框（check box）。复选框提供对于列出的一组条目用 true 或 false 回答的功能。默认状态一般是 false。用户一次可以选择多项——复选框，也可以一次只选择一项——单选框。

（6）选择框（choice）。选择框类似于列表框，它们都是提供了一系列可选项。但是选择框是把这些选项列在下拉菜单（弹出式菜单）中，而列表框则是把选项列在一个框中。

（7）滚动条（scrollbar）。滚动条多用在列表框和多行文本框中，供用户浏览和选择。

（8）工具条（tool bar）。

（9）菜单（menu）。

（10）对话框（dialog box）。

（11）表格（table）。

2．容器

容器（container）是一类特殊的组件，它们的主要功能是容纳其他组件和容器。有如下两大类容器。

（1）窗口（window）是不依赖于其他容器而存在的容器。它有两个子类：框架（frame）和对话框（dialog）。框架是带有边框和标题的独立窗口，它们的大小是可以改变的。对话框是一种临时窗口，用于显示提示信息或接受用户输入。

（2）面板（panel）。不能单独存在，只是包含在窗口中的一个区域，这种区域包含在窗口中，并且不带边框和标题，主要作用是集成多个组件。面板带有滚动条，称为滚动面板（scroll panel）。

9.1.2　布局管理器与坐标系

1．布局管理器

使用容器，需要确定如下一些内容。

- 容器的总体大小。
- 容器中每个组件元素的大小。
- 组件元素的位置。
- 组件元素间的距离。

为了方便管理，Java 提供了一个管理工具——布局管理器，对容器中的元素进行动态管理。

布局管理器分为好多种，最常见的有图 9.2 所示的流式布局管理器（flow layout）、边界布局管理器（border layout）和网格布局管理器（grid layout）。不同的布局管理器使用不同的算法和策略，容器可以通过选择管理器来决定布局。

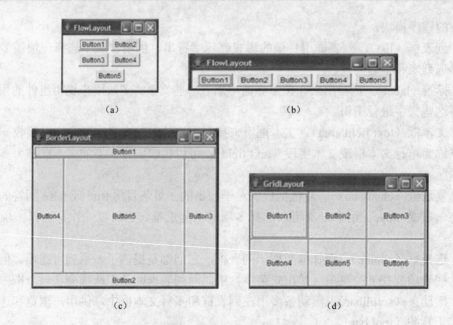

图 9.2　三种常用的布局管理器

（a）流式布局管理器；（b）容器变宽后的流式布局管理器；

（c）边界布局管理器；（d）网格布局管理器

（1）流式布局管理器是面板等容器的默认布局管理器。其布局特点是自上而下，将组件逐行摆放；第一行摆不下，就放第二行，如图 9.2（a）所示。可以设置居中、靠左或靠右方式摆放，默认的摆放方式是居中。容器变宽或变窄后，组件会自动按照容器宽度重新排列。如图 9.2（a）中排成 3 排的 5 个按钮，当框架变宽后，变成如图 9.2（b）所示的一排。

（2）边界布局管理器（border layout）是窗体、框架和对话框的默认布局管理器。如图 9.2（c）所示，边界布局管理器将容器分为东（East）、西（West）、南（South）、北（North）、中（Center）五个方位；容器大小改变时，East 和 West 只能改变高度，不能改变宽度； South 和 North 则只能改变宽度，不能改变高度。

要在容器中添加一个组件就要指定组件摆放的方位。若不指定方位，默认的放置方位是中心区。

（3）如图 9.2（d）所示，网格布局管理器（grid layout）就是把容器分为一些网格，将组件放置于划分出的网格中。

（4）卡片式布局管理器（card layout）：加入容器的组件叠加在一起，只能看到最先添加的组件，最后添加的组件在最底部。

（5）盒式布局管理器（box layout）：加入容器的组件，或按行排列，或按列排列；当一行或一列满时，不会溢出到下一行或下一列，而是使组件缩小。

2.　坐标系

组件在容器中的位置，可以采用坐标指定。坐标系由二维坐标组成，在默认状态下，原点（0，0）为屏幕的左上角。坐标的度量单位是像素点。

9.1.3　事件与事件监听器

1. Java 事件

用户通过 GUI 与程序交互时，可能要移动鼠标、按下鼠标键、单击或双击鼠标一个按钮、用鼠标拖动滚动条、在文本框内输入文字、选择一个菜单项、关闭一个窗口，也可能会从键盘上输入一个命令。这时，就会产生事件（event）。在 Java 中，事件也是一类对象，由相应的事件类创建。

常见的事件有如下几类。

- 动作事件：包括单击按钮、选择菜单、在文本框中输入文字并按 Enter 键等。
- 文本事件：一般指在文本框中输入文字并按 Enter 键所产生的事件。
- 选项事件：包括对于复选框、列表、下拉组合框、菜单、单选按钮等进行的选择操作。
- 键盘事件：包括单击某个键，或按下、释放某个键等。
- 鼠标事件：包括单击鼠标、鼠标到达控件、鼠标离开控件、在控件上按下鼠标、在控件上释放鼠标、在控件上按下鼠标按键并拖动鼠标、旋转鼠标滚轮等。
- 焦点事件：获得键盘焦点、失去键盘焦点。
- 窗口事件：包括窗口获得焦点、失去焦点，激活、关闭窗口，窗口最小化与正常之间变换，窗口状态改变等。
- 表格模型事件：包括表格模型的添加、删除和修改等。

产生事件的对象称为事件源（event source）。每一个可以触发事件的组件都被当作一个事件源。有些组件是不能触发事件的，如标签。

2. Java 事件监听器与委托事件模式

Java 的图形用户界面是事件驱动的。例如，用鼠标单击窗口右上角的最小化按钮，才能执行窗口最小化的操作。捕捉组件上事件的工作由各种各样的事件监听器（event listener）负责。

事件监听器是事件处理过程中的一个职位。从理论上来说，凡是 Java 程序运行期间存在的对象都可以被委托担当此职位的工作。该对象被委托后，就会留意事件源上发生的一举一动，一旦事件发生就会识别并调用相关方法进行处理。这种委托事件模式将事件源与事件处理者分离，有利于事件的灵活处理：

- 多个监听器可以对同一个事件源对象中的同一事件进行处理。
- 一个事件源可以触发多种事件，每个事件可以分别被相关监听器处理。
- 一个监听器可以接受多个事件源的委托。

委托的方法就是为组件注册（任命或添加）相应的事件监听器。例如，要在一个窗口激活时改变它的标题，就需要为这个窗口对象添加一个可以监听到"激活窗口"这一事件的监听器。

事件监听器捕捉到一个事件后，就会自动调用相关的方法进行事件处理。

9.2　AWT 包及其应用

9.2.1　AWT 概述

1. AWT 特点

AWT（abstract window toolkit，抽象窗口工具包）是 Java 早期为支持图形用户界面设计提供的一套工具，是 Java GUI 的基础，它所提供的图形方法与操作系统所提供的图形方法之间有着一一对应的关系，即当用 AWT 来构件图形用户界面的时候，实际上是在利用操作系统所提供的图形库，形成一个被称为同位体（peer）的本地组件为之工作，就好演员走穴，在巡回演出时，自己的歌唱演员在台上只作为一个象征，真正演唱的是后台的一个当地演员；他（她）在台上演唱的同时，要当地为其配备伴唱、表演和乐队。按这种方式工作的组件称为重量级组件。重量级组件有很多不足之处。例如，由于不同操作系统的图形库所提供的功能是不一样的，在一个平台上存在的功能在另外一个平台上可能不存在，不仅加重了本地系统的负担，且只能直接使用各个平台共有的图形界面控件，导致控件类型少，功能过于简单，实用性不强。例如，由于有一种平台的按钮没有图标，所有 AWT 的按钮就不能有图标，在所有平台上都没有。此外，由于组件的本地同位体多数是用 C++编写的，运行速度虽然快，但其行为难以被 Java 扩展。

2．AWT 轮廓

为了支持 GUI，AWT 按照面向对象的思想，提供了容器类、众多的组件类、布局管理器类和事件类，形成图 9.3 所示的 AWT 类层次结构。

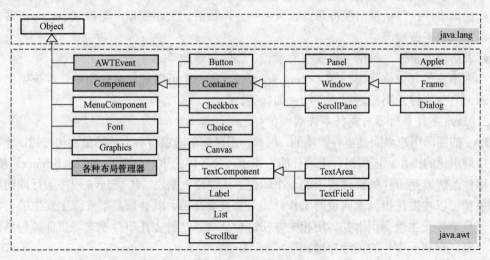

图 9.3　java.awt 包的类层次结构

由图 9.3 可以看出，java.awt 包由组件类（Component）、事件类（AWTEvent）、布局类、菜单组件类（MenuComponent）、字体类（Font）、图形图像类（Graphics）组成。这一节主要介绍与 GUI 关系最密切的 4 部分：组件、容器、布局管理器和事件类。其中，组件和容器由抽象类 Component 派生，事件类和各种布局管理器都由 Object 直接派生。

9.2.2　AWT 组件应用特性

抽象类 Component 是除菜单类组件之外的其他组件类的父类，它定义了这些组件共有的属性和方法。

1．Component 定义的 AWT 组件属性与设置方法

为反映组件对象的特征，Component 定义了如下属性：

- 组件对象在容器中的位置坐标（position）。
- 组件对象的名称（name）。

- 组件对象的宽（width）和高（height）。
- 组件对象的前景色（foreground color）和背景色（background color）。
- 显示文本时组件对象使用的字体（font）。
- 对象的光标（cursor）。
- 对象是否激活（enable）、对象在屏幕上是否可视（visible）和对象是否有效（valid）。

（1）Component 中声明的大小和位置的设置与获得（见表 9.1）。

表 9.1　　　　　　　　　**Component 中声明的有关大小和位置的方法**

值类型	设置属性值的方法	返回属性值的方法
Rectangle	void setBounds(Rectangle rect)	Rectangle getBounds( )
		Rectangle getBounds(Rectangle rect)
Dimension	void setSize(Dimension dim)	Dimension getSize( )
		Dimension getSize(Dimension dim)
Point	void setLocation(Point p)	Point getLocation( )
		Point getLocation(Point p)
int	void setLocation(int x, int y)	int getX( ), int getY( )
	void setSize(int width, int height)	int getWidth( ), int getHeight( )
	void setBounds(int x, int y, int width, int height)	

说明：

- Rectangle 类具有 4 个公开成员变量：位置变量 x 和 y、大小变量 width 和 height。
- Point 类具有 2 个公开成员变量：位置变量 x 和 y。
- Dimension 类有 2 个公开成员变量：大小变量 width 和 height。
- 返回属性值的方法如果没有参数，则按返回类型返回当前值；若有参数，则将当前属性存储于实参变量中，并返回该实参引用。

（2）组件大小范围的设置。

- void setMinimumSize(Dimension d)：设置最小尺寸；实参为 null，则存储默认最小值。
- void setMaximumSize(Dimension d)：设置最大尺寸；实参为 null，则存储默认最大值。
- void setPreferredSize(Dimension d)：设置最佳尺寸；实参为 null，则存储默认最佳值。

（3）AWT 组件颜色的设置与获得。组件的颜色要使用 Color 类表示。Color 类封装了颜色的三原色结合体，用 RGB 表示。表 9.2 为典型 Color 常量的 RGB 值。

表 9.2　　　　　　　　　　　　**典型 Color 常量的 RGB 值**

典型色	WHITE	CYAN	GREEN	BLACK	RED	MAGENTA	YELLOW	BLUE
RGB 值	255 255 255	0 255 255	0 255 0	0 0 0	255 0 0	255 0 255	255 255 0	0 0 255

除上述几个外，Color 常量还有 PINK(255, 175, 175)、ORANGE(255, 200, 0)、GRAY(128, 128, 128)、LIGHT_GRAY(192, 192, 192)、DARK_GRAY(64, 64, 64)。这些常量都是 Color 对象，并且是 public、final、static 的。

颜色的设置和返回可以用表 9.3 中的方法进行。

表 9.3　　　　　　　　　　　Component 中声明的有关组件颜色的方法

功　能	设置可视性的方法	返回可视性属性值的方法
背景色	void setBackground(Color c)	Color getBackground( )
前景色	void setForeground(Color c)	Color getForeground( )

（4）光标的设置。Cursor 类封装了光标的位图表示。该类中封装了一些指定标准光标类型的类常量：DEFAULT_CURSOR、CROSSHAIR_CURSOR、WAIT_CURSOR、TEXT_CURSOR、HAND_CURSOR、N_RESIZE_CURSOR、S_RESIZE _CURSOR、E_RESIZE _CURSOR、W_RESIZE _CURSOR、MOVE_CURSOR、NE_RESIZE_CURSOR、NW_RESIZE _CURSOR、SE_RESIZE _CURSOR 和 SW_RESIZE _CURSOR。

光标的设置用方法 void setCursor(Cursor c)进行。

（5）字体的设置。字体的设置方法为 void setFont(Forn f)。Font 类表示字体，它封装的数据成员有字体名、风格和大小。

字体名包含了字符和字形，并分为逻辑字体名、物理字体和物理字形。AWT 只能使用逻辑字体名。常用的逻辑字体名有 18thCentury、Alien Encounters、Almone Snow、Arial、Arial Black、Arial Narrow、Arial Unicode Ms、Asimov、Baby Kruffy、Balloonist、Batang、BN Jinx、BN Machine、Candles、Century、Dialog。

字体风格用一组类常量表示，如 ITALIC（斜体）、PLAN（规则）、BOLD（粗体）等。此外，Font 还包括字体大小。

2．AWT 主要组件及其主要构造方法

表 9.4 为 AWT 主要组件及其主要构造方法一览表。各组件的其他方法，请参考有关手册，本书只在使用时介绍。

表 9.4　　　　　　AWT 主要组件及其主要构造方法一览表（表中略去默认构造方法）

组件类名称	构　造　方　法	说　　　　明
按钮：Button	Button(String text)	text 为按钮中的文字
标签：Label	Label(String labelText)	labelText 为给定文本 alignment 为对齐方式，可以为 Label.LEFT、Label.RIGHT、Label.CENTER
	Label(String labelText,int alignment)	
文本行：TextField	TextField(String text)	text 为文本 columns 为初始显示列数
	TextField(int columns)	
	TextField(String text, int columns)	
文本区：TextArea	TextArea(String text)	scrollbars 取值： TextArea.SCROLLBARS_BOTH TextArea.SCROLLBARS_VERTICAL_ONLY TextArea.SCROLLBARS_HORIZONAL_ONLY TextArea.SCROLLBARS_NONE
	TextArea(int columns)	
	TextArea(String text, int columns)	
	TextArea(String text, int columns,int scrollbars)	
复选框/单选框：Checkbox	Checkbox(String text)	默认未选中，text 为标识条目
	Checkbox(String text,CheckboxGroup cbg,boolean bl)	cbg 为所属条目组（复选为 null） bl 为预先设置是否选中

组件类名称	构　造　方　法	说　　明
选择框：Choice	Choice( )	
列表框：List	List(int rows)	rows 指定显示行数
	List(int rows, boolean multipleMode)	multipleMode;:true 为多选，false 为单选
滚动条：Scollbar	Scollbar(int orientation, int value, int visibleAmount, int minimum, int maximum	orientation 决定滚动条外观： · HORIZONTAL（水平） · VERTICAL（垂直） visibleAmount 决定大小 minimum 和 maximum 分别为最小值和最大值

9.2.3　AWT 容器应用特性

Container 是一个抽象类，不能直接生成 Container 类的实例，但它定义了一些关于组件的方法。例如

- Component add(Component c)：添加指定组件到容器中。
- Component remove(Component c)：删除容器中的指定组件。
- setLayout(LayoutManager m)：设置容器布局。
- Component getComponent(int index)：返回 index 指定的组件。
- int getComponentCount( )：返回当前容器包含的组件数。

AWT 主要容器及其主要构造方法见表 9.5。各容器的其他方法，请参考有关手册，本书只在使用时介绍。

表 9.5　　　　　AWT 主要容器及其主要构造方法（表中略去默认构造方法）

容器类名称	构　造　方　法	说　　明
Panel（面板）	Panel（LayoutManager layout）	layout：布局管理器名
Frame（框架）	Frame(String title)	title：标题
Dialog （对话框）	Dialog(Frame owner)	owner：所有者 modal：显示时用户不可操作其他窗口 Title：标题
	Dialog(Frame owner, boolean modal)	
	Dialog(Frame owner, String title)	
	Dialog(Frame owner, String title, boolean modal)	
ScrollPanel （滚动面板）	ScrollPanel(int scrollDisplayPolicy)	scrollDisplayPolicy：显示方法 SCROLLBARS_AS_NEEDED(=0)：自动形成 SCROLLBARS_ALWAYS(=1)：总显示水平、垂直滚动条 SCROLLBARS_NEVER(=2)：不显示滚动条

9.2.4　AWT 布局管理器

AWT 有 5 种布局管理器。表 9.6 为 5 种布局管理器的主要方法。

表 9.6　　　　　　　　　　　　**AWT 中 5 种布局管理器的主要方法**

布局管理器	方 法 名	说　　明
FlowLayout	FlowLayout(int align, int hgap,int vgap)	align 值：FlowLayout.LEFT、FlowLayout.RIGHT、FlowLayout.CENTER、FlowLayout.LEADING、FlowLayout.TRAILING;
	void add(Component comp)	hgap 和 vgap：横向和纵向间隔，单位为像素
BorderLayout	BorderLayout(int hgap,int vgap)	comp：组件名 constraints 为 String 类型，具体如下： · Layou.NORTH，值为 North
	void add(Component comp,Object constraints)	· Layou.SOUTH，值为 South · Layou.EAST，值为 East
GridLayout	GridLayout(int rows,int cols,int hgap,int vgap)	· Layou.WEST，值为 West · Layou.CENTER，值为 Center
CardLayout	CardLayout(int hgap,int vgap)	rows：行数；vgap：列数 constraints 为 String 类型，具体为卡片名字
	void add(Component comp, Object constraints)	
GridBagLayout	见下面说明	

　　GridBagLayout 是在 GridLayout 基础上提供的更复杂的布局管理，它允许容器中各组件的大小不同，并且单个组件所在的显示区域可以占用多个网格。此外，其布局管理过程也比较复杂。这里不详细介绍。

　　代码 9-1　使用流式布局管理器的注册对话框。

```java
import java.awt.*;                               // 导入 java.awt 包
public class LoginDemol extends Frame{           // 定义登录对话框类
    Label toUser,aAccount,aPassword;             // 标记引用变量
    TextField textAccount,textPassword;          // 文本行引用变量
    Button loginButton,cancelButton;             // 按钮引用变量

    public LoginDemol(String title){             // 构造方法
        super(title);

        setLayout(new FlowLayout());             // 设置流式布局管理器
        toUser = new Label("请输入您的账号和密码，单击\"确认\"");
                                                 // 创建 Label 对象
        this.add(toUser);                        // 添加到框架中

        aAccount = new Label("账号:");             // 实例化并添加标记
        this.add(aAccount);
        textAccount = new TextField("",6);
        this.add(textAccount);

        aPassword = new Label("密码:");            // 实例化并添加标记
        this.add(aPassword);
        textPassword = new TextField("",6);      // 实例化并添加文本行
        this.add(textPassword);

        loginButton = new Button("确认");          // 实例化并添加按钮
```

```
        this.add(loginButton);
        cancelButton = new Button("取消");
        this.add(cancelButton);

        setSize(260,120);                          // 设置窗口大小
        setVisible(true);                          // 设置可见性
    }

    public static void main(String[] args){        // 主方法
        new LoginDemol("用户注册对话框");             // 实例化 LoginDemol
    }
}
```

运行结果如图 9.4 所示。

9.2.5　AWT 事件处理

1. Java 事件类

在 Java 中，所有的具体事件都被当作某种事件类的实例来表达。这些类定义在类库的 **java.awt.event** 中，并形成如图 9.5 所示的层次结构。

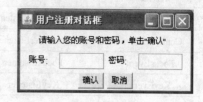

图 9.4　代码 9-1 的显示效果

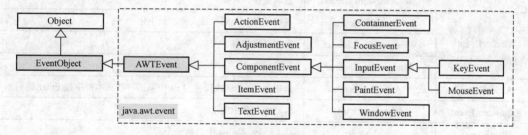

图 9.5　java.awt.event 类层次结构

Java 事件类的原始父类是 EventObject，即所有的事件类都继承了 EventObject 类。为了能跟踪事件源，EventObject 类提供了 getSource( )方法来返回触发事件的对象。

AWT 事件共有 10 类，可以归纳为两大类：低级事件与高级事件。

（1）低级事件。低级事件是基于组件和容器的事件。当一个组件上出现有关动作时就会触发该类事件。下列事件是低级事件。

- ComponentEvent（组件事件）：组件移动、尺寸变化等。
- ContainerEvent（容器事件）：容器中组件的增加、移动等。
- KeyEvent（选项事件）：按下、释放某个键或输入某个键。
- MouseEvent（鼠标事件）：鼠标的按下、释放、单击，鼠标光标的进入、离开，鼠标滚轮滚动等。
- WindowEvent（窗口事件）：窗口获得焦点、失去焦点，窗口被激活、关闭、不再活动、正常到最小化、最小化到正常、首次可视、状态改变等。
- FocusEvent（焦点事件）：获得焦点、失去焦点等。

（2）高级事件。高级事件是基于语义的事件，通常不与特定的动作相关联，而依赖于触发事件的类。在图 9.5 中，直接由 AWTEvent 所派生的 5 个类中，除了 ComponentEvent 事件

类外，其他 4 个是高级事件类。

- ActionEvent（动作事件）：按钮按下发生，如在 TextField 中按 Enter 键。
- AdjustmentEvent（调节事件）：在滚动条上移动滑块以调节数值。
- ItemEvent（选项事件）：选择事件。
- TextEvent（文本事件）：用于文本控件。

2. 事件监听器

AWT 的每类事件都有一个事件监听器。表 9.7 列出了不同事件对应的事件监听器。

表 9.7　　　　　　　　　　AWT 事件类与之对应的事件监听器

事件类名	事件监听器	说　明
ComponentEvent	ComponentListener	组件大小、位置和可见性改变
ContainerEvent	ContainerListener	容器中组件的加入或移出
FocusEvent	FocusListener	焦点取得或移开
KeyEvent	KeyListener	键盘操作
MouseEvent	MouseListener	鼠标在某组件上停留或单击
	MouseMotionListener	追踪鼠标
WindowEvent	WindowListener	窗口打开、关闭、最大化、最小化
	WindowFocusListener	窗口获得焦点
	WindowStateListener	窗口状态改变
ActionEvent	ActionListener	选中菜单、按按钮、在 List 中双击、在文本框中按 Enter 键
AdjustmentEvent	AdjustmentListener	移动滚动条中的滑块
ItemEvent	ItemListener	在 Choice 或 List 中选择一个项目
TextEvent	TextListener	文本内容改变
InputEvent	无	不对应具体事件

3. 监听器中的抽象方法

一种事件监听器是一种事件接口，这些接口是 AWTEventListener 的子类。接口中含有相关事件的处理方法，并且都带有一个事件对象作为参数。这些接口可以根据动作来定义。

代码 9-2　与键盘事件 KeyEvent 相对应的接口定义。

```
public interface KeyListener extends EventListener{
    public void keyPressed(KeyEvent ev);
    public void keyReleased(KeyEvent ev);
    public void keyTyped(KeyEvent ev);
}
```

注意：本接口有三个方法，那么 Java 运行时系统何时调用哪个方法？其实根据这三个方法的方法名就能够知道应该是什么时候调用哪个方法执行了。当键盘刚按下去时，将调用 keyPressed()方法执行；当键盘抬起来时，将调用 keyReleased()方法执行；当键盘敲击一次时，将调用 keyTyped()方法执行。

代码 9-3　窗口事件接口的定义。

```
public interface WindowListener extends EventListener{
    public void windowClosing(WindowEvent e);          // 用退出窗口的语句实现
    public void windowOpened(WindowEvent e);            // 窗口打开时调用
    public void windowIconified(WindowEvent e);         // 窗口图标化时调用
    public void windowDeiconified(WindowEvent e);       // 窗口非图标化时调用
    public void windowClosed(WindowEvent e);            // 窗口关闭时调用
    public void windowActivated(WindowEvent e);         // 窗口激活时调用
    public void windowDeactivated(WindowEvent e);       // 窗口非激活时调用
}
```

表 9.8 为各事件监听器中声明的抽象方法。

表 9.8　　　　　　　　　　　监听器接口中声明的抽象方法

监听器接口名称	抽　象　方　法	说　　　明
ActionListener	actionPerformed(ActionEvent e)	
ItemListener	itemStateChanged(ItemEvent e)	
MouseListener	mouseDragged(MouseEvent e)	拖动鼠标
	mouseMoved(MouseEvent e)	移动鼠标
MouseListener	mousePressed(MouseEvent e)	按下鼠标
	mouseReleased(MouseEvent e)	松开鼠标
	mouseEntered(MouseEvent e)	进入指定区域
	mouseExited(MouseEvent e)	离开指定区域
	mouseClicked(MouseEvent e)	单击鼠标
KeyListener	keyPressed(KeyEvent e)	按下某键
	keyReleased(KeyEvent e)	松开某键
	keyTyped(KeyEvent e)	敲击某键
FocusListener	focusGained(FocusEvent e)	获得焦点
	focusLost(FocusEvent e)	失去焦点
AdjustmentListener	adjustmentValueChanged(AdjustmentEvent e)	
ComponentListener	componentMoved(ComponentEvent e)	移动组件
	componentHidden(ComponentEvent e)	隐藏组件
	componentResized(ComponentEvent e)	改变组件大小
	componentShown(ComponentEvent e)	显示组件
WindowListener	windowClosing(WindowEvent e)	窗口关闭中
	windowOpened(WindowEvent e)	打开窗口
	windowIconified(WindowEvent e)	窗口最小化成图标
	windowDeiconified(WindowEvent e)	窗口从图标恢复
	windowClosed(WindowEvent e)	窗口已关闭
	windowActivated(WindowEvent e)	激活窗口
	windowDeactivated(WindowEvent e)	当前窗口非激活窗口

监听器接口名称	抽 象 方 法	说 明
ContainerListener	containerAdded(ContainerEvent e)	向容器加入组件
	containerRemoved(ContainerEvent e)	从容器中删除组件
TextListener	textValueChanged(TextEvent e)	

注意：一个监听器常常不只监听一个事件，而是可以监听相关的多个事件。比如，WindowListener 除了监听窗口激活事件（WindowActivate）之外，还可以监听窗口关闭事件（WindowClosing）等。那么这些事件怎么区分呢？就靠重载监听器类的多个方法了，即只要重载这个方法，就可以处理相应的事件了。

4. 组件注册事件监视器的方法

如前所述，为了用事件监听器捕捉一个组件上的事件，就要为它注册相应的事件监听器，将事件处理授权给事件监听器。注册的形式如下。

addXxxListener(XxxListener listener);

其中，XxxListener 为某事件监听器名。表 9.9 为 AWT 各组件所能使用的事件监听器注册方法。

表 9.9　　　　　　　　　　AWT 各组件所能使用的监听器注册方法

组 件 类 型	监听器注册方法	说 明
Component	addComponentListener(Listener I)	Component 派生的所有组件都继承这些方法
	addFocusListener(FocusListener I)	
	addKeyListener(KeyListener I)	
	addListener(MouseListener I)	
	addMouseMotionListener(MouseMotionListener I)	
Container	add Container Listener(Container Listener I)	Container 派生容器都继承该方法
Window	addWindowListener(WindowListener I)	Frame 和 Dialog 都具有这些方法
	addWindowFocusListener(WindowFocusListener I)	
	addWindowStateListener(WindowStateListener I)	
Button，List，MenuItem，TextField	addActionListener(ActionListener I)	这些组件同时具有 Component 中的监听器注册方法
Scrollbar	addAdjustmentListener(AdjustmentListener I)	
Choice，List， Checkbox，CheckboxMenuItem	addItemListener(ItemListener I)	
TextField，TextArea	addTextListener(TextListener I)	

与注册方法相对应的是取消事件源的注册，形式为

removeXxxListener(XxxListener listener)

代码 9-4　为代码 9-1 中的事件源注册事件监听器。

```
import java.awt.*;                          // 导入 awt 包
import java.awt.event.*;                    // 导入 event 包
```

```java
public class LoginDemol extends Frame implements ActionListener{
                                                  // 实现 ActionListener 类
  Label toUser,aAccount,aPassword;
  TextField textAccount,textPassword;
  Button loginButton,cancelButton;
  String strAccount,strPassword;
  boolean flag = true;                            // 设置标志

  public LoginDemol(String title){                // 构造方法
      super(title);

      setLayout(new FlowLayout());
      toUser = new Label("请输入您的账号和密码，单击\"确认\"");
      this.add(toUser);
      aAccount = new Label("账号:");this.add(aAccount);
      textAccount = new TextField("",6);
      this.add(textAccount);

      aPassword = new Label("密码:");
      this.add(aPassword);
      textPassword = new TextField("",6);
      this.add(textPassword);
      loginButton = new Button("确认");
      loginButton.addActionListener(this);        // 注册事件监听器
      this.add(loginButton);
      cancelButton = new Button("取消");
      cancelButton.addActionListener(this);       // 注册事件监听器
      this.add(cancelButton);

      setSize(260,120);
      setVisible(true);
  }

  // 实现 ActionListener 中的抽象方法 actionPerformed
  public void actionPerformed(ActionEvent ae){
      if(ae.getSource() == loginButton ){         // 获取并判断事件信息
          if(flag == true){                       // 判断是否在注册中
              flag = false;                       // 设置注册中标志
              toUser.setText("请再输入一次密码，然后按\"确认\"");
              strPassword = textPassword.getText();  // 将密码存入变量
              textPassword.setText("");           // 清除文本行的内容
          }else{
              if(textPassword.getText().equals(strPassword)) {
                                                  // 判断两次输入密码是否相同
                  strAccount = textAccount.getText();  // 将账号存入变量
                  toUser.setText("注册成功！");
                  saveLoginInfor();               // 保存注册信息
              }
              else{
                  toUser.setText("请再输入一次密码，然后按\"确认\"");
                  textPassword.setText("");}
```

```
            }
        }
    else{
        System.exit(0);                          // 注册失败退出运行
    }
}

void saveLoginInfor(){                           // 保存注册信息
                                                 // 保存账号和密码信息。这里略

}

public static void main(String[] args){          // 主方法
    new LoginDemol("用户注册对话框");
}
}
```

运行结果如图 9.6 所示。

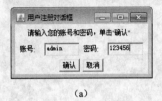
（a）

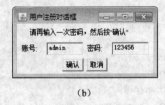
（b）

（c）

图 9.6　代码 9-4 的执行效果

（a）开始注册；（b）注册确认；（c）注册成功

说明：

（1）在这个程序中，仅为两个按钮注册了事件监听器，没有为窗口等注册事件监听器。所以，窗口右上角的三个窗口变化按钮没有作用。

（2）当一个处理事件的类需要监听多个事件时，可以用关键字 implements 实现多个事件监听器。

5. 事件监听器接口的实现与适配器类

监听器是一个对象，进行事件处理需要自动调用一个方法，为此创建该监听器的类需要实现相应的接口中所有方法。但是，通常每个组件需要的仅仅是接口中的个别方法。例如，WindowListener 中有 7 个方法，实现时对其中不用的那些方法常常要写成空方法，显得有些画蛇添足。因此，为了使事件处理变得简单，Java 为具有多个方法的监听器接口提供了对应的适配器（adapter）类。

代码 9-5　一段实现事件监听器的代码。

```
aButton.addKeyListener(
    new KeyListener()
    {
        public void keyPressed(KeyEvent ke){}    // 只需要这个方法
        public void keyReleased(KeyEvent ke){}   // 这个方法不需要
        public void keyTyped(KeyEvent ke){}      // 这个方法不需要
    }
);
```

说明：这个实现事件监听器的代码中，从 new 开始是一个内嵌的匿名类定义（关于它，下一小节再进一步介绍，这里暂当作一个类定义看待）。这个匿名类用于实现事件监听器 KeyListener。它有三个成员方法，有两个不用，只用一个。改成适配器，代码就简单多了。

代码 9-6　一段适配器代码。

```
aButton.addKeyListener(new KeyAdapter(){
    public void keyPressed(KeyEvent ke){}                // 只需要这个方法
});
```

表 9.10 为 AWT 事件监听器与对应的适配器类。

表 9.10　　　　　　　　　　　　**AWT 事件监听器与对应的适配器类**

事 件 监 听 器 类	适 配 器 类	事 件 监 听 器 类	适 配 器 类
ComponentListener	ComponentAdapter	WindowListener	WindowAdapter
ContainerListener	ContainerAdapter	WindowFocusListener	
FocusListener	FocusAdapter	WindowStateListener	
KeyListener	KeyAdapter	ActionListener, AdjustmentLIistener, ItemListener,TextListener	只有一个方法，不需要适配器
MouseListener	MouseAdapter		
MouseMotionListener	MouseMotionAdapter		

实际上，事件适配器就是位于事件监听器接口与处理事件的类之间的一个实现类。这个类的基本作用是屏蔽了事件监听器接口，使处理事件的类不必再实现事件监听器接口中的全部抽象方法。但是，处理事件的类只能继承一个事件适配器。因此，需要多个事件监听器时，可以自己定义一个事件适配器。

9.2.6　内嵌类、匿名类及其在事件处理中的应用

内嵌类（inner class）是定义在一个类内部的类。相对而言，内嵌类所嵌入的类称为外包类（outer class）。内嵌类有许多形式，如静态类（static class）、成员类（member class）、局部类（local class）、匿名类（anonymous class）。按照有无显式类名，常从实名和匿名两个角度进行讨论，分别称为实名内嵌类和匿名内嵌类。

1. 实名内嵌类

实名内嵌类采用下面的定义格式：

```
[类修饰符] class 类名 [extends 父类名1, …][implements 接口名1, …]{
类体
}
```

说明：

（1）内嵌类可以定义在外包类的类域中，也可以定义在外包类的方法域中。

（2）当内嵌类定义在外包类的类域中时，可被看为类的成员，因此其修饰符与类成员的修饰符相似，可以采用 private、protected、static 等，而外包类只能使用 public、默认、abstract 和 final。当内嵌类定义在外包类的方法域中时，不能被任何修饰符修饰。

（3）内嵌类可以访问外包类中所有成员，包括修饰为 private 的成员。

（4）在外包类的类体外，声明、定义、创建一个 public 实名内嵌类的对象，需要在实名

内嵌类名前使用外包类名引入作用域。

（5）创建内嵌类对象的格式如下：

> 外包类名.内嵌类名 引用名 = new 外包类名（参数列表）.new 内嵌类名（参数列表）

或

> 外包类名.内嵌类名 引用名 = 外包类引用名.new 内嵌类名（参数列表）

在 Java 事件处理程序中，由于与事件相关的事件监听器类多数局限于一个类的内部，所以经常作为事件监听器。

代码 9-7　内嵌类作为事件监听器。

```java
import java.awt.*;
import java.awt.event.*;

public class TestInnerListener{
    Frame frm = new Frame("测试内嵌类——监视鼠标位置");     // 创建一个框架容器对象
    TextField textFld = new TextField(20);               // 创建一个可容 20 个字符的文本框对象

    public static void main(String args[]){
        Object obj = new TestInnerListener();
    }

    public TestInnerListener(){
        frm.add(new Label("请按下鼠标左键并拖动"),"North");
                                                         // 在框架北区添加一个标记
        frm.add(textFld, "South");                       // 在框架南区添加已生成的文本框对象

        frm.setBackground(new Color(120,175,175));
        frm.addMouseMotionListener(new InnerMonitor());
        frm.addMouseListener(new InnerMonitor());
        frm.setSize(300,100);
        frm.setVisible(true);
    }

    // 定义一个内嵌类实现两个事件监听器接口：MouseMotionListener 和 MouseListener
    public class InnerMonitor implements MouseMotionListener, MouseListener{
        public void mouseDragged(MouseEvent me){     // 监视鼠标拖动
            String s = "鼠标位置到（"
                    + me.getX() + me.getY()+"）"; // 将鼠标坐标作为字符串的一部分
            textFld.setText(s);                      // 置字符串到文本框中
        }

        public void mouseEntered(MouseEvent me){     // 监视鼠标进入
            String s = "鼠标进入窗体内";
            textFld.setText(s);
        }
```

```
    public void mouseExited(MouseEvent me){     // 监视鼠标出线
        String s = "鼠标移出窗体外";
        textFld.setText(s);
    }

    public void mouseMoved(MouseEvent me){}     // 以下方法没有实现
    public void mousePressed(MouseEvent me){}
    public void mouseClicked(MouseEvent me){}
    public void mouseReleased(MouseEvent me){}
    }
}
```

运行结果如图 9.7 所示。

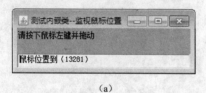　　　　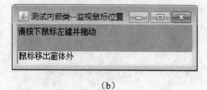

　　　　（a）　　　　　　　　　　　　　　　　　　　（b）

图 9.7　代码 9-7 的执行效果

（a）鼠标移到某处；（b）鼠标移出窗体外

2. 匿名内嵌类

匿名内嵌类具有如下特点：

- 不使用 class 关键字，没有类名。
- 不能有抽象方法和静态方法。
- 不能派生子类。

定义格式如下：

```
new 父类名 | 接口名(){
方法体
}
```

匿名内嵌类适合于实例化一次的情形。这对于事件处理十分合适。

代码 9-8　用匿名类作为事件监听器。

```java
import java.awt.*;
import java.awt.event.*;

public class TestAnonymous{
    Frame frm = new Frame("测试匿名内嵌类——监视鼠标位置");
                                                // 创建一个框架容器对象
    TextField textFld = new TextField(20);      // 创建一个可容 20 个字符的文本框对象

    public static void main(String args[]){
        TestAnonymous ta = new TestAnonymous();
    }
```

```
public TestAnonymous(){
    frm.add(new Label("请按下鼠标左键并拖动"),"North");
                                        // 在框架北区添加一个标记
    frm.add(textFld, "South");          // 在框架南区添加已生成的文本框对象

    frm.addMouseMotionListener(
        new MouseMotionListener(){      // 用匿名内嵌类实现事件监听器
            public void mouseDragged(MouseEvent me){
                                        // 在匿名内嵌类中监视鼠标拖动的方法
                String s = "鼠标位置到（"+ me.getX() + me.getY()+"）";
                textFld.setText(s);     // 置字符串到文本框中
            }

            public void mouseMoved(MouseEvent me){}
        }                               // 匿名内嵌类定义结束，这里是花括号
    );                                  // 方法 addMouseMotionListener 结束，
                                        // 注意这里是圆括号+分号


    frm.addWindowListener(
        new WindowAdapter(){            // 用匿名内嵌类实现事件适配器
            public void windowClosing(WindowEvent we){
                                        // 在匿名内嵌类中监视窗口关闭的方法
                System.exit(0);         // 返回系统
            }
        }                               // 匿名内嵌类定义结束，这里是花括号
    );                                  // 方法 addWindowListener 结束，
                                        // 注意这里是圆括号+分号

    frm.setSize(300,100);
    frm.setVisible(true);
}
}
```

运行结果如图 9.8 所示。

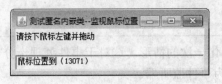

图 9.8　代码 9-8 的执行效果

9.3　Swing 包及其应用

9.3.1　MVC 设计模式

1. MVC 的概念

用户界面，特别是图形用户界面，承担着向用户显示问题模型、用户进行操作和 I/O 交互的作用。在现实中，特别是在大型系统中，常存在这样的情形：

● 对于同一个处理结果，不同的用户出于喜好或特别用途，希望采用不同的显示模式。

● 对于同一个处理结果，同一个用户希望分别用不同的显示模式，变换视角进行分析。

● 对于不同的处理结果，某些用户希望在同一个界面下进行分析、比较。

面对这些需求，将界面处理与计算模型捆绑在一起的软件，往往会牵一发而动全身，灵活度低、难以维护。于是，使软件的计算模型独立于界面构成的想法应运而生。模型—视图—控制（model-view-controller，MVC）就是这样的一种基于交互界面的用于分离业务处理和用户界面、将系统的各个功能部分进行"解耦"的程序结构组织模型。它使用了三种类型的部件来组织程序：模型、视图和控制。

（1）视图（view）。视图表示用户看到并与之交互的界面，用于选择适当的方式表达数据，以及接收用户动作并把用户动作传递给控制器。视图还能接收模型发出的数据，改变通知事件，同步更新用户界面。

（2）模型（model）。模型是应用程序的主体部分，它封装了业务数据和业务逻辑，提供了完成问题处理的操作过程。模型与数据格式无关，这样一个模型能为多个视图所调用，即应用于模型的代码只需写一次就可以被多个视图重用，从而提高了代码的可重用性。

（3）控制器（controller）。模型与视图分离，但不能失去联系，却也不能直接联系，于是需要一个中介，这就是控制器。控制器是 MVC 中的中枢部件，它本身不输出任何东西和做任何处理，只是接收用户的请求，并决定调用哪个模型构件去处理请求，然后确定用哪个视图来显示模型处理返回的数据。

模型、视图与控制器的分离，使得一个模型可以具有多个显示视图。如果用户通过某个视图的控制器改变了模型的数据，所有其他依赖于这些数据的视图都应反映到这些变化。因此，无论何时发生了何种数据变化，控制器都会将变化通知所有的视图，导致显示的更新。这实际上是一种模型的变化—传播机制。在初始化时，通过与变化—传播机制的注册关系建立起所有视图与模型间的关联。视图与控制器之间保持着一对一的关系，每个视图创建一个相应的控制器。视图提供给控制器处理显示的操作。因此，控制器可以获得主动激发界面更新的能力。MVC 中的模型、视图和控制类及其之间的关系如图 9.9 所示。

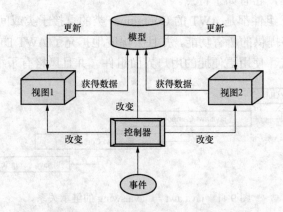

图 9.9　MVC 中模型、视图和控制三者之间的关系

图 9.10 为基于 MVC 模式的程序工作基本流程时序图。

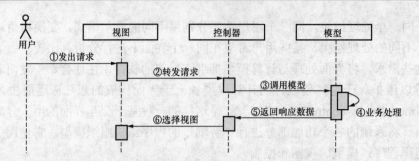

图 9.10 基于 MVC 模式的程序工作基本流程时序图

2. MVC 的应用

MVC 模式符合 OCP 原则,可以带来如下好处。

(1)由于降低了相互的依赖性,使逻辑代码可以完整、轻松地被摘下来,用于别处。

(2)由于模型与视图之间没有直接依赖性,用户界面可以同时显示同一数据的多个视图。

(3)由于用户界面要求的更改往往比业务规则改变快。模型不依赖于视图,将新类型的视图添加到系统中通常不会影响模型,更适宜视图更改。

(4)可以允许模型在独立于显示的情况下进行测试,可测试性有了极大地提高。

MVC 并不属于 GOF 的 23 个设计模式之列,它由 Trygve Reenskaug(远早于 GOF 的设计模式)提出,首先被应用在 SmallTalk-80 环境中,是目前应用极广泛的一种模式。一般认为,GOF 的 23 个模式是一些中级模式,在它下面还可以抽象出一些更一般的低层模式——代码模式(coding pattern)或成例(idiom),在其上也可以通过组合来得到一些高级模式,即架构模式(architectual pattern)。MVC 就可以看作是一些模式进行组合之后的结果。

一般来说,MVC 适合于大型系统。因为使模型、视图与控制器分离,会增加结构的复杂性,并产生过多的更新操作,对于中小型系统将明显降低运行效率。

9.3.2 Swing 简介

1. Swing 的特点

Swing 是 1998 年 5 月 Java 发布的 JFC(java foundation classes,Java 基类)中的一个新的图形用户开发工具包,它有如下特点。

(1)所有的 Swing 组件都是 AWT 的 Containner 类的直接子类或间接子类(见图 9.11)。它提供了 AWT 所能够提供的所有功能,并且大幅度地扩充了 AWT 的功能,在 AWT 架构之上,提供了内容更丰富、使用更便捷的用户界面组件,并且风格有了很大不同。

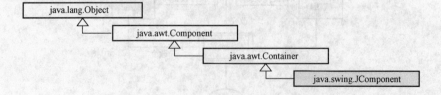

图 9.11 java.awt 与 java.swing 的继承关系

(2)Swing 是一个包含有丰富 GUI 组件的工具包。Swing 包是由许多包组成的。表 9.11 为 Swing 常用包介绍。

表 9.11 Swing 常 用 包

包 名	说 明
javax.swing	最常用的包，包含了各种 Swing 组件类
javax.swing.border	包含与 Swing 组件外框有关的类
javax.swing.colorchooser	针对 Swing 调色板组件 JcolorChooser 设计的类
javax.swing.event	处理由 Swing 组件产生的事件
javax.swing.filechooser	包含针对 Swing 文件选择对话框设计的类
javax.swing.plaf javax.swing.plaf.basic javax.swing.plaf.metal javax.swing.plaf.multi	处理 Swing 组件外观的类
javax.swing.table	针对 Swing 组件表格 Jtable 设计的类
javax.swing.text javax.swing.text.html javax.swing.text.htmlparser javax.swing.text.rtf	包含与 Swing 文字组件相关的类
javax.swing.tree	针对 Swing 树状元素 Jtree 设计的类
javax.swing.undo	提供 Swing 文字组件的 Redo 与 Undo 功能

（3）Swing 控件是轻量级控件。Swing 控件是用 100%的 Java 代码来实现的，在一个平台上设计的控件可以在其他平台上使用，因此在 Swing 中没有使用本地方法来实现图形功能，形成一套轻量级组件。

（4）Swing 采用了 MVC 模式，对每一个组件都可以为之定义多个视图，并为每个 Swing 组件配置一个表现库，使其非常灵活，如

- Swing 按钮和标签类不仅可以显示文本标题，还可以显示图像标题。
- 可以为 Swing 组件加边框。
- Swing 组件能自动适应操作系统的外观。
- Swing 组件的外形可以不是矩形，如可以设计成圆形。
- Swing 组件不仅外形可以改变，也可以调用其方法改变其行为。

2. Swing 程序设计的一般流程

① 引入 Swing 包。

② 选择"外观和感觉"。

③ 设置顶层容器。

④ 设置按钮和标记。

⑤ 向容器中添加组件。

⑥ 在组件周围添加边界。

⑦ 进行事件处理。

9.3.3 Swing 容器

Swing 容器是特殊组件，大致可以分为三类：Swing 顶层容器、Swing 中间层容器和 Swing

特殊容器。

1. Swing 顶层容器

Swing 顶层容器（top-level container）有 JApplet、JDialog、JFrame 和 JWindow。如图 9.12 所示，Swing 的顶层容器都是其 AWT 对应类的直接子类，即在 Swing 的类层次结构中位于顶层。每个使用 Swing 组件的程序至少要包含一个顶层容器。

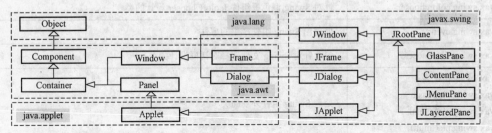

图 9.12　Swing 顶层容器与 AWT 容器类的关系

使用 Swing 组件的程序，至少需要包含一个顶层容器（top-level container），其中最常用的是 JFrame，它用于生成放置其他 Swing 组件的窗体。表 9.12 为 JFrame 的常用方法。这些方法都是公开的。

表 9.12　　　　　　　　　　　　　　　　JFrame 常用方法

类　型	方　法　名	用　　途
构造方法	JFrame([String title,][GraphicsConfiguration gc])	创建标题为 title、图像为 gc 的窗体
普通方法	Container getContentPane( )	获得 JFrame 窗体，以便添加其他组件
	Component add(Component comp)	向容器添加组件
	void pack( )	将视窗调整到能显示所有组件的合适大小
	void setResizable(boolean b)	将窗体设置为可（通过鼠标拖动）调整
	void setSize(int width, int height)	设置窗体大小
	void setLocation(int x,int y)	设置组件显示位置
	void setLocation(Point p)	用 Point 设置组件显示位置
	void setVisible(boolean b)	设置组件是否可见
	void setBackground(Color c)	设置窗体的背景颜色
	void setIconImage(Image image)	设置标题栏图像
	void setTitle(String title)	设置标题
	void setResizable(boolean b)	用参数 b 决定窗体大小可否由用户改变
	void setLayout(LayoutManager mgr)	设置 JFrame 的布局管理器
	void show( )	显示窗体内容
	void addWindowListener(WindowListener l)	添加指定的视窗事件监听器 l
	void dispose( )	关闭 JFrame 并回收用于创建窗口的资源

JWindow 也是一个窗口，但是没有标题栏、窗口管理按钮以及其他与 JFrame 关联的修饰，可以位于桌面上的任何位置，主要应用是制作欢迎界面。它只能在某些情况下对窗口进行移

动操作，而不能进行最大化、最小化和关闭等操作，如果想执行这些操作，只能通过程序来进行。

顶级容器都是非轻量级容器，它们距离操作系统最近，主要承担 Swing 组件与操作系统通信的功能。

Swing 的顶层容器不能直接加入一般组件，一般组件只能加入到内容面板容器（content pane）中。每个顶层容器都依赖于一个隐式的称为根容器的特殊容器 RootPane 管理内容面板、菜单栏，连同两个或者两个以上的其他容器，并提供如下方法。

Container getContentPane( )：获得内容面板。

setContentPane(Container)：设置内容面板。

JMenuBar getMenuBar( )：获得活动菜单条。

setMenuBar(JmenuBar)：设置菜单条。

JLayeredPane getLayeredPane( )：获得分层面板。

setLayeredPane(JLayeredPane)：设置分层面板。

Component getGlassPane( )：获得玻璃面板。

setGlassPane(Component)：设置玻璃面板。

2.　Swing 中间层容器

与 AWT 不同，Swing 不允许直接调用顶层容器的 add 方法添加组件到其窗体中。Swing 顶层容器（JFrame、JApplet、JWindow、JDialog 及 JInternalFrame）只是一种框架。Swing 组件必须添加到与 Swing 顶层容器关联的内容面板上。也就是说，要想把控件放在这些框架中，必须首先创建中间面板。图 9.13 为根容器、菜单条和内容面板之间的关系通常用 JPanel 创建中间面板。JPanel 默认的布局管理器是 FlowLayout。图 9.14 为 JFrame、JPanel 和组件之间的关系。

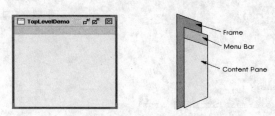

图 9.13　根容器、菜单条和内容面板之间的关系

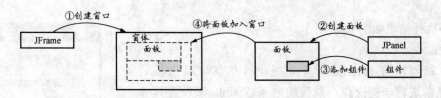

图 9.14　JFrame、JPanel 和组件之间的关系

代码 9-9　在窗体中加入两个面板，每个面板中放置一个按钮。

```
import javax.swing.*;
class Win extends JFrame{                                    // 从 JFrame 派生一个 Win 类
```

```
        JPanel pane1;                                       // 定义成员：面板 pane1
        JPanel pane2;                                       // 定义成员：面板 pane2
        JButton button1;                                    // 定义成员：按钮 button1
        JButton button2;                                    // 定义成员：按钮 button2

        public Win(){
            getContentPane().setLayout(null);               // 为内容面板设置布局管理器
            setTitle("容器、面板和组件");                     // 设置标题

            pane1 = new JPanel();                           // 创建 pane1
            pane2 = new JPanel();                           // 创建 pane2
            button1 = new JButton("面板 1 中的按钮");         // 创建按钮 button1
            button2 = new JButton("面板 2 中的按钮");         // 创建按钮 button2
            pane1.setLayout(null);                          // 设置 pane1 的布局管理器
            pane2.setLayout(null);                          // 设置 pane2 的布局管理器

            button1.setBounds(10,1,150,30);                 // 设置 button1 的位置和大小
            button2.setBounds(10,1,150,30);                 // 设置 button2 的位置和大小
            pane1.add(button1);                             // 在 pane1 中添加 button1
            pane2.add(button2);                             // 在 pane2 中添加 button2
            pane1.setBounds(20,10,200,100);                 // 设置 pane1 的位置和大小
            pane2.setBounds(20,50,200,100);                 // 设置 pane2 的位置和大小
            getContentPane().add(pane1);                    // 在内容面板中添加 pane1
            getContentPane().add(pane2);                    // 在内容面板中添加 pane2
            setBounds(50,50,220,130);                       // 设置窗口位置和大小
            validate();                                     // 确保组件具有有效的布局
            setVisible(true);                               // 设置窗口可见
        }
    }


public class TestPanel{
    public static void main(String[] args){
        Win win = new Win();
    }
}
```

程序执行结果如图 9.15 所示。

注意：

（1）新创建的 JFrame 是不可见的，这就可以在显示 JFrame 之前进行一些操作，然后使用 setVisible 来设置其可见性。

图 9.15　代码 9-10 的执行效果

（2）若不明确设置 JFrame 的大小，JFrame 的初始大小为 0×0 像素，应该把 JFrame 的大小设置为大多数显示设备所能接受的大小。

（3）使用不同的布局管理器，可以对面板中的组件进行不同排列。

（4）pane1.setLayout(null)就是设置 pane1 的布局管理器为空，以便自己随意设置其上组

件大小和位置。

3. Swing 特殊容器

Swing 特殊容器包括 JInternalFrame（轻量级的 JFrame）、JLayeredPane（一个分层容器）和 JRootPane。分层面板 JLayeredPane 是 Swing 结构中最精妙的设计之一，它可以能过层进行组件管理，控制组件的绘制和隐藏。Swing 提供两种分层面板：JLayeredPang 和 JDesktopPane。JDesktopPane 是 JLayeredPane 的子类，专门为容纳内部框架（JInternalFrame）而设置。

向一个分层面板各添加组件，需要说明将其加入哪一层，指明组件在该层中的位置：add(Component c, Integer Layer, int position)。

表 9.13	Swing 程序包中的一些特殊面板类
h	功　能
JSplitPane	分割面板：HORIZONAL_SPLIT,水平; VERTICAL_SPLIT,垂直
JTabbedPane	设置多个选卡项：TOP,BOTTOM,LEFT,RIGHT
JScrollPane	为显示内容加入滚动条
JDesktopPane	一个窗体中出现多个子窗体时，规定一个父窗体的基本形式

这些专用面板有自己属性常量和方法，需要使用时，请查阅有关手册。这里不再介绍。

注意：一个使用 Swing 组件的程序，其 GUI 中的组件形成一个以顶层容器为根容器的组件树层次包含结构；每个组件都是包含层次的一部分。例如，一个应用程序有一个主窗口和两个对话框，那么这个应用程序就拥有三个包含层次，也因此有三个顶层容器，其中一个包含层次以 JFrame 为根容器，另外两个都以 JDialog 作为它们的包含层次的根容器。

9.3.4　Swing 布局管理器

1. Swing 程序设计中可以使用的布局管理器

Swing 开发离不了布局管理器。除了可以使用在 java.awt 中定义的 FlowLayout、BorderLayout、CardLayout 和 FlowLayout 外，Swing 程序包还包含了新的多种布局管理器，不过其中多数为特定容器量身定做，如 ScrollPaneLayout 是 JscrollPane 的专用管理器，ViewportLayout 是 JViewport 的专用管理器等。可以进行总体管理的有如下几种：

- BoxLayout：箱式布局管理器，将容器中的控件像堆箱子一样堆成一行或一列。使用 BoxLayout 的组件主要是 Box 类组件。Box 是 javax.swing.JComponent 的子类，是使用 BoxLayout 的轻量级容器，其默认的布局是盒式布局。
- SpringLayout：运用弹簧（spring）和支架（strut）的概念，指定所有组件的边界，保持组件间关系不因容器大小变化而变化。
- OverlayLayout：以彼此覆盖的形式叠放控件。

2. 内容面板代码举例

代码 9-10 采用 FlowLayout 类布局管理器的内容面板代码。

```
public static void addComponentsToPane(Container pane){
    pane.setLayout(new FlowLayout());
    pane.add(new JButton("按钮1"));
```

```
    pane.add(new JButton("按钮 2"));
    pane.add(new JButton("按钮 3"));
    pane.add(new JButton("长名字按钮 4"));
    pane.add(new JButton("按钮 5"));
}
```

代码 9-11　采用 BorderLayout 类布局管理器的内容面板代码。

```java
public static void addComponentsToPane(Container pane) {
    JButton button = new JButton("按钮 1 (PAGE_START)");
    pane.add(button, BorderLayout.PAGE_START);
    button = new JButton("按钮 2 (CENTER)");
    button.setPreferredSize(new Dimension(200, 100));
    pane.add(button, BorderLayout.CENTER);
    button = new JButton("按钮 3 (LINE_START)");
    pane.add(button, BorderLayout.LINE_START);
    button = new JButton("长名字按钮 4 (PAGE_END)");
    pane.add(button, BorderLayout.PAGE_END);
    button = new JButton("按钮 5 (LINE_END)");
    pane.add(button, BorderLayout.LINE_END);
}
```

代码 9-12　采用 BoxLayout 类布局管理器的内容面板代码。

```java
public static void addComponentsToPane(Container pane) {
    JPanel xPanel = new JPanel();
    xPanel.setLayout(new BoxLayout(xPanel, BoxLayout.X_AXIS));
    addButtons(xPanel);
    JPanel yPanel = new JPanel();
    yPanel.setLayout(new BoxLayout(yPanel, BoxLayout.Y_AXIS));
    addButtons(yPanel);

    pane.add(yPanel, BorderLayout.PAGE_START);
    pane.add(xPanel, BorderLayout.PAGE_END);
}

private static void addAButton(String text, Container container) {
    JButton button = new JButton(text);
    button.setAlignmentX(Component.CENTER_ALIGNMENT);
    container.add(button);
}

private static void addButtons(Container container) {
    addAButton("按钮 1", container);
    addAButton("按钮 2", container);
    addAButton("按钮 3", container);
    addAButton("长名字按钮 4", container);
    addAButton("按钮 5", container);
}
```

代码 9-13　采用 CardLayout 类布局管理器的内容面板代码。注意，卡片布局和其他布局不同，因为它隐藏了一些组件。卡片布局就是一组容器或者组件，它们一次仅显示一个，组中的每个容器称为卡片。

```
public void addComponentToPane(Container pane){
    final JPanel contentPanel = new JPanel();
    JPanel controlPanel = new JPanel();
    final CardLayout cardLayout=new CardLayout();
    pane.setLayout(new BorderLayout());
    pane.add(contentPanel, BorderLayout.CENTER);
    pane.add(controlPanel, BorderLayout.PAGE_END);
    controlPanel.setLayout(new FlowLayout());

    JButton[] b = new JButton[10];
    for (int i = 0; i < 10; i++) {
        b[i] = new JButton("No." + i);
        contentPanel.add(b[i]);
    }
    contentPanel.setLayout(cardLayout);
    JButton nextButton = new JButton("下一个");
    nextButton.addActionListener(new ActionListener(){
        public void actionPerformed(ActionEvent e) {
            cardLayout.next(contentPanel);
        }});
    controlPanel.add(nextButton);
}
```

代码 9-14　采用 GridLayout 类布局管理器的内容面板代码。注意，这类布局管理器将建立一个组件表格，并且当组件加入时，会依序左至右，由上至下填充到每个格子，格子不能由程序员指定。

```
public static void addComponentsToPane(Container pane){
    JButton[] buttons = new JButton[9];
    pane.setLayout(new GridLayout(3,3));
    for (int i = 0; i < buttons.length; i++) {
        buttons[i] = new JButton(i + "");
        pane.add(buttons[i]);
    }
}
```

9.3.5　Swing 组件与事件处理

1. Swing 组件体系

如图 9.16 所示，来源于 java.awt.Container 的 JComponent 类是所有 Swing 组件的父类 Swing 组件是基于 AWT 的。即使一个 Java 程序以独占的方式使用 Swing 组件，也还是对 AWT 具有依赖性。

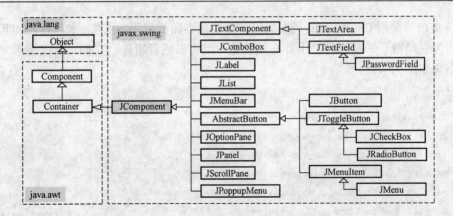

图 9.16　Swing 组件对于 AWT 的依赖

2. Swing 组件及其事件的对应关系

图 9.17 为 Swing 组件与所激发事件之间的对应关系。

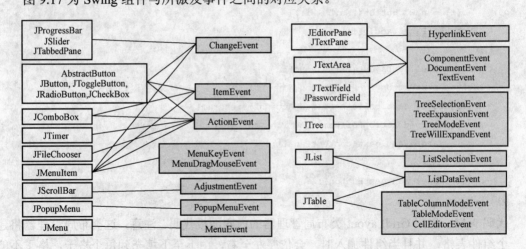

图 9.17　Swing 组件与所激发事件之间的对应关系

代码 9-15　窗口事件处理程序。

```java
import javax.swing.*;
import java.awt.event.*;

class Win extends JFrame{                           // 从 JFrame 派生一个实例类 Win
    JTextArea jTextArea = new JTextArea();          // 定义一个文本区对象
    JScrollPane jScrollPane = new JScrollPane();    // 定义一个滚动面板对象
    WinEventAdapter winAdapter;                     // 定义一个事件适配器对象

    public Win(){                                   // 构造方法
        setLayout(null);                            // 为窗口设置布局管理器为 null
        setTitle("窗口事件测试");                     // 为窗口设置标题
        winAdapter = new WinEventAdapter(this);     // 用窗口对象初始化适配器对象
        jScrollPane.setSize(180,110);               // 初始化滚动面板大小
        jScrollPane.setLocation(20,25);             // 初始化滚动面板位置
```

```
        add(jScrollPane);                                // 将滚动面板加入到窗口
        jScrollPane.getViewport().add(jTextArea);        // 取得滚动面板显示区位置，将文本区置入
        addWindowListener(winAdapter);                   // 将适配器注册为事件监听器
        setSize(250,170);                                // 初始化窗口大小
        setLocation(200,300);                            // 初始化窗口位置
        validate();                                      // 确保当前窗口中添加的组件能显示
        setVisible(true);                                // 打开显示
    }                                                    // 构造方法结束
}                                                        // Win 定义结束


class WinEventAdapter extends WindowAdapter{             // 适配器类定义
    Win adapt;                                           // 成员类对象

    WinEventAdapter(Win adpt){                           // 构造方法
        this.adapt = adpt;
    }

                                                         // 以下重定义事件处理方法
    public void windowActivated(WindowEvent we){
        adapt.jTextArea.append("windowActivated 窗口选中");
    }

    public void windowClosed(WindowEvent we){
        adapt.jTextArea.append("windowClosed 窗口关闭");
    }

    public void windowClosing(WindowEvent we){
        adapt.jTextArea.append("windowClosing 窗口关闭中");
    }
    public void windowDeactivated(WindowEvent we){
        adapt.jTextArea.append("windowDeactivated 窗口未选中");
    }

    public void windowIconified(WindowEvent we){
        adapt.jTextArea.append("windowIconified 窗口图标化");
    }

    public void windowDeiconified(WindowEvent we){
        adapt.jTextArea.append("windowDeiconified 窗口从最小化恢复");
    }
}


public class WindowEventTest{
    public static void main(String args[]){
        Win winEventTest = new Win();
    }
}
```

程序执行结果如图 9.18 所示。

图 9.18　代码 9-15 的执行效果

说明：本程序代码分为 3 块——分别定义了 3 个类。

（1）定义抽象类 JFrame 类的实例类 Win——用于创建窗口对象，并且在其上建立了滚动面板，又在滚动面板中建立了文本区。同时还在将要建立的窗口中注册了事件监听器。这一系列的工作，都是围绕视图的。

（2）定义接口 WindowListener 或抽象类 WindowAdapter 的实现类 WinEventAdapter——用于创建窗口事件监听器对象或窗口事件适配器对象，并重定义有关事件的处理方法。这些工作都是围绕处理逻辑的。

（3）主类——接收客户端的请求，并起控制作用。

这 3 个类，各自的职责非常清楚，与代码 9-7 和代码 9-8 把全部代码写在一个类中相比，就灵活许多了。

习　题　9

概念辨析

1. java.awt 包中 Panel 类是（　　　）的子类。

　　A. Frame　　　　　　　B. Container　　　　C. Canvas　　　　　D. Component

2. Panel 类对象的默认布局是（　　　）布局。

　　A. FlowLayout　　　　B. BorderLayout　　　C. CardLayout　　　D. GridLayout

3. Frame 类对象的默认布局是（　　　）布局。

　　A. FlowLayout　　　　B. BorderLayout　　　C. CardLayout　　　D. GridLayout

4. 下列 4 组组件中，都是容器的一组是（　　　）。

　　A. Panel,Frame,Button,TextArea　　　　　B. List,Panel,Frame,Dialog

　　C. Frame,Panel,dialog,ScrollPanel　　　　D. dialog,ScrollBar,TextArea,Frame

5. MVC 取自三个英文单词的第一个字母，这三个英文单词分别是（　　　）。

　　A. manage,victory 和 control　　　　　　B. model,view 和 control

　　C. make,veritable 和 creditability　　　　D. model,victory 和 conversion

6. 下面关于事件监听的说明中，正确的是（　　　）。

　　A. 大多数组件，允许附加多个监听器

　　B. 如果多个监听器加在一个组件上，那么事件只会触发一个监听器

　　C. 组件不允许附加多个监听器

　　D.监听器机制允许按照我们的需要，任意调用 addXxxxListener 方法多次，而且没有次序区别

7. 委托事件模型的基本宗旨是（　　　）。

　　A. 将事件源与事件处理者分离　　　　　　B. 将事件监听者与事件处理者分离

　　C. 将业务逻辑与显示分离　　　　　　　　D. 将事件监听与事件处理融为一体

8. 采用委托事件模型可以做到（　　　）。

　　A. 多个监听者可以对同一个事件源对象中的同一事件进行处理

B．多个事件源中的同一个事件可以由同一个监听者处理

C．一个事件源中的多个事件可以分别被不同的监听者处理

D．一个事件源或多个事件源中的多个事件可以由一个监听者处理

9．下面的叙述中，错误的是（　　　　）。

A．布局管理器是 Java 在 GUI 设计中提供的一项容器与布局管理相分离的技术

B．设计一个应用程序的 GUI 时，应当将 AWT 与 Swing 组件混合使用，以充分发挥它们各自的优势

C．菜单只能放在窗口的正上方

D．在嵌入式开发中使用 AWT 比较多

代码分析

1．比较下面的两段代码有何异同。

（1）

```
Frame fm;
fm.addWindowListener(new WindowListener() {
    public void windowClosing( WindowEvent we){//…}
    public void windowXXX( WindowEvent we){}
    // …
    }
);
```

（2）

```
class TestFrame extends Frame implements WindowListener {
    public TestFrame ( String s) {
        super(s);
    }

    public void windowClosing ( WindowEvent we){
        // …
    }

    public void windowActivated ( WindowEvent we){}
    public void windowClosed ( WindowEvent we){}
    public void windowDeactivated ( WindowEvent we){}
    public void windowDeiconified ( WindowEvent we){}
    public void windowIconified ( WindowEvent we){}
    public void windowOpened ( WindowEvent we){}

    public static void main(String[ ] arg) {
        TestFrame tf = new TestFrame("A Test Window");
        tf.setSize(200,100);
        tf.setVisible(true);
        tf.addWindowListner(this);
    }
}
```

2．修改并调试下面的代码。

```
import javax.swing.*;
```

```
public Class c{
    static JFrame f;
    JPanel p;
    public c(){
        p=new JPanel();
        b=new JButton("OK");
        p.add(b);
        p.setLabel("Cancel");
        p.add(b);
    }
    public static void main(String[ ] args){
        f=new JFrame("frame");
        f.getContentPane().add(p);
        f.setSize(300,200);
    }
}
```

开发实践

1. 编写一个 Java 应用程序，模拟一个电子计算器。

- 计算器上有 0，1，2，3，4，5，6，7，8，9 十个数字按钮。
- 计算器上有＋，－，×，÷，＝五个操作按钮。按"＝"输出计算结果。
- 计数器上有一个电源开关按钮：电源打开时，单击，关闭；关闭时，单击，打开。

2. 为学生成绩管理系统设计一个图形界面。

思考探索

SWT（standard widget toolkit）是吸取了 AWT 和 Swing 实现中最好部分的 GUI 开发工具。试上网搜集一些资料，总结 SWT 的特点，并用其编写 3 个简单程序。

第 10 单元　Java 数据持久化技术

数据持久（persistence）化是指采用某种介质将数据"持久"地保存起来，供以后使用。在大多数情况下特别是企业级应用中，数据持久化往往意味着将内存中的数据保存到磁盘上加以固化。为了方便地进行数据的保存、处理、管理和查询，绝大多数系统都会采用数据库技术进行数据的持久化操作，并且往往会通过各种关系数据库完成。

Java 是一种健壮、安全、易用、与平台无关的程序设计语言，也是一种软件开发平台。而数据库（data base, DB）又是一项极为重要、应用极为广泛的技术。因此，用 Java 程序进行数据库操作，特别是进行关系数据库操作，就是不可避免的了。

JDBC（Java data base connectivity，Java 数据库连接）技术的核心是在 Java 应用程序与数据库之间装载一个相应的 JDBC 驱动器，用 Java 对象封装关系数据库进行操作的 SQL（structured query language，数据库查询语言）语句，实现在 Java 对象上访问，在关系数据库上用 SQL 操作。

Hibernate 对 JDBC 的对象进行了轻量级的对象封装，提供了强大、高效的将 Java 对象进行持久化操作的服务，并可以使用自己的 HQL（Hibernate query language，Hibernate 查询语言）完成 Java 对象和关系数据库之间的转换和操作，使 Java 程序员可以像操作普通 Java 类一样对数据库进行随心所欲地操作。

10.1　数据库与数据持久化技术

10.1.1　数据库与 SQL

1. 数据与数据库的有关概念

数据（data）是描述事务的可以辨认符号记录，其形式可以是数字、文字、图形、图像、声音、语言等，它们经过数字化后存储在计算机中。

数据库是可以长期保存在计算机外存储器上的、有组织的、可共享的数据聚集。数据库中的数据按一定的数据模型组织、描述和存储，具有较小的冗余度、较高的数据独立性和易扩展性，可以为不同的用户共享。对数据库进行管理的软件系统称为数据库管理系统（data base management system, DBMS），它是数据库系统的核心组成部分，位于用户与操作系统之间，在操作系统的支持下实现对数据的存储和管理。数据库系统主要包括数据定义，数据操纵，数据库的建立、维护、运行管理功能。

2. 数据库的数据模型

为了有效地组织数据库中的数据集，要为它们建立合适的数据模型，以反映数据之间的关系。已经使用过的数据模型有层次模型、网状模型和关系模型。目前，绝大多数 DBMS 采用关系模型。关系模型就是用二维表组织数据并描述数据之间的联系。图 10.1 中关于学籍管理的数据库关系模型由三个二维表组成。

表 a 学生信息

学 号	姓 名	性 别	系 别	班 级
2 005 201 010 101	孙小云	男	经济贸易	电商 05 201
2 005 301 010 202	张文娟	女	信息技术	网络 05 301
...	...	...	...	...

表 b 成绩信息

学 号	课程编号	成 绩
2 005 201 010 101	E20 102	85
2 005 201 010 101	E20 105	90
2 005 301 010 202	I30 105	77
2 005 301 010 202	I30 106	88
2 005 301 010 202	I30 107	99

表 c 课程信息

课程编号	课程名	学 时
E20 102	电子商务原理	30
E20 105	物流技术	40
I30 105	计算机网络原理	60
I30 106	信息系统安全	64
I30 107	计算机网络管理	40

图 10.1 学生管理系统的表结构

3. SQL 概述

SQL 用于存取数据以及查询、更新和管理关系数据库系统。SQL 语言结构简洁，功能强大，简单易学，所以自 IBM 公司于 1981 年推出以来，它得到了广泛应用。今天，绝大部分数据库管理系统，如 Oracle、Sybase、Informix、SQL Server 等，都支持 SQL 语言作为查询语言。

SQL 语言包含 4 个部分，表 10.1 列出了 SQL 的常用语句。

表 10.1 SQL 的常用语句

类 型	语 句	功 能
数据定义	CREATE TABLE	创建一个数据库表
	DROP TABLE	从数据库中删除表
	ALTER TABLE	修改数据库表结构
	CREATE VIEW	创建一个视图
	DROP VIEW	从数据库中删除视图
	CREATE INDEX	为数据库表创建一个索引
	DROP INDEX	从数据库中删除索引
	CREATE DOMAIN	创建一个数据值域
	ALTER DOMAIN	改变域定义
	DROP DOMAIN	从数据库中删除一个域
数据操作	INSERT	向数据库表添加新数据行
	DELETE	从数据库表中删除数据行
	UPDATE	更新数据库表中的数据
数据检索	SELECT	从数据库表中检索数据行和列

（1）数据定义语言（data definition language，DDL），提供对数据库及其数据表结构的定义、修改、删除和管理操作，主要有 CREATE、DROP、ALTER 等语句。

（2）数据操作语言（data manipulation language，DML），用来维护数据库的内容，主要有 INSERT、UPDATE、DELETE 等语句。

（3）数据查询语言（data query language，DQL），用来进行数据库查询，核心语句是 SELECT。

（4）数据控制语言（data control language，DCL），用来管理数据库，包括管理权限及数据更改，例如 GRANT、REVOKE、COMMIT、ROLLBACK 等语句。

4. SQL 语句用法举例

代码 10-1　使用 DDL 在 MyDB 数据库定义一个名为 Customer_Data 的数据表，这个数据表包括 4 个数据行。

```
Use MyDB
CREATE TABLE Customer_Data
(customer_id smallint,
first_name char(20),
last_name char(20),
phone char(10))
GO
```

这个语句产生一个空的 Customer_Data 数据表，一直到数据被填入数据表内。

代码 10-2　用 INSERT 语句在 Customer_Data 数据表中增添一个客户。

```
INSERT INTO Customer_Data
(customer_id, first_name, last_name, phone)
VALUES (666, "Zhan", "Weihua", "13678998765")
```

说明：SQL 语句中的第二行，给出了数据行名称列表，所列数据行名称的次序决定了数据数值将被放在哪个数据行。例如，第一个数据数值将被放在清单列出的第一个数据行 customer_id，第二个数据数值放在第二个数据行，依次类推。由于在建立数据表时，定义数据行填入数值的次序与现在相同，因此不必特意指定字段名称。也可以用以下的 INSERT 语句代替：

```
INSERT INTO Customer_Data
VALUES (666, "Zhan", "Weihua", "13678998765")
```

使用这种形式的 INSERT 语句，而被插入数值的次序与建立数据表时不同，数值将被放入错误的数据行。如果数据的类型与定义不符，则会出现一个错误信息。

代码 10-3　用 SELECT 语句从建立的 Customer_Data 数据表中检索 first_name 数据行值为 Zhan 的数据。

```
SELECT customer_id, first_name FROM Customer_Data
WHERE first_name = "Zhan"
```

WHERE 子句用于决定所列出的数据行中哪些数据被检索。如果有一列符合条件，结果将显示如下：

```
customer_id     first_name
-------------   ------------
666             Zhan
```

代码 10-4　用 UPDATE 语句修改一位名称为 Zhan Weihua 客户的姓氏为 Zhang。

```
UPDATE Customer_Data
SET first_name = "Zhang"
WHERE last_name = "Weihua" and customer_id= 666
```

在 WHERE 子句中加入 customer_id=666 的字段来限定其他名为 Weihua 的客户不会被
选中。

说明：当使用 UPDATE 语句时，要确定在 WHERE 子句提供充分的筛选条件，如此才不
会不经意地改变一些不该改变的数据。

10.1.2　数据持久层的概念

"持久层"是从软件逻辑层面上分离出来，专注于实现数据持久化的一个相对独立的领域
(domain)。图 10.2 为三种数据持久性软件体系结构模型。

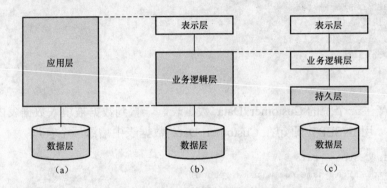

图 10.2　三种数据持久性软件层次结构模型

（a）两层体系结构；（b）三层体系结构；（c）四层体系结构

数据持久性的出现，实现了数据与应用的分离，形成图 10.2（a）所示的两层结构：应用
层进行业务逻辑处理、用户界面的实现和数据持久性操作（如将数据保存在磁盘中），数据层
主要用于保存需要持久化的数据。

随着计算机科学技术的发展，特别是计算机网络技术的发展，业务逻辑、界面实现以及
数据处理都越来越复杂，将它们再汇集到一个应用层中，不仅使应用层过于臃肿庞大，而且
会牵一发而动全身，给系统的维护和扩展带来极大的困难。于是，人们将应用层分解为表示
层和业务逻辑层，形成图 10.2（b）所示的三层结构。其中，表示层用于提供用户界面的显示
和与用户的交互操作，业务逻辑层用于业务逻辑处理和数据持久化操作。这样就实现了业务
逻辑与界面显示的分离，形成了 MVC 架构，降低了程序开发的复杂度，特别适合 B/S 系统
的开发。

为了进一步提高软件开发的效率，降低软件开发的难度，人们进一步从业务逻辑层中将
持久层（persistence layer）分离出来，形成图 10.3（c）所示的四层式开发框架。在程序中，
数据持久层（简称持久层）是向（或者从）一个或者多个数据存储器中存储（或者获取）数
据的一组类和组件。数据持久层的设计目标是为整个项目提供一个高层、统一、安全和并发
的数据持久机制，完成对各种数据的持久化编程，并为业务逻辑层提供服务。简单地说，通
过数据持久层，可以将数据对象与数据实体联系起来，实现数据的持久化操作。

说明：并非所有的系统都将数据持久化到数据库中，也可以将数据持久化到文件中。不
过本书主要讨论将数据持久化到数据库的问题。

10.2　JDBC 原理

10.2.1　JDBC 体系结构与驱动器类型

在 JDK1.1 版本之前，Java 的数据库连接能力很弱。为了连接数据库，编程者不得不在 Java 程序中加入 C 语言 ODBC（open database connectivity）函数调用。这使得 Java 语言的跨平台能力受到很大的制约。JDBC 的出现，改变了这一状况。图 10.3 为 JDBC 的体系结构。

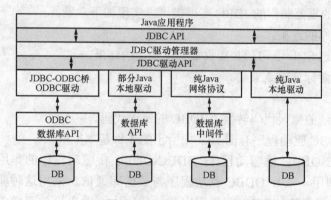

图 10.3　JDBC 体系结构

数据库驱动程序用于向数据库提交 SQL 请求。不同的数据库有不同的驱动程序，例如 ODBC 驱动程序、SQL Sever 驱动程序、MySQL 驱动程序等。驱动管理器用于管理驱动程序，包括为应用程序加载合适的数据库驱动程序，负责把应用程序通过 JDBC API 调用的 SQL 命令再通过 JDBC 驱动 API 传递给数据库驱动程序，并能把驱动程序获得的结果返回应用程序。

JDBC 主要包含两部分：面向 Java 程序员的 JDBC API 及面向数据库厂商的 JDBC Driver API。

（1）面向 Java 程序员的 JDBC API，也称上层 API。Java 程序员通过调用此 API 从而实现数据库连接、执行 SQL 语句并返回结果集等操作。它主要是由如下一系列的接口定义所构成。

- java.sql.Connection：支持与数据库连接。
- java.sql.DriverManager：管理驱动程序。
- java.sql.Statement：支持封装静态的 SQL 语句。
- java.sql.PreparedStatement：支持预编译 SQL 语句。
- java.sql.CallableStatement：支持执行存储调用过程。
- java.sql.ResultSet：表示查询返回的结果集。

（2）面向数据库厂商的 JDBC Driver API，也称 JDBC 驱动 API 或底层 API，用于是数据库厂商必须提供相应的驱动程序和对 JDBC API 所要求的基本接口（每个数据库系统厂商必须提供对 DriverManager、Connection、Statement、ResultSet 等接口的具体实现）。

这两层 API 一起工作，屏蔽了不同数据库驱动程序的差异，给 Java 程序提供了一个标准的 Java 接口。它们位于驱动管理器的两侧：从 Java 程序看，与数据库连接的过程是从数据库驱动程序加载到传送 SQL 命令，再到获得数据库操作结果的过程，而在此背后，则要通过上层 API 将 Java 程序的这些请求传递给驱动管理器，驱动管理器根据数据库的类型为 Java 程序下载相应的驱动程序并进一步通过下层 API 将 SQL 命令传递给数据库驱动程序。由驱动程序告诉数据库执行这些命令，最后管理器把从驱动程序获得的数据包装成对象返回 Java 程序。

10.2.2　JDBC 驱动程序及其加载

1. JDBC 驱动程序及其类型

Java 程序要对数据库进行操作，中间需要通过 JDBC 数据库驱动程序。这些由各个数据库厂家根据 JDBC 的规范制作的 JDBC 实现类可以实现如下功能。

- 建立与数据库的连接。
- 向数据库传递 SQL 语句，并接收数据库操作的结果。
- 通过结果集游标管理结果集。
- 初始化事务。
- 将数据库系统的错误代码转换为 JDBC 的错误代码。

目前使用的 JDBC 驱动程序有图 10.3 中所示的 4 种基本类型。

类型 1：JDBC-ODBC 桥驱动程序。JDBC-ODBC 桥驱动程序的作用只是将 JDBC 调用转换为 ODBC 调用，依靠 ODBC 驱动程序与数据库通信。采用这种驱动程序，必须在用户的每台机器中都安装 ODBC 驱动程序和桥代码，一般来说效率较低，不适用于高事务性环境。

类型 2：本地 API 部分 Java（native-API partly-Java）驱动程序。这种类型一般由数据库系统厂商提供，是经过专门设计的驱动程序。其特点是将客户端 API 上的 JDBC 调用转换为特定数据库客户端 API 调用，即通过本地 API 让 JDBC 访问数据库。其操作性能较高，当某种数据库系统提供有这种类型的驱动程序时，使用起来比较便捷，但可移植性差。

类型 3：JDBC 网络纯 Java（JDBC-Net All-Java）驱动程序，也称中间件型纯 Java 驱动程序。这种驱动程序相当于在客户端和数据库服务器之间配置了一个中间层网络服务器。中间层网络服务器首先将 JDBC 调用转换为与 DBMS 无关的网络协议，之后再由某个服务器转换为 DBMS 协议。这样，就能把纯 Java 客户机连接到多种不同的数据库上。这是最灵活的 JDBC 驱动程序。

类型 4：本地协议纯 Java（Native-protocol All-Java）驱动程序，也称"瘦"（thin）驱动程序。这种驱动程序能将 JDBC 调用直接转换为数据库使用的网络协议，使客户机和应用服务器能直接调用数据库服务器。这种驱动程序的实现通常由数据库系统厂商提供。使用它，无论是客户端还是服务器端都无须安装任何附加软件。

表 10.2 从与数据库系统厂商是否相关、是否通过本机实现数据库操作接口两个方面进行了特征描述。

表 10.2　　　　　　　　　　　　　　　**4 种 JDBC 驱动程序的特征**

特　　征	与数据库系统生产厂商无关	与数据库系统生产厂商有关
本地实现数据库操作接口	类型 1：JDBC-ODBC 桥	类型 2：native-API partly-Java
远端实现数据库操作接口	类型 3：JDBC-Net All-Java	类型 4：Native-protocol All-Java

2．JDBC 驱动程序名

在 Java 应用程序运行时，特别是需要在跨平台工作环境下运行时，需要确定操作系统类型、用户 JDK 版本和用户工作目录等与用户程序相关的工作平台信息来保证程序的正确运行。这些与操作系统配置信息以及软件信息，称为系统属性。系统属性被存储在一个 java.util.Properties 类的对象中。Properties 类使用映射把每个属性的关键字和属性值关联起来。Java 程序开始执行时，程序可以利用 Properties 中的方法，快速获取工作环境信息，读取系统的默认属性，或者在用户程序执行过程中动态地加载程序员定义的属性，也可以根据执行情况动态地修改属性定义，并在程序结束运行前，保存属性。

Java 程序要与数据库连接，需要驱动程序，数据库驱动程序信息也就成为系统属性的重要内容。JDBC 驱动程序通常是一个或多个 jar 文件，实际上是封装数据库访问的类库，其属性值被封装在 Driver 类对象中。这个类对象也被称为驱动程序名。所以，驱动程序名一般采用 "包名.类名" 的格式。

下面是几个常用驱动程序名（路径）：

- ODBC：sun.jdbc.odbc.JdbcOdbcDrive
- Sqlserver：com.microsoft.jdbc.sqlserver.SQLServerDriver
- Oracle：oracle.jdbc.driver.OracleDriver

不同的数据库产品的驱动程序名是不同的，即使是同一个数据库产品也可能针对不同应用环境存在多个驱动程序名。例如，在 sun.jdbc.odbc.JdbcOdbcDriver 中，sun.jdbc.odbc 是包名，JdbcOdbcDriver 才是真正的驱动程序名。

10.2.3 用 JDBC URL 命名数据源

一般地说，Java 程序访问的数据可以来自大型数据库，也可以来自一些文件，还可以是它们中的一部分，都被 Java 抽象为 DataSource——数据源对象，并用 JDBC URL 进行标识，以便使驱动程序能简便地识别相应的数据源并与之建立连接。简单地说，就是让驱动器能找到数据源。JDBC URL 将要连接数据源的有关信息封装在一个 String 对象中，其格式如下。

```
jdbc:子协议:子名称
```

下面分别予以说明。

1．jdbc 协议

JDBC URL 中的协议总是 jdbc。

2．子协议

子协议用于标识数据库的连接机制，这种连接机制可由一个或多个驱动程序支持。不同数据库厂家的数据库连接机制名是不相同的，例如，MySQL 数据库使用的子协议名为 mysql，Java DB 使用的子协议名为 derby 等。

有一个特殊的子协议名是 odbc。这是 JDBC URL 为 ODBC 风格的数据源专门保留的。例如，为了通过 JDBC-ODBC 桥来访问某个数据库，可以用如下的 URL：

```
jdbc:odbc:zhangLib
```

这里，子协议为 odbc，子名称 zhangLib 是本地 ODBC 数据源。

3．子名称

子名称提供定位数据源的更详细信息，它可以依子协议不同而变化，并且还可以有子名称的子名称。在上面的例子中，使用 zhangLib 就足够了，因为这是一个本地服务器上的数据源，ODBC 将提供其余部分的信息。对于位于远程服务器上的数据库，特别是当要通过 Internet 访问数据源时，在 JDBC URL 中应将网络地址作为子名称的一部分，且必须遵循标准 URL 命名规则：

```
// 主机名：端口 / 子名称
```

例如，连接 MySQL 数据库的 JDBC URL 为

```
jdbc:mysql:                    // 服务器名 / 数据库名
```

连接微软 SQL Server 数据库的 JDBC URL 为

```
jdbc:microsoft:sqlserver:    // 服务器名:1433/DatabaseName = 数据库名
```

JDBC URL 还可以指向逻辑主机或数据库名，使系统管理员不必将特定主机声明为 JDBC URL 名称的一部分，逻辑主机或数据库名将由网络命名系统动态地转换为实际的名称。网络命名服务（例如 DNS、NIS 和 DCE）有多种，而对于使用哪种命名服务并无限制。

10.3　JDBC 工 作 流 程

Java 使用 JDBC 访问数据库的步骤如下：
① 加载数据库驱动程序。
② 创建数据库连接。
③ 创建 SQL 工作空间。
④ 传送 SQL 语句，得到结果集。
⑤ 处理（增、删、改、存）结果集。
⑥ 关闭资源，释放 DB 中的资源。

这个过程涉及 Java 应用程序 Application，以及 Driver、DriverManager、Connection、Statement、ResultSet 和数据库。图 10.4 为描述这个过程中有关对象活动的序列图。

这个过程是在 JDBC API 的支持下进行的，这些支持都由相关类和接口提供。表 10.3 列出了 JDBC 主要操作类和接口。

表 10.3   JDBC 的主要操作类和接口

类/接口名	用　　途
java.sql.DriverManager	管理 JDBC 驱动程序
java.sql.Driver	定义一个数据库驱动程序接口
java.sql.Connection	建立与特定数据库的连接
java.sql.Statement	执行静态 SQL 语句并获得语句执行后产生的结果
java.sql.PreparedStatement	创建可编译、可多次执行的 SQL 对象，以提高执行效率
java.sql.CallableStatement	执行 SQL 存储过程
java.sql.ResultSet	指向结果集对象的接口，创建 SQL 检索结果的结果集

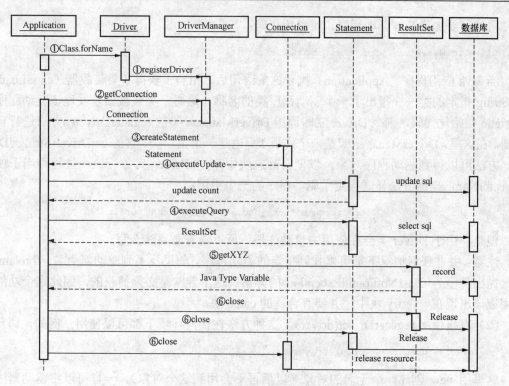

图 10.4　Java 程序通过 JDBC 访问数据库过程中有关对象活动的序列图

下面结合 Java 程序使用 JDBC 访问数据库的流程介绍它们的用法。

10.3.1　加载数据库驱动程序

要用 Java 应用程序（application）操作数据库，必须建立与数据库的连接，而要与数据库连接，必须加载数据库驱动程序。只有加载了合适的驱动器程序，DriverManager 对象才能开始管理连接。

JDBC 提供了不同数据库的统一接口。无需针对某一种数据库连接而单独编程。通常只需要下载需要的数据库驱动，放入 tomcat\common\lib 目录下，即可使用这个统一的接口。

1. 基本途径

在正常情况下，加载驱动程序有 3 个途径。按照 JDBC 规范要求，不管是哪种方法，新加载的 driver 类都要通过调用 DriverManager.registerDriver 类进行自我注册。

（1）使用方法 Class.forName(String 驱动器名)。forName( )方法使用一个包含驱动程序类名 String 对象作为实参。对于 JDBC-ODBC 桥驱动程序和 JDBC-Net All-Java 驱动程序直接包含在 rt.jar 中，并由默认环境指出。例如：

```
Class.forName("sun.jdbc.odbc.JdbcOdbcDriver");
```

对于 Native-protocol All-Java 驱动程序和 native-API partly-Java 驱动程序，首先要从数据库系统厂商那里获得相应的 JDBC driver 类库，再进行加载。例如，对于 Oracle，要先从 Oracle 的网站下载指定数据库版本的 JDBC driver，再在程序中写入下列语句载入驱动程序类：

```
Class.forName("oracle.jdbc.driver.OracleDriver");
```

再如，要加载 Sun 驱动程序，可以用代码：

```
Class.forName("sun.jdbc.odbc.JdbcOdbcDriver");
```

当 Java 应用程序（Application）执行这条语句后，相当于获得了类装载器（classLoader）用 String 指定的类——指出了一个驱动程序类的名称。这时，类装载器若发现该驱动程序类有 static 初始化代码，则令 Driver 立即调用 DriverManager 类的 registerDriver( )方法进行自我注册。在这里，DriverManager 即是一个实现类，也是一个工厂类，它的 getDriver(String JDBC url) 方法可以得到驱动程序对象，以便在静态块中产生 Driver 对象。这个过程相当于使用 Class.forName 构造方法显式指定了驱动程序的一个引用：

```
java.sql.Driver  d = Class.forName("sun.jdbc.odbc.JdbcOdbcDriver");
```

但是，由于 Driver 类会在应用中自动注册，所以没有必要这么写。

注意：并非任何情况下都可以找到指定的驱动程序。如果找不到驱动器类名，forName( )就会抛出类型为 ClassNotFoundException 的异常。这个异常是必须捕获的，因此这个功能的调用应该出现在一个 try 块中，并要有合适的 catch 块。

（2）直接使用 registerDriver(driver)。这种方法在任何环境下都可以使用。例如，语句：

```
new oracle.jdbc.driver.OracleDriver();
```

这里用 new 创建一个无名的对象（以后再不会用到这个对象），一样可以将驱动器注册到 DriverManager。

（3）用方法 System.getProperty( )将驱动器添加到系统属性中。例如，使用语句：

```
System.setProperty("jdbc.drivers", "DRIVER");
```

或者使用方法 System.getProperty( ).load(new FileInputStream("属性文件名"))并在属性文件中指定 jdbc.driver=drivername。

2．说明

（1）jdbc.drivers 是约定的属性名，DRIVER 是完整的驱动程序包层次结构。

（2）如果要在一个程序中加载多种数据库驱动，可以用多个 Class.forName（DRIVER）；也可以在 System.setProperty( )中将驱动程序用冒号分开，即 System.setProperty("jdbc.drivers", "DRIVER1:DRIVER2")。

（3）如果一行显得太长，可以用双引号和加号将字符串打断成多行（双引号里的字符串是不能跨行的）。

10.3.2　创建一个数据源连接

1．基本过程

要在 Java 应用程序与数据库之间传递数据，需要创建一个 Connection 类对象。Connection 类对象提供应用程序与数据库的静态连接，建立一个环境，以便创建与执行 SQL。由于 Connection 是一个接口，因此连接对象要用 DriverManager 的静态方法 getConnetion( )得到，即先声明一个 Connection 类引用，再让它指向 DriverManager.getConnetion( )返回的 Connetion 对象（或者说用 DriverManager.getConnetion( )初始化 Connection 类引用）。例如：

```
Connection con = DriverManager.getConnection(url, "id", "pwd");
```

注意：

（1）在连接时，除了需要指明要连接数据库的路径 URL 外，还可能需要相应的用户名和密码。例如，上述 id 和 pwd。

（2）连接时，DriverManager 会测试已注册的数据库驱动程序能否连接到指定数据库，根据顺序原则，采用第一个能连通的数据库驱动。

2．DriverManager 的 getConnetion( )方法

DriverManager 实现了 3 个 getConnetion( )方法，它们都返回一个 Connection 对象，但参数有所不同。

- static Connection getConnection(String JDBCurl)。
- static Connection getConnection(String JDBCurl,Prooerties info)。
- static Connection getConnection(String JDBCurl,String username,String password)。

其中，info 为包含连接数据库所需各种属性 Properties 对象，username 为用户名，password 为用户口令，JDBCurl 的内容前面已经作过介绍。

3．连接过程中的异常处理

getConnection( )方法在执行过程中可能会抛出 SQLException 异常，也需要一个相应的 catch 块处理 SQLException 异常。

代码 10-5

```
try{
    Connection conn = DriverManager.getConnection ("jdbc:odbc:sun","zhang","abcde");
}catch(SQLException e) {
    //…
}
```

10.3.3　创建 SQL 工作空间

Java 程序与数据库建立连接后，就可以为执行 SQL 语句创建一个工作空间了。在这个工作空间中，可以生成 SQL 查询，执行并获取查询结果，还可以把多条 SQL 语句合成一个批处理。SQL 工作空间由一个实现 java.sql.Statement 的类对象提供，而该 Statement 对象是基于建立的数据库连接创建，即通过调用已创建 Connection 对象的方法 createStatement( ) 创建。

代码 10-6

```
try{
    Statement stt = conn.creatStatement();
}catch(SQLException e){
    // …
}
```

10.3.4　传送 SQL 语句，得到结果集

1．用 Statement 对象封装 SQL 语句

建立了 Statement 对象，就可以利用它来让数据库执行指定的 SQL 语句，执行的操作主要是查询和更新两种。

（1）ResultSet executeQuery(String sql)：用于执行 SQL 数据库查询语句，如 SELECT 语

句，并将查询结果存放在一个 ResultSet 对象中。

（2）int executeUpdate(String sql)：用于进行数据库更新的语句，如 INSERT、UPDATE、DELETE 及 DDL 等。返回的整数表示操作影响的数据库中表的行数。

但是，Statement 对象本身不包括 SQL 语句，因而必须给这些 Statement 的 execute 方法提供 SQL 语句作为参数。例如，用 executeQuery( )方法执行一个 SQL 查询，便可以返回一个 ResultSet 对象。例如：

```
ResultSet  rsltSet = stt. executeQuery("SELECT * from emp where empno = * FROM 员工表 WHERE
员工年龄 >= 55");
```

注意：SQL 使用单引号来界定字符串，这一点与 Java 的规定有所区别。例如：

```
string sqQuery  "SELECT PRODUCT FFROM SUPPLIERTABLE WHERE  PRODUCT = 'Bolts' ";
```

注意：

（1）JDBC 在编译时并不对将要执行的 SQL 查询语句作任何检查，只是将其作为一个 String 类对象，要到驱动程序执行 SQL 查询语句时才知道其是否正确。对于错误的 SQL 查询语句，在执行时将会产生 SQLException 异常。

（2）一个 Statement 对象在同一时间只能打开一个结果集，对第二个结果集的打开隐含着对第一个结果集的关闭。

（3）如果想对多个结果集同时操作，必须创建出多个 Statement 对象，在每个 Statement 对象上执行 SQL 查询语句以获得相应的结果集。

（4）如果不需要同时处理多个结果集，则可以在一个 Statement 对象上顺序执行多个 SQL 查询语句，对获得的结果集进行顺序操作。

2. 用 PreparedStatement 对象封装 SQL 语句

Statement 对象在执行 SQL 语句时，每次都要将该语句传给数据库。这样，当需要多次执行同一条 SQL 语句时，将导致执行效率很低。此时，可以采用 PreparedStatement 对象来封装 SQL 语句。采用 PreparedStatement 对象来封装 SQL 语句的好处有两点：

（1）在数据库支持预编译的情况下，它可以将 SQL 语句传给数据库作预编译，以后每次执行该 SQL 语句时，可以提高访问速度。

（2）PreparedStatement 对象的 SQL 语句可以接收参数，用不同的输入参数来多次执行编译过的语句，较 Statement 灵活方便。

采用 PreparedStatement 对象的 SQL 语句进行数据库操作分为 3 步进行。

① 创建 PreparedStatement 对象，同时给出预编译的 SQL 语句，例如：

```
PreparedStatement prepStat = con.preparedStatement("select * from DBTableName");
```

② 执行 SQL 语句（注意创建 PreparedStatement 对象时已经封装了要执行的 SQL 语句），例如：

```
ResultSet rs = prepStat.executeQuery();    // 该条语句可以被多次执行
```

③ 关闭 PreparedStatement 对象，例如：

```
prepStat.close();                          // 调用父类 Statement 类中的 close()方法
```

3. 执行存储过程 CallableStatement

CallableStatement 类是 PreparedStatement 类的子类，因此可以使用 PreparedStatement 类及 Statement 类中的方法，主要用于执行存储过程。操作过程大致也分为 3 步。

① 创建 CallableStatement 对象。可以用 Connection 类中的 prepareCall( )方法创建一个 CallableStatement 对象，其参数是一个 String 对象，例如：

```
CallableStatement callStat=con.prepareCall("{call Query1()}");
```

② 执行存储过程。可以调用 executeQuery( )方法实现，例如：

```
ResultSet rs=callStat.executeQuery();
```

③ 关闭 CallableStatement 对象，例如：

```
callStat.close();                          // 调用父类 Statement 类的 close()方法
```

10.3.5 处理结果集

1. 结果集及其游标

ResultSet 对象形式的结果集，所封装的可能是一个数据，也可能是一个表。为了对结果集中的行进行管理和应用，ResultSet 对象中定义了一个游标（cursor），用于指向结果集中的行。假定 rs 是一个定义了的结果集，而且建立的是一个可滚动的结果集，游标在初始化时指向第 1 行，并可以用下面的可重用方法改变指向。

- rs.last( )、rs.first( )：跳到结果集的最后一行或第一行。
- rs.previous( )、rs.next( )：向上或向下移动一行。
- rs.getRow( )：得到当前行的行号。
- rs.absolute( )：在结果集中进行定位。
- beforeFirst( )、afterLast( )：将游标移到首行前或末行后；
- isFirst( )和 isLast( )：判断游标是否指向首行或末行。

当游标已经到达最后一行时，next( )和 previous( )都返回 false。这样就可以用循环结构进行表的处理。例如：

```
while(rsltSet.next()){
    //处理
}
```

2. getXxx( )方法

在 SQL 结果集中，每一列都是一个 SQL 数据类型。但是，SQL 数据类型并不与 Java 数据类型相一致。为此，ResultSet 接口中声明了一组 getXxx( )方法，用于进行列数据类型转换。表 10.4 为主要的 getXxx( )方法及其参数（SQL）类型和返回值类型（Java 类型）之间的对应关系。

表 10.4　主要的 getXxx( )方法及其参数（SQL）类型和返回值（Java）类型之间的对应关系

SQL 类 型	Java 数据类型	getXxx()方法名称
CHAR/ VARCHAR	String	String getString()
LONGVARCHAR	String	InputStream getAsciiStream()/getUnicodeStream()

续表

SQL 类 型	Java 数据类型	getXxx()方法名称
NUMERIC/DECIMAL	java.math.BigDecimal	java.math.BigDecimal getBigDecimal()
BIT	boolean	boolean getBoolean()
TINYINT	Integer	byte getByte()
SMALLINT	Integer	short getShort()
INTEGER	Integer	int getInt()
BIGINT	long	long getLong()
REAL	float	float getFloat()
FLOAT/ DOUBLE	double	double getDouble()
BINARY/ VARBINARY	byte[ ]	byte[] getBytes()
LONGVARBINARY	byte[ ]	InputStream getBinaryStream()
DATE	java.sql.Date	java.sql.Date getDate()
TIME	java.sql.Time	java.sql.Time getTime()
TIMESTAMP	java.sql.Timestamp	java.sql.Timestamp getTimestamp()

代码 10-7 getXxx( )方法。

```
String name = rs.getString("Name");
int age = rs.getInt("age");
float wage = rs.getFloat("wage");
```

10.3.6 关闭数据库连接

对数据库操作结束后,应当按照先建立(打开)后关闭的顺序依次关闭 ResultSet、Statement（或 PreparedStatement）和 Connection 引用指向的对象。假设这些对象分别是 rsltSet、stt 和 conn，则应依次执行方法 rsltSet.close( )、stt.close( )和 conn.close( )。

10.3.7 实例

见表 10.5，数据库 dbEmpl 中有一数据表 employeeInfo，由职工号 id、职工姓名 name、职工薪水 salary 组成。

表 10.5 数据表 employeeInfo 的结构

id	name	salary
1101	张平	2345
1102	李海	3478
1103	王明	5321.7

代码 10-8 用姓名查询一个其职工号和薪水的代码如下。

```
import java.sql.SQLException;
import java.sql.Statement;
import java.sql.Connection;
import java.sql.DriverManager;
import java.sql.ResultSet;
import java.io.IOException;
```

```
public class JdbcDemo{
                                              // 定义有关数据
    public static final String dbDriver = "sun.jdbc.odbc.JdbcOdbcDriver";
                                              // 定义驱动程序
    public static final String dbUrl = "jdbc.odbc.dbEmp1";
                                              // 定义数据库连接路径
    public static final String dbUser = "ZhangWangLiZhao ";  // 定义用户名
    public static final String dbPass = "abcdef";         // 定义数据库连接密码

    void jdbcTest(){
                                              // 创建有关对象
        Connection conn = null;                  // 创建数据库连接对象
        Statement stmt = null;                   // 创建语句对象
        ResultSet rsltSet = null;                // 创建结果集对象

        try{
                                              // 步骤①：装入驱动程序
            Class.forName(dbDriver);             // 获取驱动器类名

                                              // 步骤②：建立连接
            conn = DriverManager.getConnection(dbUrl, dbUser, dbPass);
                                              // 实例化 Connection 对象

                                              // 步骤③：创建 SQL 工作空间
            stmt = conn.createStatement();        // 实例化 Statement 对象

            byte buf[] = new byte[30];            // 开辟一个空间
            String name;                         // 定义一个名字变量
            String sql;                          // 定义 SQL 操作字符串

            while(true){
                                              // 步骤④：传送 SQL 语句，得到结果集
                System.out.print("请输入要查询的职工姓名：");
                int count = System.in.read(buf);     // 用 buf 接收输入的名字
                name = new String(buf,0,count-2);
                sql = "SELECT id,salary FROM  employeeInfo WHERE name ="+ "'"+name+"'";
                rsltSet = stmt.executeQuery(sql);    // 传送 SQL 语句进行查询
                                              // 步骤⑤：处理结果集
                if (rsltSet.next()){              // 当前行有效时
                    do{
                        System.out.println("姓名："+ name);
                        int id = rsltSet.getInt(1);      // 依据类型访问当前行的各列
                        System.out.println("职工号："+ id);
                        double salary = rsltSet.getDouble(2);
                        System.out.println("薪水："+ salary);
                    }while(rsltSet.next());          // 处于有效行
                }
                else{
```

```
                    System.out.println("对不起，公司查不到此人的信息");
                }
            }
        }
        catch(ClassNotFoundException cne){
            System.out.println(cne);
        }
        catch(SQLException sqle){
            System.out.println(sqle);
        }
        catch(IOException ioe){
            System.out.println(ioe);
        }
        finally{
                                        // 步骤⑥：关闭操作，关闭连接

            try{
                if(stmt != null)
                    stmt.close();        // 关闭操作
                if(conn != null)
                    conn.close();        // 关闭连接
            }catch(SQLException sqle){
                System.out.println(sqle);
            }
        }
    }

    public static void main(String[] args) {
        JdbcDemo jdbcDm = new JdbcDemo();
        jdbcDm.jdbcTest();
    }
}
```

说明：本例中使用了如下一段程序代码，各句的作用如下：

```
byte.buf[]=new byte[30];                // 开辟一个 30 字节的空间
String name;                            // 定义一个名字变量
int count = System.in.read(buf);        // 用 buf 接收输入键盘字符流，返回字符流的长度+2
name = new String(buf,0,count-2);       // 用 buf 中的前 count-2 个字符实例化字符串对象 name
```

这样就实现了将键盘上键入的名字封装在 String 类对象中的目的。运行结果如下。

请输入要查询的职工姓名：李海
姓名：李海
职工号：1102
薪水：3478
请输入要查询的职工姓名：王杰
对不起，公司查不到此人的信息
请输入要查询的职工姓名：

10.4　事　务　处　理

10.4.1　事务的概念

在数据库操作中，事务（transaction）指必须作为一个整体进行处理的一组语句，即一个事务中的语句，要么一起成功，要么一起失败，如果只成功一部分，则可能造成数据完整性和一致性的破坏。例如，银行要从 A 账户转出 1000 元到 B 账户，可以有如下操作过程：

语句 1：将账户 A 金额减去 1000 元。

语句 2：将账户 B 金额增加 1000 元。

假如语句 1 执行成功，语句 2 执行失败，就会导致 1000 元不知去向，数据的一致性被破坏。当然，也可以用另外一种语句序列：

语句 1：将账户 B 金额增加 1000 元。

语句 2：将账户 A 金额减去 1000 元。

这时，若语句 1 执行成功，语句 2 执行失败，则银行将会亏损 1000 元。

因此，上述 2 个语句应当作为一个事务。总之，事务是 SQL 的单个逻辑工作单元。作为事务，应当作为一个整体执行，遇到错误，可以回滚事务，取消事务中的所有改变，以保持数据库的一致性和可恢复性。为此，一个事务逻辑工作单元必须具有如下 4 种属性：

（1）原子性（atomicity），即从执行的逻辑上，事务不可再分，一旦分开，就不能保证数据库的一致性和可恢复性。

（2）一致性（consistency），即事务操作前后，数据库中的数据是一致的、有效的；如果事务出现错误，回滚到原始状态，也要维持其有效性。

（3）隔离性（isolation），即多个事务并发执行时，不可彼此互相访问，只有当事务都结束后才可以互相访问。

（4）持久性（durability），即当一个系统崩溃时，事务依然可以坚持提交；当一个事务完成后，操作的结果应当被持久化，不可回滚。

10.4.2　JDBC 中的事务处理

1．Connection 类中有关事务处理的方法

Connection 类中有关事务处理的方法见表 10.6。

表 10.6　　　　　　　　　　Connection 类中有关事务处理的方法

方法名	说　明
close( )	释放连接 JDBC 资源，在提交或回滚事务之前不可关闭连接
isClose( )	检测一个连接是否被关闭，返回 true 或 false
setAutoCommit(boolean autoCommit)	参数为 true，按语句自动提交；参数为 false，由 commit( )按事务提交
getAutoCommit( )	获取当前提交状态
commit( )	提交上次提交/回滚操作后的修改，但须先执行 setAutoCommit(false)
rollback( )	回滚事务，即撤销当前事务所做的任何变化

2. JDBC 事务处理程序要点

JDBC 事务处理程序要点：

（1）用 conn.setAutoCommit(false)取消 Connection 中默认的自动提交。

（2）采用判断结构：如果批处理（事务处理）成功，用 conn.commit( )执行事务提交。

（3）事务处理操作失败，将引发异常。在异常处理中，执行 conn.rollback( )让事务回滚。

（4）如果需要，可以设置事务保存点，使操作失败时回滚到前一个保存点，例如：

```
Savepoint sp = conn.setSavapoint();
```

（5）在提交或回滚事务之前，不可关闭连接。

10.4.3 实例

下面的代码是基于代码 10-8 进行了如下修改。

（1）对整体结构进行分解、解耦。

（2）增加了事务处理的功能。

代码 10-9

```java
import java.sql.*;
                                                // 连接数据库的类
class DBConnection{
    public static final String dbDriver = "sun.jdbc.odbc.JdbcOdbcDriver";
    public static final String dbUrl = "jdbc.odbc.dbEmpl";
    public static final String dbUser = "ZhangWangLiZhao ";
    public static final String dbPass = "abcdef";

                                                //加载驱动需要静态代码块
    static {
        try{
            Class.forName(dbDriver);
        }catch(ClassNotFoundException e){
            e.printStackTrace();
        }
    }

                                                //获得连接对象的方法
    public  static Connection getConnection(){
        Connection connection=null;
        try{
            connection=DriverManager.getConnection(dbUrl,dbUser,dbPass);
        }catch(SQLException e){
            e.printStackTrace();
        }
        return connection;
    }
}

                                                // 数据库操作接口
interface DBExecute{
    public void dbExecute(Connection conn,String sql1,String sql2);
```

```java
}
                                                        // 数据库修改类
class DBUpdate implements DBExecute {
    public void dbExecute(Connection conn,String sql1,String sql2){
                                                        // 数据库修改方法
        Statement stmt =null;
        try{
            stmt = conn.createStatement();
            stmt.executeUpdate(sql1 + sql2);
        }
        catch(SQLException sqle){
            System.out.println(sqle);
        }
        finally {
            try {
                if(stmt != null)
                    stmt.close();                       // 关闭操作
                if(conn != null)
                    conn.close();                       // 关闭连接
            }catch(SQLException sqle){
                System.out.println(sqle);
            }
        }
    }
}


public class JdbcSessionDemo{
    public static void main(String[] args) {
        Connection conn = null;
        DBExecute  dbef = new DBUpdate();

        DBConnection dbconn = new DBConnection();
        conn=DBConnection.getConnection();
        String sql1 = "INSERT INTO employeeInfo (id,name,salary)";
        String sql2 = null;

        try{
            conn.setAutoCommit(false);                  // 关闭自动提交

            sql2 = " VALUES(201001,'zhang3',1234.50)";
            dbef.dbExecute(conn,sql1,sql2);

            sql2 = " VALUES(201002,'li4',2235.60)";
            dbef.dbExecute(conn,sql1,sql2);

            Savepoint sp = conn.setSavepoint();         // 设置事务保存点

            sql2 = " VALUES(201003,'wang5',3215.70)";
            dbef.dbExecute(conn,sql1,sql2);
```

```
            sql2 = " VALUES(201004,'chen6',2233.55)";
            dbef.dbExecute(conn,sql1,sql2);

            conn.commit();                              // 提交事务
            conn.close();
        }catch(SQLException sqle){
            try{
                conn.rollback();                        // 保存点后操作失败,回滚事务
                conn.commit();
                conn.close();
            }
            catch(SQLException sqlex){}
            System.out.print("保存点后新增数据事务失败!");
        }
    }
}
```

运行结果如下。

```
id          name        salary
1101        张平         2345
1102        李海         3478
1103        王明         5321.7
201001      zhang3      1234.5
201002      li4         2235.6
201003      wang5       3215.7
201004      chen6       2233.55
```

说明：在本例中将数据库操作设计成一个接口 DBExecute，它的实例类是 DBUpdate。当要进行其他操作，如查询、批处理时，只要简单地添加有关的实例类就可以了。这相当于一种工厂模式。

10.5 持久层架构 Hibernate

10.5.1 ORM

Hibernate 是目前最流行的持久层架构，它能使 Java 程序员对数据库的操作像对 Java 对象一样，其核心技术就是 ORM（object relational mapping，对象关系映射）。

ORM 是通过使用描述对象与数据库之间映射的元数据，将 Java 程序中的对象自动持久化到关系数据库中。图 10.5 通过学生实体—数据表—Java 类之间的映射关系，解释 ORM 的基本原理。

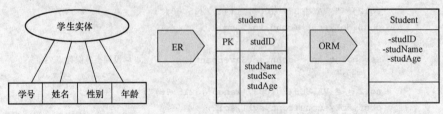

图 10.5 ORM 示意图

ORM 实现了关系数据库向面向对象编程的过渡，并被应用在面向对象持久层产品中，形成一些 ORM 组件。Hibernate 便是其中一种优秀的 ORM 组件。

10.5.2　建立 Hibernate 开发环境

建立 Hibernate 开发环境，最必须做的两件事情：下载并配置 Hibernate；下载并添加所使用的数据库驱动程序。

1. 下载并配置 Hibernate

Hibernate 是一个免费软件，在其官方网站 http://www.hibernate.org/可以下载安装包。下载的页面为 http://souceforge.net/project/showfile.php?group_id=40712。必须的包有如下一些：

- hibernate3.jar：Hibernate 的核心包。
- cglib-2.1.jar、asm-attar.jar、asm.jar：CGLIB 库，实现 PO 字节码的生成。
- cgm4j-1.5.2.jar：Java 的 XML API，用来读写 XML 格式的配置文件。
- commons-collections-2.1.1.jar：包含了一些 Apache 的开发集合类。
- commons-logging-1.0.4.jar、log4j-1.2.9.jar：包含了日志功能。

另外，还有一些可选包，需要时请参考有关资料，这里不再介绍。

2. 下载并添加所使用的数据库驱动程序

Hibernate 能够访问多种关系数据库，如 MySQL、Oracle 和 Sybase 等。要用 JDBC 连接一种数据库，就要到相应的网站下载那种数据库的驱动包。

10.5.3　Hibernate 开发流程

图 10.6 为在使用 Hibernate 开发应用程序过程中所涉及的有关组件（图 10.6 中灰底框所示）。

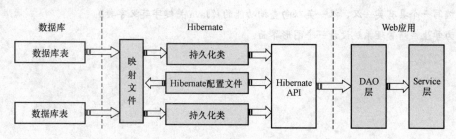

图 10.6　使用 Hibernate 开发应用程序过程中所涉及的有关组件

根据这个图，开发者需要进行的工作如下。

- 编写 Hibernate 配置文件。
- 编写 Hibernate 映射文件。
- 编写持久化类。
- 编写辅助类。
- 编写 DAO 层代码。
- 编写 Service 层代码。
- 运行 UserService.java，查看结果。
- 打包有关文件。

从这里可以看出，使用 Hibernate 不需要从程序的整体设计开始，因为 Hibernate 已经提供了一个开发架构，开发者只需要编写部分代码就可以了。关于具体代码的编写方法，由于涉及一些未介绍的知识，这里就不做过多介绍了。

习　题　10

 **概念辨析**

1. 下列 SQL 语句中，可以用 executeQuery( )方法发送到数据库的是（　　　）。

    A. UPDATE   B. DELETE   C. SELECT   D. INSERT

2. Statement 接口的作用是（　　　）。

    A. 负责发送 SQL 语句，如果有返回结果，则将其保存到 ResultSet 对象中

    B. 用于执行 SQL 语句

    C. 产生一个 ResultSet 结果集

    D. 以上都不对

3. JDBC 用于向数据库发送 SQL 的类是（　　　）。

    A. DriverManager   B. Statement   C. Connection   D. ResultSet

4. JDBC URL 的组成为（　　　）。

    A. jdbc: 子协议 : 子名称   B. jdbc.子协议.子名称

    C. jdbc: 用户名 : 口令   D. jdbc.用户名.口令

开发实践

1. 编写一个具有英—汉、汉—英双向查询功能的《Java 关键字英汉字典》。

2. 为学生成绩管理系统设计一个图形界面。

第 11 单元　Java 套接口程序设计

在一个完整的计算机网络系统中，网络操作系统应该提供与应用程序的接口——网络应用程序设计接口（简称网络 API），形成如图 11.1 所示的结构。

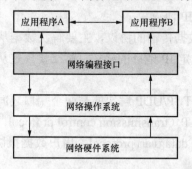

流行的网络 API 有套接口（socket，也称套接字）API、Windows Sockets API（简称 Winsock）和远程过程调用（remote procedure call, RPC）。其中，比较常用的是 Socket API。

在 C 语言系统中，Socket API 用一组函数（方法）来实现通信过程。在 Java 平台上，则由对象承担这些职责。因此，学习 Java 套接口编程需要了解如下几点。

图 11.1　网络应用程序与网络应用编程接口

（1）套接口的概念。

（2）在 C/S 模式下 TCP 和 UDP 两种通信方式的基本过程。

（3）Java 用于支持套接口编程的包和有关类。

11.1　基　本　概　念

11.1.1　TCP/IP 协议与 Socket 地址

1. Internet 通信的特点

Internet 也称互联网，从技术角度看，它有两大特点。

（1）它是一个由成千上万个网络连接起来的网络（见图 11.2），每一个网络中又具有成千上万台主机，每一台主机上又可以提供多个应用（进程）。因此，要解决这个网络中的通信问题，就需要确定是哪两台（有时是多台）主机之间在通信，其次要解决这两台主机上各是哪个进程在通信。为此，在 Internet 中要为每台主机进行编址——表明一台主机是哪个网络中的哪台主机——这个编号称为 IP 地址。同时，要为每台主机上的应用进行编号，称为通信端口（port）。

（2）Internet 采用的是数字通信技术中的分组交换技术，即一个完整的数据——报文在这个网络中是被切割成一些分组（packet），经过许多节点的存储—转发传输的。这样，端口到端口之间的数据传输，就有两种技术可用：①先计算确定一条传输路径，再进行传输，就像打电话一样，先拨通，再说话。这种方式称为虚电路传输，因为在 Internet 中，

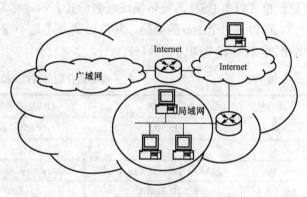

图 11.2　Internet 结构

本来网络已经进行了物理连接，不需要再重新物

理连接，规定路径、建立通信机制是在物理连接的基础上进行的，这样所有分组都将沿着规定的路径、按照先后次序传送。②传输方式如同发信，即将一个报文中的数据分成多个分组后，每个分组注明目的地址和端口号，让它们分别选择合适的路径各自为政地在网络中传输，就像只要把信放进邮箱中，邮局会一站一站地把信送到收信人手中。这种方式称为数据报（datagram）传输。

2．TCP/IP 协议

为了通信，必须预先规定好相关的约定。这些约定称为协议（protocol）。在 Internet 网络中，有两个最基本的协议，即 TCP（或 UDP）协议和 IP 协议。

IP（Internet Protocol，网际协议）是关于网际间数据传输的协议，主要解决数据从源主机出发，如何到达目的主机的问题。为此，它第一要规定 IP 地址的格式，第二要规定从一个网络向其他网络传输中间如何走的细节——路由。

IP 解决了两个主机之间的通信问题，在此基础上，TCP/UDP 解决的是两个端口之间的传输问题，所以将 TCP 和 UDP 称为传输协议。其中，TCP（transmission control protocol，传输控制协议）是关于虚电路传输的有关规则，UDP（user datagram protocol，用户数据报协议）是关于数据报传输的有关规则。

TCP 为应用程序提供有连接的服务，数据在源端口与目的端口之间以流的形式传输，一个报文的各分组都按照同一路径传输，接收端按照发送端的顺序进行接收，并且在流传输中出现错误可以重传，是一种可靠的传输方式。UDP 为应用程序提供数据报服务，一个报文的各分组各自为政地选择自己的传输路径，是一种自寻址传输。由于自寻址，数据报（即分组）到达目的端口的顺序往往与发送顺序不一致——报文失序，还可能出现重复和丢失，发现传错也不重传，因此是一种不可靠的传输方式。但是 UDP 高效率，通常用于交易型应用：一次交易只有一来一往两次报文交换。

3．套接口地址——网络中进程的地址

主机名（或主机地址）+端口号，称为套接口地址，实际上是为不同类型的进程定义的地址。套接口地址因协议而不同，也随版本而异。

目前采用的 IP 协议是 IPv4，它用一个 32b（将来的 IPv6 为 128b）的码表示主机地址。通常将每 8b 作为一组用十进制表示，并且 4 个十进制数之间用圆点分隔，如 23.9.1.120。IP 地址也可以由 DSN 系统转换成域名形式表示，称为主机名。

端口是一个 16b 的编码，并依通信方式是 TCP 还是 UDP 分成两套。表 11.1 为一些当前分配的 TCP 和 UDP 的端口号。

表 11.1　　　　　　　　　一些当前分配的 TCP 和 UDP 端口号

端口号	关键字	UNIX 关键字	说明	UDP	TCP
7	ECHO	echo	回显		Y
13	DAYTIME	daytime		Y	Y
19	CHARACTER GENERATOR	character generator		Y	Y
20	FTP_DATA	ftp_data	文件传输协议（数据）		Y
21	FTP_CONTRAL	ftp	文件传输协议（命令）		Y
22	SSH	ssh	安全命令解释程序		Y

续表

端口号	关键字	UNIX 关键字	说明	UDP	TCP
23	TELNET	telnet	远程连接		Y
25	SMTP	smtp	简单邮件传输协议		Y
37	TIME	time	时间	Y	Y
42	NAMESERVER	name	主机名服务器	Y	Y
43	NICNAME	whois	找人	Y	Y
53	DOMAIN	nameserver	DNS（域名服务器）	Y	Y
69	TFTP	tftp	简单文件传输协议	Y	
70	GOPHER	gopher	Gopher		Y
79	FINGER	finger	Finger		Y
80	WEB	WEb	WEB 服务器		Y
101	HOSTNAME	hostname	NIC 主机名服务器		Y
103	X400	x400	X.400 邮件服务		Y
104	X400_SND	x400_snd	X.400 邮件发送		Y
110	POP3	pop3	邮局协议版本 3		Y
111	RPC	rpc	远程过程调用	Y	Y
119	NNTP	nntp	USENET 新闻传输协议	Y	Y
123	NTP	ntp	网络时间协议	Y	Y
161	SNMP	snmp	简单网络管理协议	Y	
179	BGP		边界网关协议		Y
520	RIP		路由信息协议	Y	

4. InetAddress 类

为了满足网络程序设计的需要，Java 在其 java.net 包中定义了一个 InetAddress 类，用于封装 IP 地址。这个类没有定义构造方法，只能通过调用它提供的静态方法，来获取实例或数据成员。表 11.2 为 InetAddress 的一些主要方法。

表 11.2　　　　　　　　　　　InetAddress 的主要方法

方　　法	说　　明
byte[ ] getAddress( )	获取 IP 地址
static InetAddres[ ] getAllByName(String host)	获取主机的所有 IP 地址
static InetAddres getByName(String host)	通过主机名获取其 IP 地址
String getHostAddress( )	获取主机的点分十进制形式的 IP 地址
String getHostName( )	获取主机名
static InetAddress getLocalHost( )	获取本地 InetAddress 对象
Boolean isMulticastAddress( )	判断是否为多播地址

代码 11-1　获取 www.sohu.com 的全部 IP 地址。

```java
import java.net.InetAddress;
import java.io.IOException;
public class InetAddressTest{
    void display(){
        byte buf[] = new byte[60];
        try{
            System.out.print("请输入主机名：");
            int lnth = System.in.read(buf);
            String hostName = new String(buf,0,lnth-2);

            InetAddress addrs[] = InetAddress.getAllByName(hostName);
            System.out.println();
            System.out.println("主机" + addrs[0].getHostName() + "有如下 IP 地址：");
            for(int i = 0; i < addrs.length; i ++){
                System.out.println(addrs[i].getHostAddress());
            }
        }catch(IOException ioe){ System.out.println(ioe);}
    }

    public static void main(String[] args){
        InetAddressTest iat = new InetAddressTest();
        iat.display();
    }
}
```

执行结果如下。

```
主机 www.sohu.com 有如下 IP 地址：
61.135.131.12
61.135.131.13
61.135.132.13
61.135.132.14
61.135.133.189
61.135.134.12
```

11.1.2　客户机/服务器工作模式

　　任何资源系统都是由供给和需求两方面组成的。同样，网络系统也是由供给方和需求方组成的供给方称为服务器，需求方称为客户。Web 客户和 Web 服务器的工作过程如图 11.3所示。

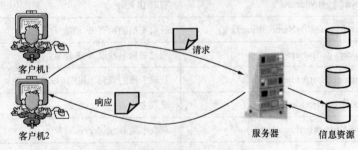

图 11.3　客户机/服务器工作过程

下面进一步讨论客户机/服务器结构的工作过程。

（1）客户机/服务器系统的工作总是从客户端发起请求开始的。在此之前（即初始状态）是服务器端处于监听状态。例如，某个客户端的用户在浏览器上单击某个链接，浏览器就会将其作为一个请求发送给某个 Web 服务器。

（2）服务器监听到浏览器的请求，立即响应客户请求，开始查找资源，并将搜索到的资源返回到浏览器。

从客户机向服务器发出请求，到服务器响应客户请求并返回结果的过程，也称为客户端与服务器之间的会话。

客户机与服务器两种实体之间合理分工、协同工作，形成一般服务性系统内部实现对其用户提供应用服务的一种基本模式，称为客户/服务器计算模式或客户机/服务器计算模式，简称 C/S 模式。

客户机与服务器并非通常意义上的硬件或系统，而是程序，进一步说，应当是进程。它们可以运行在一台计算机中，也可以运行在网络环境中的两台或多台计算机。

C/S 模式工作有如下两大特点。

（1）客户端与服务器端可以分别编程，协同工作。

（2）客户机的主动性和服务器的被动性。也就是说，在 C/S 模式中，客户机和服务器不是平等工作的，而一定是先由客户机主动发出服务请求，服务器被动地响应。这也就是区分客户机与服务器的一条原则，看谁先发起通信，谁就是客户机。这种工作模式特别适合TCP/UDP。

11.2 基于 TCP 的 Java Socket 程序设计

11.2.1 面向 TCP 的 Java Socket API

1. Socket 类和 ServerSocket 类

在 Java 中，一切职责都由相应的对象承担。java.net 包提供 Socket 和 ServerSocket 两个类承担客户端与服务器端之间的通信。为此要先在服务器端生成一个 ServerSocket 对象，开辟一个连接队列保存（不同）客户端的套接口，用来进行侦听、等待来自客户端的请求。也就是说，ServerSocket 对象的职责是不停地侦听和接收，一旦有客户请求，ServerSocket 对象便另行创建一个 Socket 对象来担当会话任务，而自己继续监听。Socket 对象则用来封装一个Socket 连接有关的信息，可用于客户端，也可用于服务器端；客户端的 Socket 对象表示要发起的连接，而服务器端的 Socket 对象表示 ServerSocket 对象侦听到客户端的连接请求后建立的实现 Socket 连接的对象。

Socket 对象和 ServerSocket 对象的活动用各自的方法实现，表 11.3 为 ServerSocket 类的常用公开方法。

表 11.3   ServerSocket 类的常用公开方法

方 法 名	说 明
ServerSocket()	构造方法：建立未指定本地端口的侦听套接口
ServerSocket（int port）	构造方法：建立指定本地端口的侦听套接口

方 法 名	说 明
ServerSocket（int port,int backlog）	构造方法：建立指定本地端口和队列大小的侦听套接口
ServerSocket（int port,int backlog,InetAddress bindAddr）	构造方法：建立指定本地端口、队列大小和 IP 地址的侦听套接口
Socket accept( )	阻塞服务进程，启动监听，等待客户端连接请求
void bind(SocketAddress endpoint)	绑定本地套接口地址。若已绑定或无法绑定，则抛出异常
void close( )	关闭服务器套接口
boolean isClosed( )	测试服务器套接口是否已经关闭
InetAddress getInetAddress( )	获取与服务器套接口的 IP 地址
int getLocalPort( )	获取服务器套接口的端口号
boolean isBound( )	测试服务器套接口是否已经与一个本地套接口地址绑定

说明：

（1）队列大小是服务器可以同时接收的连接请求数。队列默认的大小为 50。队列满后，新的连接请求将被拒绝。

（2）InetAddress 类是 java.net 包中的一个类，也是 Object 的子类。每个 InetAddress 对象封装了一个 IP 地址，定义了一些可以获取 IP 地址有关信息的方法。注意，InetAddress 对象只能用静态方法创建，不能用 new 创建。

（3）accept( )是一个阻塞函数，即该方法被调用后，将使服务器端进程处于等待状态，等待客户的请求，直到有一个客户启动并请求连接到相同的端口，然后 accept( )返回一个对应于客户的 socket，即创建了一个用于通信的套接口。

（4）在选择端口时，必须小心。每一个端口提供一种特定服务，只有给出正确的端口，才能获得相应的服务。0～1023 的端口号为系统所保留，例如，http 服务的端口号为 80，telnet 服务的端口号为 21，ftp 服务的端口号为 23，一般选择一个大于 1023 的数用于会话性连接，以防止发生冲突。

（5）如果在创建 socket 时发生错误，将产生 IOException 异常，必须在程序中对其进行处理，所以在创建 ServerSocket 对象或 Socket 对象时必须捕获或抛出异常。

表 11.4 为 Socket 类的常用公开方法。

表 11.4　　　　　　　　　　　　**Socket 类的常用公开方法**

方 法 名	说 明
Socket( )	构造方法：建立未指定连接的套接口
Socket（String host,int port）	构造方法：建立套接口，并绑定服务器主机和端口
Socket（InetAddress bindAddr ,int port）	构造方法：建立套接口，并绑定服务器 IP 地址和端口
Socket（String host,int port，InetAddress localAddessndAddr ,int localPort)）	构造方法：建立套接口，并绑定服务器主机和端口、本地 IP 地址和端口
Socket（InetAddress bindAddr ,int port，InetAddress local-AddessndAddr ,int localPort)）	构造方法：建立套接口，并绑定服务器 IP 地址和端口、本地 IP 地址和端口

方　法　名	说　　明
void bind(SocketAddress endpoint)	绑定指定的套接口地址。若已绑定或无法绑定，则抛出异常
boolean isBound( )	测试套接口是否已经与一个套接口地址绑定
InetAddress getInetAddress( )	获取被连接服务器的 IP 地址
int getPort( )	获取被服务器的端口号
InetAddress getLocalInetAddress( )	获取本地 IP 地址
int getLocalPort( )	获取本地的端口号
boolean isConnected( )	测试套接口是否被连接
InputStream getInputStream( )	获取套接口输入流
OutputStream getOutputStream( )	获取套接口输出流
void shutdownInput( )	关闭输入流
boolean isInputShutdown ( )	测试输入流是否已经关闭
void close( )	关闭服务器套接口
boolean isClosed( )	测试套接口是否已经被关闭

2. TCP Socket 通信过程

TCP Socket 通信过程大致分为 3 个阶段：

● Socket 连接建立阶段。

● 数据传输阶段。

● 通信结束阶段。

（1）Socket 连接建立阶段的工作，大致分为如下 3 个步骤。

① 服务器创建侦听的 ServerSocket 对象，等待客户端的连接请求。

② 客户端创建连接用的 Socket 对象，指定 IP 地址、端口号和使用的通信协议，试图与服务器建立连接。

③ 服务器的 ServerSocket 对象侦听到客户端的连接请求，创建一个会话用的 Socket 对象接受连接，并与客户端进行通信。

（2）在取得 Socket 连接后，客户端与服务器端的工作是对称的，主要是创建 InputStream 和 OutputStream 两个流对象，通过这两个流对象将 Socket 连接看成一个 I/O 流对象进行处理，即通过输入、输出流读写套接口进行通信。

（3）通信结束阶段的任务是进行一些必要的清理工作，先关闭输入、输出流，最后关闭 Socket。

上述过程分别在服务器端和客户端实现。

11.2.2　服务器端 TCP Socket 程序设计

如前所述，服务器端程序应当包含如下内容。

（1）创建 ServerSocket 对象。这时必须有一个协议端口，以便明确其所提供的服务，否则无法确定客户端的连接请求是否应由该 ServerSocket 对象接收。协议端口可以作为 ServerSocket 构造方法的参数提供，如：

```
ServerSocket sServer = new ServerSocket(8080);
```

若创建服务器监听套接口使用的是无参构造方法，则必须用 bind( )方法另行绑定，例如：

```
ServerSocket sServer = new ServerSocket();
sSocket.bind(8080);
```

对于大型程序，特别是对于由多人开发的程序，为了确认服务器监听套接口是否已经与一个协议端口绑定，可以使用 isBound( )方法进行测试。

（2）阻塞服务进程，启动监听进程。创建了 ServerSocket 对象，只是创建了服务器进程，其他什么也不做。只有 ServerSocket 对象调用 accept( )方法，才开始启动监听，服务器进程被阻塞（即停顿），等待客户端的连接请求。一旦客户端连接请求到来，建立连接，才唤醒 accept( )方法，返回一个 Socket 对象，用于双方会话。例如：

```
Socket sSocket = sServer.accept();
```

（3）创建流，读/写数据。Socket 类提供的 getInputStream( )方法，用于获得输入流对象。一旦得到输入流对象，就可以通过过滤流（通常使用 BufferReder 类对象）对其进行包装。使用 BufferReder 类对象的 readLine( )方法，每次读入一行数据，例如：

```
BufferReader sReader = new BufferReader(new InputStreamReader(sSocket.getInputSream()));
```

Socket 类提供的 getOutputStream( )方法，用于获得输出流对象。一旦得到输出流对象，就可以通过过滤流（通常使用 PrintWriter 类对象）对其进行包装。使用 PrintWriter 类对象的 println( )方法，每次向对方发送一行数据，例如：

```
PrintWriter sWriter = new PrintWriter(sSocket.getOutputStream(),true);
```

（4）善后处理——关闭流，关闭连接，关闭套接口。

代码 11-2 具有回送（收到后回送）功能的服务器代码。

```
import java.io.*;
import java.net.*;
public class EchoServer{
    public static final int port = 8087;              // 定义监听端口
    public static void main(String[] args) throws IOException{
        ServerSocket sServer=null;
        Socket sSocket=null;
        try{
            try{
                sServer = new ServerSocket(port);   // 创建服务器监听套接口
                System.out.println("服务器启动: " + sServer.getLocalPort());
            }catch(IOException ioe){
                System.out.println("不能侦听，出现错误: " + ioe);
            }

            try{
                System.out.println("阻塞服务器进程，等待客户连接请求");
                System.out.println("客户连接请求到: " + sServer.getLocalPort());
```

```
            sSocket = sServer.accept();                  // 启动监听
        } catch(IOException ioe){
            System.out.println("错误: " + ioe);
        }
        System.out.println("建立连接: " + sSocket.getInetAddress());

        // 获得 sSocket 输入流并用 BufferReader 包装
        BufferedReader sReader = new BufferedReader
        (new InputStreamReader(sSocket.getInputStream()));

        // 获得 sSocket 输出流并用 BufferReader 包装
        PrintWriter sWriter =    new PrintWriter(sSocket.getOutputStream(),true);

        // 循环读入并回送
        while(true){
            String string=sReader.readLine();
            if(string.equals("end")) break;
            System.out.println("来自客户端: " + string);
            sWriter.println(string);
        }

        sReader.close();
        sWriter.close();
    }catch(IOException ioe){
        System.out.println("错误: " + ioe);
    }
    finally{
        System.out.println("关闭连接");
        sSocket.close();
        System.out.println("关闭服务器");
        sServer.close();
    }
    }
}
```

运行结果如下。

```
F:\workspace\chapter11\bin>java EchoServer
服务器启动: 8087
阻塞服务器进程, 等待客户连接请求
客户连接请求到: 8087
建立连接: /127.0.0.1
来自客户端: welcome
关闭连接
关闭服务器
```

11.2.3　客户端 TCP Socket 程序设计

按照前面介绍的 C/S 工作过程可知，客户端是在服务器端开始侦听之后，向服务器发送连接请求，之后开始与服务器端进行会话。所以，客户端的工作比较简单，程序内容只需要包含如下 3 部分。

（1）创建一个 Socket 对象。这个对象要指定服务器主机和预定的连接端口。例如：

```
String hostname = "www.Javazhang.cn";
int port = 8080;
Socket cSocket = new Socket(hostname,port);
```

程序一旦通过用 new 创建了 Socket 对象，就成功地进行了连接。

（2）通过流来读写数据。

（3）善后处理——关闭套接口。

代码 11-3　具有回送（收到后回送）功能的客户端代码。

```
import java.io.*;
import java.net.*;
public class EchoClient{
    public static final String hostname = "localhost";
                                                             // 定义服务器主机名称
    private static final int port = 8087;                    // 定义服务器服务端口
    public static void main(String[] args) throws IOException{
        Socket cSocket =null;
        try{
            cSocket = new Socket(hostname,port);
            System.out.println("客户机启动: " + cSocket);
            BufferedReader cReader = new BufferedReader
(new InputStreamReader(cSocket.getInputStream())); 　 // 获得 cSocket 输入流
            PrintWriter cWriter = new PrintWriter(cSocket.getOutputStream(),true);
                                                             // 每写一行就清空缓存
            BufferedReader cLocalReader =
                new BufferedReader(new InputStreamReader(System.in));
                                                             // 获得输入流
            String msg = null;
            while((msg = cLocalReader.readLine())!= null){
                cWriter.println(msg);                        // 把读得数据写入输出流
                System.out.println("来自服务器: " + cReader.readLine());
                if(msg.equals("end"))break;
            }
        }catch(IOException ioe){ioe.printStackTrace();
        }
        finally{
            System.out.println("关闭连接");
            try{
                cSocket.close();
            } catch(IOException ioe){
        ioe.printStackTrace();
        }
    }
  }
}
```

运行结果如下。

```
F:\workspace\chapterll\bin>java EchoClient
客户机启动: Sochet[addr=localhost/127.0.0.1,port=8087
welcome
来自服务器: welcome
```

```
end
来自服务器: null
关闭连接
```

说明：printStackTrace( )是 Throwable 类中定义的一个方法。Throwable 类是所有错误类和异常类的父类，它继承自 Object 类并实现了 Serializable 接口。printStackTrace( )方法用于在标准设备上打印堆栈轨迹。如果一个异常在某函数内部被触发，堆栈轨迹就是该函数被层层调用过程的轨迹。

11.3　基于 UDP 的 Java Socket 程序设计

UDP 传输不需要连接，一个报文的各个分组会按照网络的情形，各自为政地选择合适的路径传输。不需要连接，问题就简单多了，可以按照"想发就发"的原则传输。为此只要解决两个问题：

- 各个分组（packet）的封装。
- 分组的传输。

上述这两个职责分别由不同类对象担当。这两个类分别为 DatagramPacket 和 DatagramSocket。DatagramPacket 在 Java 程序中用于封装数据报，DatagramSocket 用其 send( ) 方法和 receive( )方法发送和接收数据。发送信息时，Java 程序要先创建一个包含了待发送信息的 DatagramPacket 实例，并将其作为参数传递给 DatagramSocket 类的 send( )方法；接收信息时，Java 程序要先创建一个 DatagramPacket 实例，该实例中预先分配了一些空间（一个字节数组 byte[ ]），并将接收到的信息存放在该空间中。然后把该实例作为参数传递给 DatagramSocket 类的 receive( )方法。

11.3.1　DatagramPacket 类

1. DatagramPacket 类的构造方法

对于不同的数据报传输，可以用不同参数的 DatagramPacket 类的构造方法创建不同的 DatagramPacket 实例对象。DatagramPacket 类构造方法的参数如下。

（1）字节数组——byte[ ]。DatagramPacket 处理报文，首先要将报文拆分成字节数组。数据报的大小不能超过字节数组的大小。TCP/IP 规定数据报的最大数据量为 655 07B，主机一般可接收 548B，而大多数平台能够支持 81 92B 的报文。

（2）数据报的数据部分在字节数组中的起始位置，一般用 int offset 表示。用于指定接收数据时，数据报中的数据部分从字节数组的哪个位置开始放起，或者发送时，从字节数组的哪个位置开始发送。

（3）发送数据时要传输的字节数，或接收数据时所能接收的最多字节数，一般用 int length 表示。length 参数应当比实际的数据字节数大，否则在接收时将会把多出的数据部分抛弃。

（4）目标地址——目标主机地址，一般用 InetAddress address 表示。

（5）目标端口号，一般用 int port 表示。

在不同情况下，可以使用上述不同参数的重载构造方法。其中，接收数据报的构造方法与发送数据报的构造方法是两种最基本的类型，前者不需要目的主机地址和目的端口号；后者由于自寻址的需要，一定要有这两个参数。如果没有这两个参数，需要用下面介绍的方法进行设置或修改。

2. DatagramPacket 类的一般常用方法

DatagramPacket 还提供了两类方法：一类用来为数据报设置、修改参数或数据内容，其形式为 setXxx(相关参数)；另一类用来获取数据报的有关参数或数据内容，其形式为 getXxx()。例如：

```
InetAddress getAddress()
void setAddress(InetAddress address)
int getPort()
void setPort(int port)
SocketAddress getSocketAddress()
void setSocketAddress(SocketAddress sockAddr)
```

11.3.2　DatagramSocket 类

1. DatagramSocket 类的构造方法

DatagramSocket 类用于创建数据报（自寻址传输）的套接口实例。每个 DatagramSocket 对象会绑定一个服务端口。这个端口可以是显式设置的，也可以是隐式设置由系统自行分配的。显式设置时，DatagramSocket 的构造方法最多需要端口号（int port）和主机地址（InetAddress iAddress）两个参数。下面是其的几种形式。

```
public DatagramSocket()throws SocketException          // 隐式设置
public DatagramSocket(int port)throws SocketException
public DatagramSocket(int port, InetAddress iAddress)throws SocketException
public DatagramSocket(SocketAddress sAddress)throws SocketException
```

隐式设置后，还可以使用 bind(SocketAddress sAddress)方法再进行显式绑定。

2. DatagramSocket 类的 3 个重要方法

（1）public void send(DatagramPacket dp)throws IOException 方法，用于从当前套接口发送数据报。它需要一个 DatagramPacket 对象作参数。

代码 11-4　send( )方法的使用。

```
try{
    int port = 8008;                            // 定义本端服务端口号
    DatagramSocket dSocket = new DatagramSocket(port);
                                                // 创建套接口，默认本机地址

    String sendData = "新概念 Java 教程";         // 发送数据
    byte[] sendbuf = new byte[sendData.length()];
                                                // 按发送数据长度定义缓冲区
    sendData.getBytes(0,sendData.length(),sendbuf,0);
                                                // 将数据转换为字节序列
    SocketAddress remoteIP = InetAddress.getByName("www.Javazhang.cn");
                                                // 将主机名转换为 InetAddress 对象
    DatagramPacket sendPacket = new DatagramPacket(
sendbuf,sendbuf.length, remoteIP,port);         // 创建一个数据报对象
    dSocket.send(sendPacket);                    // 用套接口发送数据报对象
}catch(IOException ioe){ioe.printStackTrace();}
```

注意：与 socket 类不同，DatagramSocket 实例在创建时并不需要指定目的地址，只绑定

本端地址和服务端口。因为在进行数据交换前，TCP 套接字必须跟特定主机和另一个端口号上的 TCP 套接字建立连接，直到连接关闭，该套接字就只能与相连接的那个套接字通信。而 UDP 套接字在进行通信前不需要建立连接，目的地址在创建数据报对象时才指定，这样就可以使数据报发送到不同的目的地或接收于不同的源地址。

（2）public void receive(DatagramPacket dp)throws IOException 方法，用于从当前套接口接收数据报，它需要一个 DatagramPacket 对象作参数。注意，接收缓冲区的大小不是像发送那样可以按照要发送的数据计算，因为接收端无法知道对方发送的数据量。这时可按照常规确定。

代码 11-5　receive( )方法的使用。

```
try{
    int port = 8008;
    DatagramSocket rcvSocket = new DatagramSocket(port);
    DatagramPacket rcvPacket = new DatagramPacket(new byte[1024],1024);
    rcvSocket.receive(rcvSocket);
}catch(IOException ioe){ioe.printStackTrace();}
```

说明：这个方法的调用会阻塞当前进程，直到收到数据报为止。此外，这里设定的缓冲区为 1024B。当接收的数据报大于 1024B 时，容易丢失数据。

（3）public void close( )方法：关闭数据报套接口。

3. DatagramSocket 类的其他方法

DatagramSocket 类还有许多方法可以调用。这些方法可以分为如下几类。

（1）获取 UDP 套接口有关参数的 getXxx( )类方法。调用这些方法可以获取当前套接口的本地主机地址、本地端口号、所连接是对端主机地址、对端端口号、发送端缓冲区大小等。

（2）其他，如设置或获得是否启动广播机制、设置接收缓冲区大小等。

11.3.3　UDP Socket 程序设计

1. UDP 客户端程序设计

一个典型的 UDP 客户端主要包括以下 3 步：

① 创建一个 DatagramSocket 实例，可以选择对本地地址和端口号进行设置。

② 使用 DatagramSocket 类的 send( )/receive( )方法来发送/接收 DatagramPacket 实例。

③ 通信完成后，使用 DatagramSocket 类的 close( )方法来销毁该套接字。

代码 11-6　具有回送功能的客户端代码。这个程序发送一个带有回送字符串的数据报文，并打印出从服务器收到的所有信息。

```
import java.net.DatagramSocket;
import java.net.DatagramPacket;
import java.net.InetAddress;
import java.net.InetSocketAddress;
import java.io.BufferedReader;
import java.io.IOException;
import java.io.InputStreamReader;

public class UDPEchoClient{
    private DatagramSocket clientSocket;
    public static final int port = 8008;
```

```
    public UDPEchoClient()throws IOException{
        clientSocket = new DatagramSocket(port+1);
        System.out.println("客户端启动.........");
    }

    public void startClient()throws IOException{
        try{
            InetAddress remoteIP
=InetAddress.getByName("localhost");
                                                // 将主机名转换为 InetAddress 对象
            BufferedReader bufReader = new BufferedReader
(new InputStreamReader(System.in));              // 将用户输入存取缓冲区,读用户标准输入数据
            String sendData = null;
            while((sendData = bufReader.readLine()) != null){
                byte[] sendbuf =  sendData.getBytes();
                DatagramPacket sendPacket = new DatagramPacket
(sendbuf,sendbuf.length, new InetSocketAddress
(remoteIP,port));                                // 创建一个数据报对象
    clientSocket.send(sendPacket);               // 用套接口发送数据报对象
                System.out.println("发出数据报");
                DatagramPacket rcvPacket = new DatagramPacket(new byte[1024],1024);
                                                // 创建缓冲区
                ClientSocket.receive(rcvPacket);
                                                // 接收数据放入 rcvPacket
                System.out.println
                (new String(rcvPacket.getData()));
                                                // 显示收到的数据
                if(sendData.equals("end")) break;
            }
        } catch(IOException ioe){ioe.printStackTrace();}
        finally{
            clientSocket.close();
        }
    }

    public static void main(String[] args)throws IOException{
        new UDPEchoClient().startClient();
    }
}
```

运行结果如下。

```
F:\workspace\chapterll\bin>java UDPEchoClient
客户端启动........
hello
发出数据报
form server:hello
```

2. UDP 服务器端程序设计

与 TCP 服务器一样,UDP 服务器也是被动地等待客户端的数据报。但 UDP 是无连接的,

其通信要由客户端的数据报初始化。典型的 UDP 服务器程序包括以下 3 步。

① 创建一个 DatagramSocket 实例，指定本地端口号，并可以选择指定本地地址。此时，服务器已经准备好从任何客户端接收数据报文。

② 使用 DatagramSocket 类的 receive( )方法来接收一个 DatagramPacket 实例。当 receive( )方法返回时，数据报文就包含了客户端的地址，这样就可知道回复信息应该发送到什么地方。

③ 使用 DatagramSocket 类的 send( )和 receive( )方法来发送和接收 DatagramPacket 实例进行通信。

代码 11-7　具有回送（收到后回送）功能的服务器代码。这个服务器非常简单：它不停地循环，接收数据报文后将相同的数据报文返回给客户端。

```java
import java.net.DatagramSocket;
import java.net.DatagramPacket;
import java.io.IOException;

public class UDPEchoServer{
    private DatagramSocket serverSocket;

    public UDPEchoServer()throws IOException{
        serverSocket = new DatagramSocket(8008);
        System.out.println("服务器启动..........");
    }

    public void startServer()throws IOException{
        while(true){
            try{
                DatagramPacket rcvPacket
                =new DatagramPacket(new byte[1024],1024); // 创建缓冲区
                System.out.println("等待接收数据........");
                serverSocket.receive(rcvPacket);          // 有接收数据放入 rcvPacket;否则阻塞
                String sendData = new String(rcvPacket.getData(),0,rcvPacket.
                getLength());                             // 将接收到字节数组转换成字符串
                System.out.println("From "+ rcvPacket.getAddress()+":"+ sendData);
                rcvPacket.setData(("from server:" + sendData).getBytes());
                                                          // 字符串转换为字节数组放入 rcvPacket
                serverSocket.send(rcvPacket);             // 发送
            }catch(IOException ioe){ioe.printStackTrace();}
        }
    }
    public static void main(String[] args)throws IOException{
        new UDPEchoServer().startServer();
    }
}
```

运行结果如下。

```
F:\workspace\chapter11\bin>java UDPEchoServer
服务器启动.........
等待接收数据.........
Form localhost/127.0.0.1:hello
```

习　题　11

1. 在 TCP/IP 中，用于处理主机之间通信的是在（　　　）。

A. 网络层　　　　　　B. 应用层　　　　　　C. 传输层　　　　　　D. 数据链路层

2. 下面的 4 组语句中，能够建立一个主机地址为 201.115.77.158，端口为 2002，本机地址为 213.55.116.88，端口为 8008 的套接口的是（　　　）。

A. Socket socket = new Socket("201.115.77.158", 2002);

B. InetAddress addr = InetAddress.getByName("213.55.116.88");

Socket socket = new Socket("201.115.77.158", 2002, addr, 8008);

C. InetAddress addr = InetAddress.getByName("201.115.77.158");

Socket socket = new Socket("213.55.116.88", 8008, addr, 2002);

D. Socket socket = new Socket("213.55.116.88", 8008);

3. 下面的 4 组语句中，只有（　　　）可以建立一个地址为 201.116.6.88，侦听端口为 2002，最大连接数为 10 的 ServerSocket 对象。

A. ServerSocket socket = new ServerSocket(2002);

B. ServerSocket socket = new ServerSocket(2002, 10);

C. InetAddress addr = InetAddress.getByName("localhost");

ServerSocket socket = new ServerSocket(2002, 10, addr);

D. InetAddress addr = InetAddress.getByName("201.116.6.88");

ServerSocket socket = new ServerSocket(2002, 10, addr);

4. 下列说法中，不正确的是（　　　）。

A. 阻塞好像是一个动作不执行，其他动作都不能执行

B. 在 C/S 模式下，服务器是主动通信方，客户机是被动通信方

C. TCP 提供自寻址服务，UDP 提供面向连接的服务

D. 套接口仅仅是 IP 地址+端口号

开发实践

1. 编写一个 Java socket 程序，实现在客户端输入圆的半径，在服务器端计算圆的周长和面积，再将结果返回客户端。

2. 编一个程序，查找并显示 www.yahoo.com 的 IP 地址，同时显示本机的主机名和 IP 地址。

3. UDP 协议会导致数据报文丢失，即客户端的回送请求信息和服务器端的响应信息都有可能在网络中丢失。在 TCP 中，回送客户端发送了一个回送字符串后，可以使用 read( )方法阻塞等待响应。但是，如果在 UDP 的回送客户端上使用相同的策略，数据报文丢失后，客户端就会永远阻塞在 receive( )方法上。

为了避免这个问题，在客户端使用 DatagramSocket 类的 setSoTimeout( )方法来指定 receive( )方法的最长阻塞时间。如果超过了指定时间仍未得到响应，客户端就会重发回馈请求。请按照这个方法编写一个客户端回送程序。

4．编写一个客户机/服务器程序，用于实现下列功能：客户机向服务器发送 10 个整数，服务器计算这 10 个数的平均值，将结果返回客户机。

5．编写一个客户机/服务器程序，用于实现下列功能：客户机向服务器发送字符串，服务器接收字符串，并以单词为单位进行拆分，然后送回客户机。

第 12 单元　Java Web 应用开发

　　1989 年 3 月，英国人蒂姆·伯纳斯–李（Tim Berners-Lee，见图 12.1）发表了题为"信息管理：一种建议"的论文，提出的一个模型来组织连接在 Internet 上的信息资源。这个模型奠定了 Web 的基础。这年，他到位于瑞士日内瓦郊外的欧洲原子能研究组织（CERN）担任软

图 12.1　Tim Berners-Lee

件顾问，并开始在 CERN 工作并使用第一台万维网服务器（HTTP）和第一台客户机（也称其为 WWW）。刚开始，WWW 是一个运行在 NextStep 环境下的 WYSIWYG 超文本浏览器或编辑器。1990 年 11 月，第一个 Web 服务器 nxoc01.cern.ch 开始运行，使 CERN 内部都可以使用 Web 网。1991 年 CERN 正式发布了 Web 技术标准，1993 年 4 月 30 日，CERN 宣布 Web 网对任何人免费开放，并不收取任何费用。

　　Web 还在不断发展。人们把 Web 的发展分为 3 个阶段：Web 1.0 以内容为中心，实现了任何人可以交互；Web 2.0 以用户为中心，正在实现任何人都可以参与；未来的 **Web 3.0** 将以创新为中心，实现每个人在任何地点都可以创新。

　　目前，与 Web 相关的各种技术标准都由著名的 W3C(WorldWideWebConsortium，万维网联盟）管理和维护，伯纳斯从 1994 年 W3C 建立以来一直担任其总监。

　　在 Internet 的所有应用中，影响最大的当数 Web 即 WWW（World Wide Web，万维网）。Web 将一个多姿多彩的信息世界和虚拟世界展现在世人眼前。今天，所有进入 Internet 的人没有不会使用 Web 的，而且许多人还试图建设自己的网站。本章介绍几个成熟并广泛应用的 Web 开发 Java 技术。

12.1　Java Web 技术概述

12.1.1　URI、URL 和 URN

　　1989 年 Tim Berners-Lee 发明了 Web 网——全球互相链接的实际和抽象资源的集合，并按需求提供信息实体。通过互联网访问，实际资源的范围从文件到人，抽象的资源包括数据库查询。由于要通过多样的方式识别资源，需要一个标准的资源途径识别记号。为此，Tim Berners-Lee 引入了标准的识别、定位和命名的途径：URI（uniform resource identifier，统一资源标识符）、URL（uniform resource locator，统一资源定位符）和 URN（uniform resource name，统一资源名称）。

1. URI

　　URI 是互联网的一个协议要素，用于定位任何远程或本地的可用资源。这些资源通常包括 HTML 文档、图像、视频片段、程序等。URI 一般由三部分组成：

- 访问资源的命名机制。
- 存放资源的主机名（有时也包括端口号）。
- 资源自身的名称，由路径表示。

上述三部分组成格式如下：

<u>协议</u>:[//][[<u>用户名</u>|<u>密码</u>]@]<u>主机名</u>[:<u>端口号</u>]][/<u>资源路径</u>]

例如，URI：

```
http://www.webmonkey.com.cn/html/html40/
```

　　　表明这是一个可通过 HTTP 协议访问的资源，位于主机 www.webmonkey.com.cn 上，通过路径/html/html40 访问。

　　　有时为了用 URI 指向一个资源的内部，要在 URI 后面添加一个用 "#" 引出的片段标识符（anchor 标识符）。例如，下面是一个指向 section_2 的 URI：

```
http://somesite.com/html/top.htm#section_2
```

　　　有的 URI 指向一个资源的内部。这种 URI 以"#"结束，并跟着一个 anchor 标识符（称为片段标识符）。

　　　一个端口号是一个整数，对应服务器上的一个应用。TCP 端口号中的 1～1023 是保留的，如 HTTP 应用为 80。在 URI 中，这些默认的端口号可以缺省。

　　　2.　URL 和 URN

　　　URL 和 URN 是 URI 的两个子集。一个 URL 也由下列三部分组成：

　　　（1）协议（或称为服务方式）。

　　　（2）存有该资源的主机 IP 地址（有时也包括端口号）。

　　　（3）主机内资源的具体地址，如目录和文件名等。

　　　第 1 部分和第 2 部分之间用 "://" 符号隔开，第 2 部分和第 3 部分用 "/" 符号隔开。第 1 部分和第 2 部分是不可缺少的，第 3 部分有时可以省略。

　　　用 URL 表示文件时，服务器方式用 file 表示，后面要有主机 IP 地址、文件的存取路径（即目录）和文件名等信息。有时可以省略目录和文件名，但 "/" 符号不能省略。例如：

```
file://ftp.yoyodyne.com/pub/files/abcdef.txt
```

　　　代表存放在主机 ftp.yoyodyne.com 上的 pub/files/目录下的一个文件，文件名是 abcdef.txt。而

```
file://ftp.xyz.com/
```

　　　代表主机 ftp.xyz.com 上的根目录。

　　　使用超级文本传输协议 HTTP（稍后介绍）时，URI 提供超级文本信息服务资源。例如：

```
http://www.peopledaily.com.cn/channel/welcome.htm
```

　　　表示计算机域名为 www.peopledaily.com.cn，这是人民日报社的一台计算机。超文本文件（文件类型为.html）在目录/channel 下的 welcome.htm。

　　　URN 是 URL 的一种更新形式，URN 不依赖于位置，并可能减少失效连接的个数。但因为它需要更精密软件的支持，流行还需假以时日。

　　　注意：Windows 主机不区分 URL 大小写，但是，Unix/Linux 主机区分大小写。

　　　3.　URL 类

　　　为了将 URL 封装为对象，java.net 中实现了 URL 类，同时提供了一组方法用于对 URL 的操作。

　　　（1）URL 类的构造方法。URL 类提供了创建各种类形式的 URL 实例构造方法。

　　　●　public URL (String spec)。

- public URL(URL context, String spec)。
- public URL(String protocol, String host, String path)。
- public URL(String protocol, String host, int port, String path)。
- public URL(String protocol, String host, int port, String path,URLStreamHandler handler)。
- public URL(URL context, String spec,URLStreamHandler handler)。

参数说明：

- spec：URL 字符串。
- context：spec 为相对 URL 时解释 spec。
- protocol：协议。
- host：主机名。
- port：端口号。
- path：资源文件路径。
- handler：指定上下文的处理器。

代码 12-1　通过 URL 类的构造方法来初始化一个 URL 对象。

```
URL urlBase = new URL("http://www.263.net/");      // 通过 URL 字符串构造 URL 对象
URL net263 = new URL ("http://www.263.net/");      // 通过基 URL 构造 URL 对象
URL index263 = new URL(net263, "index.html");      // 通过相对 URL 构造 URL 对象
```

注意：URL 类的构造方法都声明抛出非运行时异常（MalformedURLException），因此生成 URL 对象时，必须要对这一异常进行处理。

（2）getXxx( )形式的 URL 类方法。通过这些方法可以获取 URL 实例的属性。如，协议名、主机名、端口号、文件名、URL 的相对位置、路径、权限信息、用户信息、锚和查询信息等。

（3）URL 的其他方法。例如，InputStream openStream( )可以读取指定的 WWW 资源。

4．URLConnection 类

URLConnection 类也在包 java.net 中定义，用它的方法可以实现如下功能：

- 与 URL 所标识的资源的连接（connect( )）。
- 获取 URL 的内容（getContent( )）、内容编码（getContentEncoding( )）、内容长度（gteContentLength( )）、内容类型（getContentType( )）、创建日期（getContentDate( )）、终止时间（getExpiration( )）、连接的输入流/输出流（getInputSream( )/getOutputStream( )）、最后修改时间（getModified( )）等。

注意：与输出流建立连接时，首先要在一个 URL 对象上通过方法 openConnection( )生成对应的 URLConnection 对象。

12.1.2　超文本和超媒体

超文本是超级文本（hyper text）的简称，其最大特点是具有超链接（hyper link）功能，即它将文档中的不同部分通过关键字建立链接，使信息得以用交互方式搜索，形成全局性的信息结构。图 12.2 为一个超链接的实例。可以看出，所谓超链接并不限于文本链接，还可以是图像链接、视频链接、音乐链接；链接的对象也不限于本文件内，可以是所有 Internet 网络上的资源。通过超链接形成了一种跳转方式，即可以在一个信息资源内部跳转，也可以在不同的信息资源之间跳转。正由于超链接技术的使用，才织成了一个分布在世界不同地方的、

图文声像并茂的、像蜘蛛网一样的信息网络。

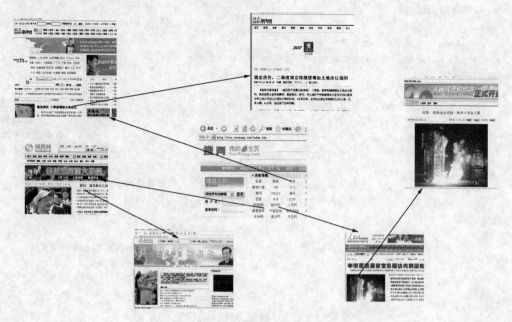

图 12.2　一个超链接实例

超媒体（hyper media）是超文本（hyper text）和多媒体在信息浏览环境下的结合，是超级媒体的简称。使用超媒体，用户不仅能从一个文本跳到另一个文本，而且可以激活一段声音，显示一个图形，甚至可以播放一段动画。

Web 采用超文本和超媒体的信息组织方式，将信息的链接扩展到整个 Internet 上。它使得文本不再像一本书那样呈线性状。而是更像人的思维，可以从一点跳到另外一个点，从一个主题转到另一个主题。

12.1.3　HTML 和 XML

超媒体需要一种描述语言，用于告诉浏览器，把从服务器传输来的超文本信息以什么样的方式呈现给用户。这种语言一般是在超文本的有关部分加上标记，以说明这一部分将被浏览器解释成什么样的格式和形式。这种语言，一般称为标记语言。这一小节介绍两种标记语言：HTML（hyper text markup language，超文本标记语言）和 XML（Extensible Markup Language，可扩展标记语言）。它们都是 SGML（Standard Generalized Markup Language，标准通用标记语言）。

1. HTML

HTML 提供了一套标记（tag），用于说明浏览器展现这些信息的形式。本书附录中给出了大部分的 HTML 标记。

多数 HTML 标记要成对使用在有关信息块的两端，部分标记可以单个使用。加有 HTML 标记的文档，称为 HTML 文档。每个文档被存放为一个文件，称为一个网页（web page）。网页的文件扩展名为.html、.htm、.asp、.aspx、.php、.jsp 等）。

代码 12-2　一段 HTML 文档示例。

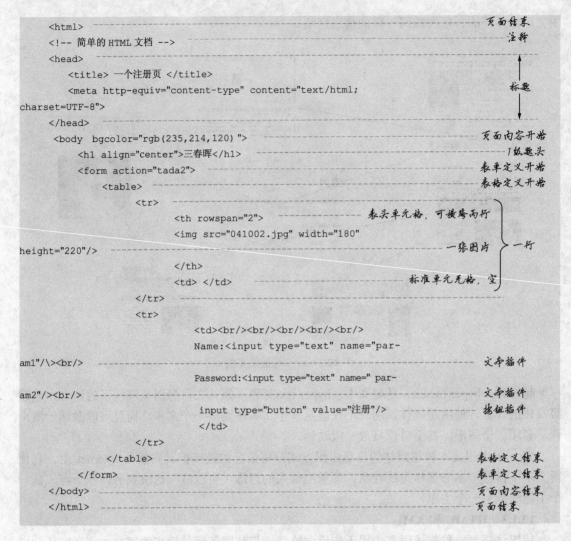

```html
<html>                                                    ———— 页面结束
<!-- 简单的 HTML 文档 -->                                  ———— 注释
<head>
    <title> 一个注册页 </title>
    <meta http-equiv="content-type" content="text/html;   │
charset=UTF-8">                                            │  标题
</head>
 <body  bgcolor="rgb(235,214,120) ">                        ———— 页面内容开始
    <h1 align="center">三春晖</h1>                          ———— 1级题头
    <form action="tada2">                                  ———— 表单定义开始
        <table>                                            ———— 表格定义开始
            <tr>
                    <th rowspan="2">                       ———— 表头单元格，可横跨两行
                    <img src="041002.jpg" width="180"
height="220"/>                                             ———— 一张图片
                    </th>
                    <td> </td>                             ———— 标准单元无格，空
            </tr>
            <tr>
                    <td><br/><br/><br/><br/><br/>
                    Name:<input type="text" name="par-
am1"/\><br/>                                               ———— 文本插件
                    Password:<input type="text" name=" par-
am2"/><br/>                                                ———— 文本插件
                     input type="button" value="注册"/>    ———— 按钮插件
                    </td>
            </tr>
        </table>                                            ———— 表格定义结束
    </form>                                                 ———— 表单定义结束
</body>                                                     ———— 页面内容结束
</html>                                                     ———— 页面结束
```

网页需使用网页浏览器来浏览。浏览器读取上述 HTML 代码，创建图 12.3 所示的页面。

图 12.3　代码 12-2 显示效果

2．XML 的特点

代码 12-3　一段 XML 实例。

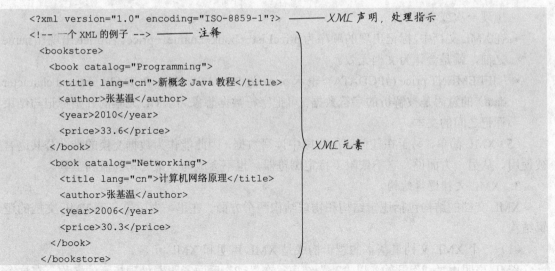

参照上面的例子，比照 HTML 等，下面介绍 XML 的特点。

（1）一个 XML 文件应当以 XML 声明作为第一行。XML 声明以"<?xml"开始，以"?>"结束，并且这些字符中不能加空格。

（2）XML 声明一般包括 3 个参数：

- version：XML 版本，目前总是 1.0。
- encoding：编码标准，一般为 UTF-8。如果只使用某种字符集，也可以具体一些。例如：GB2312（GBK，简体中文）、ISO-8859-1（ASCII 码）等。
- standalone：该文件是独立使用，还是与其他文件配合使用。standalone ="yes"为独立使用。

（3）HTML 标记仅指定了所封装的文本的表现形式，而 XML 标记不仅指定了所封装文本的语法（显示形式），也标识了其语义（内容）。这样，XML 就使存档和检索成为可能。所以，HTML 用来定义数据，重在数据的显示模式；而 XML 是用来存储数据的，重在数据本身。

（4）HTML 只能使用预定义的有限标记，而 XML 标记是可扩展的，允许自定义标记，如 book、bookstore、author 等。这样，就具有了比关系数据库更灵活的特点，因为它能为某些特殊的文档定义所需要的特定标记。

XML 使用 DTD（document type definition，文档类型定义）定义标记和文档结构。DTD 是一套关于标记符的语法规则，也用于描述 XML 层次和标记出现的顺序，可以为一个团体提供一个共同的标准，也可用于对 XML 文档是否规范的检验。

代码 12-4　定义价格（price）的 DTD 标记。

```
<!ELEMENT priceList (book)+>
<!ELEMENT book (name,price)>
<!ELEMENT name (#PCDATA)>
<!ELEMENT price (#PCDATA)>
```

这个例子定义了如下内容：

- <!ELEMENT 元素名称 类别>或者<!ELEMENT 元素名称（元素内容）>，称为元素声明，本例中声明了 priceList、book、name 和 price 等 4 个元素。
- <!ELEMENT priceList(book+)>中的+，指子元素 book 必须在被包含的 priceList 元素里

出现一次或者多次。

- 在 XML 文档中，标记出现的顺序为 priceList→book→name→price。若 price 出现在 name 之前，就是会认为文档无效。
- <!ELEMENT price (#PCDATA)>表示 price 为 PCDATA 类型。PCDATA（parsed character data）的意思是被解析的字符数据。可把字符数据想象为 XML 元素的开始标记与结束标记之间的文本。

（5）XML 简单，易于在任何应用程序中读写数据，因此能作为数据交换的唯一公共语言被使用。从另一方面说，它不依附于特定浏览器，也不会成为少数公司的盈利工具。

3．XML 文档逻辑结构

XML 文档的结构包括逻辑结构和物理结构两个方面。在里，先讨论一下 XML 文档的逻辑结构。

（1）一个 XML 文档最基本的逻辑构成是 XML 声明和 XML 元素。

XML 声明由"<?"开始，以"?>"结束。在"<?"后面紧跟着处理指示的名称，在这个例子中是 xml。

元素是 XML 文档内容的基本单元。一个形式良好的 XML 文档中至少要有一个元素。即标记在 XML 文件中是必不可少的。从语法上来说，一个元素包含一个起始标记、一个结束标记以及标记之间的数据内容。其形式为

```
< 标记> 数据内容 </标记>
```

注释是特殊元素，要用"<! --"和"-->"引起。另外，元素中还可以嵌套别的元素。

（2）XML 的标记由一对尖括号组成，在一对尖括号之间是 XML 数据的一个元素。标记是对于文档存储格式和逻辑结构的描述。除了注释和 CDATA 部分以外，所有符号"<"和符号">"之间的内容都称为标记。其基本形式为

```
<标记名 （属性名="属性取值"）*>
```

标记必须成对使用。标记应该以字母、下划线"_"或冒号"："开头（建议最好不用冒号开头，因为可能引起混淆），后面跟字母、数字、句号"."、冒号、下划线或连字符"-"，但中间不能有空格，任何标记都不能以"xml"起始。在标记中必须注意区分大小写，例如标记<HELLO>和<hello>在 XML 中是两个截然不同的标记。一对标记之间出现的字符数据可以是任何合法的 UNICODE 字符，但不能包含字符"<"。这是因为，字符"<"被预留用作标记的开始符。

（3）标记中可以包含任意多个属性。在标记中，属性以名称/取值对出现，属性名不能重复，名称与取值之间用等号"="分隔，且取值用引号引起来。例如：

```
<商品 类型 = "服装" 颜色 = "黄色">
```

属性命名的规范与标记命名规范大体相似，但在必要的时候，属性中可以包含空白符，标点和实体引用。此外，在 XML 中属性的取值必须用引号引起来。

4．XML 文档物理结构

从物理角度来看，文档由实体单元组成。实体包括两种类型：一般实体和参数实体。

（1）一般实体。定义一般实体的格式如下：

```
<!ENTITY 实体名 "文本内容">
```

例如：

```
<!ENTITY lettersign "张展赫 兴天赫广告公司 太原市桃园北路 92 号 401，030001"〉
```

也可以指定一个实体代替一个外部文件的内容，此时要使用关键字 SYSTEM。例如：

```
<!ENTITY lettersign SYSTEM "http://www.mydomain.com/lettersign.xml"〉
```

（2）参数实体。参数实体既可以是内部的也可以是外部的。但是，参数实体只用在 DTD 中。参数实体的格式与一般实体很类似，只不过中间要加上"%"符，格式如下：

```
<!ENTITY % 实体名 "文本内容">
```

在 XML 文档中，除标记之外就是字符数据。一般的字符用其本身来表示，但这不适用于 XML 中的保留字符。例如，字符"&"和"<"只能作为标记定界符，或在注释、处理指令和 CDATA 字段中直接使用，其他情况下需要用字符引用或特定的字符串来表示。这类字符是 XML 的预定义实体。

12.1.4　网站和主页

1．网页、网站和主页

Web 是一个分布在全球的信息资源。这个信息资源的发布和组织的基本单位是网页。为了便于管理，应当将要发布的网页进行组织，通常链接成图 12.4 所示的层次结构。这个层次结构（实际上是一个文件目录），称为网站（website）。

一个网站的起始网页称为主页（homepage）。它是一个网站中最重要的网页，也是访问最频繁的网页。作为一个网站的标志，主页体现了整个网站的制作风格和性质。主页上通常会有整个网站的导航目录，网站的更新内容一般都会在主页上突出显示。

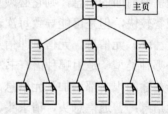

图 12.4　按照层次结构组织的网页

在开发 Web 网站时，一般先建立本地网站——用户计算机硬盘上的 Web 目录。这样网页的编辑和测试比较方便。调试结束后，再把 Web 站点上的 Web 目录全部复制到 Web 服务器上，并在本地计算机硬盘上创建发布站点的映像，以便于站点管理。所以，Web 站点也就是 Web 服务器上的一个目录文件。一个单位可以建立自己独立的 Web 服务器，也可以由服务商建立 Web 服务器，供多个组织或个人共用。

2．网站发布

网站发布就是把在本地站点上开发的所有网页资源上传到指定的服务器主机上，使用户可以通过客户端的浏览器对其进行阅读。可以利用专门的上传工具，如 CuteFTP 和 Dreamweaver 的 FTP。

12.1.5　HTTP

要实现 Web 服务器与 Web 浏览器之间的会话和信息传递，需要一种规则和约定——HTTP（hyper text transfer protocol，超文本传输协议）。

1. HTTP 的特点

如图 12.5 所示，HTTP 是建立在 TCP 可靠的端到端的连接之上的 Internet 应用层（application layer）的面向对象协议。其简捷、快速的方式，适用于分布式超媒体信息系统。

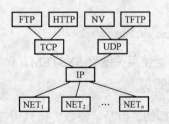

图 12.5　HTTP 在 TCP/IP 协议栈中的位置

常用的只有 GET、HEAD、POST 三种。因为简单，所以 HTTP 服务器程序规模小，通信速度快。

HTTP 1.0 具有如下特点：

（1）HTTP 支持客户（浏览器）与服务器间的通信，相互传送数据。一个服务器可以为分布在世界各地的许多客户服务。

（2）HTTP 本身既简单又能有效地处理大量请求。在客户与服务器连接后，客户必须传送的信息只是请求方法和路径。HTTP 定义的方法数量少，

（3）灵活。HTTP 是一种面向对象的协议，允许传输任意类型的数据对象，不管它们是什么格式的超媒体文件。

（4）短暂连接。HTTP 1.0 规定，对于客户端的每次请求都要求建立一次单独的连接，即客户与服务器连接后提交一个请求，客户端接到应答后这个连接即自动释放。使用这种短暂连接的协议，在没有连接请求提出时，服务器可以连接别的请求，不会在那里闲等着，也不会在完成一个请求后还霸着原来的请求不放。然而，这会使连接次数过多。HTTP 1.1 则可以在一次连接中处理多个请求，并且多个请求可以重叠进行，不需要等待一个请求结束后才能发送下一个请求。

（5）HTTP 是无状态的协议。无状态是指协议对于事务处理没有记忆能力，如果后续处理需要前面的信息，则它必须重传。由于缺少状态使得 HTTP 累赘少，运行速度快，服务器应答较快，但是可能导致每次连接传送的数据量过大。

（6）元信息。元信息即信息的信息。为了使提供正在传送数据的有关信息，如传送对象是哪种类型、是用哪种语言书写、请求有什么条件、一次事务处理是否成功等，HTTP 1.0 对所传输的报文都增加了元信息，称之为 HTTP 报文首部（头）。从功能来看，HTTP 支持 4 类元信息：普通信息头、请求头、应答头和实体头。

2. HTTP 处理过程

一次 HTTP 操作称为一个事务，其工作过程可分为建立连接—发送请求—发送响应—关闭连接 4 步。

（1）建立连接。在 HTTP 应用运行时，服务器一直在端口（一般是 80）倾听，等待连接请求出现。一旦用户在浏览器的地址文本框中输入一个 URL 并单击了"转到"按钮，或者在一个页面中单击了一个超链接热键，就等于发出了一个与服务器的连接请求。服务器接收到客户端的连接请求后，便会通过申请套接口，建立与客户端的 TCP 连接。

（2）浏览器发送请求。建立连接后，浏览器就会把请求报文送到服务器驻留端口上，向服务器提出服务请求。如图 12.6 所示，HTTP1.0 版本的请求报文包含一个请求行、一个首部，还可能有一个主体。

首部也称头，由首部名和首部值组成，中间用冒号＋空格分割。最后的 CRLF 表示确定和换行（除了作为结尾的 CRLF 外，不允许出现单独的 CR 或 LF 字符）。

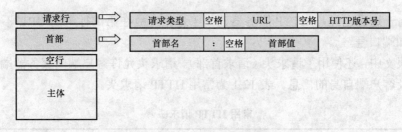

图 12.6　请求报文结构

请求行包括请求类型（即 Method，方法）、请求 URI（Request-URI）和协议版本号（HTTP-Version），格式如下。

```
Method Request-URI HTTP-Version CRLF
```

请求类型是请求核心，它描述的是在指定资源上应该执行的动作。HTTP 1.1 中定义的方法如下：

- GET：客户要从服务器中读取文档。
- HEAD：客户只想得到文档的某些信息，而非文档本身。
- POST：客户要给服务器提供某些信息，常用于提交表单。
- PUT：客户要将一个新的或替换的文档存储在服务器上。
- PATCH：与 PUT 相似，但请求只包含在现有文件中出现的差异清单。
- COPY：要将文件复制到另一个位置。
- MOVE：要将文件移动到另一个位置。
- DELETE：要将服务器上的一个文件移走。
- LINK：要创建从一个文档到另一个位置的链接。
- UNLINK：删除由 LINK 建立的链接。
- OPTION：客户机向服务器询问可用的选项。

注意：GET 与 POST 是两个常用的 HTTP 请求。GET 是最简单的 HTTP 方法，其主要任务是要求服务器获取一个资源（一个 HTML 页面、一个 JPEG 文件、一个 PDF 文件等）并把这个资源发送回来。GET 可以向服务器传送一个参数，但是这个参数只能放在请求行中，所以发送的数据量有限。POST 是一种功能强大的请求，可以向服务器请求某种资源，也可以向服务器发送一些表单数据，这些数据不是作为请求行的一部分，而是请求报文的主体，所以可以传送的数据量很大。

代码 12-5　在浏览器上输入 http://www.abcdefg.net/resource/rs_0123456_02.php，浏览器将连接 www.abcdefg.net，然后发送：

```
>> GET /resource/rs_0123456_02.php Http1.1
>> Host: www.abcdefg.net
>> Accept: image/gif, image/x-xbitmap, image/jpeg, image/pjpeg,
>> Accept-Language: en
>> Accept-Encoding: gzip, deflate
>> User-Agent: Mozilla/5.0 (Windows; U; Windows NT 5.1; rv:1.7.3) Gecko/20091113Firefox/0.10
>> Connection: Keep-Alive
>>
```

注意：由于这时已经与 HTTP 服务器建立了连接，故在第 1 行中的 URL 不再包括协议名、主机名和端口号。

在这段报文中，还使用了请求头（请求首部）。请求头允许客户端向服务器端传递请求的附加信息以及客户端自身的信息。表 12.1 为常用 HTTP 请求头。

表 12.1 常用 HTTP 请求头

请 求 头	用 途
Accept	指定客户端接收哪些类型的媒体信息，未设置为所有媒体类型
Accept-Charset	指定客户端接受的字符集
Accept-Encoding	类似于 Accept，但是它是用于指定可接受的内容编码
Accept-Language	类似于 Accept，但是它是用于指定一种自然语言
User-Agent	包含了发送请求客户端的信息
Host	用于指定被请求资源的 Internet 主机和端口号，它通常是从 URI 中提取出来的

代码 12-5 中的请求报文可以翻译成：

```
>> 用 HTTP1.1 协议获得 /resource/rs_0123456_02.php
>> 访问的主机是：www.abcdefg.net
>> 接收的文件包括了：image/gif, image/x-xbitmap, image/jpeg, image/pjpeg,
>> 使用的语言是：en（英文）
>> 接收的编码方式（浏览器能够解释的）是：gzip, deflate
>> 用户的浏览器信息：Windows XP 的操作系统 Firefox/0.10 的浏览器
>> 保持连接
>>
```

（3）服务器处理并发送响应。Web 浏览器提交请求后，通过 HTTP 协议传送给 Web 服务器。由 Web 服务器进行事务处理；处理结果又通过 HTTP 传回给 Web 浏览器，显示出所请求的页面。HTTP/1.0 的响应消息格式如下：

```
HTTP-Version Status-Code Reason-Phrase CRLF
```

其中，HTTP-Version 表示服务器 HTTP 协议的版本；Status-Code 表示服务器发回的响应状态码；Reason-Phrase 表示状态码的文本描述。

状态码表示响应类型，用来支持自动操作，由 3 位数字组成，第一个数字定义了响应的类别，共有 5 种可能的取值：

- 1xx：指示信息——表示请求已接收，继续处理。
- 2xx：成功——表示请求已被成功接收、理解、接受。
- 3xx：重定向——要完成请求必须进行更进一步地操作。
- 4xx：客户端错误——请求有语法错误或请求无法实现。
- 5xx：服务器端错误——服务器未能实现合法的请求。

表 12.2 所示列出了一些最常用的 HTTP 状态码以及状态短语。

表 12.2　　　　　　　　　　　　**常用的 HTTP 状态码以及状态短语**

系　列	状态码	状 态 短 语	说　　　明
非正式	100	Continue	已经开始接收请求,用户可以继续发送请求
	101	Switching	同意客户请求,切换到更新首部中定义的协议
成功请求	200	OK	请求成功
	201	Created	创建了新的 URL
	202	Accepted	请求刚被接收,还没有起作用
	204	No content	主体空
重定向	301	Multiple choices	请求的 URL 多于一个资源
	302	Moved permanently	服务器不再使用所请求的 URL
	304	Moved temporarily	所请求的 URL 已经暂时被移动
客户差错	400	Bad request	请求中有语法错误
	401	Unauthorized	请求缺少合适的授权
	403	Forbidden	拒绝服务
	404	Not found	文档未找到
	405	Method not allowed	URL 不支持该方法
	406	Not acceptable	请求的格式不能被接受
服务器 差　错	500	Internal server error	服务器端出错,如崩溃
	501	Not implemented	请求的动作无法完成
	503	Service unavailable	服务暂不可用,但以后可能被请求

代码 12-6　一个 HTTP 响应报文实例。

```
<< HTTP/1.1 200 OK
<< Date: Mon, 12 Mar 2009 18:10:09 GMT
<< Server: Apache/1.3.31 (Unix) mod_throttle/3.1.2
<< Last-Modified: Fri, 22 Sep 2009 11:12:13
<< ETag: "dd7b6e-d29-39cb69b2"
<< Accept-Ranges: bytes
<< Content-Length: 23456
<< Connection: close
<< Content-Type: text/html
<<
<< File content goes here
```

与请求报头对应,响应头允许服务器传递不能放在状态行中的附加响应信息,以及关于服务器的信息和对 Request-URI 所标识的资源进行进一步访问的信息。表 12.3 为常用的响应头。

响应头	HTTP 版本	用 途
Server	1.0	对应于 User-Agent 请求报头域，标识服务器处理请求的软件信息
Location	1.0	用于重定向接受者到一个新的位置，常用在更换域名的时候

表 12.3 常用 HTTP 响应头

代码 12-4 的响应报文可以翻译成：

```
<< HTTP1.1 请求成功 有效
<< 当前时间是: Mon, 12 Mar 2009 18:10:09 GMT
<< 服务器是: Apache/1.3.31 (Unix) mod_throttle/3.1.2
<< 最后一次修改: Fri, 22 Sep 2009 11:12:13
<< ETag: "dd7b6e-d29-39cb69b2"
<< 接收范围: bytes
<< 内容-长度: 23456
<< 连接: 关闭
<< 内容-类型: text/html
<<
<< 文件内容到此为止
```

（4）关闭连接。当应答结束后，Web 浏览器与 Web 服务器之间的连接必须断开，以保证其他 Web 浏览器能够与 Web 服务器建立连接。客户端和服务器双方都可以通过关闭套接口来结束 TCP/IP 对话。

12.1.6 Java Web 技术演进

作为一种实用的超文本语言，HTML 最初只能在浏览器中展现静态文本或图像信息，所描绘的页面不具备与用户交互的能力，没有动态显示的功能，满足不了人们对信息丰富性和多样性的需求。于是从静态技术向动态技术的转变成为了 Web 技术演进的必然路线。从另一方面来看，Web 是一种典型的分布式应用框架，其每一次信息交换都要涉及客户端和服务端两个方面。因此，Java Web 技术从静态到动态的发展，也是从客户端和服务端两个方面进行的。

1. Java Applets——客户端 Java 动态 Web 技术

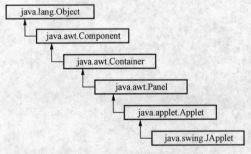

图 12.7 Applet 类的继承关系

Java Applets（也称 Java 小程序）是嵌入到 HTML 文档中的一些 Java 程序，它们运行在浏览器中，能为页面添加动态和交互功能。例如，可以用来浏览和修改数据库中的记录或者控制运行在服务器上的其他应用程序。编写一个 Applet，要注意以下问题。

（1）Applet 程序的关键是创建一个 Applet 类的派生类，这个类必须是 public 的，并且名称要与其所在文件名匹配。

代码 12-7 创建一个 Applet 类。

```
import java.applet.*;
public class HelloApplet extends Applet{
// ……

}
```

（2）图 12.7 为 Applet 类的继承关系。Applet 程序不需要 main( )方法，但是其主类必须是 Applet 类或 JApplet 类的子类。显然，Applet 类和 JApplet 类的实例也是容器，可以向其添加任何 Swing 组件，其坐标系统的单位是像素，原点在浏览器的左上角。但是 Applet 类默认的布局是 FlowLayout，JApplet 类默认的布局是 BorderLayout。

代码 12-8　一个简单的 Applet 小程序。

```
// 源程序文件：HelloApplet.class
import java.applet.*;
import java.awt.*;
import javax.swing.*;

public class HelloApplet extends Applet{
    JTextField jtf;
    JButton jb;

    public void init(){
        setBackground(Color.gray);
        jtf = new JTextField("Hello Applet!");
        add(jtf);
        jb = new JButton("ok");
        add(jb);
    }
}
```

注意：如果这里的主类是由 JApplet 派生，则添加组件使用的方法就应当是 getContentPane( ).add( )，即要先获得当前内容面板，再把组件添加到内容面板上。

（3）Java Applet 程序不能独立运行，必须嵌入到一个 HTML 文件中运行。

代码 12-9　嵌入代码 11-8 的 HTML 文件。

```
<HTML>
<!--文件名：code12_9.html-->
    <applet code = HelloApplet.class height = 180 width = 300>
    </applet>
</HTML>
```

注意：HTML 文件名不一定与 Applet 文件名对应。

（4）运行 Java Applet 程序的解释器不是独立软件，而是嵌在 WWW 浏览器中运行。因此，要运行 Applet 程序，首先要进行编译，产生.class 字节码文件；其次是将包含该 Applet 程序的 HTML 文件装入浏览器或 appletviewer 中。appletviewer 是一个可以运行 Applet 的 Java 程序，其使用方式很简单，在 DOS 提示符后输入命令："Appletviewer THML 文件名"得到如图 12.8 所示的结果。

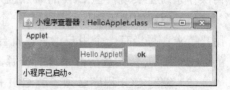

图 12.8　代码 12-9 的运行结果

Java Applet 嵌入在 Web 页面中，作为页面的组成部分被下载，它没有 main( )方法就能运行在实现 JVM（Java 虚机器）的 Web 浏览器中。这同时也给系统带来了安全问题。为此要对于 Applet 的设计和运行做一些限制。

在 Java 问世的头几年里，Java Applet 让 Internet 动起来的能力使之很是火了一阵。但是由于目前几乎所有浏览器均支持动态 HTML（DHTML）和脚本编制（支持 XML 的浏览器也有很多），比起 Java 刚刚问世的时候浏览器能够做的事情已经很多，而且进行动态网页制作的服务器端技术也已经出现，加上基于安全和 MVC 模式的考虑，目前 Java Applet 的地位逐渐淡化。

2. 从 CGI 到 Java Servlet

一般说来，Web 服务器所擅长的是提供静态页面，即它只能按照 URL 找到页面的位置，把它原样地传给浏览器，服务器与客户端不能动态地交换数据，也不能用于保存数据。如果要实现即时（just-in-time）页面（收到请求后才生成的页面），或者要保存数据到服务器，单靠 Web 服务器是不够的，还必须有别的辅助工具。

第一种真正使服务器能根据运行时的具体情况动态地生成 HTML 页面的技术是 CGI（common gateway interface，通用网关接口）技术。它允许服务端的应用程序根据客户端的请求，动态地生成 HTML 页面，使客户端和服务端的动态信息交换成为了可能。

CGI 定义了 Web 服务器与 CGI 脚本之间的接口标准。如图 12.9 所示，用户通过单击某个链接或者直接在浏览器的地址栏中输入 URL 来访问 CGI 程序。Web 服务器接收到请求后，若该请求是给 CGI 程序的，将启动并运行这个 CGI 程序，对用户请求进行处理。CGI 程序解析请求中的 CGI 数据，处理数据，并产生一个响应（通常是 HTML 页面）。这个响应被返回给 Web 服务器，Web 服务器包装这个响应（例如添加消息报头），以 HTTP 响应的形式发送给 Web 浏览器。

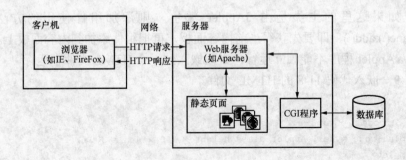

图 12.9　用户访问 CGI 程序

CGI 技术开启了服务器端动态 Web 技术应用的时代，其跨平台性能极佳，几乎可以在任何操作系统上实现，但 CGI 的缺点也是显而易见的。

（1）CGI 的应用程序一般都是一个独立的可执行程序，并且一个 CGI 程序只能处理一个用户请求；每当有一个用户请求，就会激活一个 CGI 进程。当用户请求数量非常多时，大量的 CGI 程序就会大量挤占系统的资源，如内存、CPU 时间等，造成 CGI 运行效率低。

（2）编写 CGI 程序必须了解 CGI 规范、HTTP 协议和 Web 服务器运行原理等，因此 CGI 开发较为复杂。

（3）CGI 方式的数据库连接，只针对具体的数据库，当需要修改 DB 的结构或增加数据库时，程序改动量很大，灵活度差、维护困难。

（4）CGI 不具备事务处理功能，在一定程度上限制了它的应用。

1997 年后，随着 Java 语言的广泛使用，Servlet 技术迅速成为 CGI 替代方案。

Servlet 是服务器端的组件，在 Web 应用中被映射成一个 URI，它用一些 Java 对象动态地生成 HTML 文档，动态地处理客户端的请求、构造响应信息，并可以以其他格式向客户端发送数据。它的客户可以是一个浏览器、一个 Applet、一个 Java 程序或者任何其他构造一个请求并从中接收数据的用户。

> **MIME**
>
> MIME((multipurpose internet mail extensions, 多用途互联网邮件扩展) 最初是应用于电子邮件技术的一种规范，目的是为了在发送电子邮件时附加多媒体数据，让邮件客户程序能根据其类型进行处理。它被 HTTP 协议支持之后，意义更显著，使得 HTTP 传输不再限于普通文本，而变得丰富多彩。
>
> 每个 MIME 类型由两部分组成：前面是数据大类别，例如文本 text、声音 audio、图像 image 等，后面定义具体种类如 html 等。下面是常见的 MIME 类型。
> 超文本标记语言文本：.html,.html text/html
> 普通文本：.txt text/plain
> RTF 文本：.rtf application/rtf
> GIF 图形：.gif image/gif
> JPEG 图形：.ipeg,.jpg image/jpeg
> au 声音文件：.au audio/basic
> MIDI 音乐文件：.mid,.midi audio/midi,audio/x-midi
> RealAudio 音乐文件：.ra, .ram audio/x-pn-realaudio
> MPEG 文件：.mpg,.mpeg video/mpeg
> AVI 文件：.avi video/x-msvideo
> GZIP 文件：.gz application/x-gzip
> TAR 文件：. tar application/x-tar

Servlet 只有被部署到 Servlet 容器中才能运行。Servlet 容器有时候也被称为 Servlet 引擎，是 Web 服务器或应用程序服务器的一部分，用于实例化 Servlet 对象和调用 Servlet 的方法，在发送的请求和响应之上提供网络服务，解码基于 MIME 的请求，格式化基于 MIME 的响应。著名的 Tomcat 就是一个容器。图 12.10 显示了 Servlet 的响应流程：

① 客户端（通常都是浏览器）访问 Web 服务器，发送 HTTP 请求。

② Web 服务器接收到请求后，传递给 Servlet 容器。

③ Servlet 容器加载 Servlet，产生 Servlet 实例后，向其传递表示请求和响应的对象。

④ Servlet 实例使用请求对象得到客户端的请求信息，然后进行相应的处理。

⑤ Servlet 实例将处理结果通过响应对象送回客户端，容器负责确保响应正确送出，同时将控制返回给 Web 服务器。

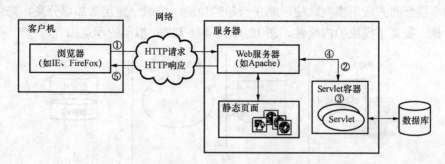

图 12.10　Servlet 的响应流程

Java Servlet 与 CGI 有很多相似之处，它们都可以处理 Web 请求、返回数据或 HTML、访问数据库、进行计算、与 Java 组件进行通信等。但是比 CGI 具有很多优势，例如：

- Servlet 是持久有效的，只要被实例化一次，就可以不断地处理请求（这些请求很可能是同时发生的）。
- Servlet 是单实例多线程的运行方式，每个请求在一个独立的线程中运行，比起为每个请求建立一个进程的 CGI，占用的系统资源要小。

- Servlet 应用可以充分利用 Java 语言提供丰富类库的其他优势（例如 JDBC 等），简化了 Web 网站的开发。
- Servlet 使用标准的 API，能被更多的 Web 服务器所支持。
- Servlet 容器能给 servlet 提供额外的功能，如错误处理和安全。

3．JSP

Servlet 可以利用 Web 组件，快速地建立动态 Web，不过也有一定的局限性。它将 Java 代码和 HTML 代码混杂在一起，当客户端显示需要调整时，必须修改 Servlet 源代码并重新编译。此外，Servlet 模糊了内容的表示和内容的提供之间的区别，内容提供的修改和内容的显示修改互相牵涉，使其难以维护。JSP（java server page，服务器页面）技术很好地解决了这些问题，它将网页逻辑与网页设计和显示分离，支持可重用的基于组件的设计，使基于 Web 应用程序的开发变得迅速和容易。

说明：Servlet 是 JSP 的技术基础。JSP 使用 Java 作为脚本语句，导致 JSP 页面不能立即执行，必须先编译成 Servlet，并且大型 Web 应用程序的开发需要 Java Servlet 和 JSP 配合才能完成。

4．J2EE

尽管 MVC 设计模式很早就提出，但在 Web 项目的开发中引入 MVC 却是步履维艰。主要原因是脚本语言的功能相对较弱，缺乏支持 MVC 设计模式的一些必要的技术基础；其次是程序语言和 HTML 的分离一直难以实现。直到基于 J2EE 的 JSP Model 2 问世，这种情形才得以改观。J2EE 可以用 JSP 技术实现视图的功能，用 Servlet 技术实现控制器的功能，用 JavaBean 技术实现模型的功能，为全面实现 MVC 提供了可能。

（1）J2EE 是一种多层次的技术框架。传统模式采用客户端/服务器（client/server）两层结构，使客户端担当了过多的角色，各种角色所承担的功能相互纠缠在一起，模块的内聚性低而模块间的耦合性高，具有牵一发而动全身之患，给维护带来很大的难度。Sun 设计 J2EE 的初衷正是为了解决两层模式的这些弊端，它采用多层应用结构，能够为不同的服务提供一个独立的多层分布式应用模型，使纠缠在一起的功能，按照一定层次加以分离，降低了模块间的耦合性，提高了模块的内聚性。图 12.11 是 4 层 J2EE 框架的示意图。

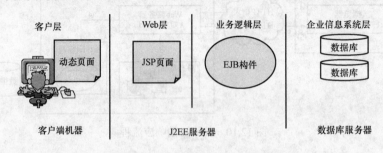

图 12.11　一种 4 层次的 J2EE 框架

（2）J2EE 容器。容器作为组件与支持组件的底层平台之间的特定功能接口，给处于其中的应用程序组件（JSP，Servlet）提供一个环境，使它们直接与容器中的环境变量接口交互，而不必关注其他系统问题。J2EE 框架主要容器有 Web 容器、Applet 容器、客户端容器等。

（3）J2EE 的各种组件。在开发不同类型的企业级应用时，可以根据各自需求和目标的不同，灵活地使用并组合不同的组件和服务。这些组件包括 Servlet、JSP 等。

5. SSH 架构

在 Web 服务端，2000 年以后越来越多的 Web 开发环境开始支持 MVC 设计模式，为开发者提供了全套的开发架构。J2EE 平台本身就是这种开发架构的典型代表。此外，现在更流行的是 SSH。SSH 架构，即 Struts + Spring + Hibernate 的组合。其中，Struts 的 MVC 设计模式可以使业务逻辑变得很清晰，Spring 的 IOC 和 AOP 可以使产品在最大限度上解耦，Hibernate 的优势就是实体对象的持久

> **环境变量**
>
> 环境变量就是一组用于描述系统运行环境以及登录用户有关信息的字符串。例如，path 环境变量就是告诉操作系统，当要它运行一个程序而没有告诉它程序的完整路径时，系统除了在当前目录下面寻找此程序外，还应当到那些目录下去寻找。环境变量分为两类：用户变量与系统变量，在注册表中都有对应的项。

化，将其作为 ORM 框架，可以完全以面向对象的方式进行系统分析、系统设计。关于这方面更详细的内容，请参阅有关资料。

12.2　Java Servlet

Servlet 就是运行在服务器端的 Java 程序，它与协议和平台无关，可以交互式地浏览和修改数据，生成动态 Web 内容。如图 12.9 所示，Servlet 的工作过程分为 4 个阶段：

① 客户端发送 HTTP 请求到服务器端。

② 服务器将请求转给 Servlet。

③ Servlet 生成响应内容并回送服务器。

④ 服务器将响应转送客户端。

具体来说，它的主要功能是处理 HTTP 请求并将 HTTP 响应反馈给客户端，或者说其工作的核心是在服务器端创建 Servlet 对象，以响应客户端的请求。

12.2.1　创建 Servlet 开发与运行环境

Servlet 是运行在服务器端用于处理 HTTP 请求的 Java 程序。为此，Servlet 的开发与运行环境需要两方面的支持：一个 Java Servlet 开发工具包——JSDK（java servlet development kit），引入编译 Servlet 程序所需要的 Java 类库以及相关文件；另一个是要创建一个 Web 服务器环境。注意：很多服务器都要求设置环境变量，所以创建 Servlet 开发与运行环境的过程需要执行如下 3 步。

① 安装 JSDK。

② 设置环境变量。

③ 安装服务器软件。

本书所介绍的服务器软件是 Tomcat。Tomcat 是 Sun 公司的 Apache Jakarta 项目小组开发的一款 Servlet 和 JSP 官方技术参考实现，是一个非常优秀的用于 Servlet、JSP 开发和测试的、免费开放源代码的服务器软件。

1. 安装 JSDK

JSDK 的安装非常简单，下载安装包后，按照提示一步步执行就可以成功。

JSDK 的核心是 *javax.servlet* 和 *javax.servlet.http* 两个程序包。*javax.servlet* 包中只有一个

类 GenericServlet，这是一个与协议无关的类。javax.servlet.http 除了继承 javax.servlet 之外，还存放有 HttpServlet、Cookie、HttpUtils 等 3 个类。它们的继承关系如图 12.12 所示。

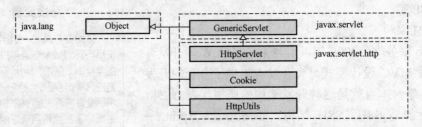

图 12.12　Servlet 的支持类

注意：安装之后，要把 lib 子目录中的 servlet-api.jar 文件复制到 JSDK 扩展目录中。

2. JSDK 的配置

安装 JSDK 之后，需进行几个环境变量的设置。对于 Servlet 来说，需要添加或编辑系统 JAVA_HOME、CLASSPATH 和 Path。步骤如下：

① 在 Windows 控制面板中，选择"系统"选项，在弹出的"系统属性"窗口中选择"高级"选项卡，单击"环境变量"按钮，弹出"环境变量"对话框（见图 12.13）。

② 在"环境变量"对话框中单击"系统变量"部分的"新建"按钮，弹出"新建系统变量"窗口（见图 12.14），在其中的"变量名"文本框中输入系统变量名（如 JAVA_HOME），在"变量值"文本框中输入路径（如 D:\java\jdk.6.0_05）。

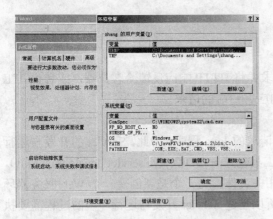

图 12.13　从"系统属性"到"环境变量"窗口　　图 12.14　从"环境变量"到"新建系统变量"窗口

如果这 3 个系统变量曾经设置过，可以单击它进行编辑。

3. 安装 Tomcat 服务器

（1）Tomcat 安装。Tomcat 的最新版本可以从 http://tomcat.apache.org/index.html 站点下载。Tomcat 的首页如图 12.15 所示从中可以选择需要的版本。

在 Tomcat 项目中双击选中的版本，就开始了 Tomcat 的安装，并在安装向导带领下，一步步地进行。安装过程要经过授权确认、安装模式（minimum、typical、full、custom）选择、安装路径指定、初始配置（端口号、用户名、密码）等过程。安装后的目录层次结构如图 12.16 所示。

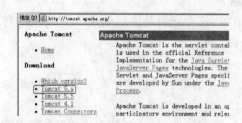

图 12.15 tomcat 项目的首页

图 12.16 tomcat 6.0.16 目录层次结构

各目录的用途见表 12.4。

表 12.4 tomcat 的目录结构及其用途

目 录	用 途
/bin	存放启动和关闭 tomcat 的脚本文件
/conf	存放 tomcat 服务器的各种配置文件，其中包括 server.xml（tomcat 的主要配置文件）、tomcat-users.xml 和 web.xml 等配置文件
/lib	存放 tomcat 服务器和所有 Web 应用程序需要访问的 JAR 文件
/logs	存放 tomcat 的日志文件
/temp	存放 tomcat 运行时产生的临时文件
/webapps	当发布 Web 应用程序时，通常把 Web 应用程序的目录及文件放到这个目录下
/work	tomcat 将 JSP 生成的 Servlet 源文件和字节码文件放到这个目录下

从表 12.4 中可以看出，lib 目录下存放的 JAR 文件可以被所有的 Web 应用程序所访问，如果多个 Web 应用程序需要访问相同的 JAR 文件，那么可以将这些 JAR 文件放到 Tomcat 的 lib 目录下。此外，Java Web 应用程序一般在它的 WEB-INF 目录下也可以建立 lib 子目录，在 lib 子目录下可以存放各种 JAR 文件，这些 JAR 文件只能被当前 Web 应用程序所访问。

Tomcat 6.x 修改了 5.x 版本的目录结构，删除了 common、server 和 shared 目录，将 common/lib、server/lib 和 shared/lib 中的 JAR 文件统一放到了 lib 目录下。

（2）Tomcat 的启动。安装完成后打开浏览器，在地址栏中输入"http://localhost:8080/"（localhost 表示本地机器，8080 是 Tomcat 默认监听的端口号），将出现如图 12.17 所示的 Tomcat 页面。

（3）配置端口。Tomcat 服务器默认的使用端口是 8080。如果 Tomcat 所使用的端口已经被占

图 12.17 tomcat 的默认主页

用，则 Tomcat 将无法启动，必须通过修改 Tomcat 服务器安装目录中 conf 文件夹中的 server.xml 来更改端口号：可以改为其他一个端口号，如 8088 等。如果本地主机没有启动其他占用 80 端口的程序，也可以将 Tomcat 服务器的端口号设置为 80。

（4）如果要关闭 Tomcat 服务器，可以用鼠标双击 tomcat bin 目录下的 shutdown.bat 文件。

12.2.2　Servlet 类定义与 Servlet 对象生命周期

Servlet 可以在服务器端响应并处理客户端的请求。这个职责是通过创建一个 Servlet 对象实现的。这里说的 servlet 对象实际上是指 HttpServlet 类的子类的对象。

1. 一个 Servlet 类定义实例

一个 Servlet 程序的核心是定义一个 HttpServlet 类的派生类。这个派生类被简单地称为 Servlet 类。

代码 12-10　下面的这个程序代码用于定义一个 Servlet 类。这个类所创建的对象可以响应客户端的请求，即当用户请求这个 Servlet 对象时，在浏览器中会显示"Java Servlet 欢迎您！"。

```
package jiangsu.wuxi;                          // 定义包名
import java.io.*;
import javax.servlet.*;
import javax.servlet.http.*;
import java.io.IOException;

public class HelloServlet extends HttpServlet{
    public void init(ServletConfig servConfig) throws ServletException{
        super.init(servConfig);
    }

    public void service(HttpServletRequest servRequest,HttpServletResponse servResponse)
    throws ServletException,IOException{
        PrintWriter out = servResponse.getWriter();       // 获得发向客户端的输出流
        servResponse.setContentType("text/html;charset=GB2312");
                                                          // 设置响应的 MIME 类型

                                                          // 以下用于向客户端发送 HTML
        out.println("<html><body>");
        out.println("<h2>Java Servlet 欢迎您!<h2>");
        out.println("</body> </html>");
        out.close();
    }
}
```

说明：

（1）javax.servlet.*包中存放与 HTTP 无关的一般 Servlet 类，javax.servlet.http.* 包中增加了与 HTTP 有关的类。为了使用 Servlet 和 HTTP 必须同时导入两者。

（2）由于要使用 PrintWriter 等类，所以要导入 java.io 包。

（3）与 Applet 相比较可以看出，Applet 是将 Java 小程序嵌入 HTML，而 Servlet 是将 HTML 标记嵌入 Java 的输出行中。

2. Servlet 对象的生命过程

Servlet 对象是 HttpServlet 类的子类的一个实例，由 Servlet 容器创建。一个 Servlet 对象的生命周期包括 3 个过程：初始化、响应和撤销。这 3 个过程与 Servlet 对象的 3 个方法相对应。这 3 个方法是 init( )、service( )和 destroy( )。它们都是 HttpServlet 类中的方法，并可以在实例类中被重写。

（1）init( )方法。一个 servlet 被请求加载时，servlet 容器即创建一个 servlet 对象，接着由这个对象调用 init( )方法进行自我初始化。初始化的过程主要是读取永久的配置信息、重要资源（如 JDBC 连接）以及其他仅需执行一次的任务。这些信息被封装在 ServletConfig 对象中。调用 init( )方法，ServletConfig 对象作为参数会把这些信息传给 init( )方法，再使 servlet 对象获得并可以使用这些信息，直到这个 servlet 对象被撤销。init( )方法可以在 servlet 类中重写，以便进行一些需要的工作，如访问数据库等。

（2）service( )方法。这个方法用于处理用户请求并返回响应，它的两个参数分别为封装用户请求信息的 HttpServletRequest 对象和封装响应的 HttpServletResponse 对象。

（3）destroy( )方法。当服务器终止服务（如关闭服务器）时，这个方法会被执行，以撤销 Servlet 对象。

注意：一个 Servlet 对象只执行一次 init( )方法。若一个 Servlet 对象已经被初始化，后续的用户再请求 Servlet 服务时，Web 服务器就会启动一个新的线程（一个执行线索，更详细的概念将在第 13 单元介绍），让 Servlet 对象再调用 service( )方法响应用户请求，即 service( )方法是对每一个用户请求调用一次。

> **Servlet 的标识与映射机制**
>
> 一个 servlet 要面对三种人：开发人员、客户和服务器（容器）部署者。为了各自的便利，也为系统安全，允许针对这不同的人为 servlet 起 3 个名字：
>
> （1）真实路径名（包括包名和类名）。这是开发人员要使用的名字，其内容与服务器上的包目录结构有关。
>
> （2）URL 名。这是为客户提供的一个完全虚构的名字。它与真实路径名之间的映射关系，客户是不知道的。
>
> （3）容器内部名。这是部署者创建的一个名字。这样可以提供更大的灵活度和安全性。

3．Servlet 类字节码文件的生成和保存

为了能让 Servlet 容器创建并运行一个 Servlet 类对象，首先要把 Servlet 类的定义文件编译成字节码文件，并保存到 Web 服务器的特定子目录中。一般将字节码文件存放到 Tomcat 安装目录下的 webapps\root\web-inf\classes 中，如果没有 classes 目录，可以自行创建。

12.2.3　Servlet 的部署和运行

将 Servlet 类的字节码文件保存到指定目录后，还必须为 Tomcat 服务器中的 Servlet 容器编写一个部署描述文件（deployment descriptor，简称部署文件，DD）。部署文件的作用是告诉容器如何运行 Servlet。容器才会按照用户请求使用字节码文件创建 Servlet 对象。

部署文件具有固定的名字——web.xml，并且具有固定的存放位置——服务器 Tomcat 安装目录下的 webapps\root\web-inf 中。

> **Servlet 部署描述文件**
>
> Servlet 部署描述文件是一种简单的 XML 文件，其主要作用是实现两个映射：将客户知道的 URL 名映射到容器内部名，将容器内部名映射到 servlet。
>
> 除此之外，使用部署文件还可以对 Web 应用的其他方面进行定制，而不用修改源代码，如 Servlet 类定义、Servlet 对象的初始化参数、安全域配置参数、welcome 文件清单、资源引用、环境变量的定义等。
>
> 按照部署描述文件，容器会使用一个非常复杂的规则去寻找匹配的 Servlet。

代码 12-11　web.xml 文件代码。

```xml
<?xml version="1.0" encoding="GB2312"?>
<web-app>
  <welcome-file-list>
    <welcome-file>index.jsp</welcome-file>
```

```
  </welcome-file-list>
   <servlet>
      <servlet-name>hs</servlet-name>
      <servlet-class>jiangsu.wuxi.HelloServlet</servlet-class>
   </servlet>
   <servlet-mapping>
      <servlet-name>hs</servlet-name>
      <url-pattern>/servlet/*</url-pattern>
   </servlet-mapping>
</web-app>
```

说明：

（1）部署文件必须有一个根标记——<web-app>。

（2）用<servlet>标记的内容要由 Servlet 容器处理，它由两个子标记组成。

- <servlet-name>子标记：标记由 Servlet 容器创建的对象名。

- <servlet-class>子标记：标记创建对象所使用的类。

（3）<servlet-mapping>是与<servlet>标记对应的标记，也由两个子标记组成：

- <servlet-name>子标记：标记由 Servlet 容器创建的对象名。

- <url-pattenrn>子标记：指定用户请求 Servlet 对象时使用的 URL 格式。如本例中使用
了 " /HelloServlet " ，则用户应在浏览器的地址栏中输入
"http://127.0.0.1:8080/servlet/HelloServlet"来请求 Servlet 类的对象 hs。

如上分析，当用户在浏览器的地址栏中输入"http://127.0.0.1:8080/servlet/HelloServlet"
后，即可得到如图 12.18 所示的运行结果。

图 12.18　代码 12-10 的运行结果

12.2.4　HttpServlet 类的 doXxx( )方法

除了 init( )、service( )和 destroy( )方法外，HttpServlet
类还有一系列的 doXxx( )方法也用来处理用户请求并作
出响应。每个 doXxx( )方法对应一种 HTTP 请求类型，
用于处理对应的 HTTP 请求。这些 doXxx( )方法具有与
service( )方法相同的两个参数：封装用户请求信息的
HttpServletRequest 对象和封装响应的 HttpServletResponse 对象。表 12.5 为 HTTP 请求类型与
对应的 HttpServlet 类方法。

表 12.5　　　　　　　　　**HTTP 请求类型与对应的 HttpServlet 类方法**

HTTP 请求类型	GET	POST	PUT	HEAD	DELETE	OPTIONS	TRACE
doXxx( )方法	doGet( )	doPost( )	doPut( )	doHead( )	doDelete( )	doOptions( )	doTrace( )

图 12.19 表明了 service( )方法与 doXxx( )方法之间的关系，即如果请求的资源是动态
资源，则当客户请求到达 Web 服务器时，Web 服务器就会将请求转交 Servlet 容器；而 Servlet
容器会生成一个线程，同时将客户请求包装成 HttpServletResponse 对象，并调用 service( )
方法。这时 service( )方法会根据 HTTP 的类型，将用户请求分配给相应的 doXxx( )方法处
理。与一切都由 service( )方法响应处理相比，这样可以增加响应的灵活度，减轻服务器的
负担。

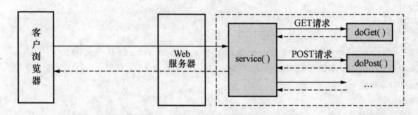

图 12.19　service( )与 doXxx( )方法之间的关系

那么，在什么情况下用户请求由 service( )方法响应处理；在什么情况下用户请求由 doXxx( )方法响应处理，就看在编写 Servlet 类时重写了哪个方法。如果重写 service( )方法，则由 service( )方法进行响应处理；如果直接继承 service( )方法，而重写 doXxx( )方法，则由 doXxx( )方法进行响应处理。

代码 12-12　采用 doGet( )方法改写的代码 12-10。

```
packge jiangsu.wuxi;                        // 定义包名
import java.io.*;
import java.servlet.*;
import java.servlet.http.*;

public class HelloServlet extends HttpServlet{
    public void init(ServletConfig servConfig) throws ServletException{
        super.init(servConfig);
    }

                                            // 重写 doGet()方法
    public void doGet(HttpServletRequest servRequest,HttpServletResponse servResponse)
    throw ServletException,IOException{
        servResponse.setContentType("text/html,charset = GB2312");
        PrintWriter out = servResponse.getWriter();

        out.println("<html><body>");
        out.println("<h2> Java Servlet 欢迎您! </h2>");
        out.println("</body> </html>");
    }
}
```

注意：如果不论请求的类型是 POST 还是 GET，服务器处理的过程完全相同，则可以只重写 doGet( )和 doPost( )中的一个，而在另一个中调用这一个。

12.3　JSP 技 术

12.3.1　JSP 页面结构和基本语法

简单地说，JSP（java server page）就是嵌入了 JSP 标记或 Java 代码的 HTML（或 XML）网页文件。在 JSP 环境下，HTML/XML 主要负责描述 Web 页面的显示样式，要由浏览器解释；Java 代码用来描述如何处理逻辑，由 JSP 引擎（容器）解释并处理。

代码 12-13　一个在浏览器中显示"JSP 欢迎您!"的 JSP 网页实例。

```
<!-- HTML 头部-->
<HTML>
    <META http-equiv=Content-Type content="text/html;charset=gb2312">
    <HEAD><TITLE>JSP 示例</TITLE></HEAD>
    <%-- HTML 主体 --%>
    <BODY>
        <!--页面访问时间: <%=(new java.util.Data()).toLocaleString()%>-->
        <center>
            <%="font size=3 color=red>字体由小变大显示</font>"%>
        </center><br><hr><br>
        <div align="center">
        <%
            // JSP 语句
            <%! int i = 3; %>
            do {
                out.println("<h" + i +"> JSP 欢迎您! </h" + i +">");
                i--;
            } while(i >= 1);
        %>
        </div>
    </BODY>
</HTML>
```

说明：一个 JSP 文件由两类代码组成：

（1）在标记<%…%>中的 JSP 脚本段。

（2）不在标记<%…%>中的其他代码——HTML/XML 代码。

下面围绕代码 12-13 介绍 JSP 的基本语法。

1. 注释

在代码 12-13 中，使用了 4 种注释。这 4 种注释，按照用途只可以分为两类：只存在于服务器端、为客户端不可见的；发送到客户端、为客户端可见的。

（1）<!-- … -->：不含 JSP 表达式的 HTML 注释，例如：

```
<!-- HTML 头部-->
```

对于这种注释，JSP 引擎将不做任何解释，直接交给客户端浏览器，在客户端浏览器中可以看到 HTML 注释。

（2）<!-- …<%=表达式%> -->：含 JSP 表达式的 HTML 注释，例如：

```
<!--页面访问时间: <%=(new java.util.Data()).toLocaleString()%>-->
```

对于这种注释，JSP 引擎将会对嵌入的 JSP 代码进行编译和执行，并将结果返回客户端的源代码中。例如，上述注释返回客户端后变为

```
<!—页面访问时间: 2010-3-28 10:22:37-->
```

（3）<%-- … --%>：JSP 注释。例如：

```
<%-- HTML 主体 --%>
```

JSP 注释仅提供给编程人员，不被发送到客户端，在客户端的源文件中被空白行代替，

即客户端看不到，也无法查看，属于内部资料，故也称为隐藏注释。

（4）//…：Java 注释。这也是客户端看不到的，并且只能写在标记<%…%>中的 Java 代码块中。

2．JSP 声明

声明 JSP 使用的变量和方法，写在标记"<%!"和"%>"之间。例如：

```
<%! int i = 3; %>
```

注意：

① 一个声明只对当前页面有效。对于要在多个页面中要用到的声明，可以写在一个文件中，使用包含指令或包含动作，将之包含进来。包含指令和包含动作稍后介绍。

② 一个声明中语句可以对多个变量和方法声明，但必须以逗号分隔，以分号结尾。

3．JSP 表达式

JSP 表达式插入在标记"<%="和"%>"之间。例如：

```
<%=(new java.util.Data()).toLocaleString()%>
```

注意："<%="是一个完整的标记，中间不能有空格。

4．JSP 脚本段

JSP 脚本段是在"<%"和"%>"之间的一些合法脚本语句（scriptlet）。一个 JSP 页面可以有多个脚本段，一个脚本段可以有任意行的脚本语句。脚本段的主要功能如下。

（1）声明要用到的变量和方法。

（2）编写 JSP 表达式。

（3）编写 JSP 语句，如果使用 Java 语言，必须遵守 Java 规范。

（4）使用隐含的对象。

（5）填写任何文本和 HTML 标记。

12.3.2　JSP 运行机制和环境

JSP 页面的执行分初次执行和非初次执行两种情况。

1．JSP 页面的初次执行过程

① 服务器接收到客户端的一个 JSP 请求。

② 转义变换：服务器通过 JSP 引擎进行预处理，将 JSP 页面文件转换成纯 Java 代码。这个转换工作的内容很简单：

- 对于 HTML 文本简单地用 out.println( )包裹起来。
- 对于 Java 脚本保留或进行简单处理。

③ 编译：JSP 引擎调用服务器端 Java 编译器，将 Java 源代码（.java）编译成 Servlet 类（.class）的字节码文件（.class）。

④ 运行 Servlet 字节代码：JSP 引擎在服务器端创建一个 Servlet 实例并加载到内存中，接着先后调用 jspInit( )方法对 servlet 进行初始化，最后将得到的结果以 HTML 格式返回给客户端。

代码 12-14　代码 12-13 经 JSP 引擎作用后，传送到客户端的 HTML 代码。

```
<!-- HTML 头部-->
```

```
<HTML>
    <META http-equiv=Content-Type content="text/html;charset=gb2312">
    <HEAD><TITLE>JSP 示例</TITLE></HEAD>
    <BODY>
        <!--页面访问时间: 2010-4-5 14:30:56-->
        <center>
            <font size=3 color=red>字体由小变大显示</font>
        </center><br><hr><br>
        <div align="center">
            <h3> JSP 欢迎您! </h3>
            <h2> JSP 欢迎您! </h2>
            <h1> JSP 欢迎您! </h1>
        </div>
    </BODY>
</HTML>
```

2. JSP 页面的非初次执行过程

JSP 页面的非初次执行过程比较简单，当有非初次的客户端请求时，JSP 引擎将首先检查 JSP 页面是否在最后一次存取后是否有过修改。如果有过修改，则按照初次执行的过程进行；如果没有经过修改，则直接调用 servlet 执行字节码文件，把 HTML 格式返回给客户端。

3. JSP 运行环境

执行 JSP 代码需要在服务器上安装 JSP 引擎。Sun 公司的 JSP 主页为 http://www.javasoft.com/products/jsp/index.html，在这里还可以下载 JSP 规范，这些规范定义了供应商在创建 JSP 引擎时所必须遵从的一些规则。

本书使用的是 Sun 的 JavaServer Web Development Kit（JSWDK）。这个软件包提供了大量可供修改的示例。在运行 JSP 示例页面之前，要安装 JSWDK 的目录，特别是 work 子目录下的内容。执行示例页面时，可以在这里看到 JSP 页面如何被转换成 Java 源文件，然后又被编译成 class 文件（即 servlet）。安装 JSWDK 之后，只需执行 startserver 命令即可启动服务器。在默认配置下服务器在端口 8080 监听，使用 http://localhost:8080 即可打开默认页面。

JSWDK 软件包中的示例页面分为两类，或者是 JSP 文件，或者是包含一个表单的 HTML 文件，它们均由 JSP 代码处理，并且 JSP 中的 Java 代码均在服务器端执行。因此，在浏览器中使用"查看源文件"菜单是无法看到 JSP 源代码的，只能看到结果 HTML 代码。所有示例的源代码均通过一个单独的 examples 页面提供。

12.3.3　JSP 指令标记

JSP 指令（direction）是一些特殊的 JSP 语句，用于通知 JSP 引擎如何翻译 JSP 页面，而不直接产生任何可见输出。下面介绍几种常用的 JSP 指令。

1. include 指令

Include 指令称为文件加载指令，其功能是把一个文件嵌入到当前 JSP 页面的当前位置并合并成一个新的 JSP 页面。被嵌入的文件可以是 JSP 文件、HTML 文件或其他文本文件，但必须是可以访问和可以使用的。嵌入格式如下。

```
<%@ include file="文件 URL" %>
```

说明："文件 URL"指要嵌入的文件的 URL，一般用相对路径，不需要指明端口、协议和域名。

2．page 指令

page 指令称为页面指令，用于设定整个 JSP 页面的属性和相关功能。常用的属性见表 12.6。

表 12.6　　　　　　　　　　　　　　page 指令的属性

属性名	说　　明	范　　例
language	JSP 引擎使用的脚本语言，默认值为 Java	language="java"
import	导入后面代码会用到的一个或多个包/类	import="java.util.* "
extends	定义当前 JSP 网页产生的 Servlet 继承自哪个父类	extends="package.class"
session	设置当前 JSP 网页是否可以使用 session 对象，默认值为 true	session="true"
errorPage	指定一个专门处理异常的 JSP 网页	errorPage="relativeURL"
isErrorPage	设置当前网页是否为专门用来处理错误和异常	isErrorPage="true"
contentType	设置输出的 MIME 类型和 JSP 文件的字符编码。默认值为 text/html 和 ISO8859-1	contentType="text/html;charset=GB2312"
isThreadsfe	设置是否支持多线程。默认值为 true	isThreadsfe="ture"
buffer	设定输出流的缓冲区，取值："none|8kb|sizekb"	buffer=16kb
autoFlush	设置缓冲区满时是否自动刷新，默认值为 true	autoFlush="true"
info	定义一个将加入到页面的字符串	info="text"

page 指令的格式如下。

```
<%@ page 属性 1="属性值 1" 属性 2="属性值 2"… %>
```

代码 12-15　统计访问数量的 JSP 程序。

```
<%@ page import="java.util.*"%>
<%@ page contentType="text/html;charset=GB2312"%>
<html>
    <head><title>访问计数程序</title></head>
    <body>
        <%! int counter = 0;%>
        <%! String str1,str2;%>
        <% str1= "你是本网页的第 ";str2="位访问者";%>
        <% counter++;%>
        <div align="center">
            <font size="3" color=blue><b>
                <%=str1%><%=counter%><%=str2%>
            </b></font>
        </div>
    </body>
</html>
```

在浏览器中显示效果如图 12.20 所示。

12.3.4　JSP 动作标记

与 JSP 指令作用在 JSP 翻译阶段不同，JSP 动作（action）作用在用户请求处理阶段，是利用 XML 语法格式的标记来控制 Servlet 引擎的行为，如动态插入文件、导向另一个页面、为 Java 插件生成 HTML 代码、利用 java bean 组件（见第 13 单元）扩展性能等。在 JSP 中，有一些标准动作，用户也可以使用标签库添加自己的动作。下面先介绍两个标准动作元素：<jsp:include>和<jsp:forward>。

图 12.20　代码 12-15 运行效果图

1．<jsp:include>

<jsp:include>用于将一个静态或动态的页面插入到一个 JSP 文件。如果插入的是动态页面，则被插入的页面文件会被 JSP 引擎编译执行；如果插入的是静态页面，则被插入的页面文件不会被 JSP 引擎编译执行，只是将静态页面内容加到 JSP 网页中。页面是静态还是动态，将由<jsp:include>动作自行判定。<jsp:include>的格式如下。

```
<jsp:include page="{urlSpec | <%=expression%>}" flush="true |false"/>
```

参数说明：

（1）page 为需要插入的文件的相对路径（URL）或代表相对路径的表达式。

（2）flush 为用于设定是否自动刷新缓冲区。

<jsp:include>还可以使用<jsp:param>子标记，把一个或多个参数传递到要插入的文件中。格式为

```
<jsp:include page="{urlSpec | <%=expression%>}" flush="true |false">
<jsp:param name="参数名1" value="参数值1"/>
<jsp:param name="参数名2" value="参数值2"/>
…
</jsp:include>
```

代码 12-16-1　使用<jsp:include>动作的浏览器页面。

```
<%@ page contentType="text/html;charset=GB2312"%>
<html>
    <head><title>jsp:include 动作示例</title></head>
    <body>
    <div align="center">
    <font size="3" face="楷体" color=blue><br>求一个数的阶乘<br></font>
    <jsp:include page="code12-16.jsp">
        <jsp:param name="num" value="5"/>
    </jsp:include>
    </div>
    </body>
</html>
```

代码 12-16-2　一个计算阶乘的 JSP 文件——code12-16.jsp。

```
<%@ page contentType="text/html;charset=GB2312"%>
<html>
    <head><title>计算阶乘</title></head>
    <body>
        <%
```

```
              String str=request.getParameter("num");
              if(str==null){
                   str="1";
              }
              int n=Integer.parseInt(str);
              double s=1;
              for(int i=1;i<=n;i++){
                   s *= i;
              }
        %>
        <div align="center">
              <font size="3" face="楷体" color=red><br><%=n%>!=<%=s%></font>
        </div>
    </body>
</html>
```

运行代码 12-16-1，相应的浏览器显示如图 12.21 所示。

说明：用<jsp:param>子标记传递参数时，在被插入
文件中用表达式 request.getParameter（"参数名"）接收传
入的参数。其中，request 是 Tomcat 服务器提供的内置
对象。

2．<jsp:forward>

<jsp:forward>动作的功能是停止当前页面的执行，转
向另一个 HTML 或 JSP 页面。其格式如下。

图 12.21　代码 12-16-1 运行效果图

```
<jsp:forward page="要转向的页面" />
```

或

```
<jsp:forward page="要转向的页面">
    <jsp:param name="参数名 1"  value="参数值 1"/>
    <jsp:param name="参数名 2"  value="参数值 2"/>
    …
</jsp:forward>
```

说明：其用法与<jsp:include>动作基本相同。

代码 12-17-1　一个页面转向另一个页面，并向其传送一个随机数参数。

```
<%@ page contentType="text/html;charset=GB2312"%>
<html><body>
<% double d=Math.random();%>
    <jsp:forward page="code12-17.jsp">
        <jsp:param name="number" value="<%=d%>"/>
    </jsp:forward>
</body></html>
```

代码 12-17-2　转向并接收随机数参数的页面——code12-17.jsp。

```
<%@ page contentType="text/html;charset=GB2312"%>
<html><body bgcolor=cyan><font size=3>
<%
```

```
String str=request.getParameter("number");
double n=Double.parseDouble(str);
%>
    <p>接收到一个数据: <br>
    <%=n%>
</body></html>
```

图 12.22　代码 12-17-1 的运行效果图

运行代码 12-17-1 的效果如图 12.22 所示。

12.3.5　JSP 内置对象

JSP 内置对象也称 JSP 隐形对象，是 JSP 引擎提供的一些不需要事先声明或实例化就可以直接使用的预定义对象，其中包含了许多与特定用户请求、页面或应用程序相关的信息。表 12.7 列出了 JSP 内置对象。

表 12.7　　　　　　　　　　　　　　JSP 内 置 对 象

对 象 名	类 型	生 存 期	说 明
request	javax.servlet.http.HttpServletRequest	request（用户请求期）	隐含请求信息
response	javax.servlet.http.HttpServletResponse	page（页面执行期）	响应信息
pageContext	javax.servlet.JSP.PageContext	page（页面执行期）	本 JSP 页面上下文对象
session	javax.servlet.http.HttpSession	session（会话期）	表示会话对象
application	javax.servlet.ServletContext	application(整个应用程序执行期)	JSP 页面所在 Web 应用上下文
out	javax.servlet.JspWriter	page（页面执行期）	JSP 数据输出对象
config	javax.servlet.ServletConfig	page（页面执行期）	JSP 页面的 ServletConfig 对象
page	java.lang.Object	page（页面执行期）	当前页面引用
exception	java.lang.Throwable	page（页面执行期）	异常处理

1．out 对象

out 对象是 javax.servlet.jsp. JSPWrite 类的一个实例，可以通过 PrintWrite 类在服务器端向客户端发送数据，并把数据输出到客户端。最常用的两个方法是 out.println( )和 out.print( )。除此之外，还包含一些对缓冲区进行测试、管理和操作的方法。关于它的应用将在介绍其他对象时用到。

2．request 对象

request 对象封装了用户提交的请求信息，这些信息包括请求头信息（head）、系统信息（如编码方式）、请求方式（GET/POST）、请求参数名和参数值等。

request 对象实现了 javax.servlet.http.HttpServletRequest 接口，继承 HttpServletRequest 的方法。这些方法按照形式可以分为如下 3 类。

（1）get 形式方法，用于返回如下内容：

- 属性名、属性值。
- 设定 HTTP 头信息、所有的头信息、Data 类头信息、int 类头信息、头名称的集合、头的所有值的集合等。
- 请求的字符编码方式、路径、输入流、所有参数、指定参数、请求方式、协议等。

- 响应请求的服务器主机名、地址、端口号、服务器名。
- 客户端 IP 地址、主机名、主机端口。
- 其他，如文件路径、协议名称等。

（2）set 形式方法，用于进行请求字符的编码格式设置、指定在属性表中添加/删除的属性等。

（3）is 形式方法，用于进行一些检查。如

- 会话检查，如会话 ID 是否通过 cookie 传入、是否通过 URL 传入、是否仍然有效等。
- 安全检查等。

【例 12.1】 用 JSP 页面读取 HTML 表单中的数据，验证 request 的常用 get 类方法。

代码 12-18-1　　HTML 表单文件 code12-18.html。

```html
<html>
    <head>
        <title>向服务器端提交数据</title>
        <meta http-equiv="Content-Type" content="text/html;charset=GB2312">
    </head>
    <body>
        <form action="code12-18.jsp" method="POST">
            <font size="5" color=blue>
            姓名:<input name="Name" size="20" maxlength="20"><br>
            电话:<input name="PhNum" size="20" maxlength="20"><br>
            <input type="submit" value="提交" name="sbmit">
            </font>
        </form>
    </body>
</html>
```

代码 12-18-2　　JSP 网页文件 code12-18.jsp。

```jsp
<%@ page language="java" contentType="text/html;charset=GB2312"%>
<html>
    <head><title>用 request 的 get 形式方法获取客户端数据</title></head>
    <body><%
        request.setCharacterEncoding("GB2312");
        out.println("获取姓名文本框信息: "+request.getParameter("Name")+"<br>");
        out.println("获取电话文本框信息: "+request.getParameter("PhNum")+"<br>");
        out.println("获取提交按钮的面值: "+request.getParameter("sbmit")+"<br>");
        out.println("客户端协议名和版本号: "+request.getProtocol()+"<br>");
        out.println("客户机名和 IP 地址: "
            +request.getRemoteHost()+","+request.getRemoteAddr()+"<br>");
        out.println("客户请求页面文件的相对路径: "+request.getServletPath()+"<br>");
        out.println("传送数据方式和长度: "+request.getMethod()+","
+ request.getContentLength()+"<br>");
        out.println("HTTP 头部 HOST 值: : "+request.getHeader("HOST")+"<br>");
        out.println("服务器名和端口号: "
+ request.getServerName()+","+request.getServerPort()+"<br>");
    %></body>
</html>
```

客户端和服务器端的运行结果分别如图 12.23（a）和（b）所示。

 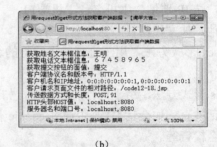

（a）   （b）

图 12.23　JSP 网页文件 code12-18.jsp 运行结果

（a）客户端显示效果；（b）服务器端显示效果

3. response 对象

response 对象与 request 对象相对应，封装了与响应客户端请求相关的信息，所以它主要用来将服务器端数据以 HTTP 格式发送给客户端。它也实现了 javax.servlet.http.HttpServletRequest 接口。它的方法按照形式分为如下 4 类。

（1）set 形式方法。用于设置响应表头的有关信息，如缓冲区大小、响应状态码、HTTP 头的值等。

（2）add 形式方法。用于为响应添加有关内容，如 cookie 对象、头信息、HTTP 头等。

（3）get 形式方法。用于获取响应的有关信息，如缓冲区大小、响应类型、local 对象、返回客户端的 write 对象等。

（4）其他方法。

- 判定方法：指定的 HTTP 头是否存在、服务器端是否已经将数据输出到客户端等。
- send 形式方法：用于发送状态码、错误等。
- 有关缓冲区的方法：如强制发送缓冲区内容、清空缓冲区等。
- 其他。

【例 12.2】　一般说来，一个系统在客户端要为用户登录提供 3 个界面：

- 登录界面：要求用户输入账号和密码。
- 登录成功界面：向用户展示系统菜单。
- 登录失败界面：提示用户重新登录。

这 3 个界面由 3 个 HTML 文件（code12-19-1.html、code12-19-2.html 和 code12-19-3.html）实现，它们之间的切换，则可以由一个 JSP 页面（code12-19.jsp）进行控制。

代码 12-19-1　code12-19-1.html

```
<html>
    <head><title>XYZ 系统登录界面</title></head>
    <meta http-equiv="content-type" content="text/html; charset=GB2312">
    <body>
      <center>
        <font size="4" face="楷书" color="#ff0000">XYZ 系统欢迎您！</font><hr>
        <form action="code12-19.jsp" method=post>
```

```html
        <font size=3>
                账号:<input name="UserID" size="20"><br>
                密码:<input type="password" name="UserPasswd" size="20" maxlength="20"><p>
                <input type="submit" value="确定" name="submit">
                <input type="reset" value="重写" name="reset">
        </font>
        </form>
        </center>
    </body>
</html>
```

代码 12-19-2   code12-19-2.html

```html
<html>
    <head><title>XYZ 系统登录界面</title></head>
    <meta http-equiv="content-type" content="text/html; charset= GB2312">
    <body><center>
        <font size="4" face="楷书" color="#ff0000">您已经成功进入 XYZ 系统！</font><hr>
        <form action="code12-19.jsp" method=post>
    <font size=3>
                按任意键进入系统菜单...
        </font>
        </form>
    </center></body>
</html>
```

代码 12-19-3   code12-19-3.html

```html
<html>
    <head><title>XYZ 系统登录界面</title></head>
    <meta http-equiv="content-type" content="text/html; charset= GB2312">
    <body><center>
        <font size="4" face="楷书" color="#ff0000">账号或密码有错，请重新登录！</font><hr>
        <form action="code12-19.jsp" method=post>
    <font size=3>
                账号:<input name=UserID size="20"><br>
                密码:<input type="password" name=UserPasswd size="20" maxlength="20"><p>
                <input type="submit" value="确定" name="submit">
                <input type="reset" value="重写" name="reset">
        </font>
        </form>
    </center></body>
</html>
```

代码 12-19-4   code12-19.jsp

```jsp
<%@ page language="java" contentType="text/html;charset=GB2312"%>
<%
    String Name=request.getParameter("UserID");
    String Passwd=request.getParameter("UserPasswd");
```

```
        if(Name.equals("abcde")&&Passwd.equals("123456"))
            response.sendRedirect("code12-19-2.html");
        else
            response.sendRedirect("code12-19-3.html");
%>
<html>
    <head><title>XYZ 系统登录界面</title></head>
</html>
```

例 12.2 运行情况如图 12.24 所示。

　　　　　　　（a）　　　　　　　　　　　　（b）　　　　　　　　　　　　（c）

图 12.24　例 12.2 运行情况

（a）登录初始界面；（b）成功登录界面；（c）登录失败界面

在这个例子中，采用方法 response.sendRedirect( )重定向客户端请求。在许多情况下，还希望实现网页的自动更新。这时可以使用方法 response.setHeader( )。

【例 12.3】 下面的例子返回服务器的编码属性和一个打印输出对象，并每隔 6s 刷新一次页面。

代码 12-20　例 12.3 代码如下。

```
<%@ page contentType="text/html;charset=GB2312"%>
<%@ page import="java.util.*"%>
<html>
    <head><title>response 常用方法应用测试</title></head>
    <body><font face="楷体" size=3 color=blue>
    <%
        out.println("服务器使用的编码属性: "+response.getCharacterEncoding()+"<br>");
        out.println("打印输出对象: "+response.getWriter()+"<br>");
    %><hr>
    本页面每 6s 刷新一次<br>
    现在时间是:
    <%
        out.println(""+new Date());
        response.setHeader("Refresh","6");
    %></font>
    </body>
</html>
```

运行结果如图 12.25 所示。

注意：重定向与网页自动更新不是一个概念。

4．session 对象

session 对象驻留在服务器端，用于调用某些方法保存用户访问某个 Web 服务目录期间的有关数据——会话信息。

一个会话（session）是指一个客户打开浏览器并连接到服务器开始，一直到客户关闭浏览器离开该服务器的一个过程。由于

图 12.25　代码 12-20 运行效果图

HTTP 是一种无状态协议，客户的一次会话结束后，连接被关闭，服务器不再保留有关的连接信息。这样，当客户下一次请求并连接时，服务器就会将其当作一个新的客户。但是，在很多情况下，需要服务器能够保留客户信息，以便提供连续性服务。session 对象就是为弥补 HTTP 的不足而设立的。

session 对象主要作用是存储数据。它所存储的数据主要有两个方面：

（1）与创建 session 对象有关的信息，如创建时间、生存时间、用户最后一次访问时间等。这些信息除生存时间可以设置（用 set 形式的方法）外，其他只被获取（用 get 类型的方法）。

（2）由程序员根据客户需求保存的有关对象及其值。对于这部分属性，可以保存（用 set 形式的方法）、删除（用 invalidate( )方法和 remove 形式的方法），也可以被获取（用 get 类型的方法）。

在上述数据中，有一个非常重要的数据——用户 ID。当一个用户首次访问 Web 服务目录中的某个 JSP 页面时，JSP 引擎就为其创建一个 session 对象，用来存储用户访问期间的各种有关信息，其中一个非常重要的信息就是它含有一个 String 类型的客户 ID。JSP 引擎通过客户 ID 来识别客户。每个 session 对象的生命期到用户关闭浏览器或达到其最大生存时间。在此中间，访问链接该 Web 服务目录的其他页面，或从该 Web 服务目录链接到其他 Web 服务目录的 Web 服务器再回到开始时的 Web 服务目录，JSP 引擎还会继续使用先前的那个 session 对象，不会再给用户分配新的 session 对象。

注意：一个 session 对象仅在当前 Web 服务目录中有效。

【例 12.4】　一次简单的网上购物。这个例子用于演示使用 session 对象保存数据的功能，以及一次会话过程中同一 Web 服务目录中的不同页面中共享一个 session 对象（使用同一 ID）。这个过程由三个页面组成。

代码 12-21-1　code12-21-1.jsp：顾客登录，要求顾客输入姓名和会员卡号。

```
<%@ page contentType="text/html;charset=GB2312"%>
<html>
    <head><title>session 应用测试</title></head>
    <body bgcolor=cyan>
    <font size=2>
        您在本页面的 sessionID 是：
        <% out.println(session.getId()); %><p>
        <hr size="3" color="navy">
        校园网上书店欢迎您！请登录,再进入图书挑选页面
        <form action="code12-21-2.jsp" method="post">
            姓　　名:<input type="text" name="Name" ><br>
```

```
            会员卡号:<input type="text" name="CardNumber"><br>
            <input type="submit" value="确认" name="sbmit">
        </form>
    </font></body>
</html>
```

代码 12-21-2 code12-21-2.jsp：挑选商品，要求顾客输入商品名称。

```
<%@ page contentType="text/html;charset=GB2312"%>
<html>
    <head><title>session 应用测试</title></head>
    <body bgcolor=cyan>
<font size=2>
        您在本页面的 sessionID 是:
        <% out.println(session.getId()); %><p>
    <hr size=3 color="navy">
    <%
        request.setCharacterEncoding("GB2312");
        String s1 = request.getParameter("Name");
        session.setAttribute("Name",s1);
        String s2 = request.getParameter("CardNumber");
        session.setAttribute("CardNumber",s2);
    %>
    欢迎<%=(String)session.getAttribute("Name")%>来到校园网上书店！请挑选您需要的书,然后结账。
        <form action="code12-21-3.jsp" method="post" >
            书    名:<input type="text" name="BookName" ><br>
            书    号:<input type="text" name="BookID"><br>
            <input type="submit" value="确认" name="sbmit">
        </form>
    </font></body>
</html>
```

代码 12-21-3 code12-21-3.jsp：给顾客显示商品名称，供顾客确认。

```
<%@ page contentType="text/html;charset=GB2312"%>

<html>
    <head><title>session 应用测试</title></head>
    <body bgcolor=cyan>
        您在本页面的 sessionID 是:
    <% out.println(session.getId());%><p>
    <hr size=3 color="navy">
    <font size=2>
    <%
        request.setCharacterEncoding("GB2312");
        String 姓名=(String)session.getAttribute("Name");
        String 卡号=(String)session.getAttribute("CardNumber");
        String 书名=request.getParameter("BookName");
        String 书号=request.getParameter("BookID");
    %>
        谢谢您的光顾！请核实下列信息<br>
        姓    名: <%=姓名%><br>
```

```
会员卡号：<%=卡号%><br>
书　　名：<%=书名%><br>
书　　号：<%=书号%><br>
如果无误，请付账。付账后，书通过快递，3 天之内可以送到您手中。
</font></body>
</html>
```

运行上述 3 个文件，分别如图 12.26（a）、（b）、（c）所示的 3 个结果。

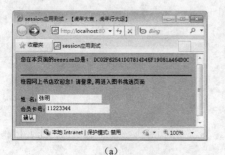
（a）

（b）

（c）

图 12.26　例 12.4 的 3 个页面效果

（a）code12-21-1.jsp 显示效果；（b）code12-21-2.jsp 显示效果；

（c）code12-21-3.jsp 显示效果

5. Application 对象

Application 与 Session 是作用相近但不同的两个对象。Session 对象是面向一个 Web 服务目录下的某个用户的，一个用户在所访问的 Web 服务目录下浏览不同的页面时，JSP 引擎所创建的 session 对象是同一个。而 application 对象是面向 Web 服务目录的，即所有用户在同一 Web 服务目录中的 application 对象是相同的、共享的，对于不同的 Web 服务目录下的 application 对象是不相同的。所以，application 对象的基本用途是保存服务器运行时的全局数据。

【例 12.5】 网站访问计数器。

代码 12-22　code12-22.jsp。

```
<%@ page contentType="text/html;charset=GB2312"%>
<%Integer count=null;                          // 定义一个全局变量
if(session.isNew()){                           // 判断有无访问者
        synchronized(application){             // 同步处理方法
            count=(Integer)application.getAttribute("basic.counter");
```

```
                                              // 从内存读取访问量
        if(count==null)                       // 若尚不存在
            count=new Integer(0);             // 建立一个新的
        else                                  // application
            count=new Integer(count.intValue()+1);
                                              // 否则增 1
        application.setAttribute("basic.counter",count);
                                              // 保存

    }
}
%>
<html>
    <head><title>application 对象应用--简单计数器</title></head>
    <body bgcolor=cyan>
<font size=2>
        您是本站的第<%=count%>位访问者
    </font></body>
</html>
```

说明：

- application.getAttribute(String name)用于返回由 name 指定的属性值。
- application.setAttribute(String name, Object obj)用 obj 来初始化 name 指定的属性值。
- session.isNew( )用于测试服务器是否已经建立了一个会话对象但客户还没有加入。

运行上述代码，得到如图 12.27 所示的结果。

图 12.27　例 12.6 运行情况

【例 12.6】 制作留言板。本例由 3 个 JSP 文件组成。

代码 12-23-1　code12-23-1.jsp：用户提交姓名、留言标题和留言内容。

```
<%@ page contentType="text/html;charset=GB2312"%>
<html>
    <head><title>application 应用--简单的留言板</title></head>
    <body>
        <form action=" code12-23-2.jsp" method="post" name="form"><p>
            输入您的名字：<input type="text" name="Name"><br>
            输入留言标题：<input type="text" name="Title"><br><p>
            输入您的留言：<p>
            <textarea name="messages" rows="5" cols="36" wrap="physical"></textarea><br>
            <input type="submit" value="提交留言" name="sbmit">
        </form>
        <form action="code12-23-3.jsp" method="post" name="form1">
            <input type="submit" value="查看留言板" name="look">
        </form>
    </body>
</html>
```

页面效果如图 12.28 所示。

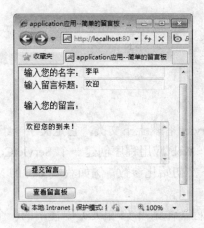

图 12.28　code12-23-1.jsp 的页面效果

代码 12-23-2　code12-23-2.jsp：获取用户提交的信息，并将这些信息添加到 application 对象的向量中。

```
<%@ page contentType="text/html;charset=GB2312"%>
<%@ page import="java.util.*" %>
<%@ page import="java.text.SimpleDateFormat" %>
<html>
    <head><title>application 应用--简单的留言板</title></head>
    <body>
        <%!
            Vector v=new Vector();
            int i=0;
            ServletContext applicaton;
            synchronized void sendMessage(String s){
                applicaton=getServletContext();
                v.add(s);
                applicaton.setAttribute("mess",v);
            }
        %>
        <%
            String name=request.getParameter("Name");
            String title=request.getParameter("Title");
            String messages=request.getParameter("messages");
            if(name==null)
                name="guest"+(int)(Math.random()*1000);
            if(title==null)
                title="无标题";
            if(messages==null)
                messages="无内容";
            SimpleDateFormat matter=new SimpleDateFormat("yyyy-mm-dd hh:mm:ss");
            String time=matter.format(new Date());
            String s=name+"#"+title+"#"+time+"#"+messages;
            sendMessage(s);
            out.print("您的留言已经提交！ ");
```

```
%>
    <a href="code12-23-1.jsp">重新留言</a>
    <a href="code12-23-3.jsp">查看留言</a>
  </body>
</html>
```

说明：

（1）ServletContext 是 servlet 容器上下文类，它定义了一组方法与其 servlet 容器通信。servlet 容器启动时，会为每个 Web 应用程序创建一个 ServletContext 对象。用这个对象可以读取 web.xml 中所定义的上下文初始化参数，例如获取文件的 MIME 类型、分发请求或写入日志文件等。

（2）synchronized 是多线程（详见第 14 单元）中使用的一个修饰符，可以修饰方法和对象。用它修饰方法时，表示这个方法被加锁。这样，假定某个线程 A 要访问一个加锁的方法 F，则首先要检查是否有别的线程在调用这个方法。如果有，则要等正在运行这个方法的线程运行完这个方法，A 才可以运行这个方法；如果没有，才可以直接运行这个方法。

（3）SimpleDataFormat 是一个以国别敏感方式格式化和分析数据的具体类。它的构造方法可以以格式为参数，创建这种格式的时间对象。

（4）application 对象调用方法 setAttribute(String key,Object obj)，可以将 Object 对象 obj 添加到 application 对象中，并为所添加对象指定一个关键字 key。

页面效果如图 12.29 所示。

图 12.29　code12-23-2.jsp 的页面效果

代码 12-23-3　code12-23-3.jsp：从 application 对象中取出向量，找到用户留言信息，然后显示出来。

```
<%@ page contentType="text/html;charset=GB2312"%>
<%@ page import="java.util.*" %>
<html>
    <head><title>application 应用--简单的留言板</title></head>
    <body>
        <%
            Vector  v=(Vector)application.getAttribute("mess");
            out.print("<table border=1>");
            out.print("<tr>");
            out.print("<td>"+"留言者姓名"+"</td>");
            out.print("<td>"+"留言标题"+"</td>");
            out.print("<td>"+"留言时间"+"</td>");
            out.print("<td>"+"留言内容"+"</td>");
            out.print("</tr>");
            for(int i=0;i<v.size();i++){
                String message=(String)v.elementAt(i);
                byte bb[]=message.getBytes("iso-8859-1");
                message=new String(bb);
                String str[]=message.split("#");
                out.print("<tr>");
```

```
            int number=str.length-1;
            int j;
            for(j=0;j<number;j++)
                out.print("<td>"+str[j]+"</td>");
            out.print("<td><TextArea rows=3 cois=12>"+str[j]+"</TextArea></td>");
            out.print("</tr>");
        }
        out.print("</table>");
    %>
    <a href="code12-23-1.jsp">重新留言</a>
    </body>
</html>
```

说明：application 对象调用方法 getAttribute(String key)，可以获取 key 指定的 application
属性。页面效果如图 12.30 所示。

图 12.30　code12-23-3.jsp 的页面效果

12.4　Java Web 开发架构

12.4.1　软件架构

1. 架构的概念

架构来自英文 architecture，而 architecture 可以被翻译成式样或风格、结构或框架。因此，
关于架构的概念可以从两个方面理解。此外，架构的概念最早源自建筑业，下面举两个建筑
业方面的例子来帮助读者从上述两个方面理解架构的概念。

图 12.31 是建造于公元 6 世纪的著名索菲亚大教堂（Hagia Sophia），它是拜占庭建筑之
美的代表——率先采用了"穹顶"结构来支撑巨大的圆形屋顶。图 12.32 是建造于 16 世纪的
圣保罗大教堂（St Paul's Cathedral），是伦敦的地标性建筑。这两个建筑都采用了"穹顶"架
构——风格，但是它们又有所不同。

图 12.31　索菲亚大教堂

图 12.32　圣保罗大教堂

　　软件架构也含有这个意思，即从风格（或式样）上确定了一个基本的解决方案，但在细节上可以有所不同。例如，同样是采用了 MVC 模式的架构，但细节上还会根据问题（领域）的不同，而有些局部调整。这样，一个好的架构一旦被广泛认可，人们就可以以此为基础进行系统构建，大大减少在创建新项目时的劳动量，而把精力集中到业务处理方面。从这个角度看，在构想、计划、构建和维护系统时，架构有助于处理复杂性问题。

　　图 12.33 是正在建设中的一个框架建筑。这是一个半成品。设计师设计了这个框架，当它被分售给不同用户后，用户可以根据自己的需求进一步填补有关细节。或者这栋建筑的业主以后要改变用途时，只要更换一下填充方式就可以了。关于这一点，读者已经在第 10.5 节中看到了。从这个角度看，架构不是具体的设计，而是一种可以应对变化的结构，具有一

图 12.33　一个框架建筑

定高度的抽象和规则。正如 Stewart Brand 所说，从更大的范围来说，术语"架构"总是意味着"不变的深层次结构"。或者说，它给出的是一种"以不变应万变"的结构。对于软件开发来说，它可以提供开发者一个"填空式"的开发环境，大大提高软件开发的效率和可靠性。

　　除了上述两个方面外，架构还有助于确保系统能够满足其利益相关人的关注点，即它要让架构师、构建者，以及其他利益相关人员看到他们的关注点是如何得到满足的。当然，每个方面都满足是不可能的，所以架构往往是折中的结果。

　　2. 软件架构的目标

　　一般而言，软件架构设计要达到如下目标：

　　（1）可靠性（reliable）。当今没有一个大型系统可以离开软件，因此软件系统必须可靠。

　　（2）安全性（secure）。软件系统是系统的生命，关系系统的安全，其安全性非常重要。

　　（3）可扩展性（scalable）。软件要能够在用户的使用率、用户的数目增加很快的情况下保持合理的性能。

　　（4）可定制化（customizable）。软件应当允许根据客户群变化和需求变化进行调整。

　　（5）可扩展性（extensible）。一个软件系统应当允许导入新技术，对现有系统进行功能和性能的扩展。

　　（6）可维护性（maintainable）。软件系统的维护包括两方面：一是排除现有的错误；二是将新的软件需求反映到现有系统中去。这样可以有效地降低技术支持的开销。

　　（7）客户体验（customer experience）。软件系统必须易于使用。

　　（8）市场时机（time to market）。软件用户要面临同业竞争，软件提供商也要面临同业竞争。以最快的速度争夺市场先机非常重要。

　　12.4.2　经典的 MVC 支柱框架——Struts

　　在 JSP 推出的早期，Sun 公司就制定了两种规范：Model 1 和 Model 2。Model 1 是以 JSP 为中心的开发模型，适合小规模应用的开发。其不足之处在于将业务逻辑和表示逻辑混合在 JSP 页面中，让 JSP 承担了过多的责任，不利于应用系统业务的重组和变更，也不

利于软件系统的扩展和更新。经过实践，在进行了广泛借鉴和总结之后，特别是在 MVC 模式的影响下，Sun 推出了 Model 2。但是，与简单地使用 JSP 开发相比，MVC 模式的系统开发必须基于 MVC 组件方式设计应用软件结构，原来通过 JSP 页面就能实现的应用要变成多个组件多个步骤的实现过程。掌握这些，需要更多的学习和复杂的设计。为使 MVC 开发变得简便，Apache 软件基金下一个开放源码项目 Jakarta 于 2000 年 5 月启动了 Struts 项目。在 30 多位开发者的努力下，又经过数千人参与讨论，2001 年 6 月 Struts 1.0 版本发布。

1. Struts 的特点

目前，Struts 已经成长为一个稳定、成熟的框架，占据 MVC 框架中最大的市场份额。它之所以起名为"支柱"（Struts），就是因为它具有如下显著特点。

（1）采用 Struts 能够开发出基于 MVC 设计模式的应用框架。

（2）Struts 是一个可重用的、半完成的应用程序，可以用来产生定制的应用程序。这不仅减轻了学习的负担，也减少了在构建一个 MVC 系统时的工作量。

（3）Struts 不是一个库，而是一组相互协作的类，是 Servlet 和 JSP 的集成。它的视图由 JSP 文件组成，模型通过 JavaBean（详见第 13 单元）等组件组成，控制通过 Servlet 等实现。

（4）Struts 能与标准的数据库访问技术（如 JDBC 等）交互。

但是 Struts 的某些技术特性已经落后于新兴的 MVC 框架。面对 Spring 等设计得更精密、扩展性更强的框架，Struts 受到了前所未有的挑战。但从产品开发的角度看，Struts 仍然是最稳妥的选择。

2. Struts 的基本构成

按照 MVC 结构，Struts 的主要组件如下。

（1）模型（model）。Struts 的模型部分由 Action 和 ActionForm 对象支撑。Action 类对象是开发者从 Struts 的 Action 类派生的子类，它们封装了具体的处理逻辑，调用业务逻辑模块，并且把响应提交到合适的 View 组件以产生响应。ActionForm 组件对象用于实现对 View 和 Model 之间交互支持。org.apache.struts.action.Action 在客户请求、界面表示和业务逻辑之间充当桥梁作用。每一个 Action 负责处理一项（但并非仅一项）任务或一个业务操作，实现一个业务操作单元。

（2）视图（view）。视图的作用是构成应用程序的外观，与用户交互，向用户展现数据模型。它由一组 JSP 文件构成，在这些 JSP 文件中，没有任何业务逻辑和模型信息，只有标签，通过标签从模型中提取数据，这些标签中包括 JSP 标签和 Struts 标签，Struts 自定义的标记库能使视图更加灵活和动态化。

（3）Struts 配置文件（struts-config.xml）。struts-config.xml 文件是 Struts 的一个静态组件，它描述了对于客户的哪些请求应当用何种方式调用哪个 Action 类，为 ActionServlet 类对于用户请求的处理和转发提供依据。

（4）控制器（controller）。控制器负责接收用户请求和数据，然后判断将它们交给哪个模型处理，最后调用视图来显示模型返回的数据。在 Struts 框架中核心控制器由 org.apache.struts.action.ActionServlet 类实现。ActionServlet 继承自 HttpServlet，是一个地道的 servlet。它包含一组 ActionMapping 对象。org.apache.struts.action.ActionMapping 是 Action.config

的子类，实质上是对 struts-config.xml 的一个映射，从中可以取得一个请求类型对应的负责业务逻辑处理的 Action 对象。

图 12.34 描述了 Struts 的组件结构。

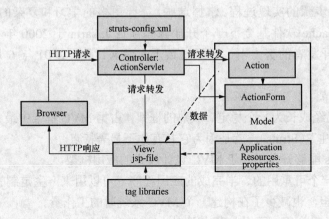

图 12.34　Struts 的工作过程

3. Struts 的工作过程

① 来自客户端浏览器的 HTTP 请求在 Web 服务器中形成一个事件，被 Servlet 接收。

② ActionServlet 对象根据用户请求 URL 样式，在一组 ActionMapping 对象中查找到可以处理业务逻辑的 Action，然后把用户请求交相应的 Action 对象。

③ Action 对象执行业务逻辑，控制应用程序流程，并且会修改应用程序的内部状态——模型的状态。

④ Action 对象执行业务逻辑结束后，控制器根据 Action 对象的执行情况和 struts-config.xml 文件中的配置信息，决定分派哪个视图（JSP 文件）来创建响应。

⑤ JSP 页面从模型中提取数据，以表现模型的更新状态。

⑥ 视图将执行结果反馈给客户浏览器。

4. 利用 Struts 框架开发 MVC 系统的流程

利用 Struts 开发 MVC 系统，可以采用的开发流程如下：

① 收集和定义用户的应用需求。

② 基于数据采集和显示的原则定义和开发"画面"（屏幕显示）需求 。

③ 为每一个"画面"定义访问路径。

④ 定义 ActionMappings 建立和应用业务逻辑之间的联系。

⑤ 开发满足"画面"需求的所有支持对象。

⑥ 基于每一个"画面"需求提供的数据属性来创建对应的 ActionForm 对象。

⑦ 开发被 ActionMapping 调用的 Action 对象。

⑧ 开发应用业务逻辑对象（Bean、EJB 等）。

⑨ 对应 ActionMapping 设计的流程创建 JSP 页面。

⑩ 建立合适的配置文件 struts-config.xml、web.xml。

⑪ 开发、测试、部署。

5．Struts 的下载和安装

Struts 是开放源代码软件，官方网站 http://archive.apache.org/dist/struts/。用户可以直接从这个网站上下载其源代码和二进制包。

12.4.3　基于控制反转和面向切面的 MVC 框架——Spring

Spring 在英文里有春天、弹簧、跳跃和泉眼的意思。在现实中，Spring 是为了解决企业应用开发的复杂性而创建的。它的特点可以用控制反转（inversion of control，IoC）、面向切面、一站式框架、容器、轻量、开源等几个术语描述，而其中最基本的是控制反转。

Rod Johnson 与 Spring

2002 年 Rod Johnson 编著了一本名为 *Expert one to one J2EE design and development*（见图 12.35）的书，对 Java EE 正统框架臃肿、低效、脱离现实的种种现状提出了批评。基于书中的指导思想，他编写了 interface21 框架，力图冲破 Java EE 传统开发的困境，从实际需求出发，着眼于轻便、

图 12.35　Rod Johnson 的书

灵巧，易于开发、测试和部署的轻量级开发框架。经过重新设计，并不断丰富其内涵，于 2004 年 3 月 24 日，发布了 Spring 1.0 正式版。同年，他又推出一部经典力作 *Expert one-to-one J2EE Development without EJB*。在该书中，作者根据自己多年丰富的实践经验，对 EJB 的各种笨重臃肿的结构进行了逐一的分析和否定，并分别以简洁实用的方式替换之。至此一战功成，Rod Johnson 成为一个改变 Java 世界的大师级人物。

1．控制反转

在构建一个应用时，会创建各种各样的类，并且往往需要类之间进行协作来实现应用程序的逻辑功能。然而，类之间的协作就可能产生类之间的依赖关系。

代码 12-24　具有强耦合的两个类 A 和 B。

```java
public class ClassB{
    public ClassB(){}                           // 构造方法
    public void b(){
        System.out.println("这是 ClassB.b()");
    }
}


public class ClassA{
    private ClassB objB                         // 类 ClassA 依赖类 ClassB
    public ClassA(ClassB oB){                   // 构造方法，类 ClassA 依赖类 ClassB
        this.objB=oB;
    }
    public void a(){
        System.out.println("这是 ClassA.a()");
    }
}
```

讨论：由 ClassA 的构造方法可以看出，当 ClassA 对象创建时，就开始依赖 ClassB。由于 ClassB 是一个具体类，而具体类是不稳定的、多变的，这就形成 ClassA 与 ClassB 之间的强耦合关系。为了降低它们之间的耦合性，可以为 ClassB 增添一个接口。

代码 12-25　为 ClassB 增添一个接口。

```java
public interface InterfacB{
    public void b();
}
```

```
public class ClassB implements InterfacB{
    public ClassB(){}                          // 构造方法
    public void b(){
        System.out.println("这是ClassB.b()");
    }
}


public class ClassA{
    private InterfaceB intfB                    // 类 ClassA 依赖类 ClassB
    public ClassA(){                            // 构造方法, 类 ClassA 依赖类 ClassB
        this.intfB=new ClassB();
    }
    public void a(){
        System.out.println("这是ClassA.a()");
        intfB.b();
    }
}
```

讨论：这个代码的修改，主要是使类 ClassA 从原来对于具体类 ClassB——易变类的依赖，变为接口 InterfaceB——稳定类的依赖，目的是实现 DIP（依赖倒转原则），以降低了类 ClassA 与具体类 ClassB 之间的耦合度。但是，由于使用了代码

```
this.intfB=new ClassB();
```

使得类 ClassA 仍然依赖于具体类 ClassB，使得 ClassA 的测试、修改依然有难度。

仔细分析可以看出，这种依赖关系是编码时就已经确立了的，这是导致类与类之间强耦合的原因所在。为了避免这种情况，只有在编码时去除这种依赖关系，即使类 ClassA 完全依赖于接口类 InterfaceB，到了使用时再去获取具体类 ClassB。

代码 12-26　完全依赖于接口 InterfaceB 的类 ClassA。

```
public class ClassA{
    private InterfaceB intfB                    // 类 ClassA 依赖类 ClassB
    public ClassA(InterfaceB intB){             // 构造方法, 类 ClassA 依赖类 ClassB
        this.intfB=intB;
    }
    public void a(){
        System.out.println("这是ClassA.a()");
        intfB.b();
    }
}
```

这样，在使用中再让 InterfaceB 引用指向具体类 ClassB 就可以了。这样也就使类 ClassA 对于具体类 ClassB 的依赖，从类 ClassA 的内部反转到了类 ClassA 的外部，这称为控制反转。所以 IoC 是一种降低由于类之间协作而产生的依赖耦合性的技术。

回头再看一看代码 12-24、代码 12-25 和代码 12-26，它们都很简单。如果类 ClassA 和类 ClassB 换成别的类，道理也如此。这就形成一个框架。不过在具体问题中就没有这么简单了。Spring 很好地解决了这个问题，它提供了一个控制反转模块来构建 IoC 框架。

2.　Spring 的其他特点

（1）面向方面。Spring 提供了面向方面编程的丰富支持，允许通过分离应用的业务逻辑与系统级服务［例如审计（auditing）和事务（transaction）管理］进行内聚性的开发。应用对象只实现它们应该做的——完成业务逻辑，并不负责（甚至是觉察）其他的系统级关注点，例如日志或事务支持等。

（2）一站式框架。对于 J2EE 应用的各层解决方案，Spring 不是仅仅专注于其某一层，而是贯穿表现层、业务层、持久层，着眼于"一站式"地解决。在解决这些问题的过程中，Spring 对于已有的框架，不是取代它们，而是与它们无缝地整合。正因为如此，Spring 能够提供一个细致完整的 MVC 框架，可以在模型、视图、控制器之间提供非常清晰的划分，同时采用控制反转，使各部分耦合极低。另一方面，Spring 的 MVC 是非常灵活的，完全基于接口编程，真正实现了视图无关。视图不再强制要求使用 JSP，可以使用 Velocity、XSLT 或其他视图技术，甚至可以使用自定义的视图机制——只需要简单地实现 View 接口，并且把对应视图技术集成进来。Spring 还集成了很多基础功能（事务管理、持久化框架集成等），留给程序员的仅仅是应用逻辑的开发。这些特征能使程序员编写更干净、更可管理并且更易于测试的代码。

（3）容器。一个应用服务是多个组件的整合。Spring 包含并管理应用对象的配置和生命周期，在这个意义上它是一种容器。有了容器的概念，开发人员可以按照自己的意愿来选择、放置组件。

（4）轻量。从大小与开销两方面，Spring 都是轻量的。完整的 Spring 框架可以在一个大小只有 1MB 多的 JAR 文件里发布，并且 Spring 所需的处理开销也是微不足道的。此外，Spring 是非侵入式的、典型的，其应用中的对象也不依赖于 Spring 的特定类。

（5）开源。Spring 是一个开源框架。用户可以从其官方网站 http://www.springframework.org/下载它的安装包。

3.　Spring 的组件架构

图 12.36 描述了 Spring 的组件框架。可以看出，它包括如下一些组件。

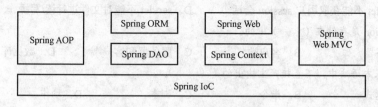

图 12.36　Spring 组件架构

（1）控制反转模块——Spring IoC。IoC 模块是整个 Spring 的基础，其他模块都是基于控制反转技术建立的。

（2）AOP（aspect-oriented programming，面向方面编程）模块。AOP 模块为应用程序中的对象提供了事务管理服务，通过配置管理，可以直接将声明性事务管理集成到应用程序中，进一步降低类之间的耦合，提高类以及类方法的单一性和可重用性。

（3）ORM 模块。在 Spring 框架中插入若干 ORM 框架，就可以方便地将 Hibernate、JDO、iBATIS SQL Map 等 ORM 框架整合进来。

（4）DAO（data access object，数据访问对象）模块。DAO 是数据持久层的一个设计模式。为了便于管理异常，它要求将所有对数据源的访问操作代码通过抽象，封装在一个公共 API 中。即在一个应用中，用一个接口定义所有可用到数据库应用的逻辑。在应用程序中，DAO 模块作为有意义的异常层次结构位于业务逻辑模块和数据库之间，并且与 ORM 模块协同使用，任何模块要访问数据库都要经过 DAO 模块，可以简化异常处理，极大地降低需要编写的异常代码数量。

（5）Web 模块。这个模块提供了对现有 Web 框架，如 Struts、JSF、WebWork 等的整合支持，以便将它们整合进来。

（6）Web MVC 模块。这是一个全功能构建 Web 应用程序的实现，它有 Spring 自己的一套 MVC 架构、显示标签和控制器，还通过策略接口，容纳了大量其他 MVC 框架，如 Struts 等，使 MVC 变成高度可配置的框架。

（7）Context 模块。这是一个配置文件，向 Spring 框架提供上下文信息和构建控制反转所需要的容器类。

习　题　12

概念辨析

1．下面的标记中，需要成对使用的是（　　　　）。

　　A．<html>　　　　　　B．<table>　　　　　　C．
　　　　　　　　D．<th>

2．要编写一个 servlet，需要用到的数据包是（　　　　）。

　　A．java.io.*　　　　　　　　　　　　　　B．javax.servlet.*

　　C．javax.servlet.http.*　　　　　　　　D．java.util.*

3．以下关于 servlet 的说法中正确的是（　　　　）。

　　A．servlet 可以获取用户 session 会话　　B．servlet 不能对数据库表进行操作

　　C．servlet 不能获取用户 session 会话　　D．servlet 不能对文件进行读/写操作

4．HttpSession 是存储在（　　　）中的。

　　A．服务器　　　　　　B．客户端　　　　　C．服务器和客户端　　　D．数据库

5．在 JSP 基本语法中，不直接产生输出的是（　　　　）。

　　A．表达式　　　　　　B．指令　　　　　　C．脚本　　　　　　D．动作

6．以下 JSP 内置对象中，封装了用户信息的对象是（　　　　）。

　　A．session　　　　　B．request　　　　　C．response　　　　D．application

7．以下 JSP 内置对象中，对客户请求作出响应，向客户端发送数据的是（　　　　）。

　　A．out　　　　　　　B．request　　　　　C．response　　　　D．application

8．从（　　　）开始到（　　　）结束，称为一个会话。

　　A．访问者打开浏览器　　　　　　　　　　B．访问者关闭浏览器

　　C．访问者关闭浏览器离开服务器　　　　　D．访问者打开浏览器并连接到服务器

9．application 对象能在（　　　）共享。

　　A．某个访问者所访问的页面之间　　　　　B．某个访问者所访问的网站之间

C．一个服务器上所有访问者之间

D．某服务器上所有访问者所访问的所有页面和程序之间

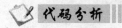 **代码分析**

两个用户先后访问下面的 JSP 页面，先访问者与后访问者所看到的页面效果是否相同？

```
<%@ page contentType="text/html;charset=GB2312"%>
<%@ page isThreadSafe="false"%>
<html><body>
    <%
        int sum=10;
        void add(int m){
            sum=sum+m;
        }
    %>
    <%
        int n=300;
        add(n);
    %>
    <%=sum%>
</body></html>
```

 **开发实践**

1. 用 servlet 实现一个网上书店，要求：

（1）创建一个包含书店中所有商品的数据库。

（2）客户每进入该书店时，程序便从中取出所有商品资料显示在网页上。

（3）客户可以自由地选购商品。

提示：后台数据库需要包含 3 个表，分别存储商品信息、客户信息和定单信息。

2. 用 JSP 制作 3 个网上商店的页面，每个商店供应不同的商品，顾客要输入姓名、密码和购物信息，购物结束时向顾客返回购物清单。

思考探索

尽可能多地搜集不同的 Java 开发框架资料，对它们进行比较。

第 3 篇　Java 高 级 开 发

本书第 1 篇主要介绍作为一种面向对象的程序设计语言的 Java 所具备的最基本特性,本书第 2 篇主要介绍作为一个通用的、面向对象开发平台的 Java 的最基本的应用方法。那两篇的内容都是很基本的。这一篇则与之不同,是介绍 Java 富有特色的一些特性,这些特性在软件开发中具有锦上添花之功效,也是学习者在掌握了前两篇的基础上的进一步提高。这些特性包括:

- Java Bean 技术。
- Java 多线程技术。
- Java 泛型编程。
- Java 数据结构接口。

当然,还有一些别的高级特性。但作为一本初学者的入门教材,只选上述内容也就可以了。

第 13 单元　JavaBean　技　术

自 20 世纪 60 年代末起，软件界经历了第一次、第二次软件危机的冲击。在历难中，软件工程逐渐成熟。结构化程序开发、面向对象软件开发、软件组件式开发的思想先后提出并得以实现。软件组件的基本思想是要像用零件组装机器一样，用组件来组装软件，以实现工厂化的软件生产，提高软件的可靠性和生产效率。

像机器零件一样，软件组件式开发的关键是规范。没有规范，零件无法组装到机器中。同样，没有规范，软件组件也无法组装成一个软件。JavaBean 就是一种规范，是一种在 Java 中可以重复使用的 Java 组件的技术规范，也是一种基于 Java 的可移植性和与平台无关的组件模型。任何遵从这套规范的 Java 类都可以是 Bean。

从外部看，JavaBean 可以分为可视化和非可视化两种。可作为可视化组件，JavaBean 已经很好地应用在应用程序的 GUI 中；作为非可视化 JavaBean，也在封装业务逻辑、数据库操作等模型开发方面，与 Servlet（进行控制器开发）、JSP（进行视图开发）一起，成为公认的 Web 应用 MVC 模式的最佳搭档，并被集成到 Struts 和 Spring 等框架中。

豆子虽小，一颗颗拼起来就是一道美味的菜肴，JavaBean 虽然简单，但可以组装在功能强大的软件中。因此，在进行各种应用开发时，可不要忘了请这些"小老弟"帮忙（bean 的本意是豆子，俚语中也做"小老弟"用）。

13.1　JavaBean　概　述

13.1.1　JavaBean 结构
代码 13-1　画一个点的 Bean。

```java
package zhang.Bran;
public class DrawPoint{
    // 定义属性
    private int x;                    // 横坐标
    private int y;                    // 竖坐标
    private boolean visible;          // 可见性

    // 定义构造器
    public DrawPoint(){               // 构造方法
        this.x = 0;
        this.y = 0;
        visible = true;
    }

    // 定义设置器
    public void setX(int x){
        this.x = x;
    }
```

```
    public void setY(int y){
        this.y = y;
    }
    public void setVisible(boolean visible){
        this.visible = visible;
    }


    // 定义获取器
    public int getX(){
        return this.x;
    }
    public int getY(){
        return this.y;
    }
    public boolean getVisible(){
        return this.visible;
    }
    public boolean isVisible(){
        return this.visible;
    }


    // 定义一般方法
    public void drawPoint(int x,int y){
        // ...
    }


    // 事件监听器的注册与注销
    public void addPropertyChangeListener(PropertyChangeListener lis)
    { }
    public void removePropertyChangeListener(PropertyChangeListener lis)
    { }
}
```

这个例子表明 JavaBea 主要包括属性、方法和事件。

（1）属性。属性即 JavaBean 类的数据成员，用于描述 JavaBean 对象的状态。属性本身就是事件源，其值发生变化可以触发事件。JavaBean 属性分为 4 类：

- 单值（simple）属性，这是只有一个单一值的属性。
- 索引（indexed）属性，这是指数组类型的属性。
- 关联（bound）属性，这类属性的值发生变化时，要通知其他对象。
- 约束（constrained）属性，这类属性的值发生变化时，相关的外部对象要检查这个属性变化的合理性。

（2）方法。方法可以分为 4 类：构造器（方法）、设置器［setXxx( )形式方法］、获取器［getXxx( )形式方法］和普通方法。

（3）事件。事件处理涉及事件源、事件状态、事件监听者、适配器等对象。

- 事件源也可以作为一种特殊的 JavaBean。JavaBean 属性发生变化将触发事件，事件激发相关对象作出反应。

- 事件源通过注册事件监听者（event listener）来接收并处理事件。
- 与事件发生有关的状态信息一般都封装在事件状态对象（event state object）中。这种对象是 java.util.EventObject 的子类。
- 在一些应用中，事件源到监听者之间的信息传递要通过适配器转发。

关于这些机制，已经在第 9 单元进行了介绍，这里不再细述。

13.1.2　JavaBean 规范

与程序员相关的 JavaBean 规范主要在两个方面：

1. 编写规范

（1）所有 JavaBean 必须放在一个包（package）中。

（2）必须定义成 public class 类。

（3）不含有 public 属性。

（4）每个属性的持久值必须通过设置器或获取器访问。

（5）必须有一个无参构造方法。在这个构造方法中，可以通过调用各属性的设置方法来设置属性的默认值。

2. 命名规范

（1）包名：全部字母小写。

（2）类名：首字母大写。

（3）文件名：与类同名。

（4）属性名：第 1 个字母小写，以后每个单词首字母大写。

（5）方法名：与属性命名方法相同。此外，对于属性 xxx，其设置器的名字要为 setXxx( )，其获取器名字应为 getXxx( )。对于 boolean 类型的单值属性，可以采用 isXxx( )格式的方法访问。

（6）常量名：全部字母大写。

13.1.3　JavaBean 开发环境

JavaBean 开发环境主要有 JavaBean 测试工具 BDK 和 java.beans 包。

1. BDK

BDK（bean development kit）是 Sun 提供的 JavaBean 测试工具。其下载网址为 http://Java.sun.com/products/Javabeans/software/。

在 JDK 和 BDK 安装完成后，还需要设置程序运行路径和类路径。路径设置如下：

```
SET PATH=C:\JDK1.2\BIN\;:BDK1.1\BEANBOX
SET CLASSPATH=C:JDK1.2\LIB
```

上述配置完成后要在重新启动计算机后，方可生效。

2. java.beans 包

java.beans 包包括了一组用于组件属性描述和接口信息描述的类。这些类包括：

- BeanInfo：定义了一组方法，用于匹配 JavaBean 中的属性、方法和事件等。
- SimpleBeanInfo：描述 JavaBean 内部基本实现细节的接口。
- FeatureDescriptor：描述 JavaBean 特征。
- MethodDescriptor：方法描述类。

- ParameterDescriptor：参数描述类。
- PropertyDescriptor：属性描述类。
- IndexedPropertyDescriptor：索引性描述类。
- BeanDescriptor：JavaBean 描述类。
- EventSetDescriptor：JavaBean 事件描述类。
- IntroSpector：自检类。

它们都是 Object 类的子类 FeatureDescriptor 类的子类。

13.2　基于 JavaBean 的 JSP 应用开发

13.2.1　JSP 与 JavaBean 交互的动作元素

JSP 提供了 3 条动作元素（即指令或标记）与 JavaBean 交互，它们分别是<jsp:useBean>、<jsp:setProperty>和<jsp:getProperty>。

1. <jsp:useBean>指令

动作元素<jsp:useBean>的作用是将一个 JavaBean 的实例引入 JSP 文档中，格式如下。

```
<jsp:useBean id="Bean 变量名"class="创建 Bean 的类" scope="Bean 作用域"/>
```

说明：

（1）scope 指 Bean 的作用域，可以根据需要取下列值。

- page：默认值，JavaBean 只在当前页面中有效。
- request：JavaBean 在相邻两个页面中有效。
- session：JavaBean 在整个会话过程中有效。
- application：JavaBean 在当前整个 Web 服务目录中有效。

（2）class 指创建 JavaBean 的类，要带有包名。

代码 13-2　下面的两段脚本片断等价：

```
<jsp:useBean id="aBean" scope="page" class="Bean.SimpleBean"/>
</jsp:useBean>
```

与

```
<% Bean.SimpleBean aBean = new Bean.SimpleBean();%>
```

但是动作元素<jsp:useBean>可以指定作用域，而脚本片断只限定当前页面，并且使用脚本片断，每个页面都要实例化一个新对象，会增加系统开销。

2. <jsp:setProperty>指令

<jsp:setProperty>的作用是使用设置器方法设置 JavaBean 的属性，格式如下。

```
<jsp: setProperty name="Bean 变量名"property="属性名" value="<%属性值%>"/>
```

3. <jsp:getProperty>指令

<jsp:getProperty>的作用是使用设置器方法设置 JavaBean 的属性，格式如下。

```
<jsp: getProperty name="Bean 变量名"property="属性名"/>
```

动作元素<jsp:setProperty>和<jsp:getProperty>也有对应的脚本片断。

13.2.2 JSP 与 JavaBean 交互实例

【例 13.1】 一个简单的购物车程序。

这个程序由 3 部分组成。

（1）购物界面。让顾客自由地选择商品添加到购物车，或从购物车删除商品。页面用 HTML 实现。

代码 13-3-1   carts-index.jsp。

```jsp
<%@ page contentType="text/html; charset=gb2312" %>
<HTML>
    <HEAD>
      <TITLE>简单购物车</TITLE>
    </HEAD>
    <BODY bgcolor="white">
        <FORM action="carts.jsp" method="post">
        <FONT size=3 color="#CC0000">
        请往购物车中添加或删除商品<br>
        商品项:
        <SELECT name="item">
            <OPTION>新概念 C++教程</OPTION>
            <OPTION>新概念 Java 教程</OPTION>
            <OPTION>新概念 C 语言教程</OPTION>
            <OPTION>计算机组成原理教程</OPTION>
            <OPTION>计算机网络原理</OPTION>
            <OPTION>信息安全原理教程</OPTION>
        </SELECT><br><br>
        <INPUT type=submit name="submit" value="添加">
        <INPUT type=submit name="submit" value="删除">
        </FONT>
        </FORM>
    </BODY>
</HTML>
```

运行效果如图 13.1 所示。

图 13.1   index.jsp 运行效果

（2）保存购物车中商品信息。用 JavaBean 实现。

代码 13-3-2   DummyCart.java。

```java
package com.ABcompany.bean;

import javax.servlet.http.*;
import java.util.Vector;

public class DummyCart{
    Vector v = new Vector();                        // 保存选好商品
    String submit = null;
    String item = null;
    private void addItem(String name){              // 往购物车添加商品
        if(name != null)
            v.addElement(name);
    }

    private void removeItem(String name){           // 从购物车中删除一项商品
        v.removeElement(name);
    }

    public void setItem(String name){
        item = name;
    }
    public void setSubmit(String sbmt){
        submit = sbmt;
    }
    public String[] getItems(){
        String[] s=new String[v.size()];
        v.copyInto(s);
        return s;
    }

    public void processRequest(HttpServletRequest request){
                                                    // 处理用户请求
        if(submit == null)                          // submit 表示用户回车，默认添加
            addItem(item);
        else if(submit.equals("添加"))              // 显式添加
            addItem(item);
        else if(submit.equals("删除"))              // 显式删除
            removeItem(item);
    }
}
```

（3）购物车显示页面。显示购物车内已经选好的商品。用 JSP 实现。

代码 13-3-3   carts.jsp。

```jsp
<%@ page contentType="text/html; charset=gb2312" %>
<HTML>
<%request.setCharacterEncoding("gb2312");%>
<jsp:useBean id="cart" scope="session" class="com.ABcompany.bean.DummyCart"/>
<jsp:setProperty name="cart" property="*"/>
```

```
<%cart.processRequest(request);%>
<FONT size = 3 color = "#CC000"><br>您的购物车中已经有下列商品</FONT>
<ol><%
    String[] items = cart.getItems();
    for(int i = 0; i < items.length; i++){
%><li>
        <%= items[i]%>
<%}%>
</ol><hr>
</HTML>
<%@include file = " carts-index.jsp"%>
```

运行效果如图 13.2 所示。在图 13.2 的上半部分列出了已选购的商品，在下半部分可继续选购商品。

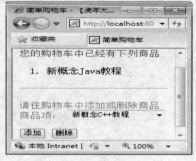

图 13.2　carts.jsp 运行效果

这个程序的执行过程如下。

① 顾客首先打开 carts-index.jsp 页面，选中某种商品，然后单击"添加"按钮提交到 carts.jsp 页面。

② carts.jsp 第一次运行时，首先使用<jsp:useBean>命令创建一个新的SessionScope 类型的 JavaBean 组件对象 cart。以后就使用这个对象。

③ carts.jsp 用<jsp:setProperty>命令给 cart 对象赋值。"*"表示从客户端传递来的任何类型合法参数。

④ carts.jsp 调用 processRequest( )方法，让它根据 submit 属性的值完成相应的添加或删除操作。

⑤ carts.jsp 调用 cart 对象的 getItems( )方法并用 for 结构把购物车中的商品都显示出来。

13.2.3　JSP+Servlet+JavaBean 组成的 MVC 架构

1．JSP+Servlet+JavaBean 组成的 MVC 架构的结构

JSP+Servlet+JavaBean 组成如图 13.3 所示的 MVC 架构。在这个架构中：

（1）模型由一个或多个 JavaBean 对象实现，用于存储数据。

（2）视图由一个或多个 JSP 页面实现。

（3）控制器由一个或多个 Servlet 对象实现，主要用于按照视图提交的要求进行数据处理操作，并将结果存储到 JavaBean 中，然后是转发请求的 JSP 页面更新显示。

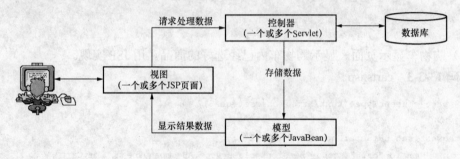

图 13.3　JSP+Servlet+JavaBean 组成的 MVC 架构

　　注意：在这个架构中，一个非常重要的手段是 Servlet 负责用"="构造方法创建 JavaBean。因此，要允许创建 JavaBean 的类具有带参的构造方法。此外，一般不希望 JSP 修改 JavaBean 中的数据，所以可以没有构建器。

　　2. JSP+Servlet+JavaBean 组成的 MVC 架构实例

【例 13.2】　一个简单的计算器程序。基本构思如下。

- 视图表现为两个页面，分别用于接收用户输入和向用户显示结果；用 JSP 实现，文件名分别为 inputPage.jsp 和 displyPage.jsp。
- 控制器用 Servlet 实现，文件名为 calculator.java，作用是从 inputPage.jsp 页面接收用户输入，存储到 JavaBean 实例中；然后进行计算，结果也保存到 JavaBean 实例中。
- 模型用 JavaBean 实现，文件名为 calculatorBean.java，作用是用其实例（由 Servlet 创建）保存用户输入和计算结果，并可以用设置器和获取器修改或显示模型中的数据。
- 本例的文件目录结构如图 13.4 所示。

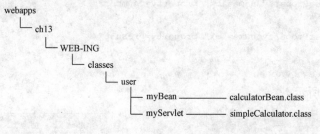

图 13.4　文件目录结构

（1）视图文件。

代码 13-4-1　inputPage.jsp。

```
<%@ page contentType="text/html;charset=GB2312"%>
<HTML>
    <HEAD><title>简单计算器</title></HEAD>
    <BODY bgcolor=cyan><FONT size=2>
        <FORM action="HelpCalculator" method="post" name="form">
        <table>
        <tr><td> 输入两个数：</td>
            <td><Input type="text" name="number1" value=0 size=5></td>
            <td><Input type="text" name="number2" value=0 size=5></td>
        </tr>
        <tr><td> 选择运算符号：</td>
            <td><Select name="operator">
                    <Option value="+">+(加)</Option>
                    <Option value="-">-(减)</Option>
                    <Option value="×">×(乘)</Option>
                    <Option value="÷">÷(除)</Option>
                </Select>
            </td>
            <td><Input type="submit" name="submit" value="=(计算)"></td>
        </tr>
        </table>
```

```
        </FORM>
</FONT></BODY>
</HTML>
```

效果如图 13.5 所示。

代码 13-4-2 displyPage.jsp。

```
<%@ page contentType="text/html;charset=GB2312"%>
<%@ page import="user.myBean.CalcultorBean"%>
<HTML>
    <HEAD><title>简单计算器</title></HEAD>
    <BODY bgcolor=white><FONT size=2>
        <jsp:useBean id="ok" type="user.myBean.CalcultorBean" scope="session"/>
        运算结果:
        <jsp:getProperty name="ok" property="number1"/>
        <jsp:getProperty name="ok" property="operator"/>
        <jsp:getProperty name="ok" property="number2"/>
         =
        <jsp:getProperty name="ok" property="result"/>
</FONT></BODY>
</HTML>
```

效果如图 13.6 所示。

图 13.5　inputPage.jsp 运行效果

图 13.6　displyPage.jsp 运行效果

（2）模型文件。

代码 13-4-3 CalculatorBean.java。

```
package user.myBean;
public class CalcultorBean{
    double number1,number2;                    // 两个运算数
    double result;                             // 结果
    String operator = "+";                     // 运算符，默认为"+"

    public void setNumber1(double d){
        number1 = d;
    }
    public void setNumber2(double d){
        number2 = d;
    }
    public void setOperator(String oper){
        operator = oper;
```

```
        }
    public void setResult(double resl){
        result = resl;
    }


    public double getNumber1(){
        return number1;
    }
    public double getNumber2(){
        return number2;
    }
    public String getOperator(){
        return operator;
    }
    public double getResult(){
        return result;
    }
}
```

（3）控制器文件。

代码 13-4-4   SimpleCalculator.java。

```
package user.myServlet;
import java.io.IOException;
import user.myBean.CalcultorBean;
import javax.servlet.*;
import javax.servlet.http.*;

public class SimpleCalculator extends HttpServlet{
    public void init(ServletConfig config)throws ServletException{
        super.init(config);
    }


    public void doPost(HttpServletRequest request,
     HttpServletResponse response) throws ServletException,IOException{
    CalcultorBean dataBean = null;
        HttpSession session = request.getSession(true);
        request.setCharacterEncoding("gb2312");
        try{
            dataBean = (CalcultorBean)session.getAttribute("ok");
            if(dataBean == null){
                dataBean = new CalcultorBean();        // 创建 JavaBean 对象
                session.setAttribute("ok",dataBean);   // 存储 dataBean 到 session 对象
            }
        }catch(Exception exp){
            dataBean = new CalcultorBean();            // 创建 JavaBean 对象
            session.setAttribute("ok",dataBean);       // 存储 dataBean 到 session 对象
        }
```

```
        // 获得客户请求中的有关数据
        double number1 = Double.parseDouble(request.getParameter("number1"));
        double number2 = Double.parseDouble(request.getParameter("number2"));
        String operator = request.getParameter("operator");
        double result = 0;

        // 业务逻辑处理
        if(operator.equals("-"))
            result = number1-number2;
        else if(operator.equals("×"))
            result = number1*number2;
        else if(operator.equals("÷"))
            result = number1/number2;
        else
            result = number1+number2;

        // 存储数据到JavaBean对象dataBean
        dataBean.setNumber1(number1);
        dataBean.setNumber2(number2);
        dataBean.setOperator(operator);
        dataBean.setResult(result);

        // 返回响应
        RequestDispatcher Dispatcher = request.getRequestDispatcher("displyPage.jsp");
        Dispatcher.forward(request,response);
    }

    public void doGet(HttpServletRequest request,
                      HttpServletResponse response) throws ServletException,IOException{
        doPost(request,response);
    }
}
```

代码 13-4-5　Servlet 的配置文件 web.xml。

```
<servlet>
    <servlet-name>SimpleCalculator</servlet-name>
    <servlet-class>user.myServlet.SimpleCalculator</servlet-class>
</servlet>
<servlet-mapping>
    <servlet-name>SimpleCalculator</servlet-name>
    <url-pattern>/HelpCalculator</url-pattern>
</servlet-mapping>
```

习　题　13

概念辨析

1. 下列关于 JavaBean 的描述中，正确的是（　　　　）。

    A. JavaBean 是一个 Java 类的名字　　　　　　B. JavaBean 是一种产品

    C. JavaBean 是一种技术规范　　　　　　　　D. JavaBean 是一种 Java 组件的名称

2. 编写一个 JavaBean 必须满足的条件是（　　　　）。

    A. 必须放在一个包中　　　　　　　　　　　B. 必须生成 public class 类

    C. 必须有一个无参构造方法　　　　　　　　D. 所有属性必须封装

    E. 必须通过存取方法访问　　　　　　　　　F. 也可以有一个有参构造方法

3. JavaBean 的命名规范包括（　　　　）。

    A. 全部字母小写　　　　　　　　　　　　　B. 每个单词首字母大写

    C. 第 1 个单词首字母小写，其余单词首字母大写

    D. 全部字母大写

4. 根据 JavaBean 的属性和事件命名模式，下列语句中说明属性 x 为只读属性的是（　　　　）。

    A. public int getx( );　　　　　　　　　　B. public int getX( );

    C. public void setX( );　　　　　　　　　D. public boolean isX( );

5. 若将一个 JavaBean 存放在 WEB-INF/classes/jsp/example/mybean 目录下，则应采用的包名是
（　　　　）。

    A. package mybean　　　　　　　　　　　　B. package classes.jsp.example.mybean

    C. package jsp.example　　　　　　　　　　D. package jsp.example.mybean

代码分析

指出下面代码中的错误。

```
package jsp.examples.myBean;
import java.beans.*;
public class Hello{
    String myStr;
    public Boolean myBool;
    public hello(){
        myStr ="Hello JavaBean!";
        myBool = true;
    }
    private String getMyStr(){return this.myStr;}
    public void setMyStr(String str){this.myStr = str;}
    public void setMyBoolStr(Boolean bool){this.myBoolean = bool;}
    public void isMyBoolStr(){return this.myBoolean;}
}
```

开发实践

1. 编写一个可以计算三角形和矩形面积的 Web 应用程序，用 JavaBean 计算，用 JSP 提供用户界面。
2. 使用 JavaBean 和 JSP 设计一个网站访问者计数器。
3. 使用 JavaBean 和 JSP 设计一个日历程序。
4. 按照 MVC 模式设计一个注册登录应用程序，并将注册信息写入数据库。

第 14 单元　Java 多线程技术

14.1　线程的概念

14.1.1　线程与进程

在第 12.1.6 节中介绍：Servlet 是单实例多线程的运行方式，每个请求在一个独立的线程中运行，比起为每个请求建立一个进程的 CGI，占用的系统资源要小。此后，在第 12.2.2 节中进一步介绍：对于一个 Servlet 对象，只执行一次 init( )方法。若一个 Servlet 对象已经被初始化，后续的用户再请求 Servlet 服务时，Web 服务器就会启动一个新的线程，让 Servlet 对象再调用 service( )方法响应用户请求，即 service( )方法是对每一个用户请求调用一次。这个情景可以用图 14.1 来表示。

那么，什么是线程呢？线程是从进程演变而来的一个术语。进程是指程序的一次执行过程。例如，一个计算圆的周长与面积的程序，每次计算要求输入一个半径。当要计算半径为 1.20 的圆的周长与面积时，要运行一次程序，称为这个程序的一次进程；当要计算半径为 2.30 的圆的周长与面积时，也要运行一次程序，称为这个程序的另一次进程。在有些系统中，允许一个程序的两次运行，即两个进程并发运

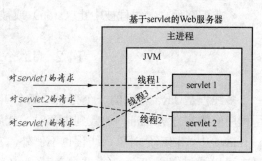

图 14.1　servlet 的运行方式

行（宏观上是同时，但微观上是交替），每个进程有自己独立的代码段、存储空间和其他资源。每增加一个进程，系统就要增加一份开销；要在进程之间进行切换，就要在这些资源之间进行切换。

进一步分析这个程序可以发现，进行圆周长的计算和进行圆面积的计算，可以形成两个相对独立的小的执行单位——线程。这两个线程共享进程的资源，而它们自己基本上并不拥有系统资源，只需要一点必不可少的、能保证其独立运行的资源。因此，线程被称为轻量级过程（lightweight process，LWP），在线程之间切换就比在进程之间切换要轻便得多，负担要小得多。

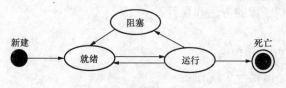

图 14.2　线程的生命周期

14.1.2　线程的状态

每个线程都有从创建、启动到消亡的过程。这个过程称为线程的生命周期。在一个完整的线程生命周期中，某个线程在某一时刻，会处于图 14.2 所示的 5 个状态之一。

（1）新建（new）状态。线程对象由主线程创建。对于应用程序，主线程是 main( )方法执行的线索。一个线程刚被创建，还没有被启动，就处于新建状态。这时系统不会为之分配资源，它还是个空的线程对象。

（2）就绪状态，又称可运行（runnable）状态。处于新建状态的线程被启动，就具备了运行条件，开始进入线程队列排队等待 CPU 时间片。

（3）运行（running）状态。处于就绪状态的线程一旦被调度并获得 CPU 资源，就进入运行状态。

（4）阻塞（blocked）状态，又称不可运行状态。一个运行中的线程由于某些原因阻碍它的运行时，便进入阻塞状态。在阻塞状态下，调度机不会为其分配 CPU 周期。阻碍因素解除，也不会直接进入运行状态，而要先进入就绪状态重新排队或按照优先级别强占当前运行的线程资源。线程进入阻塞状态的原因如下。

- 线程要等候有关 I/O 操作的完成。
- 线程挂起（suspend）、等待（wait）、休眠（sleep）。
- 线程试图调用另一个对象的"同步"方法，而那个对象处于被锁定状态。
- 线程主动放弃 CPU。

（5）死亡（dead）状态，也称消亡状态或终止状态。有两种情况使线程进入死亡状态。

- 正常死亡：线程运行结束。
- 非正常死亡：线程被中止（stop）或被撤销（destroy）。

14.2　Java 多线程的实现

多线程是 Java 程序的一个亮点，每个 Java 程序都至少拥有一个线程，称为主线程。应用程序的静态方法 main( )加载到内存时，就启动了主线程。

Java 中一切都是对象，线程也不例外，它用 java.lang.Tread 类定义线程。因此，Java 程序中可以通过继承 Tread 类并覆盖其 run( )方法来产生一个线程。此外，还可以通过实现 java.lang.Runnable 接口，并将实现类对象作为参数传递给 Tread 类的构造方法来生成一个对象。

14.2.1　通过继承 java.lang.Thread 类创建线程

1. Thread 类

Thread 类的定义部分为

public class Thread extends Object implement Runnable

也就是说，它是 Runnable 接口的一个实现类。

在 Thread 类中定义了许多用于创建和控制线程的方法和属性。

（1）构造方法。

- public Thread( )：创建线程，系统设置默认线程名。
- public Thread(String name)：创建线程，指定一个线程名。
- public Thread(Runnable target, String name)：创建线程；线程启动时，激发 target 中的 run( )方法；指定一个线程名。
- public Thread(ThreadGroup group, Runnable target, String name)：创建线程；线程启动时，激发 target 中的 run( )方法；指定一个线程名；将线程加入线程组 group。

（2）表 14.1 中列出的 3 个静态常量，用于表示优先级别。

Java 所有的线程在运行前都会保持在就绪状态，排队等待 CPU 资源。但是也有例外，即优先级别高的线程会被优先执行。可以使用 setPrioperty( ) 方法设置一个线程的优先级别。

表 14.1　　　　　　　　　　　　　Java 线程的优先级别

静态常量定义	描　　述	表 示 常 量
public static final MIN PRIORITY	最低优先级	1
public static final NORM PRIORITY	中等优先级（默认优先级）	5
public static final Max PRIORITY	最高优先级	10

（3）影响线程状态的方法（见表 14.2）。

表 14.2　　　　　　　　　　　　　影响线程状态的方法

方法名	状态变化	说　　明
public void start( )	新建→就绪	启动线程
public void run( )	就绪→运行 运行→死亡	线程入口点，被 start( ) 自动调用，运行线程。 执行结束，线程正常死亡
public void sleep(long milis[,int nanos])	运行→阻塞	当前线程自动休眠一段（milis ms）时间，再进入就绪行
public void wait([long milis])	运行→阻塞	等待或最多等待 milis ms。只能在同步方法中被调用
public void notify( )	阻塞→就绪	唤醒等待队列中优先级别最高的线程，用于同步控制
public void notifyAll( )	阻塞→就绪	唤醒等待队列中优先级别全部线程，用于同步控制
public void join([long milis[,int nanos]])	运行→就绪	连接线程，暂停当前线程执行
public void yield( )	运行→就绪	暂停正在执行的线程
public void destroy( )	运行→死亡	撤销当前线程，但不进行任何善后工作

（4）其他一般方法。

- public final String getName( )：获取线程对象名字。
- public final void setName(String name)：设置线程对象名字。
- public final boolean isAlive( )：测试线程是否在运行状态。
- public final ThreadGroup getThreadGroup( )：获取线程组名。
- public String toString( )：用字符串返回线程信息。
- public static blooean interrupted( )：测试当前线程是否被中断。
- public Thread currentThread( )：获取正在使用 CPU 资源的线程。
- public void interrupt( )：中断线程，在阻塞状态会抛出异常终止起阻塞作用的调用。

2. 继承 Thread 类创建线程

Thread 类把 Runnable 接口中唯一的方法 run( ) 实现为空方法。所以通过继承 Thread 类创建线程，必须覆盖方法 run( )。

【例 14.1】　宿舍中的两个室友：早上，李仕起床后，王舞还在睡觉。李仕每隔 2min 要叫醒王舞一次："快起床！"。李仕叫醒 5 次后，王舞起床。

这里，有两个线程：叫醒者线程和睡觉者线程。李仕按约定执行叫醒 maxWakeTimes 次后，不管王舞有没有起床，不再叫他，即叫醒者线程死亡；同时王舞起床后，睡觉者线程也即中断。

代码 14-1

```java
public class Roommate{
    public static void main(String[] atgs){
        SleeperThread wangWu = new SleeperThread("王舞");
        WakerThread liShi = new WakerThread(5);
        wangWu.start();
        liShi.start();
    }
}


class WakerThread extends Thread {
    private static int maxWakeTimes = 1;
    private static int wakeTimes = 0;

    public WakerThread(int n){
        super();
        maxWakeTimes = n;
    }
    public static int getWakeTimes(){
        return wakeTimes;
    }
    public static int getMaxWakeTimes(){
        return maxWakeTimes;
    }
    public void run(){
        while(wakeTimes <= maxWakeTimes){
            System.out.println("快起床! ");
            try{
                sleep(2 * 60 * 1000);                  // 间隔2min
            }catch(InterruptedException ie){}
            wakeTimes ++;
        }
    }
}

class SleeperThread extends Thread {
    private String  name;

    public SleeperThread(String name)
    {
        this.name=name;
    }
    public String get_Name()
    {
        return name;
    }
    public void run(){
        while(true){
            System.out.println(get_Name()+"在睡觉中...");
            try{
```

```
                sleep(2 * 60 * 1000);                    // 间隔 2min
            }catch(InterruptedException ie){}
            if(WakerThread.getWakeTimes() >= WakerThread.getMaxWakeTimes())
                break;
        }
        System.out.println(get_Name()+"起来了...");
        interrupt();                                     // 中断睡觉
    }
}
```

程序执行结果如下。

```
快起床！
王舞在睡觉中...
快起床！
王舞在睡觉中...
快起床！
王舞在睡觉中...
快起床！
王舞在睡觉中...
快起床！
王舞在睡觉中...
快起床！
王舞起来了...
```

讨论：

（1）分析运行结果可以看出，wangWu 和 liShi 两个线程是交错运行的，感觉就像是两个线程在同时运行。但是实际上一台计算机通常就只有一个 CPU，在某个时刻只能是一个线程在运行，而 Java 语言在设计时就充分考虑到线程的并发调度执行。对于程序员来说，在编程时要注意给每个线程执行的时间和机会，主要是通过让线程睡眠的办法（调用 sleep()方法）来让当前线程暂停执行，然后由其他线程来争夺执行的机会。如果上面的程序中没有用到 sleep()方法，则线程 wangWu 先执行，然后线程 liShi 再执行，所以用活 sleep()方法是学习线程的一个关键。

（2）通过继承 Thread 类来创建线程，代码简洁，容易理解。但是，由于 Java 的单一继承机制，使得当一个类继承了 Thread 类，就无法再继承其他类，这在许多情况下不得不采取另一种方法——通过实现接口 Runnable 来创建线程。

14.2.2　通过实现 java.lang.Runnable 接口创建线程

Runnable 是 Java 实现线程的接口，它只定义了一个抽象方法：run()。为此使用 Runnable 接口的类必须实现这个方法，为之定义具体操作。但是，实现 Runnable 接口的类也不是一个可执行的线程，还必须将这个类的实例作为参数传递给 Thread 类，做进一步封装，才能创建线程实例。

代码 14-2　仍然针对例 14.1 编程，但是这次只定义一个线程类 Roommate。目的是给初学者提供更多的思路，与创建线程实例的方法无关。

```
public class Roommate{
    public static void main(String[] atgs){
        Thread t1 = new Thread(new RommateThread(5,"李仕"));
```

```
        t1.setName("waker");
        Thread t2 = new Thread(new RommateThread(5,"王舞"));
        t2.setName("sleeper");
        t2.start();
        t1.start();
    }
}


class RommateThread implements Runnable {
    private static int maxWakeTimes,wakeTimes=0;
    private String name;

    public RommateThread(int n,String name){
        this.name=name;
        maxWakeTimes = n;
    }
    public String get_Name()
    {
        return name;
    }
    public void run(){
        if(Thread.currentThread().getName().equals("waker")){
        for(wakeTimes = 0; wakeTimes <= maxWakeTimes; wakeTimes ++){
            System.out.println("快起床！");
            try{
                Thread.sleep(2 * 60 * 1000);        // 间隔2分钟
            }catch(InterruptedException ie){}
        }
    }
    else if(Thread.currentThread().getName().equals("sleeper")){
        while(true){
            System.out.println( get_Name()+"在睡觉中...");
            try{
                Thread.sleep(2 * 60 * 1000);        //间隔2分钟
            }catch(InterruptedException ie){}
            if(wakeTimes >= maxWakeTimes){
                System.out.println( get_Name()+"起来了...");
                return;                             // 中断睡觉
            }
        }
    }
    }
}
```

执行结果如下。

```
王舞在睡觉中...
快起床！
快起床！
王舞在睡觉中...
快起床！
王舞在睡觉中...
```

快起床！
王舞在睡觉中…
快起床！
王舞在睡觉中…
快起床！
王舞起来了…

14.3　多线程同步与死锁

14.3.1　多线程同步共享资源

1. 问题的提出

Java 可以创建多个线程。在多线程程序中，一个必须关注多线程共享资源时的冲突问题。例如，在售票系统中，可以为每一位旅客生成一个线程，假若他们在不同的计算机上访问系统，则有可能出现如下问题：系统中只剩余 1 张票，而同时有 3 位旅客订票。结果出现 3 位旅客订的是同一张票。再如，银行存取款系统中，某个账号中只有 1 万元，而两个客户同时取款，并且各取 1 万元，就有可能两人都取走 1 万元。

资源冲突可能导致系统中的数据出现不完整性和不一致性。克服的办法是协调各线程对于共享资源的使用——多线程同步。

2. 对象互斥锁

实现线程同步的基本思想是确保某一时刻只有一个线程对共享资源进行操作。Java 用关键字 synchronized 为共享的资源对象加锁。这个锁称为互斥锁或互斥量（mutex），也称信号锁。当对象被加以互斥锁后，表明该对象在任一时刻只能由一个线程访问，即共享这个资源的多个线程之间成为互斥关系。这个被锁定的对象称为同步对象。

synchronized 可以锁定一段代码。当一个对象成为同步对象后，只能由一个线程获得访问权，即拥有该对象的锁。只有该线程访问结束，才会自动开锁。在此期间，若由另外一个线程也要执行这段代码，只能等待。

3. java.lang.Object 类中提供的互斥锁配合方法

在 java.lang.Object 类中，提供了 3 个方法配合互斥锁处理线程同步。这 3 种方法也只能在同步方法中被调用，只能出现在 synchronized 锁定的一段代码中。

（1）public final void wait()：将当前线程挂起，释放所占用资源，转入阻塞状态，进入等待队列，释放互斥锁。注意，sleep()不会释放互斥锁。

（2）public final void notify()：唤醒等待队列中优先级别最高的一个线程，占有资源运行。

（3）public final void notifyAll()：唤醒等待队列中所有线程。

4. 多线程互斥与同步示例

【例 14.2】　银行汇款程序。一个银行可以接受客户汇款，并且每收到一笔汇款，就计算一次总额。现有两个客户，每人都分 5 次，每次汇入该银行 200 元钱。考虑网络拥塞和延迟，银行每处理一笔交易后要"小歇"0～2s。

代码 14-3

```
public class SynchroThread {
    public static void main(String[] atgs){
```

```
        Ccustomer clianet1 = new Ccustomer();
        Ccustomer clianet2 = new Ccustomer();
        clianet1.start();
        clianet2.start();
    }
}


class Cbank{
    private static double sum = 0.0;

    public synchronized static void add(double m){        // 定义加锁方法
        double temp = sum;
        temp = temp + m;
        try{
            Thread.sleep((int)(2 * 1000 * Math.random()));
                                            // 取 0～2s 中的随机数"小歇"
        }catch(InterruptedException ie){}
        sum = temp;
        System.out.println("sum = "+sum);
    }
}


class Ccustomer extends Thread {
    public void run(){
        for(int i = 1; i <= 5; i ++){
            Cbank.add(200);
        }
    }
}
```

运行结果如下。

```
sum = 200.0
sum = 400.0
sum = 600.0
sum = 800.0
sum = 1000.0
sum = 1200.0
sum = 1400.0
sum = 1600.0
sum = 1800.0
sum = 2000.0
```

14.3.2　线程死锁

在有两个以上线程的系统中，当形成封闭的等待环时，就会产生死锁现象，即一个线程 A 在等待线程 B 的资源，线程 B 在等待线程 C 的资源，…，线程 n 又在等待线程 A 的资源。最后形成无限制地等待。

Java 还没有有效地解决死锁的机制。有效的办法是谨慎使用多线程，并注意以下几点。

（1）真正需要时，才采用多线程程序。

（2）对共享资源的占有时间要尽量短。

（3）使用多个锁时，确保所有线程都按照相同顺序获得锁。

习　题　14

概念辨析

1. 下列方法中，用于调度线程使其运行的是（　　　）。

    A. init()   B. run()   C. start()   D. sleep()

2. 下列方法中，可能使线程停止执行的是（　　　）。

    A. sleep()   B. wait()   C. notify()   D. yield()

代码分析

1. 对于代码：

```java
public class Test{
    public static void main(String[] args){
        Thread t = new Thread(new RunHandler());
        t.start();
    }
}
```

RunHandler 类必须（　　　）。

    A. 实现 java.lang.Runnable 接口   B. 继承 Thread 类

    C. 提供一个声明给 public 并返回 void 的 run()

    D. 提供一个 init() 方法

2. 有下面一段代码：

```java
class RunTest implements Runnable{
public static void main(String[] args){
RunTest rt = new RunTest();
Thread t = new Thread(rt);
// R
}
public void run(){
System.out.println("running");
void go(){
start(1);
}
void start(int i){}
}
```

在下列语句中选择一个合适的语句，填写在其注释（//R）处，使程序能在屏幕上显示"running"。（　　　）

    A. System.out.println("running");   B. rt.start();

    C. rt.go();   D. rt.start(1);

3. 下面的代码在编译或运行时的情况为（　　　）。

```java
public class Exercise extends Thread{
```

```
    static String name = "Hello";
    public static void main(String[] args){
        Exercise ex = new Exercise();
        ex.set(name);
        System.out.println(name);
    }
    public void set(String name){
        name = name + "world";
        start();
    }
    public void run(){
        for(int i = 0;i < 4; i++)
            name = name +" " + i;
    }
}
```

A. 编译出错   B. 编译通过，输出"Hello world"

C. 编译通过，输出"Hello world 0 1 2 3"   D. 编译通过，输出"Hello world 0 1 2 3"或"Hello"

4. 下面的代码在编译或运行时的情况为（   ）。

```
public class Exercise implements Runnable{
    int i = 0;
    public void run(){
        while(true)
            i++;
            System.out.println("i = "+ i);
        }
        return 1;
    }
}
```

A. 编译时引发异常

B. 编译通过，调用 run( )方法输出递增是 i 值

C. 编译通过，调用 start( )方法输出递增是 i 值

D. 运行时引发异常

开发实践

1. 两个小球，分别以不同的频率和高度跳动。请模拟它们的运动状况。

2. 某汉堡店有 2 名厨师，1 名营业员。两名厨师分别做一种类型的汉堡 A 和 B。该店的基本情况如下：

- A 类汉堡的初期产量：20 个；
- B 类汉堡的初期产量：30 个；
- A 类汉堡的制作时间：3s；
- B 类汉堡的制作时间：4s；
- 购买 A 类汉堡的顾客频度：每 1s 一名；
- 购买 B 类汉堡的顾客频度：每 2s 一名。

请模拟这个汉堡店的营业情况。

第 15 单元　Java 泛型编程

15.1　泛　型　基　础

15.1.1　问题的提出

泛型（generics）就是泛指任何类型或多种类型，用于在设计时类型无法确定的情形。

【例 15.1】　要管理学生成绩，但是学生成绩应当采用什么类型定义呢？下面是评定学生成绩的几种方法：

- 百分制，有时要用到小数，采用 float 或 double 类型。
- 5 分制，可以采用 int 类型。
- 等级制：A、B、C、D，可以采用字符类型。
- 两级制：通过、不通过，可以采用 boolean 类型。
- 评语制：优秀、良好、中、差，或可以采用字符串类型。

这是一个看似简单，但又不好解决的问题。

1．基于 Object 类型的解决方案

Java 对此不是无能为力，类型的老祖宗 Object 类就可以解决这个问题。基本思路如图 15.1 所示。

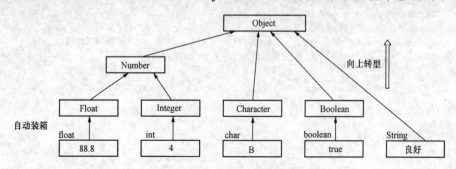

图 15.1　基于 Object 解决多类型覆盖问题

这样，就可以定义如下的成绩类。

代码 15-1-1　使用 Object 类定义。

```java
public class Grade {
    private Object studGrade;
    public void setStudGrade(Object sGrade){
        this.studGrade = sGrade;
    }
    public Object getStudGrade (){
        return studGrade;
    }
}
```

这个类的定义非常简洁。但是，在应用程序中必须要进行自动拆箱的转换。

代码 15-1-2 使用 Object 类定义的测试类。

```
public class DemoForFloat1{
    public static void main(String[] args){
        Grade g = new Grade();
        g.setStudGrade(88.8);                          // 自动装箱
        float studGrade = (float).getStudGrade();      // 自动拆箱
        System.out.println("这个学生的成绩为: " + studGrade);
    }
}
```

如果不进行自动拆箱的转换，就会导致出错。

2. 基于泛型的解决方案

为了说明什么是泛型，先看一下前面这个例子改用泛型后的形式。

代码 15-1-3 使用泛型定义。

```
class  Grade<T>{                                       // T 表示一个形式上的类型名
    private T studGrade;
    public void setStudGrade (T sGrade){
        this.studGrade = sGrade;
    }
    public T getStudGrade(){
        return studGrade;
    }
}
public class Demo1501{
    public static void main(String[] args){
        Grade<Float> g = new Grade<Float>();
        g.setStudGrade(88.8f);                         // 自动装箱
        float studGrade = g.getStudGrade();            // 不需要自动拆箱
        System.out.println("这个学生的成绩为: " + studGrade);
    }
}
```

运行结果如下。

```
这个学生的成绩为: 88.8
```

说明：

（1）使用泛型比使用 Object 类更简洁、可靠。

（2）这里的<T>是一个形式上的类型，可以称为类型形式参数，所以泛型也称为类属，它表示后面出现的"T"就是与这里同样的类型。其类型形式参数的名字与方法的形式参数的名字一样，仅起角色的作用，名字本身没有实质性的意义。不过，由于"T"是 type 的首字母，所以人们多用 T。其实，用其他字母效果一样。

（3）一般的泛型类定义的格式如下。

```
[访问权限] class 类名<泛型标识1, 泛型标识2, …>{
[访问权限] 泛型标识1 变量名表;
[访问权限] 泛型标识2 变量名表;
…
[访问权限] 返回类型 方法名（泛型标识 参数名）{};
…
}
```

（4）在具体使用时，要进行泛型的实例化，即要在类名后加以具体类标识来定义对象的引用，格式如下。

> 类名<具体类型名> 引用名 ＝ new 类名<具体类型名>();

这样，泛型类中所有泛型类型都将解释为具体类型。从类型参数化的角度，可以把泛型类定义中"类名<泛型标识>"部分的<泛型标识>看作是类型形参，而把对象引用声明中"类名<具体类型名>"部分的<具体类型名>看作类型实参。

如果在定义对象时，只使用类名，不使用"具体类型名"，则不能很好地实现泛型具体化，是一种不安全的操作。读者可以设计一个例子试一下。

15.1.2　泛型方法

【例 15.2】　设计一个交换两个变量值的方法。但是，交换什么类型的变量值，要到使用时才知道。这是一个泛型函数。

代码 15-2-1　定义一个类。

```
class Demo15011{
    public <T> void swap(T var1, T var2){
        T temp = var1;
        var1 = var2;
        var2 = temp;
    }
}
```

代码 15-2-2　测试类定义。

```
public class Demo15022{
    public static void main(String[] args){
        Demo15011 d = new Demo15011();
        double d1=1.23,d2=3.45;
        d.swap(d1,d2);                                // 自动装箱
        System.out.println("d1 = " + d1 + ";d2 = " + d2);
    }
}
```

运行结果如下。

```
d1 = 3.45;d2 = 1.23
```

说明：泛型方法的一般格式如下。

> [访问权限] <泛型标识>返回类型 方法名（泛型标识 参数名）{}

15.1.3　多泛型类

【例 15.3】　在现实中，有一些"键值对"数据。词汇表就是一种"键值对"数据。class →类，object→对象。还有，张三→32，李四→28 等。许多情况下，并不知道键和值的类型。

代码 15-3-1

```
class Key_Value<K,V>{
    private K key;
    private V value;
```

```
    public void setKey(K key){
        this.key = key;
    }
    public K getKey(){
        return this.key;
    }
    public void setValue(V value){
        this.value = value;
    }
    public V getValue(){
        return this.value;
    }
}
```

代码 15-3-2　测试类定义。

```
public class Demo15032{
    public static void main(String[] args){
        Key_Value<String,Integer> kv = null;
        kv = new Key_Value<String,Integer>();
        kv.setKey("计算机系");
        kv.setValue(3);
        System.out.print(kv.getKey() + "在" + kv.getValue() + "号楼");
    }
}
```

运行结果如下。

```
计算机系在 3 号楼
```

15.2　泛型语法扩展

15.2.1　泛型通配符

在程序中，方法有定义—声明—调用 3 个过程。与此对应的泛型类也有定义—实例化—应用 3 个过程。在方法的 3 个过程中，必须注意参数的匹配。同样，在泛型的 3 个过程中也要注意泛型类型（类型参数）的匹配。

代码 15-4　泛型类型匹配中的问题。

```
class Info<T>{
    private T var;
    public T setVar(T var){
        this.var = var;
    }
    public String toString(){
        return this.var.toString();
    }
}
```

```
public class Demo1504{
    public static void main(String[] args){
        Info<String> info = new Info<String>();      // 具体化为 String 类型
        Info.setVar("会议通知");                          // 实际类型为 String
        fun(info);                                     // 欲用 String 类型调用 fun()
    }
    public static void fun( ? t){
        System.out.println("信息: " + t);
    }
}
```

讨论：程序中的问号处该用什么样的类型，才能使表达式 fun(info)正确地被执行呢？

（1）如果使用"Info<String>"，那么前面定义的泛型类就没有意义。

（2）如果使用"Info<Object>"，尽管 String 是 Object 的子类，也会因对象引用的传递无法进行，在程序编译时会出现如下错误。

```
fun(Info<java.lang.Object>) in Demo1504 connot heapplied to (Info<java.lang.String>)
        fun(info);                                   // 要用 String 类型调用 fun()
```

即 java.lang.Object 不能被装箱到 java.lang.String 中。

（3）如果使用 Info，程序可以正常运行，但与前面关于 Info 类的泛型定义不一致，会造成理解上的困难。

（4）使用 Info<?>，既保留了使用 Info 的特点，又与前面关于 Info 类的泛型定义相一致。这里"？"称为泛型通配符，表示可以使用任何泛型类型对象。

15.2.2 泛型设限

泛型设限是指沿着类的继承关系，为泛型设置一个实例化类型范围的上限和/或下限。设置的方法如图 15.2 所示。

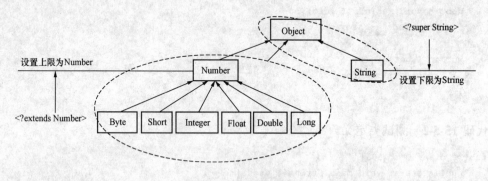

图 15.2　泛型设限方法示例

所谓上限是在 Object 派生层次中，将某一个类作为上限位置，如图中表达式<?extends Number>设置泛型实例的上限为 Number，即这个范围包括了 Number、Byte、Short、Integer、Float、Double、Long。所谓下限是在 Object 派生层次中，将某一层作为下限位置，如图 15.2 中表达式<?super String>设置泛型实例的下限为 String，即这个范围包括了 String 和 Object 两种类型。这里，extends 和 super 是两个关键字。

15.2.3 泛型嵌套

泛型嵌套指一个类的泛型中指定了另外一个类的泛型。

【例 15.4】 泛型嵌套的例子。

代码 15-5-1 两个类定义。

```
class Key_Value<K,V>{
    private K key;
    private V value;

    public Key_Value(K key,V value){
        this.setKey(key);
        this.setValue(value);
    }
    public void setKey(K key){
        this.key = key;
    }
    public K getKey(){
        return this.key;
    }
    public void setValue(V value){
        this.value = value;
    }
    public V getValue(){
        return this.value;
    }
}
class Info<I>{
    private I info;
    public Info(I info){
        this.setInfo(info);
    }
    public void setInfo(I info){
        this.info = info;
    }
    public I getInfo(){
        return this.info;
    }
}
```

代码 15-5-2 测试类定义。

```
public class Demo1505{
    public static void main(String[] args){
        Info<Key_Value<String,Integer>> i = null;        // 嵌套的实例化表示
        Key_Value<String,Integer> kv = null;
        kv = new Key_Value<String,Integer>("计算机系",3);
        i = new Info<Key_Value<String,Integer>>(kv);
        System.out.print(i.getInfo().getKey() + "在" + i.getInfo().getValue() + "号楼");
    }
}
```

运行结果如下。

计算机系在 3 号楼

习 题 15

 概念辨析

1. 泛型的本质是（　　）。

    A. 参数化方法　　　　B. 参数化类型　　　　C. 参数化类　　　　D. 参数化对象

2. 下列哪一项不属于泛型使用的规则和限制。（　　）

    A. 泛型的类型参数可以有多个

    B. 泛型的参数类型可以使用 extends 语句

    C. 泛型的参数类型可以是通配符类型

    D. 同一种泛型不能对应多个版本

3. 泛型不能用于（　　）。

    A. 类　　　　B. 接口　　　　C. 方法　　　　D. 枚举

代码分析

分析下面各程序的输出结果。

（1）

```java
import java.util.Hashtable;
public class TestGen0<K,V>{
    public Hashtable<K,V> h = new Hashtable<K,V>();
    public void put(K k,V v){
        h.put(k,v);
    }
    public V get(K k){
        return h.get(k);
    }
    public static void main(String args[]){
        TestGen0<String,String> t = new TestGen0<String,String>();
        t.put("key", "value");
        String s = t.get("key");
        System.out.println(s);
    }
}
```

（2）

```java
public class TestGen2<K extends String,V extends Number>
{
    private V v = null;
    private K k = null;
    public void setV(V v){
        this.v = v;
    }
    public V getV(){
        return this.v;
    }
    public void setK(K k){
```

```
        this.k = k;
    }
    public K getK(){
        return this.k;
    }
    public static void main(String[] args) {
        TestGen2<String,Integer> t2 = new TestGen2<String,Integer>();
        t2.setK(new String("String"));
        t2.setV(new Integer(123));
        System.out.println(t2.getK());
        System.out.println(t2.getV());
    }
}
```

开发实践

1. 定义一个操作类，完成一个数组的有关操作。这个数组中可以存放任何类型的元素，并且其操作由外部决定。

2. 设计一个通用函数，求出数组中最大元素。函数有两个参数：一个是通用类型数组，另一个是数组的大小。用 int、double、String 类型的数组来测试这个函数。

第 16 单元　Java 数据结构接口

随着计算机程序规模的不断膨胀、需要处理数据数量的不断增加，数据结构（data structure）在程序设计中的地位日益突显。本单元将介绍 Java 的有关数据结构机制。

16.1　概　　念

数据结构是数据以及数据之间相互关系的总称。从数据结构讨论的内容来看，主要包括三个方面：数据的逻辑结构和存储（物理）结构。

不管在哪种数据结构上，操作的内容一般都包括插入（数据元素的加入）、删除、迭代（穷举搜索）等。

16.1.1　数据的逻辑结构

数据的逻辑结构是数据结构的用户视图或应用视图，是从现实问题抽象出来的关于数据之间关系的描述。通常把数据的逻辑结构分为群结构（见图 16.1）、表结构和映射结构 3 种。表结构包括线性表（见图 16.2）和非线性表（包括树形结构与图形结构，见图 16.3 和图 16.4）。

图 16.1　集合　　　　图 16.2　线性表　　　　图 16.3　非线性表——树　　　图 16.4　非线性表——图

1. 群结构

群结构（group structure）由同属于某个群集的元素组成，群中的元素除了仅属于同一群集之外，元素之间没有其他联系，甚至没有顺序关系。集合（set）就是一种群结构，它的基本特点是集合中的成员必须是互不相同的。

集合的操作包括如下：

- 加入（add）成员、删除（delete）成员。
- 对集合进行交（intersect）、并（union）、差（difference）运算。
- 判断一个数据是否是集合的成员，判断一个集合是否是另一个集合的子集，判断两个集合是否相等。
- 迭代。穷举搜索等。

2. 表结构

（1）线性结构。线性结构（linear structure）也称线性表，其元素都按照某种顺序排列在一个序列中。它的特点：除第一个元素外，其他每一个元素都有一个并且仅有一个直接前驱元素；除最后一个元素外，其他每一个元素都有一个并且仅有一个直接后继元素。

按照对结构（表）中元素的存取方法，线性结构可以分为如下2种。

- 直接（随机）存取结构：可以直接存取结构中的某个元素而与前驱和后继元素无关。数组就是一种直接存取线性数据结构，可以用下标直接存取某个元素。

- 顺序存取结构：必须按照指定的规则，按照一定顺序存取结构中的元素。堆栈（stack）和队列（queue）就是两种典型的顺序存取结构。

图16.5为一个堆栈的示意图。在堆栈中，元素的插入（压入）和删除（弹出）只能在一端进行，这一端称为栈顶（top），另一端称为栈底。就像一个一次只能放进一个盘子的桶一样，盘子只能从桶口进出，并且只能采取"先进后出"（first-in last-out，FILO）或"后进先出"（last-in first-out，LIFI）的原则进行元素的压入（push）和弹出（pop）。现实中的许多问题可以抽象为堆栈结构，如多个方法嵌套调用，只能是先调用后返回；在科层官僚体制中，上级逐层向下级下达指示，但只能逐层地从下到上得到汇报；在仓库中堆放货物，后放进的要先拿出。

图16.6为一个队列的示意图。在队列中，元素的插入（inset、put、add或enque）和删除（remove、get、delete或deque）分别在一端进行：删除只能在队首（front）进行，插入只能在队尾（rear）进行。现实中凡是服务型业务都可以抽象为"先到先服务"（first in first out，FIFO）的队列模型。

图16.5　堆栈示意图　　　　　　　图16.6　队列示意图

（2）非线性结构。在非线性结构中，一个元素可能会与多个元素有关系，形成一对多（树结构，见图16.3）和多对多（图结构，见图16.4）的关系。非线性结构中非常重要的操作是遍历，即按照一定的顺序访问结构中所有结点（元素）。

3. 映射结构

映射结构是一种以二元偶对象为元素的集合结构，每个元素都以键-值（key-value，关键字-值）的形式存储在集合中。例如，前面例子中的系名-所在楼号就是一个键-值对数据。字典结构是一种典型的映射结构。对字典结构的操作有插入、删除、判断某元素是否是字典中的元素等。

16.1.2　数据的物理结构

数据的物理结构是数据结构的实现视图或计算机存储视图，是数据逻辑结构的物理存储方式或计算机解决方案。一般说来，数据的存储结构可以分为如下4种：顺序存储（sequential storage）方式、链接存储（linked storage）方式、索引存储（indexed storage）方式和哈希存储（hashing storage）方式。

1. 顺序存储

顺序存储是把逻辑上相邻的数据元素存储到物理相邻的存储空间中。数组就是用顺序存储方式实现的数据结构，并且也常在高级语言程序中，用一维数组来描述顺序存储。

2. 链接存储

链接存储不要求逻辑上邻接的数据元素在存储位置上也邻接，逻辑上的邻接关系要在数据元素上附加一个、两个表示邻接关系的引用（或指针）进行链接。堆栈、队列、树、图等，可以用顺序存储实现，也可以用链接存储实现。图 16.7 为链表示意图。这个链表只用 next 指出了后继元素，称为单向链表。如果指出了后继元素，又再用另一个引用（指针）previous 指出前向元素，从两个方面确定当前元素位置，则称为双向链表。

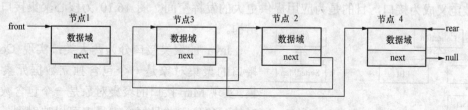

图 16.7　单向链表示意图

图 16.8 为从链表中删除一个节点的示意图。若要在单链表中删除节点 3，只要将节点 2 的 next 指针从指向节点 3 改为指向节点 4 就可以了。这样按照链接的顺序，从节点 1 到节点 2 后就到了节点 4。节点 3 就不在链表中了。

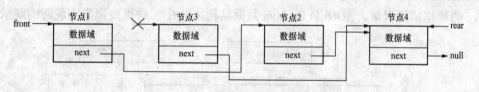

图 16.8　删除节点 3 的情况

如图 16.9 所示，若要在上述已经删除了节点 3 后的单链表中，在节点 2 和节点 4 之间插入节点 5，只需要将节点 2 原来链接到节点 4 的 next 指针改为指向节点 5，并且把节点 5 的 next 指针指向节点 4 即可。

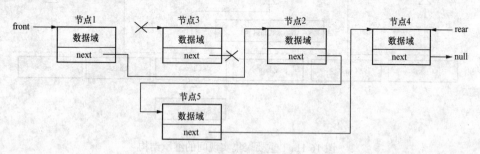

图 16.9　插入节点 5 的情况

显然，在链表结构中插入与删除结点，比在顺序表中要方便得多。在顺序存储结构中，删除一个元素或插入一个元素，必须移动许多元素。

3. 索引存储

索引存储是在数据元素上附加一个（关键字——地址）索引项进行存储。关键字用于唯一地标识一个数据元素，地址用于标识该元素的存储地址。

4. 哈希存储

这种方式通过对数据元素关键字的函数（方法）计算，得到该数据元素的存储地址。

16.1.3　Java 数据结构 API

为了方便应用，java.util 包中提供了若干有用的数据聚集（collections，也称容器），这些数据聚集封装了各种常用的数据结构，形成一些常用数据结构的框架，构成了 Java 数据结构 API，可以大量减少应用程序中代码编写的工作量，并提高程序的可靠性。多数聚集在 Java.util 包中被定义成为接口，目的是为应用提供更大的发挥空间。图 16.10 为核心聚集接口的层次结构。

Java 的聚类接口分为两大类：实现 Collection 接口的聚集对象是一个包含独立数据元素的对象集。实现 Map 接口的聚集对象是一个包含数据元素对的对象集，并且每个键最多可以映射到一个值。Set 接口是不包含重复元素的 Collection，非常适合不包含重复元素且无排序要求的数据结构。List 接口是有序的 Collection 接口并且允许有相同的元素，非常适合有顺序要求的数据结构，例如堆栈和队列。

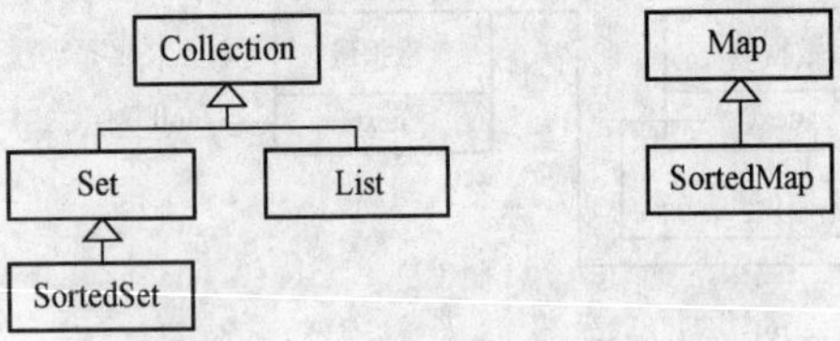

图 16.10　核心聚集接口的层次结构

Collection 接口和 Map 接口可以分别派生出一些常用数据结构的接口、抽象类和类，构成 Java 的数据结构框架。图 16.11 为 Java 数据结构 API 中一些重要聚集实现间的继承关系。

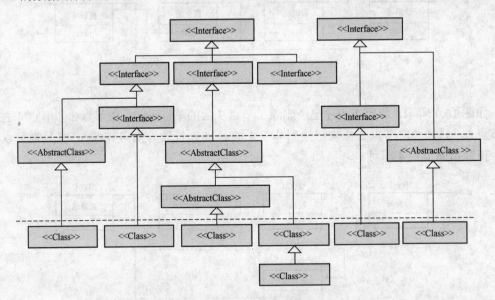

图 16.11　重要聚集实现间的继承结构

16.2　Collection 接口类及其应用

16.2.1　Collection 接口方法

Collection 接口的定义为

public interface Collection<E> extends Iterable<E>

这是一个泛型接口定义。这个泛型定义可以保证一个聚集中全部元素的类型统一，避免造成 ClassCastException 异常。作为接口，Collection 定义了 15 个抽象方法，表 16.1 给出了这些方法的说明。

表 16.1　　　　　　　　　　　　　　　　Collection 接口方法说明

方　　法	说　　明
int size( )	返回容器中元素数目
boolean isEmpty( )	判定容器是否为空（为空返回 true）
boolean contains(Object o)	检查容器中是否包含指定对象 o
boolean containsAll(Collection<?> c)	检查容器中是否包含 c 中所有对象
boolean add(Object o)	插入单个元素 o，成功返回 true
boolean addAll(Collection<? Extends E> c)	插入 c 中所有元素，成功返回 true
boolean remove(Object o)	删除指定元素，成功返回 true
boolean removeAll(Collection<?> c)	删除一组对象，成功返回 true
boolean retainAll(Collection<?> c)	只保存 c 中内容。只要 Collection 发生改变就返回 true
Iterator<E> interator( )	实例化 Iterator 接口，可遍历容器中的元素
boolean equals(Object o)	比较容器对象与 o 是否相同，相同返回 true
int hashCode( )	返回对象哈希码
void clear( )	删除容器中所有元素
Object{} toArray( )	将集合变为对象数组
<T> T{} toArray(T[] a))	返回 a 类型的内容

注意：Collection 提供了数据聚集的最大框架，但是它太抽象，用它装载数据意义不太明确，而且在具体细节上还有一些不足。所以，在一般情况下，人们更偏向使用其子类，如 List 接口、Set 接口、SortedSet 接口、ArrayList 接口、LinkedList 接口、Queue 接口等。这些子类接口极大地扩充了 Collection，使用起来不仅意义明确，而且更便捷。

16.2.2　List 接口及其实现

1．List 接口的定义与扩展方法

List 是 Collection 的子接口，其定义如下。

public interface List<E> extends Collection<E>

在 List 接口中扩展了 Collection 接口的方法，这些方法在表 16.2 中介绍。

表 16.2　　　　　　　　　　　　　　　　List 接口中扩展方法

方　　法	说　　明
E set(int index,E element)	用给定对象替换指定位置 index 处的元素
E get(int index)	返回给定位置 index 处的元素
E remove(int index)	删除指定位置的元素，后续元素依次前移
void add(int index, E element)	插入给定元素到指定位置 index，其后元素依次后（右）移
boolean addAll(int index,Collection<?extends E> c)	在指定位置插入一组元素，其后元素依次后（右）移

续表

方　　法	说　　明
int indexOf(Object o)	返回指定元素最先位置。若指定元素不存在，则返回－1
int lastIndexOf(Object o)	从后向前查找指定元素最先位置。若指定元素不存在，则返回－1
List Iterator<E> listIterator( )	为 ListIterator 接口实例化
List<E> subList(int fromIndex,int toIndex)	返回 fromIndex 到 toIndex 之间的子 List

2. List 的实现

List 有通用和专用实现。通用实现有 ArrayList 和 LinkedList 两个。专用实现有 CopyOnWrite ArrayList。下面仅介绍两个通用实现。

（1）ArrayList——List 的数组实现。

（2）LinkedList——List 的链表实现。

3. 用 LinkedList 实现堆栈

代码 16-1　用 LinkedList 实现堆栈。

```java
import java.util.*;
public class StackDemo{
    private LinkedList list = new LinkedList();       // 创建一个链表
    public void push(Object v){                       // 压栈方法
        list.addFirst(v);
    }
    public Object getTop(){                           // 读栈顶元素
        return list.getFirst();
    }
    public Object pop(){                              // 弹出方法
        return list.removeFirst();
    }
    public static void main(String[] args){
        StackDemo stack = new StackDemo();
        int i;
        for( i = 0; i < 6; i += 2){
            stack.push(i);                            // 压栈
            System.out.print(stack.getTop()+",");     // 显示栈顶元素
        }
        System.out.println();                         // 空一行
        for(; i> 0; i -= 2){
            System.out.print(stack.pop()+",");        // 弹出并显示栈顶元素
        }
    }
}
```

程序运行结果如下。

```
0,2,4,
4,2,0,
```

4. 用 LinkedList 实现队列

代码 16-2

```
import java.util.*;
public class QueueDemo{
    private LinkedList list = new LinkedList();       // 创建一个链表
    public void enQue(Object v){                      // 入队方法
        list.addFirst(v);
    }
    public Object deQue(){                            // 出队方法
        return list.removeLast();
    }
    public Object getHead(){                          // 读队头元素
        return list.getLast();
    }
    public Object getTail(){                          // 读队尾元素
        return list.getFirst();
    }
    public boolean isEmpty(){                         // 读队尾元素
        return list.isEmpty();
    }
    public static void main(String[] args){
        QueueDemo queue = new QueueDemo();
        for(int i = 0; i < 6; i += 2)
            queue.enQue(Integer.toString(i));         // 入队
        while(!queue.isEmpty()){
            System.out.print("队首元素是: " + queue.getHead()+ ",");
                                                       // 显示队首元素
            System.out.print("队尾元素是: " + queue.getTail()+ ",");
                                                       // 显示队尾元素
            System.out.println("出队元素是: " + queue.deQue());
                                                       // 显示队首元素并删除
        }
        System.out.println("这个队列空");
    }
}
```

程序执行结果如下。

```
队首元素是: 0,队尾元素是: 4,出队元素是: 0
队首元素是: 2,队尾元素是: 4,出队元素是: 2
队首元素是: 4,队尾元素是: 4,出队元素是: 4
这个队列空
```

16.2.3　Set 接口及其实现

1. Set 及其实现

Set 是 Collection 的子接口, 其定义如下。

```
public interface Set<E> extends Collection<E>
```

Set 接口继承了 Collection 接口, 但它没有定义自己的方法。

Set 有通用和专用实现。通用实现有 3 个:

(1) HashSet: 采用哈希存储非重复元素, 是无序的。

（2）TreeSet：对输入数据进行了有序排列。

（3）LinkedHashSet：具有可预知的迭代顺序，并且是用链表实现的。

专用实现有 2 个：

（1）EnumSet：用于枚举类型的高性能 Set 实现。

（2）CopyOnWriteArraySet：通过复制数组支持实现。

2. HashSet 应用举例

代码 16-3 HashSet 应用举例。

```java
import java.util.HashSet;
import java.util.Set;
public class HashSetDemo{
    public static void main(String[] args){
        Set<String> aSet = new HashSet<String>();
        aSet.add("A");                          // 添加元素
        aSet.add("B");
        aSet.add("B");
        aSet.add("B");
        aSet.add("C");
        aSet.add("C");
        aSet.add("D");
        aSet.add("E");
        System.out.println(aSet);               // 输出对象集合，调用 toString()
    }
}
```

程序执行结果如下。

```
[D, E, A, B, C]
```

说明：

（1）重复元素只能添加一个。

（2）HashSet 是无顺序的：输出不是按照输入顺序，也不是按照大小顺序。

3. TreeSet 应用举例

代码 16-4 TreeSet 应用举例。

```java
import java.util.TreeSet;
import java.util.Set;
public class TreeSetDemo{
    public static void main(String[] args){
        Set<String> aSet = new TreeSet<String>();
        aSet.add("E");                          // 添加元素
        aSet.add("A");
        aSet.add("B");
        aSet.add("B");
        aSet.add("C");
        aSet.add("C");
        aSet.add("D");
        aSet.add("F");
        System.out.println(aSet);               //输出对象集合，调用 toString()
    }
}
```

程序执行结果如下。

```
[A, B, C, D, E, F]
```

说明：

（1）重复元素只能添加一个。

（2）TreeSet 是有顺序的：输出虽不是按照输入顺序，但是是按照大小顺序的。

16.3　聚 集 的 标 准 输 出

前面已经输出过一个聚集的元素。对于 List 可以直接调用 get( )方法输出，对于 Set 还没有介绍。实际上，对于聚集的标准输出方式是采用迭代器。此外，还有在第 1 篇介绍过的 foreach。

16.3.1　Iterator 接口

Java 数据结构也可以看成是 Java 提供的一些数据容器（container）对象。为了能提供在各种容器对象中访问各个元素，而又不暴露该对象的内部细节，Java 提供了迭代器（Iterator）接口。

在 Iterator 接口中定义了三个方法：

- hasNext( )：是否还有下一个元素。
- next( )：返回当前元素。
- remove( )：删除当前元素。

代码 16-5　将代码 16-3 改用迭代器输出。

```java
import java.util.HashSet;
import java.util.Set;
import java.util.Iterator;
public class IteratorDemo01{
    public static void main(String[] args){
        Set<String> aSet = new HashSet<String>();
        aSet.add("A");                              // 添加元素
        aSet.add("B");
        aSet.add("B");
        aSet.add("B");
        aSet.add("C");
        aSet.add("C");
        aSet.add("D");
        aSet.add("E");

        Iterator<String> iter = aSet.iterator();
        while(iter.hasNext()){
            System.out.print(iter.next() + ",");    // 用迭代器输出对象集合
        }
    }
}
```

程序执行结果如下。

```
D,E,A,B,C,
```

说明：与代码 16-3 输出相同。

16.3.2 foreach

foreach 在第 1 篇中已经使用过，它的一般格式为

```
for(类 元素名 : 聚集名){
    …
}
```

代码 16-6 将代码 16-5 改用 foreach 输出。

```java
import java.util.HashSet;
import java.util.Set;
import java.util.Iterator;
public class IteratorDemo01{
    public static void main(String[] args){
        Set<String> aSet = new HashSet<String>();
        aSet.add("A");                              // 添加元素
        aSet.add("B");
        aSet.add("B");
        aSet.add("B");
        aSet.add("C");
        aSet.add("C");
        aSet.add("D");
        aSet.add("E");
        for(String str:aSet){                       // 用 foreach 输出对象集合
            System.out.print(str + ",");
        }
    }
}
```

程序执行结果如下。

```
D,E,A,B,C,
```

说明：与代码 16-3 输出相同。

16.4　Map 接口类及其应用

16.4.1　Map 接口的定义与方法

Map 是一个具有双泛型定义的接口，所以在应用时必须同时设置好 key 和 value 的类型。其定义如下。

```
public interface Map<K,V>
```

Map 接口定义了大量方法。这些方法将在表 16.3 中介绍。

表 16.3　　　　　　　　　　　　　　　Map 接口中的方法

方　　法	说　　明
boolean containsKey(Object key)	判断指定的 key 是否存在
boolean containsValue(Object value)	判断指定的 value 是否存在
boolean isEmpty( )	判断聚集是否为空
boolean equals(Object o)	对象比较
Set<K> keySet( )	取得所有 key
Set<Map.Entry<K,V>>entrySet( )	将 Map 对象变为 Set 集合
V get(Object key)	根据 key 取得 value
V put(K key,V value)	向 Map 集中加入新键值对元素
V remove(Object key)	根据 key 删除 value
int size( )	取得 Map 集的大小
int hashCode( )	返回 Hash 码
void clear( )	清空 Map 集
void putAll(Map<? Extends K,? extends V>t)	将一个 Map 集中的元素加入到另一个 Map 集中
Collection<V> values( )	取得全部 value

16.4.2　Map.Entry 接口

Map.Entry 是内部定义的一个专门用于保存 key-value 内容的接口。图 16.12 是 Map.Entry
职责的示意图。其定义如下。

```
public static interface Map.Entry<K,V>
```

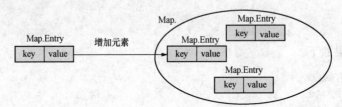

图 16.12　Map.Entry 职责示意图

由于这个接口是使用 static 声明为了内部接口，所以可以通过"外部类.内部类"的形式
直接调用。表 16.4 为它所定义的主要方法。

表 16.4　　　　　　　　　　　　　　Map.Entry 接口中的主要方法

方　　法	说　　明
boolean equals(Object o)	对象比较
int hashCode( )	返回 Hash 码
V getValue( )	取得 value
V setValueValue(V value)	设置 value 的值
K getKey( )	取得 key

16.4.3 HashMap 类和 TreeMap 类

HashMap 类和 TreeMap 类是 Map 子类中最常用的两个。它们的区别在于在 HashMap 中存放的对象是无序的，在 TreeMap 中存放的对象是按 key 排序的。

代码 16-7 HashMap 类的应用。

```java
import java.util.HashMap;
import java.util.Map;
import java.util.Set;
import java.util.Iterator;
public class HashMapDemo{
    public static void main(String[] args){
        Map<String,Float> studPoint = null;              // 类型参数是 key-value 对
        studPoint = new HashMap<String,Float>();

        studPoint.put("zhang3",88.88f);
        studPoint.put("li4",77.77f);
        studPoint.put("wang5",99.99f);
        studPoint.put("chen6",66.66f);
        studPoint.put("guo7",87.65f);

        Set<String> keys = studPoint.keySet();           // 使用方法 Set<K> keySet()
        Iterator<String> iter = keys.iterator();
        System.out.println("输出所有学生姓名和成绩：");
        while(iter.hasNext()){
            String str = iter.next();
            System.out.println("学生姓名：" + str + "，成绩：" + studPoint.get(str));
        }
    }
}
```

程序执行结果如下。

```
输出所有学生姓名和成绩：
学生姓名：chen6，成绩：66.66
学生姓名：guo7，成绩：87.65
学生姓名：zhang3，成绩：88.88
学生姓名：wang5，成绩：99.99
学生姓名：li4，成绩：77.77
```

说明：从输出结果看，既没有按照输入顺序排序，也没有按照姓名的字母顺序排序。

代码 16-8 TreeMap 类的应用。

```java
import java.util.Map;
import java.util.Set;
import java.util.Iterator;
import java.util.TreeMap;
public class HashMapDemo{
    public static void main(String[] args){
        Map<String,Float> studPoint = null;              // 类型参数是 key-value 对
        studPoint = new TreeMap<String,Float>();
```

```
        studPoint.put("zhang3",88.88f);
        studPoint.put("li4",77.77f);
        studPoint.put("wang5",99.99f);
        studPoint.put("chen6",66.66f);
        studPoint.put("guo7",87.65f);

        Set<String> keys = studPoint.keySet();          // 使用方法 Set<K> keySet()
        Iterator<String> iter = keys.iterator();
        System.out.println("输出所有学生姓名和成绩：");
        while(iter.hasNext()){
            String str = iter.next();
            System.out.println("学生姓名：" + str + ", 成绩：" + studPoint.get(str));
        }
    }
}
```

程序执行结果如下。

```
输出所有学生姓名和成绩：
学生姓名：chen6, 成绩：66.66
学生姓名：guo7, 成绩：87.65
学生姓名：li4, 成绩：77.77
学生姓名：wang5, 成绩：99.99
学生姓名：zhang3, 成绩：88.88
```

说明：从输出结果看，是按照姓名的字母顺序排序了的。

习　题　16

概念辨析

1. Java 语言的聚集框架类定义在（   ）包中。

    A. java.util   B. java.lang   C. java.array   D. java.collections

2. 下列各项中，可以实现有序对象操作的是（   ）。

    A. HashMap   B. HashSet   C. TreeMap   D. LinkedList

3. 下列关于链表的陈述中，错误的是（   ）。

    A. 链表可以使查找对象最有效   B. 链表可以动态增长

    C. 链表中的每一个元素都有前后元素的链接   D. 链表中的元素可以重复

4. 下列各项中，迭代器（Iterator）接口所定义的方法是（   ）。

    A. hasNext( )   B. next( )   C. remove( )   D. nextElement( )

代码分析

分析下面各程序的输出结果。

（1）

```java
import java.util.*;
public class SetOfNumber{
    public static void main(String[] args){
        Set s = new HashSet();
        s.add(new Byte((byte)1));
        s.add(new Short((short)2));
        s.add(new Integer(3));
        s.add(new Long(4));
        s.add(new Float(5.0F));
        s.add(new Double(6.0));
        System.out.println(set);
    }
}
```

（2）

```java
import java.util.*;
public class ListDemo{
    static final int N = 1000;
    static List values;
    static{
        Integer vals[] = new Integer[N];
        Random rdm = new Random();
        for(int i = 0,cuttval = 0; i < N; i++){
            vals[i] = new Integer(currval);
            currval += rdm.nextInt(100) + 1;
        }
        values = Arrays.asList(vals);
    }
    static long timeList(List lst){
        long start = System.currentTimeMillis();
        for(int i = 0; i < N; i++){
            int index = Collctions.binarySearch(lst,values.get(i));
            if(index != i)
                System.out.println("***error***\n");
        }
        return System.currentTimeMillis() - start;
    }
    public static void main(String[] args){
        System.out.println("time for ArrayList = " + timeList(new ArrayList(values)));
        System.out.println("time for LinkedList = " + timeList(new LinkedList(values)));
    }
}
```

开发实践

1. 约瑟夫问题：n 个人围成一个圈进行游戏。游戏的规则：首先约定一个数字 m，然后用随机方法确定一个人，从这个人开始报数，这个人报 1，下一个人报 2，……，让报 m 的人出列；接着从下一个人报 1 开始，继续游戏，并让报 m 的人出列……。如此下去，直到最后游戏圈内只剩 1 人为止。这个剩下的人就是优胜者。用链表模拟约瑟夫问题。

2．数的进制转换：用链式堆栈将一个非负十进制整数转换为一个 n 进制数。

 **思考探索**

1．在 java.util 包中定义了一个 Collections 类，提供了用于各种聚集类操作的方法，称为聚集工具。试分析它与 Collection 的区别与联系。

2．分析 ArrayList 与 Vector 的区别。

附录 A　HTML 常用标记

类别	标记符号	属　性	说　明
页面文件结构	\<html\>…\</html\>		HTML 文件标记
	\<head\>…\</head\>		文件头标记
	\<title\>…\</title\>		标题标记
	\<base href=URL\>		基地址标记
	\<like\>		资源标记
	\<body\>…\</body\>	bgcolor（背景色），background（背景图案），text（文字颜色），alink（超链接文字颜色），vlink（未链接过文字颜色），link（已链接文字颜色）	文件体标记
页面修饰	\<hn\>…\</hn\>	align（对齐方式）	标题文字
	\<font…\</font\>	face（字体），size（字体大小），color（字体颜色）	文字样式
	\<b\>…\</b\>		粗体
	\<i\>…\</i\>		斜体
	\<u\>…\</u\>		下划线
	\<s\>…\</s\>		删除下划线
	\<sup\>…\</sup\>		上标
	\<sub\>…\</sub\>		下标
	\<big\>…\</big\>		大字体
	\<small\>…\</small\>		小字体
	\<em\>…\</em\>		突出显示
	\<p\>…\</p\>	align（对齐方式）	分段，中有空行
	\<br\>…\</br\>		分段，中无空行
	\<hr\>…\</hr\>	size（粗细），width（宽度），align（对齐方式），color（颜色）	水平线
多媒体	\<img\>	src（指定 URL），alt（代替用文字串），align（对齐方式），border（边框粗细），width（图像宽度），height（图像高度）	图像标记
	\<bgsound\>	src（定义 URL），loop（=－1 为不断循环播放）	背景音乐
	\<embed\>	src（指定 URL），width（宽度），height（高度），autostart（自动播放），loop（连续播放）	音乐和影像标记
表格与列表	\<table\>…\</table\>		表格
	\<caption\>…\</caption\>		表格标题
	\<tr\>…\</tr\>		行起止
	\<td\>…\</td\>		单元格文字起止
	\<ul\>…\</ul\>	type（标记符号）	无序列表
	\<ol\>…\</ol\>	type（标记符号），start（列表开始数字）	有序列表

续表

类别	标 记 符 号	属　　　性	说　　明
表格与列表	<dl>…</dl>		定义列表标记
	<dt>…<dd>		术语与术语定义
超链接	<a>…</a>	href（指定链接资源 URL）	超链接标记
	<a>…</a>	name（指定超链接目标名称）| href（指定超链接显示内容）	同一页面内链接
	<a >…</a>	href（指定电子邮箱地址）	邮件文本链接
表单	<form>…</form>	method（传输方式），action（服务器程序的完整 URL），enctype（编码标准）	表单定义标记
	<input>	name（控件名），value（控件输入域初始值），maxlength（输入域最多字符数），size（输入域大小），checked（复选框/单选按钮初始状态），URL（图像位置），align（图像对齐方式），type（控件类型）	表单输入标记
	<select>…</select>	name（列表框名），siza（显示条数），option（各选项），value（控件初始值），select（预选项）	列表框标记
	<textarea>…</textarea>	cols（每行字符），rows（行数）	多行文字框标记
窗口框架	<frameset>…</frameset>	cols（行高列表），rows（列宽列表），frameborder（是否显示边框），bordercolor（窗口框架宽度）	窗口框架建立标记
	<frame>	src（URL），name（名称）	子窗口建立
其他	<meta http-equev="efre-sh">	content（停留时间），URL（跳转目标）	页面刷新
	<marquee>	height（走马灯高度），width（走马灯宽度），direction（移动方向），bgcolor（背景颜色）	文字移动
	<iframe>…</iframe>		浮动窗口

参 考 文 献

[1] 张基温，朱嘉钢，张景莉．JAVA 程序开发教程［M］．北京：清华大学出版社，2002．

[2] 张基温，陶利民．JAVA 程序开发例题与习题［M］．北京：清华大学出版社，2003．

[3] 孙卫琴．Java 面向对象编程［M］．北京：电子工业出版社，2006．

[4] 徐明浩．Java 编程基础、应用与实例［M］．武传海，译．北京：人民邮电出版社，2005．

[5] Ivor Horton．Java 2 入门经典［M］．潘晓雷，于浚泊，王丹，等，译．北京：机械工业出版社，2006．

[6] 李兴华．Java 开发实战经典［M］．北京：清华大学出版社，2009．

[7] Erich, Gamma, R. Helm, etal．Design Pattern: Elements of Reusable Object –Oriented Software．Reading, Mass.: Addison Wesley, 1995.

[8] James W. Cooper．Java 设计模式［M］．王宇，林琪，杜志秀，等，译．北京：中国电力出版社，2005．

[9] Alan Shalloway,James R.Trott．设计模式解析［M］．徐言声，译．北京：人民邮电出版社，2006．

[10] 程杰．大话设计模式［M］．北京：清华大学出版社，2007．

[11] William J.Brown, Raphael C.Malveau, Hays W.McCormick Ⅲ, etal．反模式——危机中软件、架构和项目的重构［M］．宋锐，等，译．北京：人民邮电出版社，2008．

[12] 赵辉，郑山红，王璐，等．Java 程序设计教程［M］．北京：中国水利水电出版社，2008．

[13] 陈天河，等．Struts、Hibernate、Spring 集成开发宝典［M］．北京：电子工业出版社，2007．

[14] 张基温．计算机网络原理［M］．2 版．北京：高等教育出版社，2006．

[15] Diomidis Spinellis, Georgios Gousios，等．架构之美［M］．王海鹏，蔡黄辉，徐锋，等，译．北京：机械工业出版社，2009．

[16] 刘中兵 Java 研究室．Java 高手真经：应用框架卷［M］．北京：电子工业出版社，2009．